KNAUR

Von Markus Stromiedel sind bereits folgende Titel in der Verlagsgruppe Droemer Knaur erschienen:
Zwillingsspiel
Feuertaufe
Die Kuppel
Zone 5

Über den Autor:
Markus Stromiedel schrieb als Journalist für *Die Zeit* und die *Frankfurter Rundschau,* bevor er in die Filmbranche wechselte. Er war Chefdramaturg bei der *Bavaria Film,* Creative-Producer für *Columbia TriStar* und Writing-Producer für *Studio Hamburg*. Seit 1999 schreibt er als freier Autor Drehbücher. Seither entstanden die Bücher für viele erfolgreiche Krimis und Fernsehfilme (»Tatort« u. v. m.). Für seine erfolgreichen Romane um den Berliner Kommissar Paul Selig erhielt er von der Presse höchstes Lob. Mehr Informationen unter: www.markus-stromiedel.de

Markus Stromiedel

NACHT
FROST

Kriminalroman

KNAUR

Besuchen Sie uns im Internet:
www.knaur.de

FSC
www.fsc.org
MIX
Papier aus verantwortungsvollen Quellen
FSC® C083411

Originalausgabe August 2018
Knaur Taschenbuch

Ein Imprint der Verlagsgruppe
Droemer Knaur GmbH & Co. KG, München

Redaktion: Viola Eigenberz
Covergestaltung: Cornelia Niere, München
Coverabbildung: Christina Bollen / Trevillion Images
Satz: Adobe InDesign im Verlag
Druck und Bindung: CPI books GmbH, Leck
ISBN 978-3-426-52067-3

2 4 5 3 1

Hätte man ihm am Morgen gesagt, er würde an diesem Tag sterben, er wäre nicht überrascht gewesen. Zu oft hatte man ihn mit dem Tod bedroht. Zu oft hatte man ihn gewarnt, vorsichtig zu sein.

Er hatte sich fest vorgenommen, dem Unvermeidlichen gefasst entgegenzutreten.

Doch jetzt, da er spürte, wie sich sein Blickfeld verengte und seine Nase zu laufen begann, wie der Schweiß aus den Poren seiner Haut drängte und ihm der Speichel aus dem Mund floss, wie er nach Atem rang und seine Muskeln unkontrolliert zuckten, wie er sich erbrach und sich sein Schließmuskel öffnete, da flutete Panik seinen sterbenden Körper. Keine Zeit mehr, an sein Kind zu denken. Keine Zeit mehr, von seinen Freunden Abschied zu nehmen. Keine Zeit mehr, sich einzureden, dass ihr Kampf sinnvoll gewesen war. Sein Bewusstsein löste sich auf, bis er nur noch Schmerz war, Todesangst, Verzweiflung.

Prolog

Ein letztes Mal blitzte die Sonne hinter einem der Wolkentürme hervor, dann sank die Maschine hinab in den Nebel aus Wassertröpfchen, der sich unter ihnen bis zum Horizont wie eine dicke Schicht aus Watte ausbreitete. Schlagartig wurde es in der Kabine dunkel. Milchige Fetzen huschten an den Fenstern vorbei, Gespenstern gleich, die das Flugzeug umtanzten, als wollten sie es in das Reich der Toten locken. Der Körper des Jets zitterte.

Jeff Farsell hatte für das Schauspiel vor den Kabinenfenstern der Embraer 190 kein Auge. Er trank den letzten Schluck seines Mineralwassers, dann zerknüllte er den Pappbecher in seiner Hand und stopfte ihn in die Tasche des Vordersitzes. Angespannt lehnte er sich zurück.

Sie hatten stundenlang zusammengesessen, in einem kleinen, unauffälligen Hotel am Stadtrand von Zürich. Keine Sympathisanten reckten vor dem Eingang ihre Transparente, keine Reporter belagerten das Foyer, keine Groupies warteten vor der Zimmertür. Niemand kannte sie an diesem Ort, hier waren sie ungestört, und das war wichtig in diesen Stunden.

Was sie herausgefunden hatten, war unglaublich. Sie wurden benutzt. Jemand schob ihnen manipulierte Daten zu. Jemand missbrauchte ihren Namen und ihre Reputation, um mit gefälschten Informationen Politik zu betreiben. Und sie hatten es nicht bemerkt.

Es war ein Zufall gewesen, dass er auf die Log-Datei gestoßen war. Eine Zeile in dem Protokoll war ihm ins Auge gefallen, eine winzige Ziffernfolge, die nicht zum angeblichen Ursprung des Programms passte. Erneut spürte Farsell den Ärger, der tief in ihm brodelte und den er die vergangenen zwölf Stunden zurückgedrängt hatte. Jetzt, allein mit sich und seinen Gedanken, ließ er seine Wut zu. Warum hatte er nicht selbst den Hack betreut? Es war ein Fehler gewesen, sich aus der operativen Arbeit zurückzuziehen und stattdessen als Kopf ihrer Gruppe in die Öffentlichkeit zu gehen. Zwar hatte Hardy recht behalten: Seit er ihrem Anliegen ein Gesicht gab, waren ihre Bekanntheit und auch ihr Einfluss gewachsen, auch wenn er nicht recht verstand, warum seine umjubelten Auftritte wie zuletzt bei der TED Conference in Vancouver ihrer Arbeit mehr Gewicht verleihen sollten. Entscheidend waren die Informationen, die sie bereitstellten, und nicht die in den Blogs und Newsfeeds diskutierte Frage, ob er cool auf den Fotos wirkte, wenn er sich in Turnschuhen und T-Shirt am Rande einer Sicherheitskonferenz mit dem ehemaligen US-Präsidenten traf.

Ihnen allen war klar, dass sie viel zu verlieren hatten. Ihre NGO galt als führende unter den *non-governmental organisations,* die sich der Dokumentation und Aufklärung von Regierungsverbrechen verschrieben hatten. Ihr Ruf als brillante und unbestechliche Idealisten war untadelig. Private Geldgeber finanzierten den schlanken Apparat, den er aufgebaut hatte, um ihre Unabhängigkeit von staatlichen Stellen zu wahren. Und gerade ihnen musste so etwas passieren.

Noch einmal ging Farsell in Gedanken durch, was sie besprochen hatten. Sie würden, bevor sie die Öffentlichkeit unterrichteten, alle Informationen prüfen müssen, die sie in den vergangenen Monaten auf ihrer Webseite online gestellt hatten, jedes Dokument, jedes Programm, jede Tondatei, jedes Video. Sie würden die Kanäle checken, über die sie die Informationen erhalten hatten. Und sie würden die Dateien selbst noch einmal unter die Lupe nehmen, um sie Byte für Byte zu untersuchen. Von seinen IT-Forensikern wusste er, dass es unmöglich war, keine Spuren zu hinterlassen. Sie würden den Täter finden.

Eine Hand legte sich auf seine Schulter, es war die seines Bodyguards, der in der Reihe direkt hinter ihm saß. »Wir landen in zehn Minuten.«

Farsell nickte und ließ den Verschluss seines Sicherheitsgurts einrasten.

Von Böen getrieben, sank der Jet tiefer. Schneeregen setzte ein, prasselte hart auf die Aluminiumhülle der Kabine. Das Licht über den Sitzen flammte auf, gerade als ein heftiger Windstoß das Flugzeug erfasste und in die Tiefe drückte. Einige Passagiere stöhnten erschrocken auf. Im Schneetreiben draußen waren die Lichter der nahen Stadt kaum zu erkennen. Nur das beruhigend gleichmäßige Blinken der Positionslichter an den Flügelspitzen verriet den Fluggästen, dass sie der Zivilisation entgegenflogen und nicht dem Schlund der Hölle.

Farsell blickte aus dem Fenster. Das schlechte Wetter, in dem sie gerade flogen, war nichts gegen den Sturm, der vor ihnen lag. Wie ein Orkan würde die Nachricht von dem Verrat durch die Szene toben, und sie würden sich gut vorbereiten müssen, um nicht mitgerissen zu werden. Nur wenn sie die Hintermänner fanden, hatten sie eine Chance, die Scharte, die sie geschlagen hatten, auszuwetzen. Und er würde sie finden, schwor er sich. Und wenn es das Letzte wäre, was er in seinem Leben tat.

Sein Bodyguard hatte eine Flughafenlimousine des VIP-Services bestellt, sie wartete schon draußen auf dem Rollfeld, als die Embraer gelandet war und ihrer Parkposition entgegenrollte. Während die Passagiere nach vorne aus der

Kabine drängten und durch den Schneeregen zu dem bereitstehenden Flughafenbus hasteten, stieg Farsell, begleitet von seinem Bodyguard, die hintere Gangway hinab und ließ sich kurz darauf in die Sitzpolster der Limousine sinken.

»Können Sie uns direkt in die Stadt bringen?« Farsell hatte Englisch gesprochen, so wie er es immer tat, überall und ohne nachzudenken.

Der Fahrer schüttelte bedauernd den Kopf, bevor er antwortete. »Ich fahre Sie nur auf dem Flughafengelände. Aber mein Kollege steht schon am Ausgang bereit.« Sein Englisch hatte einen harten slawischen Akzent. »Vorher müssen Sie noch durch die Passkontrolle.«

Farsell nickte nur.

Der Fahrer startete den Motor und suchte sich seinen Weg durch das Schneetreiben. Wenig später hatten sie das Terminal erreicht. Ein Grenzbeamter erwartete sie am Eingang, er warf einen kurzen Blick in Farsells Pass, dann öffnete er die Glastür zur warmen, hellen Empfangshalle. Zwei Verkehrsmaschinen waren direkt vor ihnen gelandet, die Gepäckbänder kreisten, Reisende liefen durcheinander und wuchteten Koffer auf Gepäckwagen. Farsell beachtete das Treiben nicht weiter: Ohne zu zögern, steuerte er den Gang an, der zum Ausgang führte. Es war nicht sein erster Besuch in Krakau, und dank seines fotografischen Gedächtnisses erinnerte er sich an jeden Ort genau, war er einmal dort gewesen.

Ein Ruf ließ ihn stutzen. Auch sein Bodyguard drehte sich zu der Gestalt um, die schnell zu ihnen aufschloss.

Es war nicht mehr als ein Hauch, eine fast zärtliche Berührung, als sich die ölige Flüssigkeit, zerstäubt zu einem feinen Nebel, über sein Gesicht legte. Auch seinen Bodyguard erfasste eine winzige Wolke. Sie blinzelten erstaunt. Dann, wie ein einschlagender Blitz, schoss der Schmerz in ihre Nervenbahnen. Farsell stolperte, Hilfe suchend den Arm ausgestreckt. Doch niemand half ihm, sein Bodyguard war schon zu Boden gegangen, er lag dort zusammengekrümmt, mit zuckenden Gliedmaßen, die Augen angstvoll aufgerissen. Und während die Gestalt davonhastete und das Gift in ihnen seine Wirkung entfaltete, während Farsell zitternd auf den polierten Steinplatten des Fußbodens kniete und sein Körper sich aufzulösen begann, begriff er, dass er seinen Schwur gehalten hatte: Er hatte den Täter gefunden. Er wusste jetzt, wer hinter allem steckte. Es war das Letzte, was er in seinem Leben getan hatte.

Sein Körper bäumte sich auf, während ihm dieser Gedanke durch den Kopf ging.

Dann gab er sich dem Schmerz hin, der Todesangst, der Verzweiflung.

Zwei Tage zuvor

1

Kriminalhauptkommissar Paul Selig stand am Fenster seines Büros und starrte hinaus in das Dämmerlicht. Es war einer der Tage, an denen die Nacht nicht enden wollte. Schwere, schneegefüllte Wolken hingen über den Häusern, sie verhüllten die Sonne und hielten die Dunkelheit am Boden zurück. Wie Irrlichter tanzten die Scheinwerfer der Autos durch die Straßen und formten grobkörnige Schattenrisse aus den Menschen, die durch den Graupel hasteten.

Selig seufzte. Er hatte in der Nacht zuvor kaum geschlafen und fühlte sich schon den ganzen Tag, als säße der Alb, der auf seiner Brust gehockt und ihm den Schlaf und den Atem genommen hatte, noch immer auf ihm. Nach einem letzten Blick hinunter auf die Straße ließ er die Jalousie herabgleiten, bevor er mit müden Schritten zurück zu seinem Schreibtisch ging.

Die Akten, die Maria ihm am Mittag gebracht hatte, lagen ungeöffnet vor ihm. Er hatte sie akkurat ausgerichtet und danach nicht mehr angefasst. Er wusste, was in ihnen stand, und er wusste auch, was Maria von ihm erwartete. Er würde sie enttäuschen müssen, er konnte nicht aus seiner Haut und spürte, dass er es auch nicht wollte. Zu oft hatte er getan, was man von ihm erwartet hatte.

Was Lisa von ihm erwartet hatte.

Maria Garcia Fernandez war die jüngste Kollegin in Seligs kleinem Team. Er mochte sie. Sie war eine wache, schlanke Frau mit spanischen Wurzeln und einem Temperament, das ihn immer wieder verblüffte und nicht selten überforderte. Maria vereinte all das in sich, was er vermisste, seit Lisa, seine Zwillingsschwester, nicht mehr bei ihm war. Der Gedanke versetzte ihm einen Stich, und im selben Atemzug schob Selig ihn wieder von sich. Ihm war klar: Maria war nicht Lisa, nur weil sie selbstbewusst und selbstbestimmt war und sich von niemandem etwas sagen ließ, auch nicht von ihm. Lisa gehörte zu seiner Vergangenheit, sie war Teil einer Zeit, die hinter ihm lag. Maria hingegen war Teil seines neuen Lebens.

Er mochte sie sehr, wenn er ehrlich zu sich war. Trotzdem erlaubte er sich nicht, diesem Gefühl in ihm nachzugehen, zumindest nicht an Tagen wie diesen.

Es klopfte, dann streckte Maria ihren Kopf durch den Türspalt. Sie betrachtete ihn prüfend. »Wann geht es los?«

Selig tat, als wüsste er nicht, worauf sie anspielte. »Was soll losgehen?«

»Soll ich das SEK informieren, oder machen Sie das?« Maria schloss die Tür hinter sich und blickte ihn erwartungsvoll an.

Selig warf einen Blick auf die Akten vor sich. Er griff sie und reichte sie Maria. »Brennauer soll das mit seinen Leuten übernehmen.«

Maria runzelte die Stirn. »Das KK 12? Das ist eine andere Abteilung.«

»Ich weiß, wo Brennauer arbeitet.«

»Aber das sind unsere Ermittlungen! Das ist unser Erfolg!«

»Wichtig ist, dass der Verdächtige gefasst wird. Wer das übernimmt, spielt keine Rolle.«

Maria starrte ihn perplex an. »Ist das dein Ernst?« Sie duzte ihn immer, wenn sie ärgerlich auf ihn war. »Wir arbeiten monatelang an der Sache, und wenn die Beweise gerichtsfest sind und wir zugreifen können, gibst du den Fall ab?«

Selig zuckte mit den Schultern, während er sich abwandte und seine Jacke nahm.

Sie hielt ihn am Arm fest. Selig spürte den festen Griff ihrer Hand durch den dicken Stoff. Als er aufsah, schaute er in ihre dunklen, schönen Augen. Sie funkelten wütend.

»Das ist jetzt das dritte Mal. Die Kollegen lästern schon. Warum bringst du nicht einmal zu Ende, was du angefangen hast?«

Selig begegnete ruhig ihrem Blick. Er fand ihre Reaktion angebracht, und ihm imponierte der Nachdruck, mit dem sie ihre Frage stellte. Er merkte, dass Maria ihm leidtat. Denn er würde ihr keine befriedigende Antwort geben können.

Wie sollte er ihr etwas verständlich machen, das er sich selbst nicht erklären konnte?

Es war so, seit er zurückdenken konnte: Der Gedanke, ohne Not aus der Unauffälligkeit herauszutreten, ließ seinen Magen krampfen, und die Idee, sich mit seinen Erfolgen zu brüsten, sich gar selbst zu loben, ließ Übelkeit in ihm aufsteigen. Er machte seine Arbeit, und wenn sie erledigt war, sollten sich andere um den Rest kümmern.

»Sehen Sie zu, dass Brennauer die Akten sofort bekommt. Er soll niemanden außer seinem Team einweihen, bis Schrader gefasst ist.« Er versuchte ein Lächeln. »Wenn Sie möchten, können Sie die Festnahme als Abgesandte unserer Ermittlungsgruppe begleiten.«

Maria hob an, zu widersprechen, doch Selig ließ sie nicht zu Wort kommen. »Das ist eine Dienstanweisung, Frau Fernandez. Bitte leisten Sie ihr Folge.«

Maria zuckte zurück, als Selig ihren Nachnamen nannte. Sie starrte ihn an, dann nickte sie mit unterdrückter Wut. Wortlos verließ sie das Büro.

Selig seufzte.

Er wusste, Maria meinte es gut mit ihm. Sie war die Letzte, die an sich dachte oder an ihre Karriere, sie dachte an ihn, und das machte es so schwer, sie zurückzuweisen. Doch ihm fehlte die Kraft, sich ihr zu öffnen, vor allem an Tagen wie diesem.

Er löschte das Licht an seinem Schreibtisch.

❄

Volker Haussner blickte von seinem Leuchttisch auf, als Selig das Labor betrat. »Na, was vergessen? Ich dachte, ihr habt alle Beweise zusammen.«

Selig nickte nur und zog sich einen Hocker heran, um auf der anderen Seite des Tisches Platz zu nehmen. Eine Weile saß er stumm da.

Haussner schob die Folie, an der er gearbeitet hatte und auf der Stofffasern und Haare klebten, zur Seite und blickte Selig forschend an.

Selig winkte ab. »Bitte nicht. Diesen Blick sehe ich schon den ganzen Tag bei meiner Kollegin.«

»Bei Maria?« Ein leises Lächeln spielte um Haussners Mundwinkel. »Falls du sie loswerden möchtest …« Haussner musterte Selig spöttisch. Es war ein Spiel zwischen ihnen, das Haussner mit Genuss spielte. »Ein Wort von dir, und ich stelle den Antrag, dass sie ins LKA und in meine Abteilung wechselt.« Er klopfte gegen die Front der Tischschublade. »Ich habe das Formular schon hier.«

Zu Haussners Verblüffung reagierte Selig nicht wie sonst mit Protest. Haussner betrachtete ihn prüfend, dann stand er auf und holte eine große runde Box mit Lakritz aus dem Schrank, um sie Selig entgegenzustrecken. Seit ihm der Arzt Alkohol verboten hatte, drückte Haussner sein Mitgefühl mit Süßigkeiten statt mit Kräuterschnaps aus, was seiner Leber guttat, aber nicht seinem Hüftumfang, denn in seinem Job brauchten viele Kollegen Mitgefühl.

Selig winkte dankend ab. »Lass gut sein. Ist alles in Ordnung.«

»So siehst du aber nicht aus.« Haussner spähte in die Box und fischte sich eine Lakritzstange aus der Mischung. »Du hast doch was. Oder bist du gekommen, um mich eine Runde anzuschweigen?«

Selig musste lächeln. »Eigentlich wollte ich dich fragen, ob wir heute Abend ein Bier trinken gehen.« Er sah auf die Plastikbox auf dem Tisch. »Oder zusammen ein Lakritz essen.«

Haussner warf ihm einen skeptischen Blick zu. »Du willst was unternehmen?«

»Wieso?« Selig tat erstaunt. »Ist doch ganz normal.«

»Ja, klar, für fünfundneunzig Prozent aller Kollegen. Aber nicht für dich. Wann hast du das letzte Mal in einer Kneipe gesessen oder in einem Restaurant? Außer wenn du zur Arbeit musst oder mit deinem Jungen zum Baumarkt fährst, verlässt du dein Haus doch nicht.«

»Gibt eben zu Hause immer was zu tun. Außerdem frage ich dich doch gerade.«

Haussner antwortete nicht, in ihm arbeitete es. Er betrachtete Selig mit gerunzelter Stirn. »Sag bloß, es ist wegen …« Er stockte.

Selig seufzte.

Haussner holte sein Smartphone hervor und rief den Kalender auf, um sich zu vergewissern. Dann klappte er schweigend die Schutzhülle wieder zu und steckte das Gerät in die Innentasche seiner Jacke, die über der Lehne seines Stuhls hing.

Entschuldigend hob Selig die Schultern.

Nun war es an Haussner, zu seufzen. »Findest du nicht, dass mal Schluss ist mit den trüben Gedanken?«

»Ich such mir das nicht aus.«

»Aber das alles ist über dreißig Jahre her.«

Selig wusste nicht, was er antworten sollte. Er konnte nichts für seine Vergangenheit und schon gar nicht für seine Gefühle, die immer wieder zu ihm krochen und an ihm zerrten, wenn er am Ufer des Wannsees saß und über das Wasser starrte.

Haussner sah Selig bedauernd an. »Es tut mir leid, es geht nicht. Ich bin nachher bei meinen Eltern. Ich kann das nicht absagen, ich habe den beiden meinen Besuch schon vor einer Woche versprochen.«

Haussners Eltern lebten in einem kleinen Seniorenstift in Schöneiche östlich von Berlin und starrten Tag für Tag schweigend auf die Tannen vor dem Fenster, bis ihr Sohn sie aus ihrem Zimmer holte und ins nahe Eiscafé brachte oder mit ihnen zu einem Einkaufszentrum fuhr.

»Hast du nicht Lust, mitzukommen?«

Selig schüttelte den Kopf.

»Wird bestimmt lustig!« Haussner musste bei seinen eigenen Worten lachen. »Na ja, zumindest nicht so traurig wie in deiner alten Bruchbude. Wir könnten Skat spielen, das kann mein Vater immer noch.«

»Lass gut sein, Volker. Ich komme schon klar.«

Zweifelnd sah Haussner ihn an. »Sicher?«

Selig zwang sich zu einem Lächeln. »Hab's bisher immer überstanden.«

»Was ist mit deinem Jungen? Ist er nicht zu Hause?«

Selig wusste es nicht. »Tobias ist seit ein paar Tagen unterwegs. Eigentlich wollte er noch kommen.« Er stand auf und zog seine Jacke zurecht. »So, und jetzt ist Schluss. Bin schon viel zu lange hier. Außerdem halte ich dich von der Arbeit ab.«

»In der Tat.« Haussner zog spöttisch die Augenbrauen

hoch. »Du redest heute wie ein Wasserfall. Bin ich gar nicht gewohnt.«

Selig grinste. »Tja, Menschen können sich ändern.«

»Das bezweifle ich.«

Selig nickte ernst. »Ich leider auch.«

2

Mit schnellem Schritt verließ die Bundeskanzlerin den Sitzungssaal des Kanzleramtes, gefolgt vom Innenminister Martin Wachoviak, der ihr die Tür aufhielt und nach ihr auf den Gang trat. Susanne Bergstedt beherrschte sich, bis sie außer Hörweite der anderen waren. »Ich dachte, Sie hätten Ihre Länderkollegen vorbereitet! Das Geschacher gerade eben war erbärmlich.«

Hilflos hob der Innenminister die Schultern. Wachoviak war als Nachfolger seines geschassten Vorgängers Weyland ins Amt gekommen und agierte seither unauffällig und mit wenig Fortune auf seinem Posten. »Mein Staatssekretär hatte alles ausgehandelt. Ich weiß auch nicht, was da gerade eben passiert ist.«

»Das kann ich Ihnen genau sagen. Ihr bayerischer Kollege hat sich auf Ihre Kosten profiliert. Der starke Mann von der Isar räumt in Berlin auf! Ich wette, der rennt gerade zu der Pressekonferenz, die er längst vorbereitet hat, und verkündet der Welt, was für ein harter Kerl er ist.« Ärgerlich durchschritt die Kanzlerin den Gang. Sie hasste Machtspiele wie jenes, das sie gerade erlebt hatte, obwohl sie das Politiker-Schach inzwischen selbst perfekt beherrschte. Der bayerische Innenminister war ein Meister in dieser Disziplin, ein schmieriger Populist, der den Wählern nach dem Mund redete, seit Jahren um den Job des Ministerpräsidenten buhlte und jeden Posten, den er ergattern konnte, als das Sprungbrett zum ersehnten Karriereziel ansah.

Vor der Tür ihres Bürovorzimmers blieb Susanne Bergstedt stehen. »Bringen Sie das in Ordnung. Ich brauche keine Angstmacher aus München, die um ihre Wählerstimmen fürchten.

Ich will, dass die Initiative bei uns bleibt. Der Kampf gegen den internationalen Terrorismus ist viel zu wichtig, um ihn dem innenpolitischen Gezappel der Bayern zu überlassen.«

Ohne eine Antwort abzuwarten, drehte sich die Kanzlerin um und ließ den Innenminister im Gang stehen.

Ihre Büroleiterin erwartete sie bereits. Bea Traub war seit mehr als dreizehn Jahren ihre rechte Hand und einer der wenigen Menschen, denen Susanne Bergstedt wirklich vertraute. Dankend nahm sie die Tasse, die ihr Bea Traub reichte, und lauschte, am Tee nippend, dem knappen Bericht, mit dem ihre Büroleiterin die wichtigsten Nachrichten der vergangenen dreißig Minuten referierte. Die Kanzlerin delegierte die Aufgaben zügig, es reichte eine halbe Tasse Darjeeling, dann hatten sechs Abteilungen eine neue Aufgabe, und eine Armada von Menschen würde sich daransetzen, die strategischen Überlegungen der Kanzlerin mit Fakten und Inhalten zu füttern, als Basis für eine endgültige Entscheidung.

Der Kanzleramtsminister saß wartend in einem der Besuchersessel und deutete an, aufzustehen, als die Kanzlerin den Raum berat. Sie winkte ab, zog sich einen Stuhl heran und setzte sich ihm gegenüber. Erwartungsvoll schaute sie ihn an.

Lars Steiner war einer der wenigen unabhängigen Geister, die Susanne Bergstedt um sich herum erlaubte. Nach dem Desaster mit dem vorherigen Innenminister war die Kanzlerin dazu übergegangen, die zentralen Posten der Regierung und des Parteiapparates mit Menschen zu besetzen, die nicht brillant waren, dafür aber solide arbeiteten und ihr nicht gefährlich werden konnten. Überraschungen brauchte sie nicht, insbesondere nicht in der Innenpolitik, die Welt draußen war unberechenbar genug. Bei Steiner machte sie eine Ausnahme. Der Chef des Kanzleramtes war nicht berechenbar, er hatte, wusste die Kanzlerin, das Potenzial, ihr den Posten an der

Spitze der Partei streitig zu machen. Aber noch war er nicht so weit, bisher agierte er effektiv und im Hintergrund, und er verhielt sich loyal, so wie er es ihr bei seiner Berufung versprochen hatte.

»Also? Wie sieht es aus?«

Steiner schüttelte den Kopf. »Keine neuen Informationen von den Partnerdiensten. Sie wissen nur, dass ein terroristischer Angriff unmittelbar bevorsteht. Aber nicht, wo.«

Susanne Bergstedt verschränkte ihre Hände ineinander. Selbst hier, in der Sicherheit ihres Büros, erlaubte sie sich nicht, emotional auf Situationen wie diese zu reagieren. Gefühle zogen Energie ab, sie raubten dem rationalen Denken den Raum, und das war das Letzte, was passieren durfte.

Hatten sie irgendetwas vergessen? Hatten sie irgendeinen Punkt übersehen?

Steiner kam ihr zuvor. »Wir haben getan, was wir tun konnten.« Die Ausstattung der Terrorabwehr sei auf dem geplanten Stand, referierte er, eine Ausweitung würde den übrigen Sicherheitsapparat noch weiter schwächen, mehr, als es schon jetzt der Fall war. »Wenn die Innenminister der Länder ihre Zusagen einhalten, dann haben wir einen effektiven Schutzwall gegen mögliche weitere Attentate aufgestellt.«

Ungeduldig unterbrach die Kanzlerin Steiners Vortrag. Sie wusste, was sie getan hatten, und brauchte keine bestätigende Rede, die ihr keine neuen Fakten brachte. Nachdenklich stand sie auf, ging ein paar Schritte, dann wandte sie sich zu Steiner um. »Halten Sie engen Kontakt zu Wachoviak. Der Innenminister soll mich sofort informieren, wenn etwas passiert. Und die Fachabteilungen sollen die Liste der möglichen Gefährder noch einmal durchgehen. Ich will nicht noch einmal ein Attentat wie das auf dem Alexanderplatz erleben und hinterher verkünden müssen, dass wir die Täter längst kannten.«

Der Kanzleramtsminister erhob sich und verließ das Büro.

Für einen Moment stand Susanne Bergstedt stumm im Raum, nachdem der Minister die Tür hinter sich geschlossen hatte.

Ihr ungutes Gefühl blieb, obwohl sie wusste, dass Steiner recht hatte: Sie hatten getan, was sie konnten.

»Frau Bergstedt?« Bea Traub streckte ihren Kopf durch den Türspalt. »Ihr Termin beim Bundespräsidenten.«

Susanne Bergstedt nickte. Zwar hatte sie den Präsidenten selbst in sein Amt gehoben, aber er war jetzt der erste Mann im Staat und verdiente deshalb Respekt. Sie würde pünktlich sein.

3

Es war still in den Straßen, als sich die Schranke hinter seinem Wagen gesenkt hatte und er den Hügel hinauffuhr. Obwohl die Sonne hinter der Wolkendecke noch über dem Horizont stehen musste, waren die Villen links und rechts der Allee hell erleuchtet, angestrahlt von versteckten Scheinwerfern, die den Reichtum der Besitzer illuminierten und den nassen Schnee auf den Büschen und Bäumen hell erstrahlen ließen. Seligs Haus auf der Kuppe war eines der wenigen, das nicht in der Dämmerung leuchtete, es duckte sich wuchtig und dunkel unter die mächtigen Eichen, die das Grundstück auf der Straßenseite säumten und mit ihren ineinander verwobenen Baumkronen auf Besucher wie ein Bollwerk wirkten.

Selig parkte den Wagen auf dem Grundstück vor dem Eingang, dann schwenkte er das rostige Tor wieder vor die Einfahrt. So wie immer, nutzte er nicht den säulenbewehrten Haupteingang, um die Villa zu betreten, sondern ging um das Haus herum zur hinteren Tür, die in die Küche führte, den gemütlichsten Platz im Haus und Ort guter Kindheitserinnerungen. Marga hatte ihr Zimmer hier im Anbau der Villa gehabt, Tante Marga, ihr Kindermädchen, und in den Nächten, in denen er schlecht geträumt hatte, war er zu ihr gelaufen und in ihr Bett geklettert. Seine Schwester war stets eifersüchtig gewesen, wenn seine Bettdecke am Morgen kalt und klamm auf dem zerwühlten Laken lag.

Doch anders als sonst fühlte sich Selig nicht zu Hause und angekommen, als er Tante Margas einstiges Reich betrat. Diesmal schien die bleierne Schwere, die über den Räumen des Erdgeschosses lag, bis in den Küchenanbau zu reichen. Selig zögerte. Kurz entschlossen, ohne seine Jacke auszuziehen, kochte er sich einen Kakao und füllte ihn in einen dickwandigen Becher. Das dampfende Gefäß in der Hand, verließ er das Haus und stapfte durch den Schnee den Hang hinunter, bis er am Steg stand und über den See blicken konnte.

Nur noch wenige Schneeflocken tanzten durch die Luft. Die Wolkendecke, die auf der Stadt gelastet hatte, war etwas lichter geworden, der rötliche Schein der Sonne ließ sie von innen aufglühen. Selig blieb am Seeufer stehen und blickte in den Abendhimmel. Die Tasse in seiner Hand wärmte seine Finger, und der süße Duft stieg in seine Nase. Der Kakao erinnerte ihn an Tante Marga, so wie er es sich erhofft hatte, und das Gefühl vertrieb die Kälte, auch jene in seinen Gedanken.

Selig musste an Maria denken. Sie meinte es gut mit ihm, das spürte er. Er verstand selbst nicht, wieso er sie immer wieder brüskierte. Er dachte an die Momente zurück, in denen sie sich nahe gewesen waren. Verblüffenderweise, überlegte Selig, waren das genau jene Augenblicke gewesen, in denen er sich am verletzlichsten gefühlt hatte. Eigentlich Momente wie heute.

Bedrückt wandte er sich um und sah zum Haus hinauf. Dunkel und verlassen thronte die Villa auf der Hügelkuppe.

Seine Finger tasteten nach dem Telefon in seiner Tasche. Er bräuchte sie nur anzurufen.

Und dann? Was sollte er ihr sagen?

Selig schloss die Augen und schüttelte sich innerlich. Er würde, sagte er sich, jetzt zur Villa gehen, die Küche betreten und dann in der dunklen Halle am Arbeitszimmer seines Vaters vorbei hinauf in den ersten Stock steigen. Dort lebte er mit seinem Sohn, es war ein ganz normaler Tag, er war erwachsen, und die Ereignisse seiner Kindheit lagen weit zurück. Sie hatten ihren Platz in seinem Leben gefunden. Nur weil sich ein Datum auf einem Kalender jährte, würde er sich nicht den dunklen Gedanken hingeben, die mit der Dämmerung aus dem See krochen und ihn zu fassen suchten. Der Tod seines Vaters war allein die Sache seines Vaters gewesen, und niemand außer ihm trug die Verantwortung für das, was hier im Haus geschehen war.

Ein leises Tuckern schallte über den See, ein mit Lichtpunkten durchsetzter Schatten näherte sich, es war eines der Ausflugsschiffe, die auch jetzt im Winter über den Wannsee fuhren und Berlintouristen zum Eventgasthof am anderen Seeufer brachten. Wie auf Kommando brach die Wolkendecke auf, die tief stehende Sonne erhellte die Wasseroberfläche und das Seeufer, eine perfekte Illumination für die Urlauber, die im Bauch des Schiffes vorglühten.

Ein Lichtblitz auf dem dunklen Oberdeck des Schiffes ließ Selig stutzen. Etwas hatte das Licht der Sonne reflektiert, vielleicht das Glas eines Objektivs oder das eines Feldstechers. Selig starrte zum Schiff hinüber. Stand dort jemand und beobachtete ihn? Im Abendlicht war jetzt schemenhaft eine Gestalt auf dem dunklen Aussichtsdeck des Schiffes zu erkennen. Erneut blinkte etwas auf, ein Lichtreflex, war sich Selig jetzt sicher. Jemand machte ein Foto. Von ihm?

Selig musste über sich selbst lachen. Warum sollte jemand seinetwegen dort draußen in der Dunkelheit stehen? Das war wahrscheinlich ein Tourist, der den Abendhimmel fotografierte. Dort oben schnappte jemand nach Luft so wie er hier am Seeufer.

Selig trank den letzten Schluck seines Kakaos und wandte sich zum Haus um. Im Licht der Abendsonne wirkte es dunkel, aber nicht mehr bedrohlich. Selig atmete tief durch und stapfte durch den knirschenden Schnee entlang seiner Fußspuren zurück den Hügel hinauf.

❄

Wütend knallte Maria die Tür zu und ließ sich auf ihren Schreibtischstuhl fallen. »Hast du sein Gesicht gesehen? Der hat gegrinst wie eine Katze, der man einen Hering hinlegt.«

»Katzen grinsen nicht. Das müsstest du doch wissen.« Wagner öffnete das Seitenfach seines Schreibtisches und holte die Box mit den Teedosen hervor. Er wählte sorgfältig, griff sich schließlich den Behälter mit der ayurvedischen Kräuterteemischung. »Soll ich dir auch einen machen? Schätze, du kannst ihn gebrauchen.«

Maria fauchte unwillig: »Glaubst du wirklich, mir ist nach Teetrinken, wenn die Kollegen ein Stockwerk tiefer die Champagnerkorken knallen lassen? Wir haben denen Schrader auf dem Silbertablett serviert! Den meistgesuchten Wirtschaftsbetrüger der letzten Monate! Selbst Interpol wird aufhorchen, wenn man ihn festnimmt.«

»Was regst du dich so auf?« Wagner tat, als verstünde er Marias Reaktion nicht.

»Schrader war seit Jahren abgetaucht! Und wer hat ihn gefunden? Wir! Und die anderen ernten die Lorbeeren.«

»Von Lorbeeren kannst du dir auch nichts kaufen.«

Maria fuhr herum. Wütend starrte sie Wagner an. »Sag mal, wie blöd bist du eigentlich?«

»Hey, das reicht jetzt!«

Doch Maria war viel zu erbost, um sich zurückzuhalten. »Hast du überhaupt mal eine Sekunde lang nachgedacht? Was, glaubst du, sehen die Leute außerhalb unserer Abteilung? Dass wir monatelang die Arbeit machen? Oder dass die anderen mit großem Auftritt die Zielpersonen festnehmen? Denkst du, Brennauer stellt sich hin und sagt, ich bin nur der Handlanger und arbeite im Auftrag von Selig und seinem Team? Der heftet sich selber den Orden an die Brust! Und wir dürfen zusehen.«

»Du weißt doch, wie Selig tickt.«

»Ja, und ich weiß auch, wie das Haus hier funktioniert! Sieh dir mal die anderen Leiter der Kommissariate an. Die achten sorgfältig darauf, dass bekannt wird, wie gut sie arbeiten. Weil das ihren Job erhält. Von uns weiß niemand, was wir tun.«

Wagner hatte Wasser in den Kocher gefüllt, das Gerät begann leise zu rauschen. »Selbst wenn du recht hast, ist es vollkommen sinnlos, hier wie Rumpelstilzchen rumzuhüpfen und sich zu ärgern. Selig ist, wie er ist. Leb damit, oder geh.«

»Was soll denn *der* Spruch?« Maria funkelte Wagner ärgerlich an.

»Ist doch so. Du kannst Selig nicht ändern. Der ist ein einsamer Wolf. Und Wölfe heulen gern alleine den Mond an. Du kannst froh sein, dass er überhaupt mit dir redet.«

Irritiert bemerkte Maria, wie ihr Wagners Worte einen Stich versetzten. Sie wusste, dass Wagner im Grunde recht hatte, und doch wehrte sich etwas in ihr, seine Äußerung unkommentiert stehen zu lassen. »Wölfe sind Rudeltiere.«

»Ja, nur weiß Selig nichts davon. Vergiss ihn einfach und mach deinen Job. Es gibt wirklich genug andere Dinge, über die man nachdenken kann.«

»Nachdenken! Dass du so ein Wort überhaupt kennst.«

Wagner ließ Marias Spott an sich abperlen. »Das Leben ist zu kurz, um sich zu ärgern. Da werde ich nicht heute damit anfangen.« Entspannt nahm er den dampfenden Kocher vom Sockel und goss den Tee auf. Brodelnd wirbelte das Wasser die grob zerriebenen Blätter herum. Ein süßlich herber Duft stieg auf. Wagner seufzte genießerisch, beugte sich über die Kanne und sog mit geschlossenen Augen die Luft durch seine Nase.

Maria betrachtete ihn ärgerlich. Es war einer der Momente,

in denen Wagner sie zur Weißglut brachte, und ihre Wut kochte umso höher, je entspannter er sich gab. Sie selber war anders. Ihre spanischen Wurzeln ließen sie laut sein, sie kämpfte für die Dinge, die sie wichtig fand, und immer wieder kam es vor, dass sie mit ihrer offenen und direkten Art Kollegen irritierte oder gar verletzte. Wagner und sie, das waren weit voneinander entfernte Pole, verbunden durch ihren Job, doch in fast allen Dingen komplett unterschiedlich.

Und trotzdem: Obwohl Wagner sie aufregte, wünschte sich Maria manchmal, sich ein Stück von ihm abschneiden zu können. Auch wenn seine Entspanntheit von einer satten Portion Desinteresse am Leben anderer Menschen herrührte, beeindruckte Maria immer wieder, mit welcher Nonchalance Wagner Probleme weglächelte und sie tatsächlich zu vergessen schien. Der wichtigste Mensch im Leben Wagners war er selbst, dann kamen sein britischer Sportwagen und seine Sammlung ausgesuchter Tees und dann lange nichts. Maria wusste nicht, ob es etwas gab, das Wagner wirklich etwas bedeutete.

Sie stand auf und nahm schweigend die Teetasse, die er ihr reichte. Vorsichtig roch sie an der heißen Flüssigkeit. Die ätherischen Öle legten sich beruhigend auf die Schleimhäute ihrer Nase.

Maria seufzte. Wieso ging ihr Selig nicht aus dem Kopf? Sie fühlte sich zu ihm hingezogen, obwohl er überhaupt nicht dem Bild des Prinzen entsprach, von dem sie als Jugendliche immer geträumt hatte und der sie aus dem Haus ihrer Eltern hatte retten sollen, auf einem weißen Pferd und einem Sonnenuntergang entgegenreitend. Der Prinz war nicht gekommen, Maria hatte sich selbst retten müssen, und vielleicht hatte genau das ihre Seele geöffnet und ihr die Fähigkeit gegeben, hinter die Fassaden der Menschen zu schauen und Wertvolles zu entdecken, auch wenn die Oberfläche nicht glänzte wie bei ihrem Kollegen Wagner. Selig war still, aber nicht leer wie viele andere, er war manchmal ängstlich, aber empfindsam und empathisch, er war unsicher, aber zugleich auf eine beeindruckende Weise gradlinig und selbstbewusst. Hatte Selig ein Ziel ins Auge gefasst, steuerte er es an, koste es, was es wolle, selbst wenn der Preis seine eigene Gesundheit, vielleicht sogar sein Leben sein sollte. So als wäre er ein verkleideter Prinz, der aus dem Schutz der Unscheinbarkeit heraus für die gute Sache kämpfte. Und manchmal blitzte die glänzende Rüstung durch die unscheinbare Hülle hindurch; Maria hatte es selbst erlebt während ihrer gemeinsamen Arbeit, und es hatte sie fasziniert.

Doch wenn sie ehrlich zu sich war, kannte sie Selig trotz der gemeinsamen Jahre genauso wenig wie Wagner oder die anderen Kollegen in den Nachbarbüros. Sie wusste, dass er geschieden war und sein inzwischen achtzehnjähriger Sohn bei ihm wohnte. Sie wusste, dass Selig in einem Haus direkt am Wannsee lebte, eine heruntergekommene Villa, in der er mit seiner Zwillingsschwester aufgewachsen war und die viele Jahre leer gestanden hatte, bis Selig mit seinem Sohn dort eingezogen war. Selig erzählte nur sehr selten davon, was während seiner Kindheit in dem Haus geschehen war, doch Maria war sich sicher, dass es ihn bis heute prägte und belastete.

Nachdenklich trank sie den heißen Tee.

Sollte sie sich darüber ärgern, dass sie so viel über Selig nachdachte? Er war ein Kollege, nichts weiter, und er lebte sein eigenes Leben, und genau an dem Punkt könnte sie aufhören, sich über ihn Gedanken zu machen. Aber dass er sie ärgerte, zeigte ihr, dass er ihr nicht egal war. Wobei: Auch Wagner ärgerte sie, und bei ihm war sie sich sicher, dass sie keine Lust hatte, länger als nötig über ihn nachzusinnen.

Marias Telefon klingelte, Wagner ging an den Apparat. Er

horchte in den Hörer und versprach, die Nachricht seiner Kollegin auszurichten. Als er aufgelegt hatte, sah er sie neugierig an: »Der Polizeipräsident will dich sprechen. Hab ich irgendetwas verpasst?«

Maria setzte sich auf. Sie war genauso erstaunt wie Wagner. »Selbst wenn ich es wüsste, würde ich es dir nicht sagen.« Sie trank einen letzten Schluck und gab ihm die Tasse zurück. »Danke. Von Tee hast du echt Ahnung.«

»Nicht nur von Tee. Ich hab auch für andere Dinge ein Händchen.« Er zwinkerte ihr zu.

Maria runzelte die Stirn »War das etwa ein Anmachspruch?«

»Wie lautet die richtige Antwort?«

»Ich denke, das weißt du.«

»Ich würde niemals wagen, dich anzumachen.«

Maria lächelte zufrieden. »Siehst du? Das ist der Beweis. Menschen können sich ändern. Selbst du.«

Wagner lachte. »Menschen sind lernfähig, selbst ich. Wer sich einmal an einer heißen Herdplatte verbrannt hat, fasst nicht noch einmal drauf.« Er ging zur Tür und öffnete sie für Maria. »Na los, Señorita, beeil dich. Den Chef lässt man nicht warten.«

❄

Mit einem leisen Brummen setzte die Pumpe ein und drückte das perfekt temperierte Wasser durch das frisch gemahlene Kaffeemehl. Ein feinherber Duft breitete sich im Raum aus. Der Polizeipräsident wartete geduldig, bis die beiden Espressotassen zu einem Drittel gefüllt waren und die Pumpe sich abschaltete. Tropfend versiegte der Kaffeestrahl.

»Zucker?«

Maria schüttelte den Kopf.

Der Polizeipräsident reichte Maria eine der Tassen und stellte sich selbst die zweite bereit. Dann ließ er sich in seinen Schreibtischsessel fallen. Er schnupperte an seinem Espresso, trank genussvoll einen Schluck und betrachtete Maria über den Rand der Tasse hinweg.

»Mögen Sie Ihren Beruf?«

Maria überraschte die Frage. Sie hatte mit allem gerechnet: mit Lob für ihren Erfolg oder mit Tadel über Seligs Umgang damit, einem Auftrag für ihre Ermittlungsgruppe oder einem Angebot, auf eine neue Stelle in eine andere Abteilung zu wechseln.

Sie runzelte die Stirn. »Sie meinen, ob ich zufrieden bin mit meiner Position?«

»Nein. Mich interessiert, ob Sie gerne Polizistin sind.«

Maria überlegte kurz. »Ja. Ich mag meinen Beruf.«

»Und warum?«

Erneut zögerte Maria. Sie musste sich eingestehen, über diese Frage noch niemals wirklich nachgedacht zu haben. Polizistin zu sein war schon als Kind ihr sehnlichster Berufswunsch gewesen, und ihre Arbeit als Kommissarin war, abgesehen von der nervigen Schreibarbeit, für sie perfekt. »Die Mischung macht es. Eine anspruchsvolle Aufgabe, viel Abwechslung, berufliche Sicherheit, gesellschaftliche Anerkennung.« Sie zögerte kurz, dann ergänzte sie: »Die Arbeit mit netten und fähigen Kollegen.«

Der Polizeipräsident nahm den Ball, den sie ihm zuwarf, auf.

»Sind Ihre Kollegen fähig?«

»Das wissen Sie doch. Selig hat gerade Schrader aufgespürt.«

»Matthias Schrader?« Der Präsident stutzte und suchte mit

seinem Blick seinen Schreibtisch ab. »Ich dachte, Brennauer und sein Team nehmen ihn fest.«

»Nachdem Selig, Wagner und ich die ganze Arbeit gemacht haben.«

Der Polizeipräsident fand, was er suchte: eine kleine handgeschriebene Notiz. »Hier steht nichts von Selig.«

»Das kann ich mir denken.« Maria war ärgerlich. »Brennauer ist gut darin, sich die Erfolge anderer an seine Brust zu heften.« Sie berichtete dem Polizeipräsidenten von ihrer Arbeit in den vergangenen fünf Monaten, die mit der Verhaftung Schrader in diesen Stunden abgeschlossen wurde.

Nachdenklich legte der Polizeipräsident die Notiz auf die Schreibtischplatte und lehnte sich zurück. »Sie meinen also, dass Selig ein guter Ermittler ist?«

»Ja, natürlich. Und Sie wissen das auch.«

Der Präsident seufzte. »Natürlich weiß ich, dass Selig gut ist. Das hat er in der Vergangenheit oft genug bewiesen.«

Maria musterte den Polizeipräsidenten prüfend. »Das ist ein Aber-Satz.«

Der Polizeipräsident musste lachen. »Ja, Sie haben recht. Es gibt ein Aber.«

»Und das lautet?«

»Wir müssen sparen.«

Maria runzelte die Stirn. »Was hat das mit uns zu tun?«

»Mir sitzt der Innensenator im Nacken. Ich muss Stellen einsparen. Führungspositionen. Der Senator will gemeinsam mit seinen Länderkollegen den Kampf gegen den internationalen Terrorismus intensivieren.«

»Und dazu braucht er Seligs Stelle.«

»Soll ich Brennauers Abteilung dichtmachen? Nachdem er Schrader verhaftet hat, den meistgesuchten Wirtschaftsverbrecher der letzten Jahre?«

»Ich dachte, es kommt darauf an, was man leistet, und nicht darauf, wie man sich darstellt.« In ihrem Ärger hatte ihre Stimme mehr Schärfe, als Maria es eigentlich wollte.

Der Polizeipräsident seufzte erneut. »Ich schätze Sie, Frau Fernandez. Ihr Einsatz mit dem Jungen aus dem Brandhaus war sehr unkonventionell, aber hat uns gute Presse gebracht.« Er lächelte entschuldigend, als er ihre gerunzelte Stirn sah. »Ab einer bestimmten Position kommt es nicht mehr nur darauf an, was passiert, sondern auch, wie es in der Öffentlichkeit wirkt.«

»Und da ist Selig nicht sehr erfolgreich.«

»Nicht mehr, nein. Ich denke, seine Zeit ist gekommen. Sprechen Sie mit ihm. Ich könnte mir eine Übergangsregelung bis zum Vorruhestand vorstellen. Dann kann er ungestört seinen Interessen nachgehen. Ich zähle auf Sie, Frau Fernandez, ich möchte die ganze Angelegenheit ruhig über die Bühne bekommen. Es wird nicht zu Ihrem Schaden sein.«

Maria schwieg, während sich ihre Gedanken überschlugen. Sie wusste, es war sinnlos, mit dem Polizeipräsidenten zu diskutieren. Sie konnte es sich sparen, ihn darauf hinzuweisen, dass Selig einer der klügsten Köpfe war, den die Berliner Kriminalpolizei hatte, oder dass es absolut idiotisch und uneffektiv wäre, ihn freizustellen, mehr als zwnazig Jahre vor dem Ende seiner regulären Dienstzeit, nur weil die Übergangsgehälter und Vorruhestandszahlungen aus einem anderen Budget gespeist wurden als das für die Gehälter der Führungskräfte.

Der Polizeipräsident sprach weiter. »Ich weiß, dass Sie das nicht verstehen. Aber es ist ganz einfach. Ich muss fünf Führungspositionen frei machen für die neue Behörde. Also greife ich dort ein, wo es am wenigsten wehtut.«

Maria nickte schweigend.

»Also? Kann ich mich auf Sie verlassen?« Der Polizeipräsident stand auf, als Zeichen, dass das Gespräch beendet war.

Auch Maria erhob sich. »Geben Sie mir drei Wochen.«

»Wofür?«

»Sie möchten doch, dass die Sache geräuschlos über die Bühne geht. Überzeugungsarbeit braucht Zeit.«

Der Polizeipräsident musterte sie nachdenklich. »Ich gebe Ihnen drei Tage. Dann will ich Seligs Gesuch auf dem Tisch haben, den Polizeidienst zu verlassen.«

Maria zwang sich zu einem Lächeln. »Ich werde sehen, was ich tun kann.«

4

Sein Telefon klingelte, als Selig gerade aus der Dusche kam. Mozarts erstes Hornkonzert füllte die Räume im ersten Stockwerk der Villa, Selig hatte die CD eingelegt, bevor er ins Bad gegangen war. Musik half ihm dabei, sich im Hier und Jetzt zu fühlen, sie verdrängte die drückende Stille und verlieh den Räumen, die er sich im ersten Stock der Villa zurechtgemacht hatte, eine heimelige Atmosphäre fernab der Vergangenheit, die in diesem Haus immer präsent war.

Selig nahm das Gespräch an, während er in sein Wohnzimmer eilte und die Lautstärke der Hi-Fi-Anlage herunterregelte. Er freute sich, als er die Stimme seines Sohnes erkannte. »Tobias! Ist alles in Ordnung?«

Tobias' Stimme klang verlegen. »Na ja … eigentlich schon.«

»Was heißt eigentlich? Du wolltest doch heute Abend hier sein.«

»Wollte ich ja auch. Ich bin auch fast da. Wir stehen am Spandauer Damm.« Tobias berichtete, dass sie mit ihrem Transporter liegen geblieben waren. »Wir brauchen deine Hilfe.«

»Wir?«

»Ich und ein paar Kumpels. Kannst du kommen? Du musst uns abschleppen.«

Selig fand die Vorstellung, nachts und auf schneeglatter Straße einen fahrunfähigen Wagen durch die Stadt zu ziehen, nicht sehr verlockend. »Soll ich nicht lieber ein Abschleppunternehmen anrufen?«

»Genau das wollen wir nicht.« Tobias zögerte. »Unsere Ladung ist … sensibel.«

Selig horchte auf. »Gibt es da etwas, das ich wissen muss?«

»Nein. Frag nicht. Du weißt, was wir tun.«

Tatsächlich wusste Selig ziemlich genau, in welchen Kreisen sein Sohn verkehrte, seit Tobias und seine Freunde ihm geholfen hatten. Selig hatte sie nicht verraten, und dieser Vertrauensbeweis hatte ihn mit seinem Sohn enger zusammenrücken lassen – so eng es mit einem achtzehnjährigen freiheitsliebenden Dickkopf überhaupt möglich war.

»Okay. Ich komme.«

»Bitte mach schnell!«

Selig versprach es.

❄

Der Schneepflug des privaten Serviceunternehmens schob gerade den Graupel von den Straßen der Siedlung, als Selig das Haus verließ und das Tor zur Straße aufzog. Der Schlepper näherte sich mit dröhnendem Motor und holperte rumpelnd über eine Bordsteinkante, während er den Schneematsch von der Fahrbahn kratzte. Selig wartete, bis der Pflug das Haus passiert hatte, dann startete er den Wagen und fuhr den Hügel hinab zur Ausfahrt der bewachten Wohnanlage.

Selig war als einer der wenigen Hausbesitzer dagegen gewesen, die Villensiedlung am Ufer des Wannsees einzuzäunen und von einem privaten Unternehmen überwachen zu lassen. Doch obwohl an diesem Ort noch nie etwas Bedrohliches geschehen war, fürchtete die Mehrheit um ihre Sicherheit, und da viele der Bewohner in Politik und Gesellschaft Einfluss hatten, war das Gebiet am Südwestrand der Stadt eines der ersten gewesen, die aus der Hoheit der Stadtverwaltung herausgenommen und der privaten Obhut der Bewohner übergeben worden waren. Inzwischen hatte Selig sich daran gewöhnt, hinter Gittern zu leben. So sehr anders als vorher, fand er, war das Gefühl ohnehin nicht.

Der Wachmann an der Pforte schaltete seine Taschenlampe ein und leuchtete in den Wagen, als Selig stoppte. Geblendet blinzelte Selig in das Licht. Der Uniformierte erkannte ihn, tippte mit dem Finger an den Schirm seiner Mütze und ging in das Wachhäuschen, um die Schranke zu öffnen. Mit einem leisen Summen hob der Elektromotor die stahlverstärkte Absperrung an und machte den Weg frei.

Selig passierte die Ausfahrt. Er war in Gedanken bei dem Telefonat mit Tobias und fragte sich gerade, ob sein Versprechen, ihm und seinen Freunden zu helfen, wirklich eine gute Idee gewesen war. Egal, wie sinnvoll er fand, was Tobias' Freunde taten, und egal, wie sehr er selber von ihrer Arbeit profitiert hatte: Es war illegal, was die Gruppe trieb, und ihnen in seinem Haus Unterschlupf zu gewähren war nicht ohne Risiko. Denn dass Tobias mit seinen Freunden nicht zu ihm kam, um zu chillen oder eine Party zu feiern, war Selig klar.

Selig bemerkte nicht die Limousine, die aus einer Parklücke am Straßenrand glitt und ihm nachfuhr.

Wenig später hatte er die Avus erreicht. Er beschleunigte seinen Wagen und wollte ihn gerade auf die Fahrbahn lenken, als er sah, dass sich mit hohem Tempo zwei Sportwagen näherten, nebeneinander, beide Spuren der schnurgeraden Autobahn nutzend. Schneematsch aufwirbelnd, rasten die Wagen heran. Im Bruchteil einer Sekunde begriff Selig, dass ein Unfall unvermeidlich wäre, würde er jetzt seinen Wagen auf die Autobahn lenken. Er riss das Steuer herum und bremste abrupt, der Wagen schlitterte mit hämmerndem Antiblockiersystem, Selig hielt ihn mit Mühe in der Spur, bis er am Ende der durch ein Baustellenschild begrenzten Beschleunigungsspur stoppte. Mit heulenden Motoren kamen die beiden Sportwagen näher. Auch die Limousine, die ihm seit der Siedlung gefolgt war, näherte sich jetzt schnell. Selig sah im Rückspiegel zwei Scheinwerfer rasch größer werden, schaltete eilig die Warnblinkanlage an und presste in Erwartung des Aufpralls seinen Kopf gegen die Kopfstütze.

Doch kurz bevor die Limousine auffuhr, riss der Fahrer hinter ihm sein Lenkrad nach links. Mit aufheulendem Motor schoss das schwere Fahrzeug an Seligs Wagen vorbei auf die Fahrbahn der Avus, genau in dem Moment, als die beiden das Rennen ausfahrenden Autos an ihnen vorbeirasten. Knirschend touchierte der vordere Kotflügel der Limousine das Heck eines der beiden Sportwagen. Das tiefergelegte Coupé schleuderte herum und rotierte wie ein Kreisel auf der abgestreuten, aber immer noch glatten Fahrbahn. Selig hielt den Atem an. Schneematsch zur Seite fegend, schlitterte der Sportwagen weiter, verfehlte dabei wie durch ein Wunder sowohl seinen davonrasenden Renngegner als auch die Leitplanken am Straßenrand und kam hundert Meter weiter entgegen der Fahrtrichtung zum Stehen.

Einen Moment saß Selig regungslos hinter dem Steuer und starrte auf die Szene, unfähig, zu reagieren. Dann merkte er, dass er noch immer die Luft anhielt. Er atmete aus und zwang sich, seine Hände vom Lenkrad zu lösen, um das mobile Blaulicht unter dem Sitz hervorzuholen und auf das Wagendach zu stellen. Das blaue Flackern gab der Szenerie den dramatischen Anstrich, den sie verdiente. Vorsichtig lenkte Selig sein Auto auf die Fahrbahn und stoppte hinter der Limousine, die still und mit abgeblendeten Scheinwerfern auf der rechten Fahrspur stand.

Der Sportwagen wendete eilig, als das Blaulicht aufflammte, und verschwand mit durchdrehenden Reifen in der Dunkelheit.

Selig schaltete den Motor ab und stieg aus, lief zur Limousine und klopfte an das Fenster. Der Fahrer, ein alter Mann mit schneeweißen, zu einem Pferdeschwanz gebundenen Haaren, drehte den Kopf und sah zu ihm herauf.

»Ist alles klar mit Ihnen?«

Der Alte kurbelte die Scheibe herunter. Selig wiederholte seine Frage. Der Alte nickte.

»Lenken Sie Ihren Wagen auf die Seite. Wir müssen die Fahrbahn frei machen.«

Der Alte nickte erneut und ließ den Motor an.

Die ersten Wagen stauten sich hinter ihnen und passierten mit niedrigem Tempo die Unfallstelle. Auch auf der Gegenfahrbahn verlangsamte sich der Verkehr, Selig sah die neugierigen Blicke der Gaffer, die auf eine Sensation hofften und fast enttäuscht schienen, dass nicht mehr passiert war.

Der weißhaarige Fahrer war schon ausgestiegen und stand an der Leitplanke, als Selig hinter dem Unfallwagen auf dem Standstreifen stoppte. Schweigend starrte der Alte auf den vorbeifahrenden Verkehr. In weißen Wolken stieg sein Atem in die Nacht. Dem Schaden, den der Unfall an seinem betagten, aber gepflegten Wagen hinterlassen hatte, widmete er keinen Blick.

Selig betrachtete den Fahrer genau. Der Mann wirkte ruhig, fast entspannt, so als mache er eine Pause am Straßenrand. Kein Zittern verriet einen Schock, kein Zucken die innere Anspannung. Doch Selig wusste, die Ruhe konnte täuschen.

»Geht es Ihnen gut?«

Der Weißhaarige nickte. »Ist das nicht absurd? Eine Sekunde früher, und alles wäre vorbei gewesen.« Er suchte Seligs Blick. »Alles, wofür ich mein Leben lang gekämpft habe, bis zu diesem Moment. Nur weil zwei Idioten ein Rennen fahren.«

Selig wusste nicht, was er antworten sollte. »Kommen Sie, ich fahre Sie in ein Krankenhaus.«

»Das ist nicht nötig.«

»Sind Sie sich sicher?«

»Natürlich. Es ist ohne Bedeutung.«

»Das sehe ich anders. Wir sichern Ihren Wagen, und dann kommen Sie mit mir.«

Fast unwillig wehrte der Weißhaarige die Aufforderung ab. »Glauben Sie mir, ich weiß, was für mich gut ist. Und das Letzte, was ich jetzt brauche, ist ein Krankenhaus.«

»Dann bringe ich Sie zur nächsten Polizeidienststelle. Die Kollegen können alles aufnehmen, für Ihre Versicherung.« Selig warf einen Blick auf den eingedrückten Kotflügel. Die Achse schien unversehrt, die massive, um die Wagenkante herumgezogene Stoßstange der Limousine hatte die Wucht des Aufpralls abgefangen.

»Nein, danke, ich möchte das nicht.« Die Stimme des Alten klang bestimmt.

»Aber Sie müssen das melden.«

»Ich gehe morgen zur Polizei«, entgegnete der Weißhaarige. »Aber jetzt würde ich gerne weiterfahren.«

Selig spürte, er würde den Fahrer nicht umstimmen können. Kurz überlegte er, selbst Meldung zu machen, aber etwas in der Stimme des Alten ließ ihn zögern. Schließlich griff er in seine Jackentasche und holte eine Visitenkarte hervor. »Geben Sie den Kollegen meinen Namen, wenn Sie Anzeige erstatten. Dann kann ich eine Zeugenaussage abgeben.«

Der Alte nahm die Karte und blickte darauf. »Paul Selig …«

»So heiße ich, ja. Sie versprechen mir, morgen zur Polizei zu gehen?«

Der Weißhaarige nickte.

»Gut. Dann passen Sie auf sich auf. Und fahren Sie vorsichtig.« Selig nickte dem Alten ein letztes Mal zu, bevor er zurück zu seinem Wagen ging und das Blaulicht ausschaltete. Dann startete er den Motor und fuhr auf die Autobahn, vorbei an dem Weißhaarigen, der ebenfalls wieder eingestiegen war.

Im Rückspiegel sah Selig die Limousine noch am Rand der Autobahn stehen. Für einen Moment dachte er darüber nach, ob es ein Fehler gewesen war, den Alten dort zurückgelassen zu haben. Dann verschluckte der stärker werdende Verkehr die beiden leuchtenden Punkte am Straßenrand, und Selig konnte die Scheinwerfer des Unfallwagens nicht mehr von denen der anderen Autos unterscheiden.

Der Weißhaarige saß hinter dem Lenkrad seiner Limousine und blickte auf die Visitenkarte in seiner Hand. Er rührte sich nicht, war in Gedanken, wie erstarrt. Erst als ein Wagen hinter ihm anhielt und den Warnblinker einschaltete, kam Leben in den Alten. Sorgfältig verstaute er die Karte in seiner Hosentasche und ließ den Motor an. Vorsichtig, den Verkehr im Rückspiegel beobachtend, fuhr er an und lenkte die Limousine zurück auf die Fahrspur der Autobahn.

5

Selig verließ die Avus kurz hinter dem Funkturm, um auf den Spandauer Damm hinunterzufahren. Er war nachdenklich, die Begegnung mit dem Alten klang in ihm nach. Ihn ärgerte es, weder den Namen des Fahrers noch dessen Nummernschild notiert zu haben. Manchmal verhielt er sich dilettantisch wie ein Anfänger, tadelte er sich. Kurz überlegte er, jetzt noch die Kollegen vom Streifendienst zu informieren, doch dann ließ er es. Es war dafür zu spät, der Alte war mit Sicherheit schon davongefahren. Die Kollegen der Nachtschicht hatten genug zu tun, wusste Selig, sie mussten nicht auch noch von ihm überflüssige Aufgaben bekommen, nur damit er sich besser fühlte.

Der Transporter von Tobias und seinen Freunden, ein rostzerfressener Barkas B 1000, stand in Sichtweite des Charlottenburger Schlosses am Straßenrand. Ein Streifenwagen mit eingeschaltetem Blaulicht hatte hinter dem liegen gebliebenen DDR-Transporter gestoppt, die beiden uniformierten Beamten standen gerade am Fahrerhaus und blätterten in den Papieren, die ihnen aus dem Fenster hinausgereicht worden waren.

Selig schaltete sein mobiles Blaulicht ein und wendete auf der Fahrbahn, um vor dem Barkas zu stoppen. Er holte tief Luft, dann stieg er aus und ging auf die beiden Uniformierten zu. »Danke, Kollegen, ich übernehme das hier.« Selig mühte sich um ein Lächeln und hoffte, souveräner zu wirken, als er sich fühlte.

Die beiden Beamten warfen einen kurzen Blick auf Seligs Dienstausweis, den er ihnen entgegenhielt, bevor sie ihm die Papiere reichten, froh darüber, wieder in den warmen Streifenwagen steigen zu können.

Zum ersten Mal war Selig erleichtert darüber, dass sein Sohn den Nachnamen seiner Mutter trug und nicht den seinen.

Angespannt sah Tobias den davonfahrenden Polizisten nach. »Scheiße, war das knapp. Mann, wo warst du?« Ärgerlich sah er Selig an. »Ich hatte doch gesagt, dass es eilig ist.«

»Glaub mir, ich habe mich beeilt. Und jetzt bin ich ja da.« Selig warf einen Blick auf die drei Ausweiskarten, die ihm der uniformierte Kollege gegeben hatte. »Ihr könnt schon mal alles fürs Abschleppen vorbereiten.«

Tobias stieg aus, auch seine beiden Begleiter verließen den Wagen. Selig kannte sie beide, sie hatten ihm geholfen, als er von der Antiterroreinheit des Innenministers gesucht und fast gefunden worden war. Der Dunkelhaarige mit dem perfekt getrimmten Bart hieß Paolo, und der Name des Blonden war Sven, wie Selig nach dem Blick auf seinen Ausweis nun wusste.

Sven grinste Selig an, als er die Ausweiskarte entgegennahm. »Wow, cool. Der Mann, der die Sicherheitsgesetze zu Fall gebracht hat. War ein lässiger Auftritt gerade eben.« Der Blonde hob seine Hand zur Begrüßung, Selig schlug ein, froh darüber, dass Tobias ihm vor einiger Zeit das aktuell angesagte Begrüßungsritual der Szene gezeigt und mit ihm ausprobiert hatte. Auch Paolo begrüßte Selig, er reichte ihm schlicht die Hand.

Selig bemerkte aus den Augenwinkeln Tobias' Erleichterung, dass ihn sein Vater vor den Augen seiner Freunde nicht blamierte.

Zehn Minuten später hatten sie das Abschleppseil aus dem Ladekoffer des Transporters sowohl an der Abschleppöse unter der Stoßstange des Barkas als auch an der von Seligs Wagen befestigt und fuhren langsam zurück in den Süden der Stadt.

Tobias saß neben ihm. Er warf seinem Vater einen Seitenblick zu. »Entschuldigung, dass ich dich vorhin angemacht habe. Ich war total im Stress.«

Selig nickte. Er betrachtete seinen Sohn prüfend, bevor er sich wieder auf die Straße konzentrierte. Eine Weile schwiegen sie gemeinsam, beide hingen ihren Gedanken nach. Dann brach Selig die Stille zwischen ihnen. »Ich mache mir Sorgen, Tobias.«

»Das musst du nicht.«

»Das sagst du immer.«

»Weil es stimmt.«

Selig war nicht überzeugt. »Was habt ihr vor?«

Tobias zögerte.

»Ich frage dich noch einmal: Gibt es etwas, das ich wissen muss?«

Stumm schüttelte Tobias den Kopf.

»Ich mag deine Freunde«, setzte Selig nach, »und im Grunde finde ich auch richtig, was ihr tut. Aber vieles davon ist gegen das Gesetz, und ich bin Polizist. Selbst die Aktion heute Abend mit den Kollegen von der Streife war grenzwertig.«

»Wieso? Du schleppst uns ab. Was ist daran falsch?«

»Ich hätte ihnen sagen müssen, dass ich dein Vater bin. Ich bin mir sicher, sie wollten eure Personalien überprüfen.«

Tobias starrte eine Weile schweigend aus dem Fenster.

»Was ist in dem Transporter, Tobias?«

»Unsere Computer. Das komplette Equipment.«

Jetzt verstand Selig, warum Tobias so nervös war. »Ihr habt euer Hauptquartier verlassen?«

Tobias nickte. »Wir haben den Hauptrechner abgebaut. Das Netz im Osten der Stadt bricht immer wieder zusammen. Aber bei uns in der Siedlung sind die Leitungen stabil.«

»Moment mal: Heißt das, ihr wollt eure Ausrüstung in meinem Haus aufbauen? Das geht nicht!«

Tobias' Gesichtszüge verhärteten sich. »Ich wohne dort. Es ist meine Sache, wen ich zu mir einlade.«

»Und was ist mit der Datenleitung? Die läuft auf meinen Namen! Glaubst du, ich habe nach allem, was geschehen ist, Lust darauf, dass irgendwann der Staatsschutz bei uns vor der Tür steht?«

»Entspann dich. Die finden uns nicht. Die suchen uns seit Jahren und haben unser Hauptquartier niemals entdeckt. Außerdem tun wir nichts Illegales.«

»Und das kannst du mir garantieren?«

Tobias schwieg.

»Was habt ihr vor?«

Tobias antwortete nicht.

Selig betrachtete ihn nachdenklich. Er wusste, Tobias würde nichts mehr sagen, also drang er nicht weiter in ihn. Schweigend fuhren sie durch die Stadt.

Endlich erreichten sie die Siedlung, der Posten öffnete die Schranke, als er Selig erkannte. Zügig lenkte Selig ihr Gespann den Hügel hinauf. Doch es reichte nicht, auf halber Strecke blieben sie mit durchdrehenden Reifen an der Schräge hängen. Der Barkas war zu schwer und die Straße zu glatt.

Selig schaltete den Motor ab und stieg aus. »Ich hole Hilfe. Warte hier.« Zügig ging er zurück zum Pförtnerhäuschen, nachdem er Paolo und Sven kurz über den Stand der Dinge informiert hatte.

Zehn Minuten später rumpelte der Schneepflug heran, Selig saß auf dem Beifahrersitz. Routiniert befestigte der Arbeiter das Abschleppseil an einer Stahlöse am Heck des Traktors. Kurz darauf stand der Transporter vor Seligs Villa, und gemeinsam schoben sie ihn auf das Grundstück bis vor die Garage. Selig gab dem Arbeiter ein Trinkgeld und parkte, nachdem der Schneepflug davongerumpelt war, seinen Wagen vor dem Barkas. Dann verschloss er das Gittertor.

Paolo und Sven sahen ihm entgegen, Tobias stand bei ihnen.

Sven grinste verkniffen. »Es ist sehr wichtig, dass wir heute Nacht wieder ins Netz kommen. Du wirst keinen Ärger kriegen, das verspreche ich.«

»Warum ich Ärger kriegen könnte, das wollt ihr mir nicht verraten?«

Der Blonde schüttelte den Kopf. »Je weniger du weißt, desto besser.« Er zögerte. »Wir haben noch einen gut bei dir.«

Selig wusste, worauf der Blonde anspielte, und nickte ernst.

Einen Moment lang war es still.

Dann traf Selig eine Entscheidung. »Gut. Tut es.«

Tobias lächelte erfreut, und für einen Moment schien es, als würde er Selig umarmen, aber dann klopfte er ihm nur dankend auf die Schulter, als wären sie Kumpel und nicht Vater und Sohn.

Paolo öffnete die Seitentür des Barkas, um an die Ladung zu kommen. »Können wir den Haupteingang nehmen?«

Selig, der gerade um das Haus herumgehen wollte, zögerte, dann nickte er wieder.

Wenig später trugen die drei jungen Männer die Ausrüstung in die Villa: Computerracks, Kabel, Kisten mit Zubehör. Fragend sah sich Paolo in der Halle um. »Wohin?«

»Mein Zimmer ist oben«, antwortete Tobias, »allerdings ist da nicht sehr viel Platz …« Er suchte Seligs Blick.

Selig verstand seine unausgesprochene Frage sofort.

Und das an diesem Abend!

Kaum hatte Selig diesen Gedanken gedacht, wurde ihm klar, dass gerade dieser Abend der richtige war, um das Erdgeschoss für Tobias und seine Freunde zu öffnen. Er holte tief Luft, dann wies er auf eine schwere, mit Schnitzereien verzierte Doppeltür, die von der Halle abging. »Ihr könnt den Saal nehmen.«

»Wirklich?« Tobias lächelte, als Selig nickte.

Der Blonde stieß die Tür auf, leise quietschend schwang sie in den Scharnieren zurück. Er trat über die Schwelle, die anderen folgten ihm. Beeindruckt sahen sie sich um.

Der Saal, wie Selig den Hauptraum der Villa nannte, war ein lang gestrecktes stuckverziertes Zimmer, das sich auf der einen Seite zur Terrasse und auf der anderen zum See hin öffnete, mit großen Fenstern, deren Rundbögen am Tag viel Licht hereinließen. Ein imposanter Kamin füllte die Wand gegenüber der Tür. Mit Hussen bedeckte Möbel standen auf altem Parkett.

»Das passt.« Sven wirkte zufrieden, auch Paolo nickte.

Selig war vor der Tür stehen geblieben, ohne auch nur die Schwelle des Raumes zu berühren. Er vermied es, die Zimmer im Erdgeschoss der Villa zu betreten. Sein Vater hatte hier gelebt, hier und in dem Arbeitszimmer gleich gegenüber. Diese zwei Türen in der Halle öffnete Selig nur, wenn es unbedingt sein musste.

Eine kurze Weile sah er dabei zu, wie die drei ihre Ausrüstung in den Saal trugen und damit begannen, sich einzurichten. Sie arbeiteten konzentriert und mit der Routine von Profis. Selig erkannte, sie brauchten ihn nicht, es gab keine Veranlassung für ihn, länger als nötig hier zu stehen.

Als Tobias das nächste Mal an ihm vorbeiging, hielt er ihn auf. »Ich bin oben. Wenn was ist, weißt du, wo du mich findest.«

Tobias nickte.

Ohne nachzudenken, zog Selig seinen Sohn an sich und umarmte ihn. Tobias erwiderte die Umarmung, er drückte seinen Vater kurz und fest, nicht ohne sich zuvor vergewissert zu haben, dass seine Freunde sie nicht beobachteten.

»Sven hat dich cool genannt!« Tobias knuffte Selig spöttisch, doch sein Spott war freundschaftlich. Stolz lag in seinem Blick. Dann eilte er weiter, um den Rest der Ausrüstung aus dem Wagen in die Villa zu schaffen.

Lächelnd stieg Selig die Stufen zu seinem Zimmer hinauf.

Bald darauf lag er in seinem Bett und horchte in die Dunkelheit. Anders als sonst war es nicht still im Haus, er hörte Geräusche, leise Stimmen, manchmal ein Lachen. Selig kuschelte sich in seine Decke. Zufrieden schlief er ein.

❄

In einem in die Jahre gekommenen Wohnhaus am Rande von Berlin-Karlshorst betrat zur gleichen Zeit ein alter weißhaariger Mann seine kleine Wohnung. Er zog seinen Mantel aus, warf ihn achtlos auf einen Stuhl, ging zu seinem Schreibtisch im Wohnzimmer und setzte sich. Es war kalt, ein Fenster stand auf Kipp. Leise war das Schreien von Pavianen zu hören. Der Alte beachtete es nicht. Seine Aufmerksamkeit galt der Visitenkarte, die er aus seiner Hosentasche geholt hatte und nun nachdenklich betrachtete. Minutenlang saß er regungslos. Schließlich legte er die Visitenkarte auf eine Mappe, auf der Seligs Name stand, und griff sich sein Telefon, um die letzte Nummer zu wählen, die er zuvor angerufen hatte.

Sein Gesprächspartner meldete sich nach dem ersten Klingeln.

Der alte Mann räusperte sich. »Er ist es. Wir ziehen die Sache durch.«

Bevor der andere protestieren konnte, unterbrach der Alte die Verbindung.

6

In der Nacht änderte sich alles.

Der Angreifer kam schleichend. Von allen unbemerkt, kroch ein Computervirus in das Netz, er huschte durch Kupferkabel und Glasfaserleitungen, öffnete verborgene Türen, nistete sich in Datenbanken ein, veränderte Codes und Programmzeilen. Ungerührt und unerbittlich verrichtete der Virus sein zerstörerisches Werk, Stunde um Stunde, bis jeder Ort, den die Attentäter vorbereitet hatten, von ihm infiziert worden war.

Die Menschen in der Stadt waren ahnungslos. Sie schliefen oder arbeiteten, eilten gehetzt oder ruhten sich aus, sie feierten berauscht, stritten sich oder schwiegen, sie lachten, sie weinten, sie töteten und halfen anderen beim Überleben oder starben einfach, weil es an der Zeit war.

Selig schlief traumlos, das erste Mal seit vielen Nächten.

Susanne Bergstedt blätterte in ihren mit Anmerkungen gespickten Akten, bis die Zeilen vor ihren Augen verschwammen und sie hinauf in ihre Wohnung ging, um sich ein paar Stunden auszuruhen.

Maria fand keinen Schlaf, sie wälzte sich schweißnass unter ihrer Decke und trat schließlich erschöpft auf die Terrasse ihrer kleinen Wohnung, um über die Dächer von Friedrichshain zu blicken, ihre Katze auf dem Arm.

Auch der Alte in seiner Wohnung in Karlshorst kam nicht zur Ruhe, er rang mit sich und seiner Entscheidung.

Es wurde kalt in diesen Stunden, der Nachtfrost kroch in die Straßen der Stadt, so als wollte er den Menschen Fesseln aus Eis anlegen.

Der Virus wartete derweil, bis der Tag anbrach.

7

Mit müden Augen, die Glieder schwer, stand die Bundeskanzlerin am Küchenfenster ihrer Wohnung im obersten Stockwerk des Kanzleramtes und starrte in den Sonnenaufgang. Die Kälte der Nacht hatte den Graupel, der auf der Terrasse am Abend zuvor niedergegangen war, zu einer schillernden Eisschicht gefroren, das Licht der Sonne spiegelte sich in den Kristallen. Susanne Bergstedt hatte für die funkelnde Schönheit keinen Sinn. Wenn sie allein war, dann dachte sie nach und funktionierte, ohne wirklich zu bemerken, was um sie herum geschah. Sonnenaufgänge kamen in ihrem Leben nicht vor.

So wie jede Nacht, hatte sie nur ein paar Stunden geschlafen. Sie würde die fehlenden Stunden den Tag über nachholen, im Wagen, im Flugzeug, zwischen zwei Sitzungen. In den Jahren im Zentrum der Macht hatte sie diese Form des zerhackten Arbeitens und Ausruhens bis zur Perfektion trainiert, sie kam damit zurecht, auch wenn sie die Belastungen ihres Jobs längst nicht mehr so gut wegsteckte wie in den ersten Jahren ihrer Regierung. Sie wurde älter, das sah sie nicht nur im Spiegel, sondern sie spürte es auch in ihren Knochen.

Ihre kurze Nachtruhe war ohne Unterbrechung geblieben, das war die beste Nachricht, als sie am Morgen aus dem Schlaf hochgeschreckt war. Niemand hatte sie geweckt, niemand hatte Alarm geschlagen, und das bedeutete, dass der angekündigte Angriff ausgeblieben war. Ein Anruf bei ihrer Büroleiterin, die wie jeden Morgen vor ihr an ihrem Schreibtisch saß, bestätigte ihre Vermutung. Weder ihr Innenminister noch eine andere Stelle des weitverzweigten Sicherheitsapparates hatte ein Attentat gemeldet.

Der Kaffeeautomat gab die Tassenportion frei, der Duft eines Espressos füllte den lichten Raum. Susanne Bergstedt stellte ihre Tasse auf die Bar, gleich neben das Croissant, das sie sich jeden Morgen zusammen mit einem Glas frisch gepresstem Orangensaft bringen ließ. Zufrieden trank sie einen Schluck. Es würde ein normaler Tag werden, hoffte die Kanzlerin, mit dem täglichen Wahnsinn, der zwar anstrengend, aber beherrschbar war.

Sie wusste nicht, wie sehr sie sich irrte.

❄

Das Polizeipräsidium summte am Morgen wie ein Bienenschwarm im Stimmbruch, die lang gestreckten Gänge des alten Gebäudes verstärkten die Schallwellen und vermischten die Gespräche der Ankommenden zu einem auf- und abschwellenden Klangbrei.

Maria hatte für das akustische Erlebnis kein Ohr, sie ging mit Wagner die Treppe hinauf und berichtete ihrem Kollegen, was am Vortag geschehen war.

Überrascht blickte Wagner sie an. »Sag das noch mal.«

Maria betrat vor ihm das Büro und schleuderte ihre Tasche neben den Schreibtisch. »Was ist daran so schwer zu verstehen?«

Sie begann, sich aus ihrer dick wattierten Jacke zu schälen. Der schmutzige Schnee im Profil ihrer Sohle hinterließ auf dem Linoleumboden einen ölig schillernden Fleck.

»Der Polizeipräsident will unsere Sonderermittlungsgruppe dichtmachen. Wenn's nach ihm geht, können wir beide uns einen neuen Job suchen.«

»Und was ist mit Selig?«

»Der soll in den Vorruhestand.«

Wagner war beeindruckt. »Wahnsinn. Und das in seinem Alter.«

Maria sah ihn an, Verachtung im Blick. »Hätte ich mir ja denken können, dass dir der Gedanke gefällt.« Sie setzte sich hinter ihren Schreibtisch.

»Was ist so schlimm an der Vorstellung, fürs Nichtstun bezahlt zu werden?«

»Das wirst du doch schon jetzt. Kein Grund, auf Selig neidisch zu sein.«

Wagner gab sich lässig. »Mir kann das nur recht sein. Dann wechsle ich eben auf meinen alten Posten.«

»Als Kommissar in deiner früheren Polizeidirektion?«

»Ich bin Oberkommissar«, korrigierte Wagner sie. »Und ich meine den Job als Pressesprecher des Polizeipräsidenten.«

Maria starrte ihn entgeistert an. »Ist das dein Ernst?«

»Wieso?«

»Du hast den Job zwei Wochen gehabt! Kommissarisch, weil Rüther verschwunden war. Glaubst du wirklich, jemand erinnert sich dort überhaupt noch an dich?«

Wagner war beleidigt. »Ich war gut als Sprecher.«

»Du bist der Einzige, von dem ich das jemals gehört habe.« Maria ließ ihren Schreibtischstuhl rotieren und setzte sich ihrem Kollegen gegenüber. »Schalt mal dein Hirn ein, ganz kurz nur. Was denkst du, passiert, wenn Selig tatsächlich abgezogen und unsere Abteilung hier dichtgemacht wird? Dann werden sie dir einen Job zuteilen. Irgendwas, was sonst niemand machen will. Assi im Archiv, oder Nachtschicht bei der Sitte.« Sie fixierte Wagner mit ihrem Blick. »Und egal, was es ist, eines muss dir klar sein.«

Gespannt sah Wagner sie an.

»Du wirst arbeiten müssen.«

Wagner runzelte die Stirn. »Und was tue ich hier?«

»Alles, was Selig dir sagt. Aber kein Stück mehr. Das Einzige, was du freiwillig machst, ist Tee kochen. Du bist faul wie ein Stück Brot.«

Wagner, der gerade seinen Schreibtisch geöffnet hatte, um seine Sammlung mit Teedosen durchzusehen, knallte ärgerlich das Fach wieder zu. »Hast du heute Nacht schlechten Sex gehabt, oder warum ranzt du hier so rum? Ich kann dir gerne aufzählen, was mich alles an dir nervt.« Wütend verschränkte er die Arme vor der Brust.

Maria wandte sich ab und drehte sich zurück zu ihrem Schreibtisch. Ihr Gesicht sah müde aus, die Sorge um Selig hatte ihr den Schlaf geraubt. Sie schaltete ihren Computer an, und mit einem Fiepen erwachte der klobige Kasten zum Leben.

Sie seufzte. »Entschuldigung. Hab tatsächlich eine schlechte Nacht gehabt.«

Wagner grunzte nur, während auch er seinen Computer einschaltete.

Eine Weile war es still im Büro, bis auf das leise Rattern der altertümlichen Festplatten in den Computergehäusen unter ihren Schreibtischen. Die Rechner begannen, sich mit dem Zentralserver des Präsidiums zu verbinden und die nötigen Programme hochzuladen.

Maria sah auf. »Wir müssen das verhindern. Irgendwas müssen wir tun.«

»Und was?«

»Dafür sorgen, dass dem Polizeipräsidenten klar wird, dass er auf Selig nicht verzichten kann.«

»Tolle Idee!« Wagner lachte bitter. »Genau das hat dein großartiger Selig ja gerade versemmelt, als er unsere Ermittlungsergebnisse Brennauer übergeben hat.«

Maria schwieg bedrückt.

Plötzlich stutzte sie. Ihr Rechner war hochgefahren, doch

statt des üblichen Startbildschirms prangte eine rote Schrift auf dem Monitor:

Dieser Computer wurde gekapert. Zahlen Sie 30.000 Euro, oder alle Daten werden gelöscht.

Bestürzt blickte Maria auf die oszillierenden Buchstaben.

❄

Zur gleichen Zeit schrillte in der Leitstelle der U-Bahn eine Warnglocke, alle Signale entlang der U-Bahn-Strecken der Hauptstadt waren ohne Vorankündigung verloschen. Das Notsystem stoppte sämtliche fahrenden Züge. Auch die S-Bahnen hielten auf freier Strecke, das Kontrollsystem war ausgefallen, ein Schichtleiter hatte den Alarm ausgelöst und manuell die Fahrten auf dem gesamten Streckennetz gestoppt. Zehntausende Fahrgäste waren in den Waggons eingesperrt.

Doch das war nur die Spitze des Eisberges.

Die Wucht des Angriffs traf das Zentrum der Macht.

❄

Susanne Bergstedt blickte in drei besorgte Gesichter, als sie das Besprechungszimmer im Lagezentrum betrat. Es war der einzige abhörsichere Raum im Bundeskanzleramt. Sie zog die Tür der Technikkabine, durch die sie das Zimmer betreten hatte, hinter sich zu und setzte sich an den Tisch, an dem schon der Innenminister Wachoviak und ihr Kanzleramtschef Lars Steiner sie erwarteten. Bei ihnen saß Alexander Merl, in Ehren ergrauter Geheimdienstkoordinator der Bundesregierung und nach Dienstjahren der erfahrenste Politiker im Raum.

»Also, Martin, fangen Sie an. Einen kompletten Lagebericht.«

Der Innenminister räusperte sich, dann griff er nach seinen Unterlagen und referierte der kleinen Runde, was in der Nacht zuvor geschehen war.

Es hatte den Angriff gegeben, so wie er ihnen von den befreundeten Geheimdiensten angekündigt worden war. Nur war es kein terroristischer Akt gewesen, wie alle gedacht hatten, mit Waffengewalt, Selbstmordattentätern oder mit Sprengsätzen. Die Angreifer hatten sich durch die Hintertür in ihr Land geschlichen und still und leise alle Schaltstellen der Legislative und der Exekutive besetzt.

Das Rechensystem des Kanzleramtes war genauso betroffen wie das des Bundestages, auch einige Ministerien hatten sich den Computervirus eingefangen, außerdem die Stellen der öffentlichen Sicherheit: die Landes- und die Bundespolizei, das Bundeskriminalamt, die Polizei des Bundestages.

Als wäre das nicht genug, hatten sich die Angreifer zentrale Stellen im Nahverkehr der Hauptstadt als Ziel ausgesucht: das elektronische Kontrollsystem der S-Bahn war lahmgelegt, ebenso die Signalsteuerung in der Untergrundbahn. Allein Busse und Straßenbahnen hielten den öffentlichen Verkehr notdürftig aufrecht. Es herrschten chaotische Zustände.

Die Aktion, berichtete Wachoviak, musste über einen längeren Zeitraum vorbereitet worden sein, anders war die massive Verbreitung nicht zu erklären. »Wir vermuten, die Angreifer haben über Monate die Trojaner in die Systeme eingeschleust und so lange gewartet, bis alle ihre Ziele infiziert waren und die Viren einen Durchgang in den Firewalls geöffnet hatten. Vielleicht ist der Trojaner auch gestern erst aktiv geworden, zu einem fest definierten Zeitpunkt. Auf jeden Fall wurde die Schadsoftware in der Nacht gleichzeitig auf alle Server hochgeladen.«

»Alle Achtung.« Der Geheimdienstkoordinator war beeindruckt. »Über wie viele Millionen Euro Lösegeld reden wir?«

»Das können wir nur schätzen. Die Angreifer rechnen pro infiziertem Arbeitsplatz. Bei geschätzten zehntausend infizierten Rechnern wären wir bei dreihundert Millionen Euro.«

Steiner pfiff durch die Zähne. »Ein ordentlicher Posten. Das wird den Finanzminister nicht freuen.«

»Und er wird nichts zahlen«, ergänzte Wachoviak.

Die Bundeskanzlerin überging die Kommentare. »Haben sich die Attentäter schon gemeldet?«

»Nein. Nur die üblichen Trittbrettfahrer. Bislang nichts, was wir ernst nehmen können.«

»Und die Geheimdienste?« Die Kanzlerin blickte zu Alexander Merl.

»Sind von der Dimension des Angriffes überrascht worden. Einzelne Sachbearbeiter hätten, heißt es aus dem BND, im Vorfeld der Attentatswarnung durch den *Secret Intelligence Service* einen zu erwartenden Hackerangriff in Erwägung gezogen, doch die haben sich mit ihrer Vermutung in ihren Häusern nicht durchgesetzt, insbesondere nachdem der Mossad die Information verbreitet hat, der Angriff werde durch eingeschleuste Schläfer vorbereitet. Deshalb haben wir von diesen Überlegungen auch nichts gehört.«

Susanne Bergstedt blickte auf ihre Uhr und stand auf. »Wir richten einen Krisenstab ein, mit Abgesandten aus allen betroffenen Ministerien, den Vertretern der Geheimdienste sowie den Kontaktleuten zu den Berliner Behörden. Martin, dein Ministerium übernimmt die Leitung. Setze deine Staatssekretärin an die Spitze, sie ist die Richtige für die Aufgabe, sie soll ein Kernteam aus erfahrenen Fachbeamten zusammenstellen.«

Der Innenminister nickte.

»Lars, bereite bitte mit meinem Sprecher eine erste Pressekonferenz vor«, fuhr die Bundeskanzlerin fort. »Ich sollte spätestens mittags etwas gesagt haben, zur Beruhigung der Lage, damit die Märkte nicht nervös werden. Macht den Journalisten klar, dass es nur ein kurzes Statement wird, ohne Nachfragen. Ansonsten: Halten Sie mich alle bitte auf dem Laufenden. Ich wünsche sofort informiert zu werden, wenn es etwas Neues gibt.«

Die drei Männer, die ebenfalls aufgestanden waren, nickten.

Mit einem knappen Lächeln verließ die Kanzlerin das Lagezentrum.

Martin Wachoviak eilte ihr nach. »Susanne, ich wollte Ihnen noch etwas sagen. Es tut mir sehr leid, dass wir …«

Die Bundeskanzlerin unterbrach ihn ungeduldig. »Martin, ich brauche von Ihnen keine Entschuldigung, ich weiß selber, dass Ihr Ministerium Mist gebaut hat. Was ich von Ihnen brauchen könnte, ist Ihr Rücktritt als Innenminister. Aber so weit sind wir noch nicht, also machen Sie bis dahin Ihren Job. Okay?«

Sie ließ Wachoviak stehen, um weiter den Gang hinabzueilen, nachdenklich und zugleich besorgt. Würde der Innenminister die Situation meistern? Susanne Bergstedt war sich nicht sicher. In Momenten wie diesen fragte sie sich, ob es eine gute Entscheidung gewesen war, alle wirklich brillanten Talente aus der Führungsriege der Partei wegzubeißen, damit ihr Platz als Parteivorsitzende ungefährdet blieb. In den Krisen der vergangenen Jahre war die Auswahl an klugen Köpfen in ihrer Partei immer schmaler geworden. Sie hatten versäumt, fähigen Nachwuchs heranwachsen zu lassen. Jetzt musste sie sehen, wie sie mit der Situation fertigwurde.

❄

In seinem Haus am Wannsee bekam Selig nicht mit, was an diesem Morgen in der Stadt geschah. Er sprach mit niemandem, hörte kein Radio, auch rief ihn niemand an und berichtete, was geschehen war. Ungestört hing Selig seinen Gedanken nach, während er in die Sonne blinzelte, deren Strahlen von den winzigen Wellen des Wannsees tausendfach gebrochen wurden.

Selig trank gerade den letzten Schluck seines Kaffees, als sein Sohn die Küche betrat. Tobias sah müde aus.

Selig lächelte.

»Na, zu wenig geschlafen?«

»Gar nicht. War echt heftig letzte Nacht.« Tobias gähnte ungeniert, dann füllte er sich ein Glas am Wasserhahn und trank in großen Schlucken.

»Und, wart ihr erfolgreich?«

Sein Sohn grunzte nur, ohne den Mund vom Glas zu nehmen.

»Woran arbeitet ihr?«

»Papa!« Tobias blickte seinen Vater vorwurfsvoll an, während er das Glas abstellte. »Du weißt, dass ich dir nichts sagen kann.«

»Überhaupt nichts? Nicht mal eine Andeutung?«

Tobias schüttelte den Kopf. »Du wirst es sicher bald erfahren. Falls alles geklappt hat. Ist 'ne große Sache.«

Selig verkniff sich weitere Fragen. Er war froh, dass Tobias bei ihm war und ihm vertraute, auch wenn eine leise Stimme in ihm bohrend flüsterte, dass es gefährlich sein konnte, Tobias' Hackertruppe hier Unterschlupf zu gewähren.

Das Klingeln des Telefons unterbrach ihr Gespräch. Es war der Pförtner vom Eingangsportal der Wohnanlage, er entschuldigte sich wortreich, ihn zu stören. »Hier ist jemand für Sie, Herr Selig, ein Besucher.«

»Ich erwarte niemanden.«

»Ich weiß, und er steht auch nicht auf der Liste. Aber er lässt sich nicht abweisen. Er sagt, er komme wegen Ihres Vaters.«

8

Selig erkannte den Wagen sofort, als die Limousine den Hügel herauffuhr. Jetzt am Tag sah der Schaden heftiger aus als in der Nacht zuvor, die gesamte vordere Seite der Karosserie war zerkratzt, der Sportwagen hatte mehr als nur den Kotflügel touchiert.

Die Limousine stoppte auf der Kuppe direkt vor der Villa, und der weißhaarige alte Mann stieg aus.

Abwehrend blickte Selig ihm entgegen, ohne das Tor im Zaun zu öffnen. »Sie sollten zur Polizei gehen. Und nicht zu mir kommen.«

Der Alte lächelte. »Ich bin bei der Polizei, so wie ich es versprochen hatte. Können wir reingehen?«

Selig ignorierte seine Frage. »Sie sagten, Sie kommen wegen meines Vaters.«

»Das war gelogen. Es tut mir leid.« Der Weißhaarige hob entschuldigend seine Hände. »Aber Sie hätten mich sonst nicht durch die Schranke gelassen, oder?« Er zögerte. »Ich muss Sie unbedingt sprechen. Ich muss einen Mord melden.«

Selig war erstaunt. »Deshalb kommen Sie zu mir? Warum gehen Sie nicht zu den Kollegen im Präsidium?«

»Die hätten mich weggeschickt. Der Mord ist nämlich noch nicht geschehen. Aber ich kenne das Opfer.«

»Und wer ist es?«

»Ich.«

Nun war Selig tatsächlich verblüfft. Auf den ersten Blick wirkte der Alte normal. Doch das, was er sagte, ließ Selig vorsichtig sein.

Kurz entschlossen holte er sein Telefon aus der Tasche. »Ich glaube, das Beste ist, wenn ich die Kollegen vom Streifendienst informiere. Die holen Sie hier ab, und denen erzählen Sie dann alles.«

Der Alte musterte ihn prüfend. »Sie glauben mir nicht. Aber das ist im Grunde auch nicht nötig. Es reicht, wenn Sie Bescheid wissen.«

Selig hatte inzwischen die Nummer des Lagedienstes gewählt, er hielt sein Telefon an das Ohr und wartete.

»Der Mörder heißt Erhard Lasnik«, fuhr der Alte fort. »Ich werde dafür sorgen, dass Ihnen die Beweise zugeschickt werden, wenn es passiert ist.«

Die Kollegin in der Telefonzentrale meldete sich. Selig nannte ihr seinen Namen und bat darum, ihm einen Streifenwagen zu schicken.

Der Alte betrachtete ihn nachdenklich, während er darauf wartete, dass Selig das Gespräch beendete. »Ich hoffe, ich täusche mich nicht in Ihnen. Versprechen Sie mir bitte, der Sache nachzugehen.«

»Ich verspreche Ihnen, dass Ihnen die Kollegen helfen werden.«

»Natürlich.« Der Alte nickte bedrückt. »Passen Sie auf sich auf. Das sind keine einfachen Tage für Sie, nicht wahr?«

Selig stutzte. »Wie meinen Sie das?«

»Hat sich nicht gestern Nacht der Selbstmord Ihres Vaters gejährt? Ich kann mir vorstellen, dass an einem solchen Tag selbst nach so vielen Jahren immer noch düstere Gedanken kommen. Wie alt waren Sie, als er starb? Dreizehn?« Der Weißhaarige griff in seine Tasche und holte ein Foto hervor, er reichte es Selig durch die Gitterstäbe des Zauns. »Sie können es behalten, ich brauche es nicht mehr.« Und mit einem letzten Gruß ging er zu seinem Wagen und stieg ein.

Perplex starrte Selig auf das Foto, für einen Moment unfähig, sich zu rühren.

Der Motor der Limousine dröhnte auf, eine blaue Rußwolke wehte über die Straße.

»Warten Sie!« Selig riss das Tor auf und rannte dem Alten nach. Doch die Limousine rollte an, bevor er sie erreichte. Sie beschleunigte, fuhr die Straße den Hügel hinab. Fassungslos starrte Selig ihr nach, endlose Sekunden, bis er endlich reagierte. Eilig stürzte er zurück zum Haus, stieß die Torflügel vor der Einfahrt zurück und sprang hinter das Steuer seines Wagens, um den Alten zu verfolgen. Fluchend bemerkte er, dass er die Autoschlüssel in der Küche hatte liegen lassen. Während er um das Haus herum zum Küchenanbau lief, holte er sein Handy hervor, um bei der Pforte der Wohnanlage anzurufen. Sie mussten den Alten aufhalten!

Als sich der Wachmann endlich meldete, war es zu spät: Der Besucher war fort.

Atemlos blieb Selig stehen, nach Luft schnappend, nicht nur der Anstrengung wegen. Er steckte das Telefon zurück in seine Tasche und warf einen Blick auf das Foto, das er immer noch in der Hand hielt.

Dieses Bild hier zu sehen, in dieser Situation und ohne Vorwarnung, war schlicht unglaublich. Woher hatte der Alte diese Aufnahme?

Das Foto zeigte Selig und seine Schwester zusammen mit ihrem Vater.

❄

In ihrem Büro im Kanzleramt beendete Susanne Bergstedt ihr Telefonat. Sie legte großen Wert auf einen guten Kontakt zu ihren europäischen Amtskollegen, und so hatte sie es sich nicht nehmen lassen, persönlich ihre Absage der Treffen in Paris und in Brüssel zu erläutern.

Es klopfte leise, Bea Traub reichte ihr eine Tasse Tee herein. Dankbar nahm die Kanzlerin die dünnwandige Porzellantasse entgegen, aus der das zarte Aroma eines Yin Zhen aus den ehemaligen kaiserlichen Gärten aufstieg, ein Geschenk des chinesischen Staatspräsidenten. Leise schloss die Büroleiterin die Tür wieder hinter sich.

Die Kanzlerin trat an das Fenster, trank einen Schluck.

Vor dem Bundeskanzleramt standen zwei Streifenwagen, auch am Abgeordnetenhaus und vor dem Bundestag waren Einsatzfahrzeuge der Polizei postiert, mit blinkenden Blaulichtern, die Sicherheitsstufe war erhöht worden.

Die Situation war gefährlich. Für das Land, natürlich. Aber auch für sie.

Es gab viel zu bedenken, und es gab viel zu entscheiden; das waren Dinge, die sie konnte und die sie beherrschte. Doch genau hier lag ihre Achillesferse.

Susanne Bergstedt hatte in den Jahren an der Spitze des Staates lernen müssen, dass es nicht allein reichte, ein Problem zu analysieren und dann entsprechend der Analyse zu handeln, so wie es ein Wissenschaftler tun würde. Als Kanzlerin gab es eine weitere Ebene, die sie bedenken musste: die ihrer Wirkung in der Öffentlichkeit.

Als Parteichefin musste sie nicht darauf achten, was die Delegierten über sie dachten. Es spielte keine Rolle beim Allianzenschmieden, denn sie konnte sich bei ihren Schachzügen stets auf das Ego Einzelner verlassen. Auch in der Bundestagsfraktion war ihre Position unangefochten, solange sie den Abgeordneten die Macht sicherte und die Hoffnung in ihnen nährte, zur nächsten Bundestagswahl wieder aufgestellt zu werden.

Das Volk jedoch tickte anders.

Es war nicht besonders schwer, mit der sensiblen Seele der

Bevölkerung umzugehen, wenn man es einmal begriffen hatte. Man musste ehrlich gemeinte Tatkraft zeigen, einfache, nachvollziehbare Lösungen präsentieren und überzeugt von dem sein, was man vorhatte. Es machte nichts aus, wenn man nach ein paar Wochen oder Monaten seine Meinung änderte oder gar das Gegenteil von dem tat, was man angekündigt hatte. Zu ihrem eigenen Erstaunen interessierte das die Wähler nicht. Wichtig war nur, dass man die Kehrtwende als solche ignorierte und das neue Ziel mit der gleichen ehrlichen Überzeugung präsentierte, als wäre man schon immer dieser Meinung gewesen.

Die Kanzlerin war über die Jahre ein Profi auf diesem Gebiet geworden wie kaum jemand vor ihr. Zurückliegende Entscheidungen, die nicht mehr zur aktuellen Politik passten, wurden mit Erfolg totgeschwiegen. Nur ein paar Zeitungen und einige Satiresendungen legten den Finger auf diese Wunde und erinnerten sie an die Worte der Vergangenheit, doch das war nicht weiter schlimm, ihren Umfragewerten hatte es niemals geschadet, eine Meinung geändert zu haben. War eine Wende besonders rasant, blieben ihr immer noch ihre Minister, hinaus an die Öffentlichkeit zu treten und die Kurve zu fahren. Jedes Mitglied ihres Kabinetts war sich bewusst, von der Macht der Kanzlerin abzuhängen und den Posten zu riskieren, würde er nicht für sie die heißen Kastanien aus dem Feuer holen.

Susanne Bergstedt bestrafte Verrat, so wie sie Treue und Zuverlässigkeit belohnte. In der Regel mit guten Posten – erst unlängst war eine loyale Ministerin als Botschafterin in den Vatikan berufen worden; dort durfte sie ihre Wunden lecken und ansonsten das Leben genießen.

Gefährlich waren ihr, wusste die Kanzlerin, immer nur solche Situationen gewesen wie die, in die sie jetzt gerade hineingestoßen worden waren: Ereignisse, bei denen die Zeit drängte, Situationen, in denen sie handeln musste und erst dann darüber nachdenken konnte, wie die Wirkung ihrer Entscheidung in der Öffentlichkeit aufgenommen werden würde. Während der Flüchtlingskrise kurz nach den ersten Terroranschlägen war ihr diese Spontaneität fast zum Verhängnis geworden. Noch einmal, hatte sich Susanne Bergstedt damals geschworen, würde ihr das nicht passieren.

Sie rief ihre Büroleiterin zu sich. »Bea, bitten Sie meinen Pressesprecher und den Kanzleramtsminister zu mir, in einer Viertelstunde. Eine informelle Runde, ohne Referenten.«

Bea Traub versprach, sich sofort darum zu kümmern.

Sie würden, überlegte die Kanzlerin, einen externen Berater berufen. Einen großen Namen, jemanden, der dafür stünde, Probleme wie die ihren zu lösen oder wenigstens zu kennen. Die Taktik war zwar nicht neu, hatte aber in der Vergangenheit zuverlässig den ersten Druck aus einer angespannten Situation herausgenommen, bis die Öffentlichkeit ihr Augenmerk anderen Themen zugewandt hatte.

»Bea«, rief sie ihrer Büroleiterin nach, »wie hieß dieser Computeraktivist, der mit mir bei der Sicherheitskonferenz in Genf auf dem Podium gesessen hat?«

»Sie meinen Jeff Farsell?« Ihre Büroleiterin kam zurück, verzückt lächelnd. Der Aktivist war am Rande der Genfer Konferenz mit dem ehemaligen US-Präsidenten zusammengetroffen, die Fotos ihrer Begegnung hatten nicht nur in der Online-Welt, sondern auch in der Klatschillustrierten, die Bea Traub heimlich zur Entspannung las, große Aufmerksamkeit generiert. »Wollen Sie ihn als Berater engagieren?«

»Bin ich so berechenbar?«

Ihre Büroleiterin überging die Frage geflissentlich. Sie strahlte. »Dann machen Sie aber einen Termin mit Farsell hier bei Ihnen im Büro, ja? Den würde ich gerne mal in natura kennenlernen.«

Die Kanzlerin versprach, sie werde sehen, was sie tun könne.

❄

Noch immer ahnungslos, erreichte Selig das Polizeipräsidium. Er war in Gedanken, die Begegnung mit dem Alten klang in ihm nach. Die Fahrt über die Stadtautobahn hatte länger gedauert als sonst, die Avus war verstopft gewesen, obwohl Selig extra später von zu Hause losgefahren war. Auch vor den Ampeln in Tempelhof staute sich der Verkehr. Die Stimmung war gereizt, der Fahrstil aggressiv. Selig war froh, als er den Parkplatz vor dem Präsidium erreicht hatte und seinen Wagen abstellen konnte.

Selig stieg aus und ging hinüber zum Haupteingang des Gebäudes. Die »Hungerharke« auf dem Platz der Luftbrücke leuchtete hell im Licht der Sonne und bildete einen scharfen Kontrast zu den dunklen Wolken, die sich von Westen her näherten. Erst unlängst hatte der amerikanische Botschafter dem Beton des Luftbrückendenkmals eine Reinigung spendiert, jedoch ohne dass sich dadurch die Beziehungen zwischen Deutschland und den USA merklich verbessert hätten.

Selig zog die Tür auf und betrat das Präsidium. Die Geräuschkulisse in den Gängen und Treppenhäusern war lauter und nervöser als sonst am Morgen. Selig bemerkte es nicht. Abwesend ging er durch den Trubel, an das Foto denkend, das in der Innentasche seiner Jacke steckte.

Selig kannte das Bild. Es war eine der wenigen Aufnahmen, die ihn gemeinsam mit seinem Vater und seiner Schwester zeigten. Wann es entstanden war, wusste er nicht, er verband nichts mit dem konkreten Motiv, keinen Tag, kein Ereignis. Sie mussten damals etwa zehn Jahre alt gewesen sein, drei Jahre vor seines Vaters Tod. Hand in Hand standen sie neben ihrem Vater auf einem Autobahnrastplatz, vermutlich irgendwo zwischen Berlin und Helmstedt, hatte Selig aus den Schrifttafeln im Hintergrund geschlossen.

Sein Vater sah auf dem Foto ernst aus, fast abweisend. Genau so, wie er ihn in Erinnerung hatte.

Selig mochte das Bild nicht. Auch wenn er nicht mehr wusste, wie und wann es entstanden war, erinnerte es ihn an das Gefühl, wie es gewesen war, mit seinem Vater zusammen zu sein. Es war, als stünde ein Fremder neben ihm und Lisa. Das Gefühl der Ablehnung, das sein Vater ausgestrahlt hatte, war für Selig körperlich greifbar, wenn er das Bild betrachtete, er spürte es selbst jetzt, wenn er nur an das Foto dachte. Fast so, als wäre er dreizehn und sein Vater noch am Leben, zurückgezogen in seinem Arbeitszimmer und ohne Kontakt zu ihnen.

Maria war allein, als er das Büro betrat. Er beachtete ihren Gruß nicht und ging stumm zu seinem Schreibtisch, hängte seine Jacke über den Stuhl, schaltete den Computer ein. Dann nahm er einen Notizzettel aus der Box und griff sich den akkurat an der Schreibtischkante ausgerichteten Kugelschreiber, um das Berliner Kennzeichen der Limousine zu notieren, die der weißhaarige Alte gefahren hatte. Darunter schrieb er den Namen des Mannes, in dem der Alte seinen Mörder vermutete.

Als er aufschaute, bemerkte er, dass Maria vor seinem Schreibtisch stand. Sie blickte ihn erwartungsvoll an, offenbar wartete sie auf etwas.

Er versuchte ein Lächeln, es schien ihm angebracht. »Hier.« Er reichte Maria den Zettel. »Bitte überprüfen Sie das Kennzeichen und starten Sie eine Personenabfrage.«

Maria schaute auf die Notiz, die Selig ihr entgegenstreckte, und nahm sie konsterniert. »Haben Sie nicht gehört, was ich gesagt habe?«

»Nein, entschuldigen Sie, das habe ich nicht. Haben Sie wirklich etwas gesagt?«

»Ja. Ich sagte, die Computer sind gestört. Jemand hat uns gehackt.«

Selig runzelte die Stirn. »Unsere Ermittlungsgruppe?«

»Nein. Das gesamte Präsidium. Haben Sie denn gar nichts mitbekommen? Jeder Rechner hier im Haus ist gekapert worden.«

Ein Fiepen ertönte, Selig blickte zu seinem Computermonitor, auf dem gerade mit einem Flackern der Startbildschirm erschien. »Meiner nicht.«

Erstaunt kam Maria um den Schreibtisch herum: Anders als ihr Bildschirm und der von Wagner war Seligs Computer ganz normal hochgefahren, ohne dass der Virus auf den Rechner zugegriffen hatte. »Wie haben Sie das denn geschafft?«

Bevor Selig antworten konnte, klingelte das Telefon, und Maria nahm das Gespräch an. Es war das Büro des Polizeipräsidenten, eine Krisensitzung war einberufen worden. Alle Abteilungsleiter wurden sofort in den Sitzungssaal gerufen.

Selig nickte, als Maria ihm die Nachricht ausrichtete, doch er machte keine Anstalten, aufzubrechen.

»Was ist denn heute los mit Ihnen?« Maria betrachtete ihn forschend.

»Wieso?« Selig überlegte, was er falsch gemacht haben könnte.

»Die warten auf Sie!«

»Wer?« Maria hatte recht, dachte Selig, er war in Gedanken und nicht bei der Sache. Trotzdem fiel ihm nicht ein, was sie meinte.

»Haben Sie mir nicht zugehört? Eine Sitzung aller Abteilungsleiter! Da gehören Sie dazu! Sie sind Leiter dieser Sonderermittlungsgruppe.«

»Ach ja.« Selig stand auf und ging zur Tür. Er verließ den Raum ohne ein weiteres Wort.

Maria sah ihm besorgt nach.

❄

Angespannt betrat Selig den Sitzungssaal. Fast alle Stühle an dem großen Tisch waren schon besetzt, er war einer der Letzten, die eintrafen. Selig hatte das Gefühl, alle Blicke im Raum richteten sich auf ihn, obwohl ihm klar war, dass er vermutlich genauso viel oder wenig wie jeder andere beachtet wurde. Eilig huschte er zu einem leeren Stuhl; die letzten Plätze waren nahe des Kopfendes frei geblieben, dort, wo der Polizeipräsident saß. Selig ärgerte sich, dass er nicht früher gekommen war.

Die Assistentin des Präsidenten schloss die Tür und setzte sich auf einen der Stühle an der Rückwand des Raumes, einen Block und einen Stift notizbereit in der Hand.

»Meine Damen, meine Herren, Sie wissen, warum wir hier sind. Die Situation ist ernst. Sehr ernst.« Der Polizeipräsident stellte seinen Begleiter vor, den Leiter der IT-Abteilung im Präsidium, der aufstand und in knappen Worten schilderte, was geschehen war. Offenbar hatte in der Nacht ein Virus den Computerserver des Präsidiums befallen, die Firewall überwunden und jedes Sicherheitssystem, das sie installiert hatten, ausgeschaltet. Jeder Rechner, der mit dem System verbunden war, hatte sich beim Back-up am Morgen automatisch infiziert. »Das war die Arbeit von Profis, sonst wäre es ihnen niemals gelungen, unser System zu knacken.« Erste Tests hätten gezeigt, dass die Hacker jeglichen Rettungsversuchen vorgebeugt hatten. So wie es aussah, gab es keine Chance, in den Server zu kommen, ohne alle Daten zu zerstören. Selbst eine Festplatte, die sie mechanisch aus einem gekaperten Rechner ausgebaut und mit einem nicht infizierten Gerät hatten auslesen wollen, war beim ersten Zugriff auf die Daten vom Virus zerstört worden.

»Was ist mit den Sicherheitskopien des Servers?« Brennauer hatte sich direkt neben den Polizeipräsidenten gesetzt, jetzt suchte er sich mit dem ersten Wortbeitrag zu profilieren.

Fragend sah der Polizeipräsident zu dem Leiter der IT-Abteilung.

Der schüttelte den Kopf. »Der Gatekeeper des Virus muss schon länger unbemerkt auf unserem Server gewesen sein. Jede Sicherheitskopie, die wir in den vergangenen Wochen gemacht haben, ist gesperrt, der Zugang zu ihnen ist nur vom infizierten Server aus möglich. Und an den kommen wir nicht ran.«

Nun meldeten sich auch andere zu Wort. Man überlegte, wer die Hintermänner sein könnten, machte sich Gedanken über die Auswirkungen auf die aktuellen Ermittlungen und über die Reaktion der Öffentlichkeit und dachte darüber nach, ob bei Zahlung des aufgerufenen Lösegelds, insgesamt mehr als zwei Millionen Euro, tatsächlich eine Garantie bestand, dass die Hacker den Rechner wieder freigaben.

Selig hörte bald nicht mehr zu, seine Gedanken schweiften ab. Die sonderbare Begegnung am Morgen drängte in sein Bewusstsein.

Plötzlich bemerkte er, dass alle im Raum schwiegen und ihn ansahen. Erschrocken setzte er sich auf.

»Schön, dass Sie uns die Ehre erweisen, Herr Selig.« Der Polizeipräsident musterte ihn wie einen Schüler, den er beim Träumen erwischt hatte. »Was hat Herr Conrady gerade eben gesagt?«

Hilflos blickte Selig den IT-Chef an. Der schwieg betreten, ihm war die Situation genauso unangenehm wie Selig.

»Sie wissen es nicht?«, fuhr der Polizeipräsident fort. »Es wäre schön, wenn Sie uns künftig Ihre Aufmerksamkeit schenken würden.«

Gemurmel und leises Gelächter brandeten auf. Einige der Kollegen feixten.

Auffordernd wandte sich der Polizeipräsident dem Leiter der IT-Abteilung zu. »Würden Sie für Herrn Selig wiederholen, was Sie uns gerade eben mitgeteilt haben?«

Der IT-Chef nickte. »Ich hatte erklärt, dass es nach meiner Einschätzung unsere einzige Chance ist, das Lösegeld zu zahlen, wenn wir nicht alle Daten verlieren wollen. Außer wir finden einen Computer im System, der nicht infiziert ist. Und das ist, so wie es aussieht, unmöglich.«

»Danke.« Der Polizeipräsident schloss die Akte mit den Unterlagen, die man ihm für die Konferenz zusammengestellt hatte, und blickte in die Runde. »Unsere IT-Fachabteilung arbeitet weiter an einer technischen Lösung. Hauptkommissar Brennauer stellt eine Strategiegruppe zusammen, die das weitere Vorgehen abseits der Technik plant.«

Brennauer reckte sich ein paar Zentimeter und nickte.

»Bis auf Weiteres gilt eine Nachrichtensperre. Kein Wort an die Öffentlichkeit. Bitte sagen Sie das allen Ihren Mitarbeitern. Sie bekommen Informationen, sobald es etwas Neues gibt. Bis dahin halten Sie sich bitte bereit.«

Der Polizeipräsident stockte irritiert. Selig war aufgestanden, alle sahen ihn an. Er öffnete den Mund, mühte sich, das Wort, das auf seiner Zunge festhing, herauszubringen.

»Ja, Herr Selig?«

Selig konzentrierte sich, er schluckte trocken, dann versuchte er es noch einmal. »Es … es gibt einen solchen Computer.«

»Wovon reden Sie?« Der Polizeipräsident runzelte die Stirn.

»Einen Computer, der mit dem Server Verbindung aufgenommen hat und trotzdem nicht infiziert ist. Es ist meiner.«

❄

Gefolgt von dem IT-Chef des Präsidiums und zweien seiner Techniker betrat Selig sein Büro. Er wies auf seinen Schreibtisch. »Das ist er.« Der Rechner summte leise, der Bildschirm war dunkel, die Schrift des Bildschirmschoners tanzte auf der matten Oberfläche.

Selig trat an die Arbeitsfläche und streckte die Hand aus, um die Tastatur anzutippen.

»Nicht anfassen!«

Selig wich zurück und machte den Männern Platz. Der Chef setzte sich und berührte behutsam die Maus. Der Bildschirmschoner erlosch, der Startbildschirm erschien. Nach einem kurzen Blick zu seinen Kollegen rief der Chef der IT-Abteilung eine Systemseite auf, eine Eingabemaske erschien. Sorgfältig gab er seinen Namen und sein Passwort ein, anders als sonst ließ er sich Zeit beim Tippen, er wollte keinen Fehler machen. Für eine Sekunde verharrte sein Mittelfinger über der Eingabetaste, dann senkte der IT-Chef die Hand. Der Bildschirm erlosch. Wenig später flackerte der Monitor blau, die Programmierebene des Systems erschien.

»Wir sind drin«, flüsterte der IT-Chef. Seine Augen leuchteten. Er blickte Selig an. »Wie haben Sie das gemacht?«

Selig zuckte nur unbestimmt mit den Schultern.

Der IT-Chef wartete seine Antwort nicht ab. Mit knappen Worten instruierte er seine Mitarbeiter. Dann machten sie sich an die Arbeit.

9

Seit Stunden schon saßen sie im Lagezentrum und besprachen die Situation. Die Nachrichten, die zu der Kanzlerin und ihrem engsten Mitarbeiterkreis hereinkamen, zeigten nach und nach das ganze Ausmaß der Katastrophe.

Inzwischen waren alle Ministerien von dem Virenangriff betroffen, dazu eine große Anzahl von nachgeordneten Bundesbehörden, die sich den Trojaner ebenfalls eingefangen hatten, vermutlich durch infizierte Mails, welche aus den Ministerien verschickt worden waren. Die Spezialisten vom BND und vom Verfassungsschutz hatten einhellig empfohlen, die betroffenen Systeme komplett vom Netz abzutrennen, bis die Schadsoftware identifiziert war und die Systeme gereinigt werden konnten. Außerdem erging der Rat, die bisher verwendeten Smartphones vorerst nicht mehr zu benutzen.

Der Angriff hatte sie in Vor-Internet-Zeiten zurückgeworfen. Alle waren es inzwischen gewohnt, Nachrichten oder Dokumente innerhalb von Sekunden, höchstens Minuten zur Verfügung zu haben, doch jetzt dauerte die Weitergabe von Informationen erheblich länger. Im Kanzleramt war der Botendienst reaktiviert worden, genau wie in manchen Ministerien. Zum Glück hatte man in längst nicht allen Büros die altertümlichen Faxgeräte abgeschafft, sodass für Schriftstücke trotz des Angriffs auch für weitere Strecken ein einigermaßen schneller Übertragungsweg zur Verfügung stand.

Die Kanzlerin vermisste ihr Smartphone. Betrübt blickte sie auf den grauen Riegel, der vor ihr auf dem Besprechungstisch lag. So viel telefoniert wie in den letzten Stunden hatte sie seit Jahren nicht mehr.

Es klopfte an der dick gepanzerten Glasscheibe, Bea Traub

war durch das Sichtfenster zu sehen, sie winkte mit einem Zettel in ihrer Hand. Susanne Bergstedt stand auf, um ihr zu öffnen. Es war ungewöhnlich, dass ihre Büroleiterin persönlich hierherkam.

Bea Traub betrat den Raum und zog die Tür hinter sich zu. »Eine Nachricht vom Berliner Polizeipräsidenten, ich schätze, es ist wichtig. Es ist den Computertechnikern im Polizeipräsidium gelungen, den Angriff abzuwehren. Sie haben ihr System rebooten und eine Sicherheitskopie laden können. Und es ist ihnen gelungen, beim Upload den noch nicht aktivierten Trojaner auf der Sicherheitskopie zu isolieren.«

»Ich denke, das ist eine gute Nachricht, nicht wahr?« Susanne Bergstedt sah fragend zum Kanzleramtsminister. Lars Steiner nickte. Auch der Innenminister bestätigte die Vermutung der Kanzlerin. »Das bedeutet, wir können den Virus analysieren. Vielleicht finden wir so einen Weg, die übrigen infizierten Systeme zu säubern.«

»Gut. Danke, Martin, für die Informationen.« Susanne Bergstedt stand auf, als Zeichen, dass die Besprechung beendet war. Erst jetzt bemerkte sie, dass Bea Traub immer noch neben der Tür stand und sie abwartend ansah. »Ist noch was?«

Bea Traub nickte. »Ich könnte mir vorstellen, dass Sie das interessiert. Wissen Sie, wem es die Berliner Polizei zu verdanken hat, dass der Angriff dort abgewehrt werden konnte?« Sie lächelte, in Erwartung, ihrer Chefin die Auflösung zu servieren.

»Jetzt machen Sie es nicht so spannend, Bea. Wer ist es?«

»Hauptkommissar Selig.«

Die Kanzlerin stutzte. »Paul Selig?«

Auch der Geheimdienstkoordinator merkte auf.

Bea Traub nickte bestätigend. »Das ist der Polizist, über den der Innenminister Weyland gestolpert ist.«

Und der Mann, ergänzte Susanne Bergstedt in Gedanken, wegen dem sie Kanzlerin geworden war. Dieser Selig war für Überraschungen gut.

Die Kanzlerin blickte zu Kanzleramtsminister Steiner. »Wir sollten ihn im Auge behalten.«

❄

Nachdenklich lehnte Selig an Marias Schreibtisch und sah dem Techniker zu, der vor seinem Computer saß, den Telefonhörer zwischen Wange und Schulter geklemmt. Riesige Schweißflecken prangten auf seinem Rücken und unter seinen Achseln. Der Techniker arbeitete unbeirrt, tippte auf der Tastatur, horchte wieder, sah auf den Bildschirm. Ein breites Grinsen zog sich über sein Gesicht, als er schließlich den Hörer zurück auf das Telefon legte. »Mann, war das ein Ritt.« Erschöpft wischte er sich mit dem Ärmel seines Oberhemds den Schweiß von der Stirn. Er sah zufrieden aus.

Selig sagte kein Wort.

Der Techniker stand auf und ging zum Ausgang des Büros. »Fassen Sie Ihren Rechner bitte nicht an. Wir lassen ihn gleich abholen. Schätze, der Chef will rauskriegen, warum gerade dieser Computer auf den Virus nicht angesprungen ist.«

Selig nickte nur.

Wagner, der zusammen mit Maria hereingekommen war, hatte die letzten Worte des Technikers gehört. »Das würde mich auch interessieren.« Er ging zu seinem Schreibtisch und stellte das Teegeschirr ab, das er in der Küche abgewaschen hatte. »Coole Nummer, Chef. Daraus müsste man doch etwas machen können, oder?« Fragend sah er zu seiner Kollegin hinüber.

Maria hatte vom mobilen Coffeeshop auf dem Platz der

Luftbrücke zwei Becher mit Kaffee besorgt, sie gab einen davon Selig, der ihn achtlos nahm, und stellte sich mit dem anderen ans Fenster. Sie dachte über Wagners Worte nach.

Wagner ließ ihr keine Zeit für eine Antwort. »Ich sehe schon die Schlagzeile: Hauptkommissar bekämpft Computervirus. Wenn das bekannt wird, dann kann der Polizeipräsident unsere Abteilung nicht mehr dichtmachen.«

»Wir werden gar nichts sagen.« Seligs Stimme klang bestimmt. »Und es wird auch keine Schlagzeile geben.«

Wagner verstand Selig nicht. »Wieso nutzen Sie das nicht aus? Wir sind die einzige Polizeibehörde in der Stadt, die es geschafft hat, dem Virus zu widerstehen. Warum sollte die Welt das nicht erfahren, wenn es doch unseren Job sichert?«

»Ich will nicht in der Öffentlichkeit stehen. Und schon gar nicht damit.«

»Aber das ist eine große Nummer«, insistierte Wagner. »Das war ein professioneller Angriff, und Sie haben ihn abgewehrt. Ich wette, die Täter sitzen jetzt gerade irgendwo in Berlin und ärgern sich schwarz über Sie.«

Selig stutzte. »Wieso in Berlin? Die Täter könnten überall sitzen.«

Wagner schüttelte den Kopf. »Ich habe mit der IT gesprochen. Da sind Daten abgeflossen, und zwar in großen Mengen. Wenn du so etwas vorhast, dann machst du das möglichst nah an der Quelle, die du anzapfen willst. Damit der Datentransfer schneller geht.«

Selig wandte sich ab, Wagners Worte hatten etwas in ihm angestoßen. Nachdenklich ging er zurück zu seinem Schreibtisch.

Maria folgte ihm. »Wagner hat recht. Wir könnten diesen Erfolg nutzen, Ihre Position hier im Haus zu stärken.«

»Ich will das nicht. Und dabei bleibt es.« Selig musterte sie abwehrend. »Hatte ich Ihnen nicht einen Auftrag gegeben? Eine Halterabfrage und eine Personenüberprüfung. Es wäre nett, wenn Sie endlich damit anfangen würden.«

Maria sah ihn ärgerlich an. Dann drehte sie sich ohne ein weiteres Wort um und ging zu ihrem Schreibtisch.

Bedrückt blickte Selig Maria nach. Seine Worte hatten schärfer geklungen, als er es eigentlich gewollt hatte. Er war besorgt und erschrocken, aber das konnte er weder Maria noch Wagner sagen.

Erst musste er wissen, ob der Verdacht, der in ihm erwacht war, sich bestätigte.

Hoffentlich irrte er sich.

Unauffällig tastete er die Rückwand seines Rechners ab und entfernte den winzigen, kaum sichtbaren USB-Stick, den er in einen der Slots geschoben hatte. Er ließ ihn in seine Tasche gleiten. Dann stand er auf und griff sich seine Jacke. Als er im Türrahmen stand, zögerte er und schaute zurück.

Maria würdigte ihn keines Blickes.

»Danke für den Kaffee.«

Sie reagierte nicht.

Leise verließ Selig das Büro.

❄

Die Wolkendecke über Berlin zog sich weiter zu, schneegesättigt und schwer lastete sie auf den Dächern der Stadt. Nachdenklich steuerte Selig seinen Wagen durch die Dämmerung, die sich bereits jetzt, um die Mittagszeit, auf Straßen und Plätze legte, auf verlassene Parks und einsame Wasserläufe, die träge dümpelnd die wintergrauen Häuserschluchten durchschnitten. Auch der Wannsee, am Morgen noch wie ein viel geschliffener Diamant im Sonnenlicht funkelnd, war wieder das schwarze Auge, das Selig Nacht für Nacht anstarrte.

Tobias stand im Küchenanbau der Villa und kochte für sich und die anderen Kaffee, als Selig den Raum betrat. Tobias lächelte ihm zu, ohne seine Arbeit zu unterbrechen.

Seligs Blick war ernst. »Wir müssen reden, Tobias. Was habt ihr heute Nacht gemacht?«

Tobias seufzte. »Papa, ich hab dir schon einmal gesagt …«

»Ich will eine Antwort«, unterbrach Selig ihn ungehalten. »Das ist kein Spiel mehr!«

»Was soll denn der Aufriss?« Tobias betrachtete seinen Vater irritiert. »Jetzt komm wieder runter! Was ist denn passiert?«

»Das frage ich dich. Was habt ihr mit dem Angriff zu tun?«

»Welcher Angriff?«

»Der Computervirus im Präsidium. Und in den Ministerien. Fast die gesamte Regierung ist lahmgelegt. Jetzt tu nicht so, als ob du nichts davon weißt.«

»Du glaubst, wir stecken dahinter?« Tobias war ehrlich erstaunt.

»Was soll ich denn sonst denken? Ihr kommt hierher, nutzt die schnelle Datenleitung, alles ist furchtbar wichtig und geheim …«

»Und das reicht dir, uns zu verdächtigen?«

»Nein.« Selig griff in seine Tasche und holte den USB-Stick hervor, den er aus seinem Computer im Präsidium entfernt hatte. »Den hier hast du mir vor ein paar Monaten gegeben. Ich sollte ihn in meinen Rechner stecken. Und prompt ist mein Computer der einzige im ganzen Gebäude, auf dem sich der Virus nicht hochlädt.«

»Weil das Programm auf dem Stick genau das verhindern soll!« Tobias war wütend. »Wir bekämpfen solche Hacks, wir machen sie nicht! Wir sind auf der Seite der Guten, hast du das schon vergessen?«

Selig starrte seinen Sohn an. Dann seufzte er und setzte sich an den Tisch in der Mitte des Raumes. »Woher soll ich wissen, was ich glauben soll?«

»Vertraust du mir nicht?«

»Und du? Vertraust du etwa mir?« Selig suchte Tobias' Blick. »Denn dann würdest du mir sagen, was ihr macht.«

»Ich kann das nicht. Ich hab das meinen Freunden versprochen.«

»Das sagst du immer, wenn wir an diesem Punkt des Gespräches sind. Verstehst du nicht, dass ich euch verdächtigen muss? Solange ich nicht weiß, was ihr hier tut, habe ich keine Wahl.«

»Was heißt das?« Tobias blickte alarmiert auf.

Seligs Telefon klingelte, es war Maria, zeigte das Display.

»Besprich dich mit deinen Freunden, Tobias. Wir reden später weiter.«

Selig nahm das Gespräch an und horchte kurz. Er versprach, sich zu beeilen.

❄

Maria schaute kaum auf, als Selig das Büro betrat. Wortlos schob sie ihm ein paar Notizen zu.

»Was ist das?«

»Ich hatte eine Aufgabe bekommen. Sie sagten, es sei eilig.«

Selig blickte ratlos auf die unleserlichen Zeilen, die Maria auf dem Zettel notiert hatte.

»Die Halterabfrage für das Kennzeichen, das Sie mir gegeben hatten, ist noch nicht möglich«, erläuterte Maria, »der

Server der Kollegen von der Verkehrspolizei ist noch nicht freigegeben worden. Und die Personenabfrage von Erhard Lasnik war unauffällig, es gibt keinen Eintrag in unserem Register.«

»Und deshalb rufen Sie mich an?« Am Telefon hatte es so geklungen, als habe Maria etwas herausbekommen.

»Es steht doch alles auf dem Zettel.«

»Ich müsste nur Ihre Schrift entziffern können.« Hilflos starrte Selig auf die Punkte und Linien, die Maria auf dem Blatt hinterlassen hatte.

Gegen ihren Willen musste Maria schmunzeln. »Als die Personenabfrage nichts gebracht hat, habe ich Lasnik gegoogelt. Mit meinem Smartphone. War übrigens leicht, hätten Sie auch selbst geschafft.« Ihre Stimme hatte einen schnippischen Klang, sie war immer noch beleidigt.

Selig seufzte. »Ist ja gut, ich hab's kapiert.« Er legte den Notizzettel auf den Schreibtisch und blickte Maria an. »Sie sind sauer, und es tut mir leid. Es tut mir wirklich leid! Aber Sie sind mir zu schnell. Außerdem ...« Er zögerte.

»Außerdem ... was?«, hakte Maria nach.

»Außerdem wäre es schön, wenn Sie mich vorher fragen würden, was ich will, bevor Sie mir sagen, was ich Ihrer Meinung nach tun soll.«

Für einen Augenblick wusste Maria nicht, was sie antworten sollte.

»Könnt ihr mal leiser sein? Das hier ist wichtig.« Wagner saß vor seinem altersschwachen Fernseher, ein kleines kugeliges Röhrengerät, das auf dem Sideboard neben der ungenutzten Kaffeemaschine stand. Auf dem Monitor waren Bilder einer Pressekonferenz zu erkennen, ein eloquent lächelnder Mitvierziger stand vor einem an einer Wand montierten Aktivboard und erläuterte den Journalisten die Zahlen und

Diagramme, die er mit seinem Computer auf das Board spielte.

Selig griff nach dem Notizzettel und reichte ihn Maria. »Jetzt erzählen Sie schon: Was haben Sie über diesen Lasnik herausbekommen?«

Maria nahm den Zettel, ohne ihn anzusehen. »Lasnik ist ein erfolgreicher Softwareunternehmer und IT-Berater. Etwa sechzig Jahre alt, wirkt aber deutlich jünger und gibt sich jugendlich. Er sitzt mit seiner Firma im Technologiepark Adlershof, sie hat sich auf IT-Sicherheit und Datenforensik spezialisiert. Man sagt, er ist mit kostenlosen Virenscannern reich geworden.«

Selig runzelte die Stirn. »Wie kann man mit etwas reich werden, das nichts kostet?«

»Ich schätze, er hat die Programme im großen Stil an Firmen verkauft, die Computer ab Werk ausstatten, und dann die Lizenzgebühren kassiert. Er selbst hat von IT keine Ahnung, heißt es. Aber er ist offensichtlich ein guter Geschäftsmann. Privat wohnt er jedenfalls in einer fetten Villa irgendwo in Köpenick, wenn die Fotos tatsächlich bei ihm zu Hause gemacht worden sind.« Maria rief mit ihrem Smartphone die Webseiten einer Boulevard-Illustrierten auf. Lasnik war dort in einer Reportage mit seiner sehr attraktiven Frau zu sehen, sie hatten den Journalisten ihr Haus geöffnet. »Seine Ex-Frau macht Charity hier in Berlin, und er finanziert IT-Start-ups und unterstützt Hacker und alternative Computergruppen, die sich der Aufklärung von Regierungsverbrechen widmen. Und er hat ein Schulungsprogramm aufgelegt, mit dem politische Widerstandsgruppen weltweit lernen, sich unterhalb des Radars ihrer Unterdrücker im Internet zu bewegen. Erhard Lasnik ist eine große Nummer in der Szene.«

»Erhard Lasnik?« Wagner hatte mit einem Ohr gelauscht, jetzt horchte er auf.

»Ja.« Maria sah zu ihm. »Kennst du ihn?«

»Nö. Aber ich weiß, wo er ist.« Wagner grinste breit. Er wies mit dem Daumen auf den Fernseher, auf dem eine Sondersendung zum Virenangriff lief. »Dort.«

10

Mit einem gewinnenden Lächeln sah Erhard Lasnik die Journalisten an, die gespannt seinen Ausführungen lauschten. »Unser Fazit: Mit den Werkzeugen, die meine Programmierer entwickelt haben, wäre es uns vermutlich gelungen, den Angriff auf das Kanzleramt abzuwehren. Definitiv werden wir das wissen, wenn wir den Trojaner analysieren.« Erhard Lasnik spielte die letzte Schautafel seiner Präsentation auf das Aktivboard. »Viel wichtiger aber ist, dass wir mit unseren Programmen die infizierten Systeme säubern können. Unter Erhalt aller Daten. Das haben wir zuletzt beim Trojaner-Angriff auf das französische Außenministerium bewiesen. Und das wird uns auch hier gelingen, wenn uns die Bundesregierung und die betroffenen Behörden um Hilfe bitten. Wir jedenfalls sind bereit.« Als wäre er ein Priester, hob Lasnik bei seinem letzten Satz beide Arme. Blitzlichter flackerten, die eingeladenen Fotografen nutzten die Chance für ein ausdrucksstarkes Foto, das sich an die Agenturen gut verkaufen ließe.

»Darf ich Ihnen nun noch meine beiden wichtigsten Mitarbeiter vorstellen …« Lasnik winkte zwei jungen Leuten zu, die unbemerkt im Hintergrund gewartet hatten und nun in das Licht der Scheinwerfer traten: ein kantiger junger Mann mit raspelkurzen Haaren und Hipsterbart sowie eine langbeinige blonde Schönheit, die sofort die Blicke aller auf sich zog. »Das ist Torben Peterson, meine rechte Hand bei diesem Projekt. Und diese unauffällige Person hier«, Lasnik schmunzelte bei seinen eigenen Worten, »ist Natalie Brandt, die leitende IT-Forensikerin.« Der junge Mann winkte unsicher den Journalisten zu, während die junge Frau mit blitzenden Augen in die Runde strahlte, was die meisten Männer nicht bemerkten, da ihr Augenmerk den langen Beinen galt, die sich makellos über hohen Pumps unter einem kurzen, schwingenden Rock präsentierten.

»Das war's, meine Damen und Herren«, beendete Lasnik seinen Vortrag und ergänzte, er stehe für Interviews zur Verfügung, sein Pressesprecher koordiniere die Termine. Und er wandte sich, gefolgt von seinen beiden Begleitern, dem Ausgang zu.

Zufrieden lockerte Lasnik seine Krawatte, nachdem sie den Pressesaal des Technologieparks verlassen hatten, um hinüber zu ihren Büros zu gehen. »Und, wie war ich?«

Natalie Brandt musterte Lasnik spöttisch. »Was wollen Sie hören? Wie toll Sie sind? Oder was Sie hätten besser machen können?«

Torben Peterson holte auf, um auf gleiche Höhe wie Lasnik zu kommen. »Ihr Auftritt war klasse. Kam wirklich gut!« Er strich sich durch seinen Hipsterbart, was er immer tat, wenn er aufgeregt war.

Lasnik beachtete ihn nicht weiter, seine Aufmerksamkeit galt der Blonden. »Das Lob hätten wir also erledigt. Jetzt sind Sie dran, Natalie: Was hätte ich besser machen können?«

Die junge Frau zögerte. »Sie wirken zu sehr von sich selbst überzeugt. Das ist nicht sehr sympathisch.«

Lasnik blieb abrupt stehen, er fixierte Natalie Brandt mit kühler Miene. »Ich habe Sie als IT-Forensikerin angestellt, nicht als Pressesprecherin. Bleiben Sie also bitte bei Ihrer Profession und überlassen Sie den Rest mir. Also?«

Natalie kniff die Lippen zusammen. »Inhaltlich war alles in Ordnung.«

»Sag ich doch!« Der Hipster bedachte seine Kollegin mit einem kurzen abschätzigen Blick.

Lasnik winkte im Weitergehen Peterson zu sich. »Torben, Sie bereiten alles vor, damit ich sofort aufbrechen kann, wenn die Anfrage der Bundesregierung kommt.« Torben Peterson nickte. »Natalie, Sie halten sich bereit. Machen Sie sich frisch, oder was immer Sie machen müssen, um präsentabel zu sein. Sie fahren mit mir zu unserem Kunden, sobald die Anfrage kommt.«

Überrascht sah Peterson auf. Er wollte etwas einwenden, doch Lasnik hob seine Hand, um jeden Protest zu unterbinden. »Wir sind ein Team. Und in einem Team spielt jeder seine Rolle. Haben Sie das verstanden, Torben?«

Peterson nickte stumm.

»Dann gehen Sie bitte an die Arbeit.«

❄

Die Besprechung im Büro der Kanzlerin war kurzfristig angesetzt worden. Susanne Bergstedt lauschte konzentriert Martin Wachoviak, gerade berichtete der Innenminister von den Recherchen seines Ministeriums. »Nach Einschätzungen des Wirtschaftsministeriums gehört Lasniks Firma zu den Top Ten in der EU. Manche stufen sein Sicherheitskonzept als führend in Europa ein. Die Kollegen vom Wirtschaftsministerium teilen übrigens diese Ansicht.«

»Und seine Referenzen?«

»Wir haben im französischen Außenministerium nachgefragt. Lasniks Firma hat dort tatsächlich gute Arbeit geleistet, so wie er es gesagt hat.«

»Was ist mit unseren eigenen Spezialisten? Brauchen die wirklich Hilfe?«

Wachoviak nickte. »Unser Team von der Bundestags-IT ist nicht schlecht. Aber die wirklich guten Leute sind in der freien Wirtschaft. Dort zahlen sie einfach besser, als wir das können.«

»Und die IT in den anderen Ministerien?«

»Da sieht es genauso aus.«

Die Kanzlerin kannte das Problem, deshalb griffen sie bei ihren Projekten und Gesetzesvorhaben immer wieder auf externe Spezialisten zu, die von den Ministerien engagiert oder von Lobbyisten kostenlos zur Verfügung gestellt wurden. Doch diesmal zögerte sie. Sie mochte es nicht, wenn ihr jemand seine Arbeit ungefragt andiente, ohne dass sie den Grund wusste. Allerdings schienen Lasniks Mitarbeiter die Profis zu sein, die sie brauchten.

»Haben wir Alternativen?« Die Frage galt Lars Steiner, dem Kanzleramtsminister.

Steiner stand an dem Servierwagen, den Bea Traub in das Büro der Kanzlerin hatte bringen lassen, und stellte sich aus der Auswahl an belegten Broten und geschnittenem Obst einen Teller zusammen. Er nickte. »Selbstverständlich. Es gibt zahlreiche Firmen, die sich mit der Sicherung und Rettung von Datenservern beschäftigen. Mit einigen haben wir auch schon zusammengearbeitet. Aber keine außer die von Lasnik kann nachweisen, einen gekaperten Server ohne jeglichen Datenverlust virenfrei rekonstruiert zu haben.«

»Gut.« Die Kanzlerin traf eine Entscheidung, auch wenn es ihr auf Basis so weniger Informationen schwerfiel. Doch in den Jahren in der Politik hatte sie gelernt, dass die Zeit ein Faktor war, der bei diesen Prozessen eine wichtige Rolle spielte, und hier hatten sie keine. »Lade Lasnik ein und setze deine Fachleute auf sein Team an. Ich will wissen, ob die Leute, die er uns schicken will, wirklich etwas können. Und ich will jeden, der an unserem Server arbeitet, vorher vom Verfassungsschutz überprüft wissen. Nicht, dass wir uns ein Kuckucksei ins Nest holen.« Sie blickte den Geheimdienstkoordinator an, der stumm im Hintergrund gesessen hatte. Alexander Merl nickte.

Mit ein paar verbindlichen Worten beendete die Kanzlerin die Besprechung, die Männer standen auf. Susanne Bergstedt bedeutete Steiner, noch zu bleiben, während Merl und Wachoviak den Raum verließen.

»Glauben Sie, Wachoviak schafft es?« Steiner warf einen prüfenden Blick auf das Leberwurstbrot, bevor er hineinbiss.

»Was meinen Sie?«

»Seinen Job. Mir persönlich ist er zu zögerlich.«

»Wachoviak muss sich noch freischwimmen, er ist noch nicht lange Innenminister.« Die Kanzlerin trat neben den Chef des Kanzleramts und goss sich eine Tasse Tee ein. »Geben wir ihm ein wenig Zeit.«

»Die haben Sie nicht. Sie brauchen jemanden auf dem Posten, der klar und zügig entscheidet.«

»Einen Cowboy, nicht wahr? Klare Kante!« Die Augen der Kanzlerin blitzten spöttisch.

»Harte Zeiten brauchen harte Männer. Das will das Land. Schauen Sie sich mal die Umfragen an.«

»Hart bin ich selber, Steiner. Glauben Sie mir, ich habe meine Erfahrungen mit zügig entscheidenden Innenministern. Ich denke nicht, dass das Land in Zeiten wie diesen einen Karrieremacho auf dem Posten braucht. Oder wollen Sie den Job?« Sie betrachtete den Kanzleramtsminister lauernd.

Steiner hob abwehrend die Hände. »Danke, nein. Ich mag meine Aufgabe. Außerdem würde ich die Gespräche mit Ihnen vermissen. Und die Leberwurstbrote Ihrer Büroleiterin.«

Die Kanzlerin musste lachen. Sie ging zu ihrem Schreibtisch und setzte sich hinter das Monstrum, das ein früherer

Bundeskanzler hier hinterlassen hatte, bevor er als Lobbyist in den Osten ging. »Haben Sie Farsell erreicht?«

»Meine Mitarbeiter sind dran. Sieht aber nicht gut aus. Farsell ist zurzeit Gast bei einer Sicherheitskonferenz in Zürich und hat für heute alle Termine abgesagt. Seitdem ist er abgetaucht. Keiner weiß, wo er ist. Wir sollten uns nach einer Alternative umsehen.« Er zögerte. »Dieser Lasnik könnte die Alternative sein. Engagiert sich in Hackerkreisen und unterstützt NGOs. Und er ist einer der Hauptfinanziers der Gruppe von Jeff Farsell.«

»Gut, warten wir ab, was mein Sprecher dazu sagt. Gehen Sie Wachoviak zur Hand, stellen Sie ein paar Mitarbeiter ab, die dem Innenminister direkt zuarbeiten und die Ihnen über alles berichten.«

Steiner nickte. Mit einem letzten Gruß verließ er das Büro, nicht ohne sich im Vorbeigehen noch ein Leberwurstbrot vom Servierwagen zu nehmen.

Lächelnd blickte die Kanzlerin ihm nach. Dann schlug sie die Akte auf, die ihre Büroleiterin ihr bereitgelegt hatte.

❄

Die Stadt stand still. Auf den Straßen staute sich der Verkehr, Zehntausende, die sonst die U- und S-Bahnen nutzten, waren auf ihre Autos oder auf Taxen und Mietwagen umgestiegen. Abgasschwaden wehten durch die Häuserschluchten, es ging nur schrittweise voran, Berlin war nicht in der Lage, den Ansturm aufzunehmen. Die Stimmung war gereizt, Hupen, Flüche und wütende Schimpfwörter garnierten das sonore Grundbrummen Zehntausender sinnlos laufender Motoren. So wie der Verkehr auf der Straße war auch jener in den Mobilfunknetzen zusammengebrochen, zur Untätigkeit verdammt verharrten die Insassen der Wagen in ihren rollenden Gefängniszellen. Fliegende Händler, die überall wie aus dem Nichts aufzutauchen schienen, nutzten ihre Chance und liefen durch die Staus, um ihre Waren anzubieten. Getränke, Zeitungen und Esswaren liefen am besten, aber auch Benzin und Diesel waren gefragt. Die findigste Geschäftsidee hatte ein junger Russlanddeutscher, der ein mobiles Chemieklo auf seinen Fahrradanhänger geschnallt hatte und die Fahrzeugschlangen abfuhr. Seine Kunden, zumeist Frauen, zahlten die geforderten zehn Euro pro Nutzung klaglos.

Selig hatte eine halbe Stunde mit seinem Wagen auf der Stadtautobahn gestanden, bis er das mobile Blaulicht hervorgeholt hatte und durch die Gasse fuhr, die sich nun vor ihm auftat. Er hatte ein schlechtes Gewissen, sich derart vorzudrängeln, doch dann dachte er daran, dass der Alte ihm Erhard Lasniks Namen genau zu dem Zeitpunkt genannt hatte, als der Computerfachmann durch den Virenangriff in das Licht der Öffentlichkeit gerückt war. Es konnte Zufall sein, sicher. Doch Selig glaubte nicht an Zufälle.

Eine Dreiviertelstunde später erreichte er Adlershof. Lasniks Firma befand sich in einem futuristischen Gebäude im Mittelpunkt des Technologieparks nahe dem Gelände der ehemaligen DDR-Fernsehstudios. Ein Übertragungswagen mit ausgeklappter Satellitenschüssel stand neben dem Glaspalast, die Techniker fuhren das Monstrum gerade ein und verstauten die Kabel, die sie für die Direktübertragung der Pressekonferenz verlegt hatten.

Selig betrat das Gebäude. Der Pförtner hatte Seligs blaulichtbewehrte Ankunft beobachtet, er griff zum Telefon, sprach ein paar Worte, dann sprang er auf und kam Selig entgegen, um ihm die Tür aufzuhalten. »Kommen Sie, ich bringe Sie zu Herrn Lasnik. Sie wollen doch zu ihm, oder?«

Selig nickte verblüfft und folgte dem Pförtner.

Lasniks Firma war im oberen Stockwerk des Gebäudes untergebracht, eine Assistentin nahm Selig in Empfang und führte ihn durch offene, freundlich eingerichtete Räume, in denen junge Leute mit ihren Laptops an Schreibtischen oder in gemütlichen Sesseln saßen und konzentriert arbeiteten, während andere in Kommunikationszonen miteinander redeten und lachten.

Selig sah Lasnik, noch bevor sie sein Büro betraten, die Glaswände boten ungehinderten Durchblick. Selig stutzte. Für einen Moment kam es ihm so vor, als sei er dem Mann schon einmal begegnet. Doch als der Leiter der Firma sich umdrehte und ihm lächelnd entgegensah, war der Eindruck verschwunden.

»Oh, Sie sind aber schnell. Ich hatte Sie nicht so früh erwartet. Ich bin gleich so weit.«

Selig war erstaunt. »Sie erwarten mich?«

»Sind Sie nicht vom Fahrdienst der Bundeskanzlerin?«

»Nein.« Selig holte seinen Dienstausweis hervor. »Ich bin von der Kripo, Abteilung Sonderermittlungen.«

Lasnik betrachtete den Ausweis, den Selig ihm entgegenhielt. »Paul Selig?«

Selig nickte.

»Der Paul Selig, der die Sicherheitsgesetze gekippt hat?« Lasnik musterte ihn scharf.

Selig zuckte zusammen unter dem Blick. Lasniks eben noch freundliches Gesicht hatte sich verändert. Erneut stieg in Selig das Gefühl auf, ihm schon einmal begegnet zu sein. »Kennen wir uns irgendwoher?«

Lasnik lächelte, fast ein wenig spöttisch. »Ich denke nicht. Falls Sie kein Computernerd sind, dürfte Ihnen mein Name kein Begriff sein.«

»Aber Sie kennen mich.«

»Jeder in meiner Branche kennt Ihren Namen. Zumindest die, die sich ein wenig für Politik interessieren. Was kann ich für Sie tun, Herr Selig?«

Mit knappen Worten berichtete ihm Selig von dem Besuch des Alten und seiner Ankündigung, Lasnik werde ihn töten.

Lasnik starrte ihn verständnislos an – um kurz darauf gellend zu lachen. »Ist das Ihr Ernst?« Er sah sich suchend um. »Wo ist die versteckte Kamera? Sie wollen mich auf den Arm nehmen.«

Selig lachte nicht mit. »Kennen Sie den Mann?«

»Wie war der Name?«

»Den wissen wir nicht.«

»Und deshalb stören Sie mich?« Lasnik sah auf seine Uhr. »Hören Sie, ich helfe Ihnen ja gerne, aber aktuell haben wir ganz andere Probleme als die Fantasien irgendeines unbekannten Spinners.«

Selig musterte Lasnik kühl. »Ich an Ihrer Stelle würde es ernst nehmen, wenn ich beschuldigt werde, ein Mörder zu sein.«

Lasnik zwang sich zu einem Lächeln, das seine Augen nicht erreichte. »Vielleicht überlassen Sie es mir, zu entscheiden, was ich ernst nehme und was nicht.«

Er griff in die Tasche seines Jacketts, holte eine knallrote, hochglänzende Visitenkarte hervor und reichte sie Selig. »Das ist die Telefonnummer meines Pressesprechers, er steht Ihnen jederzeit zur Verfügung. Wenn Sie also keine weiteren Fragen haben …« Er bedachte Selig mit einem Blick voller Argwohn.

Das Telefonklingeln unterbrach ihn. Lasnik meldete sich, horchte kurz und gab seiner Assistentin durch das Glas der Bürowand hindurch ein Zeichen, Selig aus dem Büro zu bringen. Er wandte sich ab, während er sprach. »Jeff! Natürlich habe ich Zeit für dich.«

Selig spürte einen Griff an seinem Arm, die Assistentin Lasniks war hereingekommen und führte ihn nun freundlich, aber unmissverständlich hinaus. »Herr Lasnik denkt über Ihren Vorschlag nach«, verkündete sie mit der routinierten Freundlichkeit einer Mitarbeiterin, die es gewohnt war, Absagen zu erteilen. »Rufen Sie nicht an, wir melden uns bei Ihnen.«

»Tatsächlich?« Selig erwiderte das Lächeln. »Dann würde es Sinn machen, dass er meine Telefonnummer hat, nicht wahr?« Er griff in seine Tasche und holte eine Visitenkarte hervor. Das Polizeiwappen prangte direkt neben seinem Namen.

Mit einem freundlichen Nicken ließ Selig die verdutzte Assistentin stehen und ging zurück zum Ausgang.

11

Selig brauchte Stunden für den Rückweg, denn diesmal verzichtete er auf das Blaulicht. Das Warten inmitten der stehenden Wagen machte ihm nichts aus, er hatte genug gehört und gesehen, über das er nachdenken konnte. Mehr als einmal mussten ihn die Fahrer hinter ihm mit ihrer Hupe darauf aufmerksam machen, dass es weiterging.

Es war schon dunkel, als er sich im Stau am Flugfeld des ehemaligen Flughafens Tempelhof vorbeischob und ihn eine SMS von Tobias erreichte. Er nannte ihm einen Treffpunkt, eine Kneipe in Friedenau, wo Paolo und Sven mit ihm sprechen wollten. Selig gab das Ziel in sein Navigationsgerät ein und übte sich weiter in Geduld, bis ein vorbeifahrender Streifenwagen eine Gasse in den Stau schlug und Selig, sein Blaulicht auf dem Dach, den uniformierten Kollegen nachfuhr.

Selig fand sein Ziel erst nach dem Abfahren von verwirrend angeordneten Einbahnstraßen, die Karten seines Navis waren ungenau, mehrmals lenkte ihn das Gerät auf eine falsche Strecke. Berlin-Friedenau war ein bunter, fröhlicher und lauter Stadtteil geworden, hierher zogen jene Berliner, die sich der allumfassenden Überwachung entziehen wollten. Das Gebiet lag in einer der sogenannten befreiten Zonen der Stadt: Die Gegner der Sicherheitsüberwachung sorgten dafür, dass die auf den Straßen montierten Kameras immer wieder zerstört wurden, sobald jemand sie repariert hatte. Auch die Drohnen, von den Administratoren der Überwachungszentrale in letzter Zeit verstärkt eingesetzt, hatten hier keine Chance: Die Aktivisten hatte Detektoren installiert – sie erfassten die winzigen Hightech-Fluggeräte schon beim Anflug und meldeten die Daten an mobile Störsender, die die Verbindung der Drohnen zum Rechnersystem des Innenministeriums unterbrachen und dafür sorgten, dass sie abstürzten.

Die Kneipe, die Tobias ihm genannt hatte, befand sich im Hof eines heruntergekommenen Gebäudes in der Rheinstraße. Selig zog die Tür auf und betrat das Hinterhaus. Es war wie ein Sprung zurück in das vergangene Jahrhundert, als er in den Zigarettenqualm eintauchte, der das Innere der Kneipe vernebelte. Der Raum war voller junger Menschen, jeder der vom Sperrmüll zusammengesuchten Stühle und Tische war besetzt, ebenso die ranzigen Sofas, die entlang der Wand standen, durchgesessen und nach Jahrzehnten der Benutzung von undefinierbarer Farbe. Wer keinen Platz gefunden hatte, saß zu Füßen der anderen auf unglaublich kitschigen Sofakissen oder direkt auf den rohen Holzdielen. Gläser gab es nicht, man trank aus der Flasche. Die Musik war laut, wer sich mitteilen wollte, rief den anderen seine Message ins Ohr, und mitteilen wollte sich jeder. Der Lärmpegel in der Kneipe war hoch.

Tobias winkte Selig zu sich, als er ihn in der Tür stehen sah. Seine Freunde rückten zusammen und machten einen Platz frei, so als wäre es vollkommen normal, dass sich der Vater eines ihrer Kumpel zu ihnen setzte.

Selig fühlte sich fehl am Platz, obwohl die Kneipe ziemlich genau aussah wie jene, die während seiner Jugend angesagt gewesen waren. Doch schon damals hatte er sich nicht wirklich in solchen Räumen wohlgefühlt, er war dem Gruppenzwang gefolgt, wie er heute dem Ruf seines Sohnes folgte, und so quetschte er sich zwischen die anderen und konzentrierte sich darauf, zu hören, was Paolo und Sven ihm mitteilen wollten.

Paolo beugte sich zu ihm, zwei Flaschen Bier in der Hand.

Er gab Selig eine. »Tobias sagt, du machst Stress.« Er prostete Selig zu und trank.

Selig hob ebenfalls die Flasche an seine Lippen und trank einen Schluck, bevor er antwortete. »Ich mach keinen Stress. Ich hab Stress.«

»Aber nicht wegen uns.«

»Da bin ich mir nicht so sicher. Was habt ihr mit dem Hack zu tun?«

Paolo lehnte sich zurück. »Nichts.«

Selig musterte ihn prüfend. Paolos Augen flackerten fast unmerklich.

Selig kannte diesen Blick nur zu gut aus Vernehmungen von Zeugen, die nicht trainiert waren, Dinge zu verheimlichen. »Ich glaube dir nicht. Ihr hängt da mit drin.«

»Nein.« Sven mischte sich in das Gespräch ein. »Zumindest nicht so, wie du denkst.«

»Was soll ich denn denken?«

Sven und Paolo wechselten einen kurzen Blick, offenbar waren sie sich nicht sicher, wie viel sie Selig verraten sollten.

Tobias beugte sich zu ihnen. »Er weiß gar nichts.«

»Und hat uns trotzdem in sein Haus gelassen?« Sven war beeindruckt. Nachdenklich strich er sich durch seine blonden Haare. »Okay. Wir sagen es ihm.«

Paolo wollte etwas einwenden, doch Sven ignorierte seinen Protest, er hatte sich entschieden. Offen sah er Selig an. »Du hast recht, wir hängen mit drin, aber anders, als du glaubst. Wir wussten, dass der Hack heute Nacht passieren würde. Aber weder haben wir den Trojaner geschrieben, noch haben wir ihn losgeschickt.«

»Ihr wusstet, dass unsere Regierung angegriffen wird, und habt nichts gesagt? Warum?«

»Warum hätten die uns glauben sollen? Sie bekämpfen uns,

schon vergessen? Außerdem wollen wir an die Urheber kommen. Wir müssen wissen, wer dahintersteckt.«

»Und wisst ihr es?«

»Nein. Sie sind zu gut, das sind Topprofis.« Sven trank missmutig einen Schluck.

Sie hätten, fuhr Paolo an seiner Stelle fort, mit einem gekaperten Account aus dem Innenministerium einen Server installiert und die Serveradresse als Teil des Regierungssystems im Netz gestreut. Ihr Ziel sei es gewesen, den Virus einzufangen und ihn zu analysieren. »Nur hat das leider nicht geklappt.«

»Woher wusstet ihr von dem Angriff?«

»Aus unserem Netzwerk«, beantwortete Paolo Seligs Frage. »Sagt dir der Name Jeff Farsell was?«

Selig schüttelte den Kopf.

»Ein Hacker. Ist in der Szene ziemlich bekannt. Er hat das dotjust.net gegründet.«

»Dotjust?«

»Don't talk, just do«, erklärte Sven die Abkürzung. »Das ist ein offenes Netzwerk von Hackern und Widerstandsgruppen, die sich gegen Verbrechen von Regierungen und Regierungsorganisationen stellen und dafür das Internet nutzen.«

»Vor einer Woche«, fuhr Paolo fort, »hat Farsell eine Nachricht ins dotjust eingespielt. Eine Regierung hätte den Widerstand infiltriert und würde einen großen Hack vorbereiten. Gestern früh kam die Nachricht, dass Deutschland das Zentrum des Angriffs werden würde.«

»Und dann?«

»Nichts. Farsell ist abgetaucht. Der Angriff kam, und wir haben die Sache verbockt.« Sven trank sein Bier aus und knallte ärgerlich die Flasche auf den wackeligen Couchtisch.

Eine Weile sagte niemand etwas, die hämmernde Musik füllte die Stille.

Selig sprach als Erster. »Ich glaube, dass du dich irrst.« Er schaute zu Sven und wiederholte, als der ihn verständnislos ansah, seinen Satz lauter.

»Worin irre ich mich?«

»Ihr habt die Sache nicht verbockt. Im Gegenteil. Euer Programm hat den Virus abgewehrt.«

»Unser Programm?« Sven sah Hilfe suchend zu Paolo, doch auch der verstand nicht, was Selig meinte.

»Der USB-Stick, den Tobias mir gegeben hat, der stammt doch von euch, oder?«

Tobias wurde rot, als ihn die erstaunten Blicke seiner Freunde trafen. »Ich habe meinem Vater unseren *mirror* gegeben«, erklärte Tobias. »Er hat ihn auf seinem Computer eingesetzt.«

»Etwa im Polizeipräsidium?« Sven richtete sich auf.

Paolo musste lachen. »Deshalb haben die den Angriff abwehren können? Mann, Tobias, du bist echt bescheuert.« Er sah aus, als wüsste er nicht, ob er sich ärgern oder freuen sollte.

»Wo ist der Stick jetzt?« Sven musterte Selig gespannt.

Statt einer Antwort griff dieser in seine Hosentasche und holte den winzigen Speicherchip hervor. »Hier. Ich dachte mir, ihr wollt nicht, dass er in falsche Hände kommt.«

Tobias stand die Erleichterung ins Gesicht geschrieben, als er sah, dass sein Vater den USB-Stick bei sich hatte.

Sven nahm den Stick und betrachteten ihn, als sähe er ihn das erste Mal. »Tja, das war ein unverhoffter Live-Test, dank unseres Freundes Tobias.« Er betrachtete seinen Kumpel nachdenklich. »Soll ich mich jetzt ärgern, oder soll ich 'ne Runde ausgeben, damit wir das feiern können?«

Seligs Telefon vibrierte in seiner Jackentasche, das Klingeln war in dem Lärm kaum zu hören. Maria. Er nahm das Gespräch an und bat sie, kurz zu warten. Dann verabschiedete er sich eilig und schob sich durch die Kneipengäste bis zum Ausgang. Vor der Tür hob er das Telefon wieder an sein Ohr.

»Jetzt kann ich Sie hören.«

Maria wunderte sich. »Sind Sie in einer Kneipe?«

»Nicht wirklich. Hab nur kurz ein Bier getrunken.«

Selig hörte förmlich, wie Maria die Augenbrauen runzelte. »Muss ich mir Sorgen machen?«

»Warum?«

»Seit wann gehen Sie abends ein Bier trinken? Sie verhalten sich seltsam heute. Genau genommen noch seltsamer als sonst.«

Selig musste lachen. »Und um mir das zu sagen, rufen Sie mich an?«

»Nein. Ich wollte Ihnen nur Bescheid geben, dass die Halterabfrage durch ist.«

»Sind Sie etwa noch im Büro?« Jetzt war es an Selig, verwundert zu sein.

»Ja. Ich dachte, ich warte, bis das System wieder hochgefahren ist. Außerdem stehe ich auf der Straße sowieso im Stau. Der Name des Halters ist Jacob Winterberg. Soll ich versuchen, mehr über ihn herauszukriegen?«

»Nein, nicht mehr heute. Machen Sie Schluss, und vielen Dank.«

»Wollen Sie mir nicht sagen, was passiert ist?« Marias Stimme klang besorgt.

Selig zögerte. Es wäre schön, spürte er, sie jetzt zu sehen, abseits ihres Jobs, so wie er es sich manchmal ausmalte. Doch er wusste, sie würde Fragen stellen, und das war das Letzte, was er im Moment wollte.

»Fahren Sie nach Hause, Maria. Ihre Katze wartet auf Sie. Wir sehen uns morgen im Büro.« Ohne ihre Antwort abzuwarten, unterbrach Selig die Verbindung.

❄

Nachdenklich legte Maria den Hörer des Telefons zurück auf den Apparat. Sie konnte es nicht begründen, aber sie hatte das Gefühl gehabt, dass Selig sie fragen wollte, ob sie sich sehen könnten. Oder war der Gedanke anmaßend und entsprang nur ihrem Wunschdenken?

Sie fuhr ihren Computer herunter, schaltete das Licht an ihrem Schreibtisch aus und verließ das Büro. Ihr Wagen war einer der letzten, die auf dem Dienstparkplatz des Polizeipräsidiums standen.

Maria stieg ein, fuhr vom Platz, stoppte an der Ampel. Die Staus des Tages hatten sich aufgelöst, der Verkehr floss immer noch zäh, aber ohne Stocken. Sie könnte in einer halben Stunde zu Hause sein.

Selig hatte abweisend wie immer geklungen. Und trotzdem war etwas an seinem Verhalten anders gewesen als sonst.

Kurz entschlossen bog Maria nicht auf den Mehringdamm ein, um nach Friedrichshain zu fahren, sondern lenkte ihr Auto in die entgegengesetzte Richtung.

❄

Dunkel thronte das Haus über dem See, als Selig die Siedlung erreichte und den Hügel hinauffuhr. In Gedanken bei den Ereignissen des zurückliegenden Tages, parkte er seinen Wagen, ging um das Haus herum und betrat die Villa durch den Küchenanbau, so wie er es immer tat, wenn er allein war.

Er holte das Foto, das ihm der Alte gegeben hatte, aus der Jackentasche und strich es auf dem Küchentisch glatt.

Woher hatte der Alte dieses Bild? Wer war der Mann?

Jacob Winterberg. Selig kannte diesen Namen nicht. Aber der Mann kannte ihn. Nachdenklich betrachtete er das Foto, das er von Winterberg bekommen hatte. Das hier war der Beweis, dass es eine Verbindung zwischen dem Alten und dem Leben seines Vaters gab.

Selig spürte, wie sich sein Magen zusammenzog, als er an das Arbeitszimmer seines Vaters dachte. Seine Neugier war stärker als sein Widerwillen, und so ging er durch den Zwischengang hinüber zur Halle und öffnete die schwere Tür, um das verlassene Reich seines Vaters zu betreten.

Die Vorhänge waren zugezogen, durch einen Spalt zwischen den Stoffbahnen stach wie ein Speer der Schein des Mondes in das Innere des Raumes. Selig tastete nach dem Lichtschalter, ein klobiger Bakelit-Hebel, der klackend einrastete. Das Leuchten der Wandlampen vertrieb die Schatten aus den Zimmerecken.

Selig warf einen scheuen Blick hinauf zu dem Haken an der Decke, der sich in einer Stuckrosette in der Mitte des Raumes direkt gegenüber der Tür und ein kleines Stück vor dem wuchtigen Schreibtisch befand. Hier hatte sein Vater gehangen, als sie ihn fanden, hier hatte Lisa gelegen, Seligs Zwillingsschwester, zu Füßen ihres toten Vaters, unfähig zu sprechen oder überhaupt nur zu reagieren. Selig würde den Anblick sein Leben lang nicht vergessen. Auch jetzt, nach all den Jahren, stand für einen Augenblick das Bild des Todes so greifbar vor ihm, dass es wehtat.

Mit Mühe schüttelte Selig die Erinnerung ab. Er ging um den Schreibtisch herum, nahm den Tresorschlüssel aus der Schublade und trat an den Medizinschrank, der an der Wand neben der Tür des Arbeitszimmers festgeschraubt und mit einem übertrieben großen Schloss gesichert war. Seligs Herz klopfte, als er den Tresorschlüssel in das Schloss schob und ihn drehte. Mit einem leisen Schaben glitten die Riegel zurück, und die Tür schwang auf. Selig schob die alten, seit Jahrzehnten abgelaufenen Medikamente zur Seite. Er hatte sie nicht weggeworfen, denn sie erfüllten noch immer ihren Zweck, die wirkliche Aufgabe des Medizinschrankes zu kaschieren. Behutsam strich Selig über die Rückwand, bis seine Fingerspitzen den Metallstift spürten und ihn herabdrückten. Eine versteckte Klappe im Inneren des Schranks sprang etwas vor, Selig zog sie ganz auf und griff in das Fach dahinter. Er ertastete den dort montierten massiven Drehgriff, schob seine Hand weiter in das Fach hinein und bewegte den Griff behutsam, bis ein Stück weiter in der vertäfelten Seitenwand des Büros ein Klacken ertönte. Eine Tür war aufgesprungen, ein geheimer Durchgang, perfekt in die Kassetten der Täfelung eingelassen.

Noch immer beeindruckte Selig die Mechanik, mit der das verborgene Zimmer geöffnet wurde. Jahrzehntelang war die Tür unbeachtet geblieben, niemand hatte seit jener Nacht, als sein Vater starb, den Raum dahinter betreten, bis Selig ihn vor nicht allzu langer Zeit entdeckt hatte.

Das geheime Versteck seines Vaters sah noch genauso aus, wie Selig es vorgefunden hatte: fensterlos, fast quadratisch, Auslegeware aus Kunststoff auf dem Boden. Eine Wendeltreppe führte hinab in den Keller, eine Schrankwand bedeckte die Rückwand, nüchternes Siebzigerjahre-Design mit folierten Oberflächen. Selig zog die Schubladen auf, die in den Sockel der Schrankwand eingelassen waren, bis er die richtige fand. Eine Reihe von Hängeregistraturen hing an ihrem Platz. Selig schaltete die Taschenlampenfunktion seines Handys ein und las die Beschriftungen, hob schließlich die gesuchte Mappe aus ihrer Halterung und legte sie auf den Tisch, der vor der Schrankwand stand. Als er die Schreibtischlampe darauf einschaltete, implodierte die altersschwache Glühbirne mit einem Lichtblitz.

Für einen Moment überlegte Selig, sich mit der Hängemappe an den Schreibtisch seines Vaters zu setzen, doch dann verschloss er den Geheimraum sorgfältig und verließ das Büro, um hinüber in die Küche zu gehen. Selig spürte, wie er durchatmete, als er den Anbau betrat. Er zog einen Stuhl heran und setzte sich an den Tisch, die Lampen an der Decke und über den Arbeitsflächen eingeschaltet. Vorsichtig holte er die Fotos hervor, die sich im Inneren der Mappe befanden.

Selig sah nicht den Wagen, der vor dem Haus stoppte. Er bemerkte nicht die Gestalt, die das Tor aufstieß, um die Villa herumging und im Garten stehen blieb, um ihn durch das Fenster stumm zu beobachten. Er hätte nur aufzuschauen brauchen, um die Silhouette zu entdecken, die sich vor dem im Mondlicht leuchtenden See abzeichnete. Doch Seligs Aufmerksamkeit galt den Bildern in seiner Hand, er betrachtete sie, eines nach dem anderen.

Fast alle Fotos zeigten seinen Vater, manche mit seiner Frau, manche mit seinen Kindern. Ein schärferer Kontrast war kaum vorstellbar: Während sein Vater auf den Bildern mit seiner Frau glücklich wirkte, sehr verliebt und dem Leben zugewandt, lachte er auf keinem der Bilder, die ihn mit seinen Kindern zeigten. Mehr noch: Die Fotos, die nach der Geburt von Paul und Lisa entstanden waren, zeigten einen verhärmten, in sich gekehrten Mann. Auch die Zwillinge – Selig und seine Schwester Lisa – lächelten auf keinem der Bilder.

Bedrückt blätterte Selig durch seine Erinnerungen. Viele

der Fotos konnte er den Situationen zuordnen, während derer sie entstanden waren, andere waren ihm fremd, doch alle weckten in ihm das Gefühl der Einsamkeit und Trostlosigkeit, das er damals verspürt hatte. Es gab keine Aufnahme, auf der die Zwillinge mit ihrer Mutter zu sehen waren. Selig wusste, ein solches Foto konnte es nicht geben, ihre Mutter war bei seiner und Lisas Geburt gestorben. Das war die Erklärung für alles, es lud Schuld auf ihn, auf seine Schwester, sie lastete dort seit jenem Tag, als er und Lisa das Licht der Welt erblickt hatten, obwohl ihm klar war, dass es nicht ihre Entscheidung gewesen war, ihre Mutter bei der Geburt zu töten.

Endlich fand er das Bild, das er gesucht hatte: Es war jenes, das auf der Autobahnraststätte zwischen Berlin und Helmstedt entstanden sein musste, wenige Jahre vor der Wende. Selig legte das Bild neben das, welches er von dem Alten bekommen hatte. Die Bilder glichen sich, waren aber nicht wirklich gleich, sondern verschiedene Aufnahmen einer Serie, die damals entstanden war.

Was war so bedeutsam an diesem Foto, dass Jacob Winterberg es bei sich trug und ihm gegeben hatte? Was war an diesem Tag, als das Foto aufgenommen worden war, geschehen? Selig erinnerte sich nicht.

Sein Telefon klingelte, er hatte es neben sich auf den Küchentisch gelegt. Der Name Maria leuchtete auf dem Display. Fast ertappt, legte er die Bilder zur Seite und nahm das Gespräch an.

»Maria! Ist was passiert?« Er war überrascht, dass sie so spät noch bei ihm anrief.

»Nein.« Selig hörte sie zögern. »Ich wollte nur wissen, ob bei Ihnen alles in Ordnung ist.«

»Ja, natürlich. Wo sind Sie? Ich hoffe, nicht mehr im Präsidium.«

Sie zögerte erneut. »Ich bin auf dem Weg nach Hause. Ist wirklich alles okay bei Ihnen?«

»Machen Sie sich keine Gedanken.« Jetzt war es Selig, der nach Worten suchte. »Falls ich ein bisschen seltsam sein sollte, sehen Sie es mir bitte nach. Ich habe einfach wahnsinnig viel zu tun im Moment.«

»Ich kann Ihnen helfen, wenn Sie möchten.«

»Das ist nett von Ihnen, aber ich will Sie da nicht reinziehen. Ist was Privates.«

»Ah, okay.« Maria verstummte, und auch Selig wusste nicht, was er noch sagen sollte.

»Na dann …«

»Schlafen Sie gut.«

Selig beendete das Gespräch.

Maria stand noch einen Moment im Schnee, das Telefon in ihrer Hand. Zwanzig Meter von ihr entfernt saß Selig an seinem Küchentisch und legte sein Telefon jetzt beiseite.

Sie freute sich, als sie sah, dass er lächelte.

Maria steckte das Telefon wieder in ihre Tasche, dann stapfte sie durch den Schnee zurück zu ihrem Wagen.

12

Leise summend senkte sich das Tor, bis die Spitzen der Sperre im Boden verschwunden waren und die Klappe darüber zufiel. Als der Wagen anfuhr, spürte Natalie, wie sie sanft in die Polster gedrückt wurde. Der Fahrer stoppte wenige Meter weiter, Sicherheitsbeamte öffneten die Wagentüren, Erhard Lasnik stieg aus und nahm die Hausausweise entgegen, die der Wachmann ihm gab. Auch Natalie verließ die Limousine, die sie abgeholt und hierhergebracht hatte.

Es war noch früh am Morgen, der Anruf Lasniks hatte Natalie noch vor Sonnenaufgang geweckt. Seine Stimme hatte angespannt geklungen: Die Bundeskanzlerin wolle sie sehen, und sie solle sich für das Treffen fertig machen. Natalie hatte das blaue Kostüm gewählt, das ausreichend dezent war, aber dennoch ihre schlanke Figur und ihre wohlgeformten Beine betonte.

Lasnik sah erschöpft aus. Sein Anzug war makellos und sein Hemd frisch, auch seine Krawatte saß perfekt. Doch er selbst wirkte, als habe er die Nacht zuvor kaum geschlafen. Er steckte sich eines der Kärtchen an das Revers seines Jacketts und gab den zweiten Ausweis seiner Begleiterin. »Lassen Sie mich reden. Ich gebe Ihnen ein Zeichen, wenn es etwas zu sagen gibt.«

Natalie Brandt nickte stumm.

Sie war das erste Mal im Kanzleramt, noch nie zuvor hatte sie eines der offiziellen Gebäude im Regierungsviertel betreten, und sie war aufgeregt, ohne es sich anmerken zu lassen. Ihr Chef war selbstsicher wie immer. Er trug eine unglaublich präsente Coolness zur Schau, die sie stets an ihm beobachtete, wenn er sich in der Öffentlichkeit bewegte.

»Herzlich willkommen. Würden Sie mir bitte folgen?« Die Büroleiterin der Kanzlerin hatte sie am Eingang erwartet und führte sie nun hinauf in die siebte Etage des Gebäudes. Die Sicherheitsmänner sahen Natalie nach, bis der gläserne Aufzug sie und die anderen nach oben transportiert hatte.

Susanne Bergstedt stand am Fenster ihres Büros. Natalie registrierte erstaunt die Größe des Raumes und war erleichtert, als die Kanzlerin nicht das Monstrum ansteuerte, das ihr als Schreibtisch diente, sondern sich mit ihnen an den kleinen Besprechungstisch gleich neben der Tür setzte.

»Danke, Herr Lasnik, dass Sie es so spontan einrichten konnten«, eröffnete die Kanzlerin das Gespräch. »Ich möchte es kurz machen, wir haben keine Zeit für lange Plaudereien. Meine Leute haben Ihre Referenzen überprüft und auch alle Unterlagen, die wir von Ihnen bekommen haben. Alles bestens. Auch Ihre Mitarbeiter, die Sie für das Projekt abstellen, sind vom Verfassungsschutz abgesegnet worden. Wir könnten beginnen. Allerdings möchte ich erst eine Frage von Ihnen beantwortet wissen: Warum haben Sie uns Ihre Hilfe angeboten?«

Lasnik lächelte gewinnend. »Es würde Sie nicht überzeugen, wenn ich Ihnen sage, dass ich meinem Land einfach nur dienen möchte.«

»Nicht wirklich.« Die Kanzlerin erwiderte sein Lächeln nicht. »Ihre Firma lebt davon, infizierte Server zu retten. Warum wollen Sie unseren kostenlos von den Viren befreien?«

Lasnik strich sich eine Strähne seines grau melierten Haars aus dem gebräunten Gesicht. »Glauben Sie mir, Frau Bundeskanzlerin, mein Angebot ist keine selbstlose Tat, auch wenn ich das so aussehen lasse. Es ist das beste Investment, das meine Firma seit Monaten macht. Wir leben nicht nur davon, infizierte Rechner zu säubern, sondern auch davon, Server zu schützen. Und was denken Sie, welche Türen sich mir öffnen werden, wenn wir diesen Auftrag mit Erfolg abschließen? Wessen ich mir übrigens sicher bin.«

Die Kanzlerin hatte Lasnik abschätzend betrachtet, jetzt nickte sie. »Klare Worte. Gut, machen Sie sich an die Arbeit.« Sie stand auf und ging zur Tür, um ihre Büroleiterin hereinzubitten.

Auch Lasnik hatte sich erhoben, Natalie sah, wie er ihr ein Zeichen gab, es ihm gleichzutun.

»Frau Bundeskanzlerin, ich möchte Ihnen noch meine Mitarbeiterin vorstellen. Das ist Natalie Brandt, sie ist IT-Forensikerin und arbeitet hier bei Ihnen direkt vor Ort. Sie wird den Kontakt zu mir halten und steht unsererseits auch für Statements gegenüber der Presse zur Verfügung, natürlich nur nach vorheriger Absprache mit Ihren Leuten und mir.«

Die Kanzlerin nickte Natalie zu. »Dann wünsche ich Ihnen viel Glück für Ihre Arbeit und eine gute Hand bei allem, was Sie tun. Meine Büroleiterin wird dafür sorgen, dass Sie einen Platz zum Arbeiten bekommen.«

Natalie nickte dankend. Sie zögerte, warf Lasnik einen Blick zu, dann nahm sie sich ein Herz. »Frau Bundeskanzlerin, könnte ich Sie noch für einen Moment unter vier Augen sprechen? Es ist nur eine kurze Frage.«

Lasnik war überrascht von der Bitte.

Susanne Bergstedt sah auf ihre Uhr, dann nickte sie. »Kommen Sie. Ich habe noch ein paar Minuten.« Sie reichte Lasnik die Hand. »Danke nochmals.«

Als sich die Tür des Büros hinter Lasnik geschlossen hatte, blickte die Kanzlerin Natalie gespannt an. »Welche Frage ist so wichtig, dass Sie sie mir alleine stellen möchten?«

»Es ist keine Frage.« Nervös zupfte Natalie an ihrem Kostüm. »Ich wollte Ihnen etwas sagen, weil es mir wichtig ist, dass Sie das wissen. Haben Sie eine Idee, warum ich wirklich hier bin?«

Die Kanzlerin hob die Augenbrauen. »So früh am Morgen mag ich keine Ratespiele. Verraten Sie es mir.«

»Deshalb.« Natalie wies an sich hinab.

Der Blick der Kanzlerin glitt an der Gestalt Natalies hinunter, über das figurbetonte Kostüm hin zu den farblich passenden Pumps.

»Ich bin Lasniks Showeffekt«, fuhr Natalie fort, »ich habe keine andere Aufgabe, als Blicke auf mich zu ziehen. Dass ich IT-Forensikerin bin, ist nur eine unbedeutende Nebensache. Wichtig ist für Lasnik nur, dass die Presse auf mich anspringt.«

»Und das wollten Sie mir erzählen?«

»Nein, das sehen Sie selber. Ich wollte Ihnen nur sagen, dass Lasnik mich unterschätzt. Ich werde gute Arbeit leisten, als IT-Forensikerin, als Wissenschaftlerin. Ich werde Sie nicht enttäuschen.«

Die Kanzlerin betrachtete sie einen Moment wortlos, ging dann zur Tür und öffnete sie, um ihre Besucherin zu entlassen.

Als Natalie das Vorzimmer betrat, klingelte das Telefon der Büroleiterin, Bea Traub horchte in den Hörer und versprach, sich darum zu kümmern. Sie schmunzelte, als sie aufgelegt hatte. »Das war die Kanzlerin. Sie sagte, ich solle Sie in einem Büro ganz in der Nähe unterbringen. So wie es aussieht, haben Sie sie neugierig gemacht.« Sie zwinkerte der IT-Forensikerin zu. »Das kommt nicht so oft vor. Wenn Sie möchten, können Sie sich darauf etwas einbilden.«

Natalie lächelte, während sie Bea Traub in die Tiefen des Gebäudes folgte.

❄

Sein Smartphone in der Hand, stand Lasnik vor dem Kanzleramt und blickte am Gebäude hinauf, während er ungeduldig wartete. »Wo bleiben Sie denn?«, fauchte er ins Telefon, als Natalie Brandt das Gespräch angenommen und sich gemeldet hatte. »Ihre kleine Privataudienz mit der Kanzlerin dürfte inzwischen längst vorbei sein.« Ärgerlich hörte er, was Natalie ihm antwortete, dann unterbrach er ohne ein weiteres Wort die Verbindung.

Der Fahrer der Limousine, die auf dem Parkplatz vor dem Seiteneingang des Kanzleramts stand, sah ihn fragend an.

»Sie bezieht ihr Büro. Ich soll schon mal vorfahren.« Wütend steckte Lasnik das Smartphone in seine Jackentasche.

Wortlos öffnete der Fahrer eine der hinteren Türen des Wagens und ließ Lasnik einsteigen.

❄

Selig war früh aufgestanden an diesem Morgen, er wollte pünktlich bei der Arbeit sein und war deshalb schon vor der Rushhour aus dem Haus gegangen, um dem schlimmsten Verkehr zu entgehen. Die Fahrt nach Tempelhof hatte besser geklappt als erwartet, die S-Bahnen fuhren, der Fahrbetrieb war notdürftig wiederhergestellt. Statt Computer wachten nun Menschen darüber, dass kein Unglück geschah. Auch die U-Bahnen waren wieder auf ihren Strecken unterwegs. Ein pfiffiger Programmierer hatte eine veraltete Programmversion der Signalsteuerung aus den Tiefen seines privaten Computers geholt und auf den komplett gelöschten Server aufgespielt. Statt wie am Vortag in den Staus anzustehen, quetschten sich die Menschen nun in überfüllte Waggons, froh darüber, überhaupt an ihrem Ziel anzukommen.

Selig erreichte den Parkplatz an der Hungerharke und stellte den Wagen ab. Einem spontanen Gefühl folgend, schlug er einen Bogen und ging zur mobilen Kaffeebar. Wenig später betrat er, zwei Pappbecher Milchkaffee in der Hand, das Polizeipräsidium und ging die Treppe hinauf.

Der Weg zu seinem Büro fühlte sich fremd an, anders als an anderen Tagen. Während er sonst unter dem Rader seiner Mitmenschen blieb und niemand ihn beachtete, ruhten heute alle Blicke auf ihm. Manche tuschelten, andere grinsten ihn an, der eine oder andere klopfte ihm auf die Schulter. Er war der Mann, von dessen Computer aus der Zentralserver des Polizeipräsidiums gerettet worden war, das wussten alle, und für den Moment war er prominent in diesen Gängen. Selig war froh, als er das Büro erreicht hatte und die Tür hinter sich zuziehen konnte.

»Guten Morgen!«

Wagner war noch nicht an seinem Platz, aber Maria saß an ihrem Schreibtisch und lächelte Selig entgegen, als sie ihn hereinkommen sah. Kurz war Selig verlegen unter ihrem Blick, doch er schüttelte das Gefühl ab und stellte einen der Kaffeebecher, die er mitgebracht hatte, vor ihr auf den Tisch. »Bitte sehr. Genau so, wie Sie ihn mögen, frisch gebrüht und mit extra viel Milchschaum. Eine kleine Entschuldigung wegen gestern.«

Marias Augen blitzten fröhlich. »Wenn ich jetzt sage, das wäre nicht nötig gewesen, kriege ich dann nie wieder einen Kaffee von Ihnen?« Sie öffnete den Deckel und tunkte ihren Zeigefinger in den Milchschaum, um ihn genüsslich abzulecken. Dann nahm sie einen Schluck.

Selig wusste nicht, was er antworten sollte, also ging er zu seinem Schreibtisch und setzte sich, um ebenfalls seinen Kaffee zu trinken.

»Sehr schön«, verkündete Maria, »jetzt kann der Tag beginnen. Sind Sie bereit?«

»Wofür?«

»Für die Informationen, die ich zusammengesucht habe.«

Selig brauchte einen Moment, bevor er schaltete.

»Die Recherche über Ihren mysteriösen Besucher«, erinnerte Maria ihn. »Den Fahrer dieses Fahrzeugs.« Sie tippte auf den Zettel, auf dem Selig das Kennzeichen notiert hatte. »Es stimmt doch, dass dieser Jacob Winterberg Sie besucht hat, oder? Und Sie haben über Erhard Lasnik gesprochen. Den Computerfachmann, der heute in aller Munde ist.«

Selig nickte, beeindruckt davon, dass Maria aus den kargen Informationen, die sie von ihm erhalten hatte, die richtigen Schlussfolgerungen zog.

»Wollen Sie erst erzählen, oder soll ich anfangen?«

Selig überlegte kurz, dann begann er von der Begegnung mit dem Alten zu berichten, angefangen vom Unfall auf der Avus bis zu dem eigenartigen Treffen vor seinem Haus. Dass Winterberg ihm ein Foto gegeben hatte, das Selig mit seinem Vater und seiner Schwester zeigte, ließ er in seinem Bericht aus.

Maria hörte ihm konzentriert zu, dann berichtete sie, was sie herausgefunden hatte. »Über Winterberg gibt es nicht sehr viel. Er hat bis zu seiner Pensionierung als Haushandwerker in einem Zahnlabor gearbeitet und ist außerdem Autor. Kein sehr erfolgreicher, er hat ein paar Bücher im Eigenverlag veröffentlicht. Historische Technik, Eisenbahnen in der DDR, solche Sachen. Er lebt in Berlin-Karlshorst. So wie ich das sehe, gibt es keinen Kontakt mit Erhard Lasnik. Winterberg hat auch nichts mit Computern zu tun.« Maria sah von ihren Notizen auf. »Es war doch richtig, dass ich die Verbindung zu Lasnik überprüft habe?«

Selig nickte. Wieder war er verblüfft davon, wie schnell Maria reagierte und handelte und wie klar und analytisch sie eine Situation erfasste.

»Als Winterberg Sie besucht hat, wissen Sie, was er von Ihnen wollte?«

»Er hat mir mitgeteilt, dass Lasnik ihn töten werde. Und ich solle das wissen, damit ich den Mord aufkläre. Ich würde alle Beweise der Tat zugeschickt bekommen.«

»Krass.« Maria war beeindruckt. »Und was haben Sie gemacht? Ihn zum Tee hereingebeten oder gleich die Psychiatrie informiert?«

Selig stand auf, ging ein paar Schritte. »Ich weiß nicht … Der Alte sah nicht verrückt aus.«

»Aber wie will er Ihnen die Beweise seines Mordes zuschicken? Wenn er dann doch tot ist.« Maria lachte.

»Er sagte nicht, dass er selbst sie mir schickt. Er sagte, dass er dafür sorgen würde, dass ich die Beweise bekomme.«

»Und was haben Sie jetzt vor? Haben Sie schon nach der Post geschaut?« Erneut musste Maria grinsen.

Das Klingeln des Telefons unterbrach ihr Gespräch, Maria ging an den Apparat, horchte kurz und versprach dann, dass sie Selig informieren werde.

Dieser wartete, bis sie aufgelegt hatte, dann beantwortete er ihre Frage. »Wir sollten noch mal mit Jacob Winterberg reden. Und wenn es schlüssig ist, was er sagt, besuche ich Erhard Lasnik ein weiteres Mal und spreche mit ihm.«

»Ich denke, Sie müssen Ihre Pläne ändern.« Maria wirkte plötzlich ernst. »Das waren die Kollegen aus Karlshorst. Jacob Winterberg ist gestern Nacht ermordet worden.«

13

Es war leicht, den Tatort zu finden, ein Streifenwagen stand vor dem Haus, daneben wartete der Transporter des städtischen Bestattungsdienstes. Die Straße, in der Winterberg gelebt hatte, befand sich im Norden von Karlshorst, der scharfe Geruch des nahen Tierparks lag in der frostkalten Luft. Selig verschloss seinen Wagen und blickte sich um. Das Viertel war licht bebaut, im Sommer mussten die jungen Platanen am Straßenrand einladend wirken. Jetzt am Ende des Winters sahen die von Raureif überzogenen Bäume aus wie stumme Wächter, die ihre Spinnenfinger in den grauen Himmel reckten, bereit, sich vorzubeugen und jeden Eindringling zu packen. Den Mörder, dachte Selig, hatten sie gehen lassen.

Bedrückt schlug er den Kragen seiner Jacke hoch und stapfte hinüber zum Haus.

Das Gebäude, in dem Winterberg gelebt hatte, lag etwas zurückgesetzt auf einem zugewachsenen Grundstück. Es war eines der typischen Nachwendeobjekte, die Ende des vergangenen Jahrhunderts von Spekulanten hochgezogen worden waren, hastig und von minderer Bauqualität. Schmutzig graue Streifen zierten die Fassade, offenbar war die Dachrinne verstopft und lief bei Regen über. Auch sonst wirkte das Haus, als hätte jahrzehntelang niemand etwas daran getan. Vermutlich war es sich selbst überlassen worden, anders als die meisten anderen Gebäude in der Nachbarschaft, die gepflegt wirkten oder vor denen Baustellenschilder aufgestellt waren. Wie überall in der Stadt begannen auch hier die Besitzer damit, ihre Häuser aufwendig zu renovieren, um vom Boom Berlins und den inzwischen stetig steigenden Mieten, die solvente Mieter zu zahlen bereit waren, profitieren zu können.

Ein leises Sirren ließ Selig aufmerken. Normalerweise wäre ihm das helle, unaufdringliche Geräusch nicht aufgefallen, doch er kannte diesen Ton von einer Polizeischulung, die er unlängst und mit Widerwillen besucht hatte. Aufmerksam musterte er die Umgebung, bis er gefunden hatte, was er suchte: Die Drohne schwebte vier Meter über dem Boden im Schatten eines der Bäume. Es war ein kleines Gerät der neusten Generation, kaum größer als eine Handfläche. Durch die gläserne Halbkugel, die das Kameraobjektiv umhüllte, war nicht zu erkennen, welchen Bereich der Straße die Drohne gerade aufnahm. Doch hier war niemand außer ihm, und die Drohne verharrte regungslos auf ihrer Position wie ein Raubtier, das ein Opfer entdeckt hatte und von ihm nicht bemerkt werden wollte.

Nachdenklich wandte Selig sich ab und betrat das Gebäude. Die Wohnung des Mordopfers befand sich im ersten Stock, er hörte Stimmen von oben. Er stieg die Stufen hinauf, während er sich umsah. Die Bewohner des Hauses schienen Wert darauf zu legen, ihr Lebensumfeld in Ordnung zu halten. Die Treppe und die abgehenden Gänge zu den Wohnungen waren gefegt und glänzten, die Türen zierten Gestecke oder bunte getöpferte Türschilder. Eine Grünpflanze wucherte im zweiten Stockwerk des Treppenhauses und ließ ihre langen Triebe bis zum Erdgeschoss hinunter.

»Kann ich Ihnen helfen?« Ein älterer Zivilpolizist mit Vollbart und Bauchansatz hatte sich mit einem uniformierten Kollegen unterhalten und sprach Selig nun an. Misstrauen lag in seinem Blick.

Eilig holte Selig seinen Dienstausweis hervor.

Der Zivilpolizist schien nicht erstaunt, ihn hier zu sehen. »Sieh an, das passt ja. Können wir draußen reden?«

Selig folgte ihm.

Der Zivilpolizist stellte sich als Stefan Zabel vor, Kollege in der Polizeidirektion 6 und Mitglied der zuständigen Mordkommission. Er hatte den Fall erst vor einer knappen Stunde übernommen. Bevor Selig auch nur einen Satz sagen konnte, begann der Kollege, ihn auszufragen: warum er gekommen sei, was ihn mit dem Opfer verbinde, was er am vergangenen Abend getan habe.

Selig beantwortete die Fragen mit zunehmend ungutem Gefühl. »Stehe ich unter Mordverdacht?«

Zabel musterte ihn prüfend. »Wie kommen Sie darauf, dass ich einen solchen Verdacht habe?«

»Bei Ihren Fragen? Das liegt doch auf der Hand. Also?«

Zabel schloss das Notizbuch, in dem er sich einige Stichpunkte notiert hatte. »Nein. Aber wie ich Ihrer Kollegin am Telefon schon sagte, haben wir Ihren Namen in der Wohnung des Mordopfers gefunden. Und dazu den Hinweis, wir sollten Sie informieren, falls ein Verbrechen geschieht.«

»Und da wäre es hilfreich«, ergänzte Selig, »wenn ich ein Alibi für die Tatzeit präsentieren könnte.«

Zabel nickte. »Das würde die ganze Sache sehr erleichtern.«

»Ich habe mich nach der Arbeit mit meinem Sohn getroffen, in einer Kneipe in Friedenau, bis etwa 20 Uhr.«

»Und danach?«

»War ich alleine zu Hause.« Selig lächelte entschuldigend. »Tut mir leid, ein besseres Alibi habe ich nicht.« Dann fiel ihm etwas ein. »Meine Kollegin hat mich dort angerufen, ich glaube, so gegen 23 Uhr. Vielleicht ist das ja hilfreich.«

Der bärtige Polizist musterte ihn. »Lassen Sie mich das nachprüfen. Und dann reden wir weiter.«

❄

Eine halbe Stunde später betrat Zabel den Backshop, in dem Selig auf ihn wartete, vor sich einen Kaffee und ein Milchbrötchen. Der Laden war klein und Heimstatt einer Reihe von Handwerkern, die offenbar regelmäßig kamen, um hier ihre ausladend dimensionierten Pausen abzusitzen.

Der Zivilpolizist holte sich am Tresen einen Cappuccino, bevor er zu Selig kam. Er wirkte zufrieden. »Ihre Kollegin hat Ihr Alibi bestätigt. Sie hat mit Ihnen bereits kurz nach zehn telefoniert, da waren Sie zu Hause und können demnach zur Tatzeit nicht hier gewesen sein.«

»Einen Anruf kann man umleiten. Ich könnte das Gespräch auf mein Handy geschickt haben.« Selig war dieser Gedanke beim Warten gekommen.

Zabel nickte. »Stimmt. Aber Ihre Kollegin hat Sie gesehen. Offenbar hat sie mit Ihnen telefoniert und Sie dabei durch das Fenster beobachtet.« Er lächelte. »Sie haben fürsorgliche Mitarbeiter, die sogar abends nachschauen, ob es Ihnen gut geht.«

Selig war perplex. »Sie war wirklich bei mir zu Hause? Davon weiß ich nichts.«

»Wir haben das überprüft. Der Name Ihrer Kollegin ist beim Pförtner Ihrer Siedlung notiert worden, und zwar, als sie angekommen und als sie wieder abgefahren ist. Die Zeiten passen. Und auch Ihr Name ist im Eingangsprotokoll an der Pforte vermerkt. Ihr Alibi ist wasserdicht.« Zabel trank einen Schluck. »Ihre Kollegin schwärmt übrigens in höchsten Tönen von Ihren Fähigkeiten als Ermittler. Hab nichts dagegen, wenn Sie mir helfen und einen Blick auf den Tatort werfen wollen.«

»Sicher? Das ist Ihr Fall.«

»Vor zwanzig Jahren wäre das ein Grund gewesen, Sie hier jetzt sitzen zu lassen, damit Sie mir nicht die Butter vom Brot nehmen.« Zabel musste schmunzeln. »Glauben Sie mir, ich bin zu lange dabei, um mich noch mit einer Mordermittlung profilieren zu müssen.« Er trank seinen letzten Schluck und stellte die Tasse auf den Geschirrwagen. »Kommen Sie?«

❄

Die Spurensicherung hatte gerade ihre Arbeit beendet, als Selig und sein Kollege von der Direktion 6 das Haus des Mordopfers erreichten. Die Kolleginnen und Kollegen waren dabei, ihre Koffer in den Fahrzeugen zu verstauen, um anschließend ihre Ganzkörperanzüge auszuziehen. Zabel bat die bereitstehenden Bestatter, die die Leiche abtransportieren wollten, noch einen Moment zu warten. Missmutig stellten die Männer den Plastiksarg, den sie aus dem Auto geholt hatten, unten im Hausflur ab.

Selig hatte Zabel während des kurzen Weges vom Backshop zum Tatort alles berichtet, was er von dem Alten wusste, auch vom Verdacht des Mordopfers, wer sein Mörder sein würde. Zabel hatte versprochen, Lasnik baldmöglichst aufzusuchen und ihn zu befragen.

Gemeinsam stiegen sie die Treppe hinauf und gingen zum Wohnungseingang. Der Täter hatte die Tür aufgebrochen. Das Holz war direkt am Schloss gesplittert, es hatte dem Werkzeug des Eindringlings vermutlich keine Sekunde standgehalten. Selig begutachtete kurz die Einbruchsspuren, dann betrat er die Wohnung und sah sich um. Sie war klein, vier Räume gingen vom Flur ab: eine winzige Küche und ein Bad, links daneben das Schlafzimmer und auf der rechten Seite das Wohnzimmer. Jacob Winterberg lag vor dem Sofa, bäuchlings, den Kopf auf dem Teppich, er war erstochen worden. Die Blutlache, in der er lag, war erschreckend groß.

Zabel hatte sich Latexhandschuhe angezogen und auch Selig ein Paar gegeben, jetzt hob er den Körper des Opfers an und zeigte auf dessen Brust. »Ein Stich, etwas oberhalb des Herzens. Vermutlich hat die Klinge eine der Hauptarterien durchtrennt. Ein kleinerer Teil des Blutes ist aus der Wunde ausgetreten, den größeren Teil hat das Herz vermutlich in den Bauchraum gepumpt.«

Selig mühte sich, die in ihm aufsteigende Übelkeit niederzuringen. Er wies auf eine Zifferntafel, die ein Spurensicherer neben der Leiche vergessen hatte. »Was ist das dort?« Er sah die Antwort, noch während er die Frage stellte.

»Ein Fußabdruck. Vermutlich vom Täter.«

»Gab es weitere Spuren?«

»Eine Reihe von Fingerabdrücken. Ansonsten nichts. Keine Mordwaffe, keine Zeugen. Das muss ein Profi gewesen sein.«

Nachdenklich richtete Selig sich auf und sah sich um. Jemand hatte den Raum hastig durchsucht, eine Schublade stand offen, die Vitrinentür war nur angelehnt. »Sie vermuten, das Opfer hat einen Einbrecher überrascht und ist dann von ihm erstochen worden?«

»Was würden Sie denn denken?«

Selig zögerte. Die Indizien passten zu der Schlussfolgerung seines Kollegen, es gab keinen Grund, etwas anderes zu vermuten.

Nur der Besuch des Opfers einen Tag vor seinem Tod passte nicht zu der These.

»Sie sagen, der Einbrecher muss ein Profi gewesen sein. Warum?«

»Weil niemand ihn gehört hat.« Selbst die direkten Nachbarn, die zum Mordzeitpunkt in ihrer Wohnung gewesen waren, hätten nach eigenen Angaben nichts von dem Einbruch mitbekommen. »Außerdem ist es bemerkenswert, dass sich der Täter traut, am Abend, wenn alle Menschen zu Hause sind, eine Wohnungstür aufzubrechen. Dafür braucht es große Kaltblütigkeit.«

»Oder große Verzweiflung.« Selig ließ seinen Blick durch den Raum schweifen. »Denken Sie, dass irgendetwas fehlt?«

»Das wissen wir erst, wenn uns jemand sagen kann, wie der Raum vorher aussah. Meine Kollegen versuchen gerade herauszubekommen, ob er Familie hatte, vielleicht kann die uns helfen.«

»Haben Sie die Nachbarn gefragt? Möglicherweise kennen die seine Wohnung.«

Zabel schüttelte den Kopf. »Nein. Die sagen, sie hätten mit Winterberg kaum Kontakt gehabt.«

Selig betrachtete den Tatort schweigend, dann ging er in die Küche, ins Bad, in das Schlafzimmer. Zabel folgte ihm.

Selig drehte sich zu ihm um. »Sie sagten, Sie haben hier in der Wohnung meinen Namen gefunden?«

»Kommen Sie.« Zabel führte ihn zurück ins Wohnzimmer zu einem kleinen Schreibtisch, der am Fenster stand, direkt neben einem niedrigen Metallschrank. Auf der Arbeitsfläche lag ein Schnellhefter aus Pappe, darauf klebten Seligs Visitenkarte sowie die Notiz, ihn im Falle eines Verbrechens zu informieren. Selig schlug die Mappe auf. Im Inneren lagen sorgsam ausgeschnittene Zeitungsartikel, die über ihn berichteten. Die meisten handelten von den Ermittlungen zum Brand in Kreuzberg, bei denen Selig sehr im Licht der Öffentlichkeit gestanden hatte.

Zabel grinste. »Sieht so aus, als hätten Sie einen Fan gehabt.«

»Oder einen Stalker.« Selig blätterte die Fotos durch, die auf weiße Papierbögen geklebt und ganz am Ende der Unterlagen abgelegt worden waren. Die Aufnahmen zeigten ihn vor dem Präsidium, beim Einsteigen in seinen Wagen, an der

Pforte der Siedlung. Als er den letzten Bogen betrachtete, stutzte Selig: Das Bild darauf war vom Wannsee aus fotografiert worden, es zeigte das Seeufer in der Abendsonne, er erkannte die alte Villa, die auf der Kuppe des Hügels thronte. Das Bild darunter zeigte einen Ausschnitt des vorangegangenen Fotos. Winterberg hatte es vergrößern lassen, das Foto war grob gepixelt, doch die abgebildete Person deutlich erkennbar: Es war Selig, er stand am Seeufer und blickte direkt zum Fotografen hinüber.

Selig sah auf. »Kann ich das mitnehmen?«

Zabel schüttelte den Kopf. »Tut mir leid, noch nicht. Ich kann die Wohnung noch nicht freigeben. Nicht, bevor wir mit Ihrem Erhard Lasnik gesprochen haben.«

Während Zabel die Bestatter informierte, holte Selig kurz entschlossen sein Handy hervor und fotografierte den Tatort und das Mordopfer einige Male.

Zehn Minuten später verließen die beiden Kriminalbeamten die Wohnung, direkt nach den Bestattern, die den ermordeten Jacob Winterberg schweigend in den Sarg gelegt hatten und nun die Treppe hinuntertrugen. Zabel schloss die aufgebrochene Tür der Wohnung, so gut er es vermochte, und versiegelte den Türspalt.

»Kommen Sie mit zu Lasnik?« Zabel wandte sich Selig zu. »Ich würde ihn gerne als Nächstes befragen.«

Selig nickte. Er ließ seinen Wagen stehen, und Zabel nahm ihn in seinem altersschwachen Volvo mit, eine wenig vertrauenerweckende Rostlaube, die mehr als nur mitleidige Blicke gebraucht hätte. Stotternd erwachte der Motor zum Leben, es krachte mehrfach, bis es Zabel gelang, den ersten Gang einzulegen. Mit im Schneematsch durchdrehenden Reifen setzte sich der Wagen in Bewegung und fuhr die Straße hinab.

Leise sirrend flog die Drohne ihnen nach.

14

Sie wollen unsere Server sehen?« Der blonde Computertechniker schien irritiert.

»Ja, natürlich.«

»Aber das sind nur gekühlte Kästen in einem Keller.«

»Für mich«, entgegnete Natalie Brandt, »ist ein Computer mehr als nur ein Speicherort oder eine Ansammlung von Prozessoren. Er ist für mich ein Patient. Und einen Patienten sehe ich mir gerne an, bevor ich mich daranmache, ihn zu heilen.«

Der Techniker hob unwillig die Augenbrauen. »Das hat vor Ihnen noch niemand gewollt.«

»Dann ist es heute das erste Mal. Solange Ihre Kollegen nicht an die Daten herankommen, haben wir doch Zeit, oder? Also tun Sie mir den Gefallen.« Natalie strahlte den IT-Mann an – es war wie ein Reflex. Sie hatte das als Teenager oft ausprobiert, fasziniert von der Wirkung, die sie auf Männer hatte. In der gleichen Sekunde ärgerte sie sich über sich selbst.

Doch das Lächeln verfehlte seine Wirkung nicht.

Die IT des Bundestages befand sich im Tiefgeschoss des Abgeordnetenhauses, in einem besonderen, geschützten Bereich des Gebäudes. Die Server waren ein geschlossenes Rechnersystem, getrennt von dem des Bundeskanzleramtes, das sich Natalie zuerst angesehen hatte, bevor sie hinüber zu dem lang gestreckten Gebäude am Spreeufer gegangen war. Hier hatten die Abgeordneten des Bundestages ihre Büros, hier waren die meisten Arbeitsplätze von dem Virus betroffen.

Gemeinsam stiegen sie hinab in das Tiefgeschoss des Hauses, der Techniker ging voran. Das Quietschen seiner Turnschuhe vermischte sich mit dem dumpfen Klacken ihrer hohen Absätze zu einem arrhythmischen Takt. Vor einer mit einem elektronischen Schloss gesicherten Stahltür blieb der Techniker stehen. Er schob seine Karte in das Lesegerät, Momente später sprang die Anzeige um. Ein grünes Licht leuchtete auf, leise summend glitten die Riegel zurück und gaben den Weg ins Innere frei.

Das Rechnerzentrum war ein fensterloser Raum, lang gestreckt und kalt. Wie eine Armee aus Soldaten standen die Server in Reih und Glied, abweisend für jeden, der keinen Zugang zu ihnen hatte. Lichter blinkten lautlos. Das einzige Geräusch, das sie außer ihren Schritten hörten, war das leise Brummen der Kühlaggregate, die in den Nebenräumen arbeiteten, sie sogen die warme Luft an der Decke des Rechnerzentrums ab und bliesen sie auf exakt achtzehn Grad heruntergekühlt wieder in den Raum zurück.

Langsam schritt Natalie an den Racks entlang. Sie wusste nicht, ob sie es sich einbildete, aber sie glaubte, mit den Milliarden von Prozessen im Inneren der Rechner eine Verbindung einzugehen, so als flössen die Daten durch sie hindurch. Sie sprach mit niemandem über dieses Gefühl, ihr war bewusst, dass der Gedanke albern war. Vermutlich waren die Besuche bei ihren Patienten vor dem Beginn ihrer Arbeit nicht mehr als ein Ritual, das ihr half, sich zu fokussieren.

Der Techniker beobachtete sie schweigend.

Natalie sah ihn an. »Was ist Ihr Plan?«

»Bitte?« Der Techniker war irritiert von der Frage.

»Sie haben sich doch sicher gemeinsam mit Ihren Kollegen überlegt, wie Sie vorgehen wollen. Zum Beispiel einzelne Serversegmente isolieren, Sicherheitskopien auf externe Rechner aufspielen oder einzelne Festplatten mechanisch ausbauen. Es gibt viele Wege, vorzugehen. Das Ziel ist ja, an eine Kopie des

Virus zu kommen, damit wir seine Programmstruktur analysieren können.«

Der Techniker sah sie ratlos an. »Aber wir haben längst eine Kopie vom Virus.«

Nun war es an Natalie, den Techniker verblüfft anzustarren. »Davon weiß ich nichts.«

»Den Administratoren im Polizeipräsidium ist es gelungen, eine Sicherheitskopie des Serverprogramms zu installieren, mit dem noch nicht aktivierten Virus. Ihre Kollegen in Karlshorst analysieren längst den Programmcode.«

Natalie lachte ein wenig zu laut, es war eine Übersprunghandlung, um ihre Betroffenheit zu verbergen. »Ich sollte besser meine Mailbox abhören, dann würde ich auch wichtige Nachrichten kriegen. Hab das Telefon ausgemacht, als ich bei der Kanzlerin war.«

Lasnik hatte es noch nicht einmal für wichtig befunden, sie über diesen Erfolg zu informieren! War das schlicht Ausdruck seiner mangelnden Wertschätzung oder die Rache für ihr unautorisiertes Gespräch mit der Kanzlerin am Morgen?

Ihr Telefon klingelte, Natalie holte es hastig hervor und sah auf das Display: Es war Lasnik.

❄

Das Handstück seines schnurlosen Telefons in der Hand, stand Lasnik an seinem Schreibtisch. Er hielt sich nicht mit einer Begrüßung auf. »Natalie, wo sind Sie gerade?« Er horchte, dann unterbrach er die Ausführungen seiner Mitarbeiterin ungeduldig. »Ja, tut mir leid, das ist mir durchgegangen. Es ist nicht nötig, dass Sie den Code analysieren, im Moment gibt es für Sie nichts mehr zu tun. Gehen Sie einen Kaffee trinken. Aber halten Sie sich bereit, falls wir eine Pressekonferenz ansetzen. Dann informiere ich Sie kurzfristig über den Stand der Dinge.« Er horchte, genervt von ihrem Widerspruch. »Das bereden wir, wenn der Auftrag abgeschlossen ist. Bis dahin wissen Sie, was Sie zu tun haben. Ich ruf Sie wieder an.«

Er unterbrach das Gespräch und warf ärgerlich das Handstück des Telefons auf den Schreibtisch. Einen Moment lang starrte er durch die Glaswand hinüber zu seinen Mitarbeitern. Er hatte sie fast alle im Blick, es gab kaum feste Wände in der Büroflucht. Dann verließ er sein Büro und ging hinüber zu einem der Arbeitsplätze, an dem ein junger Mann mit perfekt getrimmtem Hipster-Vollbart saß, neben sich einen Rollcontainer mit seinen persönlichen Unterlagen. Torben Peterson wirkte erschöpft, sein Gesicht war grau.

Lasnik betrachtete ihn angewidert. »Mein Gott, Peterson, sehen Sie scheiße aus. Ich würde Ihnen ja gerne freigeben, aber das kann ich nicht. Ich brauche Ihre Hilfe.«

»Ich denke, ich habe Ihnen genug geholfen.«

Lasnik hob mit gespieltem Bedauern die Hände. »Das ist nicht Ihre Entscheidung. Was wissen Sie über Natalie Brandt?«

»Natalie? Nicht mehr als Sie. Wir haben privat keinen Kontakt.«

»Ich möchte, dass Sie sie im Auge behalten.«

»Ist das wirklich nötig? Ich denke nicht, dass sie Probleme machen wird.«

Lasnik lächelte kühl. »In der Tat, sie wird keine Probleme machen. Weil Sie dafür sorgen werden.«

❄

Zur gleichen Zeit verließ Natalie Brandt das Abgeordnetenhaus. Fröstelnd zog die IT-Forensikerin ihren Mantel zu, unschlüssig, was sie jetzt tun sollte.

Lasnik hatte sie abserviert. Sie hatte sich vorgewagt, und das war ihre Quittung.

Oder hatte er niemals vorgehabt, sie als IT-Forensikerin einzusetzen? Sollte sie gut aussehen und ansonsten den Mund halten? Letzteres auf jeden Fall, Lasnik hatte sich klar ausgedrückt. Nach ihrem Alleingang bei der Kanzlerin würde sie keine Chance mehr bekommen, als Forensikerin den Virus zu analysieren und mit dem Team eine Lösung zu suchen, wie er bekämpft werden könnte.

Ihr blieb nur noch, abzuwarten, bis alles vorbei war.

War das wirklich die einzige Möglichkeit, die ihr offenstand?

Entschlossen richtete Natalie Brandt sich auf. Lasnik war sauer, weil sie es wagte, zu denken und eigene Entscheidungen zu treffen. Aber sie war nicht sein Eigentum, sie würde nicht vor ihm kuschen. Was sollte schon passieren? Egal, was sie tat, sie würde sich ohnehin einen neuen Job suchen müssen. Dann konnte sie auch ihren Teil dazu beitragen, den Virus zu bekämpfen. Und war sie erfolgreich, vielleicht sogar schneller als ihre Kollegen, dann stünden ihr später alle Türen offen.

Das Taxi, das sie gerufen hatte, näherte sich. Natalie winkte es heran und stieg ein.

»Bringen Sie mich bitte zum Platz der Luftbrücke. Zum Polizeipräsidium.«

❄

Mit röhrendem Motor steuerte Zabel seinen alten Volvo auf den Parkplatz des Technologieparks. Die Lenkung knirschte, als Zabel sie einschlug, ruckend kamen sie zum Stehen.

Selig war froh, als er den nach Benzin stinkenden Wagen verlassen konnte.

Der Pförtner erkannte Selig sofort und kam hinter seinem Pult hervor, um ihn und Zabel hinauf zu Erhard Lasnik zu bringen. Kurz darauf betraten sie die gläserne Büroflucht, in der die jungen Mitarbeiter der Firma die Tastaturen ihrer Laptops traktierten, ohne auch nur aufzublicken.

Sie fanden Lasnik bei einem graugesichtigen Hipster, der mit eingefallenen Schultern neben einer der Arbeitsstationen stand.

Selig betrachtete Lasniks Mitarbeiter forschend, er fand, dass er nicht vor einen Computer gehörte, sondern in ein Hospital oder mindestens zu Hause ins Bett, so krank, wie er aussah. Wieder und wieder tupfte der Hipster seine laufende Nase ab, und auf seiner Stirn stand der Schweiß.

Als Lasnik sie kommen sah, verzog er genervt das Gesicht. Ungehalten ging er ihnen entgegen. »Herr Selig, ist das eine schlechte Angewohnheit von Ihnen? Sie können nicht ständig hier aufkreuzen.«

»Tatsächlich?« Selig musterte sein Gegenüber kühl. Sein Ärger über Lasniks Verhalten gab ihm Sicherheit.

»Ja, tatsächlich. Ich habe Ihnen gestern schon gesagt, was ich über diesen unbekannten Spinner weiß. Nämlich gar nichts. Also, was soll das hier?«

»Das ist Stefan Zabel.« Selig wies auf seinen Kollegen. »Polizeidirektion 6, Mordkommission. Er möchte Ihnen ein paar Fragen stellen.«

Zabel lächelte freundlich. »Wo waren Sie gestern gegen 23 Uhr?«

»Bitte?« Lasnik war nun doch verblüfft.

»Ist die Frage so schwierig?«

Lasnik sah Zabel an. »Sind Sie wirklich von der Mordkommission? Heißt das, Sie sind hier, weil Sie einen Mordfall untersuchen?« Er blickte zu Selig. »Den Mord an diesem Spinner?«

»Ja. Den Mord an diesem Spinner, der vermutet hat, dass Sie ihn töten wollten.«

Lasnik schwieg einen Moment, dann bat er die Polizisten in sein Büro. Er wies auf die beiden Stühle vor seinem Schreibtisch, setzte sich, dachte einen Moment nach.

»Ich glaube, es ist besser, wenn ich warte, bis mein Anwalt da ist.«

»Das müssen selbstverständlich Sie entscheiden«, antwortete Zabel. »Allerdings haben wir Sie nur nach Ihrem Alibi gefragt. Vielleicht antworten Sie einfach.«

Lasnik blickte Zabel prüfend an und dachte nach. Es schien, als ringe er mit sich. Schließlich nickte er. »Na gut. Ich war auf der Autobahn. Auf dem Rückweg aus Zürich. Ich hatte dort einen Geschäftstermin und den letzten Flug verpasst.«

»Und dafür gibt es Zeugen?«

»Dass ich in Zürich war? Selbstverständlich. Ich habe mich dort mit Jeff Farsell getroffen. Ein Computeraktivist, wir unterstützen ihn.«

Selig horchte auf. »Jeff Farsell? Der Gründer von dotjust. net?«

»Ja. Er wird alles bestätigen können. Nach Berlin bin ich alleine zurückgefahren. Meine Sekretärin wird Ihnen alle Adressdaten geben. Sie hat auch die Tickets und den Mietwagen für mich gebucht.« Lasnik zögerte. »Wissen Sie inzwischen, wie der Mann hieß? Also der, der ermordet worden ist? Vielleicht kenne ich ihn ja doch.«

»Sein Name ist Jacob Winterberg«, antwortete Zabel. »Lebte in Karlshorst.«

Nachdenklich schüttelte Lasnik den Kopf. »Nein. Den Namen habe ich noch nie gehört. Tut mir leid, da kann ich Ihnen nicht weiterhelfen.«

Zabel stand auf. »Das war's schon, danke. Wenn noch was sein sollte, melde ich mich bei Ihnen.« Auch Lasnik erhob sich.

Selig blieb sitzen. Er musterte Lasnik forschend. »Warum treffen Sie sich mit einem Computeraktivisten, und zwar genau an dem Tag, an dem die Regierungsserver gehackt werden?«

»So etwas gehört zu meinem Job. Ich treffe mich ständig mit solchen Leuten. Jeff Farsell war ein Profi, was Hackerangriffe angeht.«

»Jeff Farsell hat die Community im dotjust.net schon vor einer Woche vor dem Angriff gewarnt. Warum haben Sie sich erst jetzt mit ihm getroffen?«

Seligs Antwort brachte Lasnik aus dem Tritt. »Woher wissen Sie von der Warnung?«

»Sie haben meine Frage nicht beantwortet.«

Lasnik zögerte. »Ich wollte ihn anwerben. Ich habe ihm angeboten, dass er nach Berlin kommt und für mich arbeitet. Er wollte aber nicht. Hatte irgendeine große Sache vor. Ist das von Bedeutung? Ich dachte, Sie sind wegen des Mordes hier.«

Selig musterte Lasnik stumm. Dann nickte er langsam. »Ich denke, wir sprechen uns noch einmal.« Er erhob sich von seinem Stuhl, nickte Zabel zu und verließ grußlos das Büro. Zabel folgte ihm.

Als sie auf dem Parkplatz standen, blickte Selig zurück zum Haus. Lasnik stand an einem der Fenster im oberen Stockwerk, neben ihm der graugesichtige Mitarbeiter mit dem Hipsterbart. Als sie bemerkten, dass Selig zu ihnen hinaufschaute, verschwanden die beiden.

»Kommen Sie?« Zabel hatte von innen die Beifahrertür aufgestoßen.

Selig seufzte, dann stieg er ein.

15

Als Selig das Büro betrat, stand Maria vor der Magnettafel an der fensterlosen Wand und betrachtete die Fotos, die sie dort mit Haftmagneten angebracht hatte. Wagner saß auf seinem Schreibtischstuhl, die Beine ausgestreckt, eine Tasse Tee in der Hand, und sah ihr dabei zu, wie sie die Bilder verschob und kritisch begutachtete.

»So könnte die Reihenfolge stimmen.«

Selig schloss die Tür, zog seine Jacke aus und hängte sie an den Garderobenhaken. Dann trat er neben Maria und betrachtete die Fotos. Sie zeigten alle das gleiche Motiv: Es war das Mordopfer Jacob Winterberg. Einige Bilder zeigten ihn so, wie ihn Selig kennengelernt hatte, auf anderen war er einige Jahre jünger. Ein Foto stach aus der Reihe heraus, Winterberg war darauf als junger Mann zu sehen, mit dunkelblondem, leicht gelocktem Haar.

»Und?« Maria blickte Selig an. »Erkennen Sie ihn?«

Selig betrachtete die Fotos genau, eines nach dem anderen. »Nein. Bis auf unsere beiden Begegnungen gestern und am Tag vorher habe ich ihn noch niemals gesehen. Zumindest erinnere ich mich nicht daran. Woher haben Sie die Bilder?«

Maria berichtete, dass sie das Internet durchsucht und auch Winterbergs ehemalige Arbeitsstelle aufgesucht habe. »Manche der Bilder sind Autorenfotos aus seinen Büchern. Ein Bild stammt aus einem Presseartikel zu einer Buchpremiere, das Jugendfoto aus einer Mitarbeiterzeitung zum fünfundzwanzigjährigen Jubiläum des Zahnlabors, in dem er gearbeitet hat.« Sie habe gehofft, ergänzte Maria, dass Selig den Ermordeten wiedererkennt. »Irgendeinen Grund muss es ja gegeben haben, dass Winterberg zu Ihnen gekommen ist.«

»Sie vermuten, dass er mir irgendwann einmal begegnet ist.«

»Das wäre eine Möglichkeit. Oder es gibt eine andere persönliche Verbindung.«

Selig musste lächeln. »Auf die Idee, dass er sich an mich wendet, weil ich ein guter Polizist bin und er sich von mir Schutz erhofft, sind Sie nicht gekommen?«

»Natürlich habe ich daran gedacht, denn Sie sind ein guter Polizist«, antwortete Maria ernsthaft. »Aber würde er, wenn er Angst vor einem Mordanschlag hat, quer durch die Stadt fahren anstatt zur nächsten Polizeistation? Das würde ich nämlich machen, wenn ich Sorge hätte, ermordet zu werden.«

Selig nickte nachdenklich. »Er wirkte nicht ängstlich. Er sah aus wie jemand, der sehr überlegt vorgeht. Er wusste, was er tat.«

»Das heißt«, warf Wagner ein, »er wollte, dass wir in dem Fall ermitteln.«

»Er wollte«, korrigierte Maria, »dass wir Lasnik als Täter ermitteln. Er wusste, Selig lässt nicht locker, auch wenn ein Verdacht erst einmal abseitig wirkt. Bei einem unbekannten Polizisten konnte er sich da nicht sicher sein.«

»Lasnik hat ein Alibi«, entgegnete Selig.

»Genau.« Maria sah sich bestätigt. »Deshalb ist Winterberg genau zu Ihnen gekommen.«

»Also keine persönliche Verbindung?«

»Irgendwann müssen Sie ihm aufgefallen sein. Vielleicht kennt er Sie privat.«

Selig tippte auf den Lebenslauf, den Maria aus einem der Bücher Winterbergs kopiert hatte. »Er ist im Osten aufgewachsen, ich im Westen. Wo soll da die Verbindung sein?«

»Vielleicht«, warf Wagner ein, »hat er von Ihnen in den Zeitungsartikeln gelesen, die im vergangenen Jahr erschienen sind. Während der Ermittlungen zum Brandanschlag.«

Selig berichtete von der Mappe, die er in der Wohnung des Opfers gefunden hatte und in der genau diese Artikel gesammelt waren.

Wagner grinste zufrieden.

»Aber wo«, setzte Selig nach, »ist die Verbindung zu Lasnik?«

Wagner wusste keine Antwort, auch Maria hatte nichts gefunden, das Winterberg mit jenem Menschen, den er als seinen Mörder in Verdacht gehabt hatte, zusammenbrachte.

Eine Weile hingen alle ihren Gedanken nach. Selig ging zu seinem Schreibtisch, holte sein Smartphone hervor und betrachtete den Tatort, Details der Fotos vergrößernd.

»Winterberg hat Bücher geschrieben«, brach Selig die Stille. »Sachbücher.«

Wagner setzte sich auf. »Woher stammt Lasnik?«

»Aus Leipzig«, antwortete Maria.

»Na bitte! Winterberg hat bei der Recherche für eines seiner DDR-Bücher etwas entdeckt, das mit Lasnik zu tun hat«, überlegte Wagner. »Irgendetwas, das Lasnik belastet. Und damit hat er ihn erpresst, und deshalb hatte er Angst, dass Lasnik ihn tötet.«

»Ist das dein Ernst?« Maria sah Wagner spöttisch an.

Wagner war beleidigt. »Ist ja klar. Eine Idee, die nicht von dir kommt, findest du dämlich.«

»Winterberg hat über Eisenbahnen geschrieben.« Maria tippte auf die Abbildung eines Buches, das sie im Internet aufgerufen hatte. »Hier, der Schnellzug VT 18.16. Der war 1965 das Topprodukt der DDR. Wo ist da der Skandal versteckt, wegen dem jemand heute noch morden würde? Weil er Ersatzteile geklaut hat? Oder eine Konstruktionszeichnung kopiert?«

»So schlecht ist der Gedanke gar nicht«, wandte Selig ein.

»Wir sollten uns auf jeden Fall alle Unterlagen in Winterbergs Wohnung ansehen. Vielleicht finden wir etwas in seinem Archiv. Ist zumindest ein Anfang.«

Wagners zufriedenes Lächeln, das sich bei Seligs Worten auf sein Gesicht gelegt hatte, verschwand so schnell, wie es gekommen war. Die Vorstellung, ans andere Ende der Stadt zu fahren, um staubige Archivordner durchzusehen, empfand er als nicht sehr prickelnd.

Selig sah es schmunzelnd. »Herr Wagner, da ich es nicht verantworten kann, dass Ihr Tee kalt wird, möchte ich darum bitten, dass Sie hierbleiben. Ich nehme Ihre Kollegin mit. Sie durchleuchten Erhard Lasnik, und zwar komplett, von Kopf bis Fuß. Was macht er, wenn er nicht gehackte Computer rettet? Wo kommt er her, was ist er für ein Mensch? Wie lebt er, was hat er für Freunde, wer sind seine Feinde? Wie ist er ausgebildet, was hat er gemacht, bevor er seine Firma gegründet hat …«

»Ja, ja, ich hab's kapiert«, maulte Wagner missmutig, wenig erfreut über den Arbeitsauftrag.

»Und anschließend kannst du das Büro aufräumen«, ergänzte Maria ernsthaft. »Die Unterlagen der letzten Jahre müssen durchsortiert werden, was weggeworfen werden kann und was nicht. Wir wissen ja, dass du es gar nicht abkannst, nichts zu tun zu haben.« Ihre Augen blitzten fröhlich.

Selig blieb so ernst wie Maria. »Gute Sache. Die Überstunden können Sie aufschreiben.«

Wagner sah die beiden verblüfft an. »Ihr verarscht mich doch, oder?«

Selig lächelte. »Bis später.«

❄

Der Verkehr in der Stadt floss wieder wie gewohnt, die Staus hatten sich aufgelöst, so als hätte es den Angriff der unbekannten Attentäter nie gegeben. Auch den Berlinern war, von außen betrachtet, nichts anzumerken, sie verhielten sich wie immer: umtriebig, schnodderig, ein wenig gereizt und zugleich auf eine selbstbewusste, fast überhebliche Weise gelassen. Die Stadt funktionierte, so als könne nichts sie erschüttern, und das war auch die Botschaft, die die meisten Reporter in die Welt hinaussandten, erfuhr Selig aus dem Autoradio, das Maria eingeschaltet hatte. Erst als er für einen Moment den schützenden Kokon ihres Wagens verließ und sich unter die Passanten mischte, um für sich und Maria einen verspäteten Mittagsimbiss zu kaufen, hörte er an den Gesprächsfetzen der Vorbeigehenden, dass der Blackout der Regierungscomputer die Bewohner der Stadt bewegte.

Die Menschen, die diesen lebenden Organismus bildeten, waren empfindlich geworden. Zu oft war ihnen gezeigt worden, wie verletzlich sie waren, zu häufig hatte es Attentate gegeben, erfolgreiche und vereitelte, und dass sich jetzt ein Angreifer mitten unter sie geschlichen hatte, traf viele Bewohner stärker, als sie es wahrhaben wollten. Was wäre geschehen, hätten die Hacker die Netzwerke der Krankenhäuser angegriffen, die der Notfallzentren, der Rettungsdienste? Oder die Systeme der Stromversorgung, der Wasserwerke? Was, wenn die Kommunikation gestört worden wäre – Telefon, Internet, Radio und Fernsehen? Es wäre möglich gewesen, waren sich die Experten sicher. Zu lange hatte man die verletzliche Flanke, die man dem Gegner unverhüllt zeigte, nicht beachtet, anstatt sie zu schützen, solange es noch möglich war.

Vielleicht war es schon zu spät.

Selig hatte seine Portion gebratene Nudeln, die er für sich und Maria in einer vietnamesischen Garküche in der Sonnenallee gekauft hatte, mit Genuss gegessen, er faltete gerade die leere Pappschachtel zusammen, als sie Karlshorst erreichten. Maria parkte den Wagen direkt vor dem Haus, in dem das Mordopfer gewohnt hatte. Selig bestand darauf, dass Maria erst aß, bevor sie ihm in der Wohnung bei der Durchsicht des Archivs helfen würde. Er selbst würde schon einmal vorgehen.

Stefan Zabel von der Polizeidirektion 6 war froh gewesen, als Selig ihn gebeten hatte, noch einmal den Tatort aufsuchen zu dürfen. Zwar hatte Zabel die Idee, das Archiv durchzusehen, als wenig vielversprechend betrachtet, aber solange sie keine wirklich heiße Spur hatten, war der Kollege für jeden Ermittlungsschritt Seligs dankbar. Zabel hatte versprochen, später am Tag vorbeizuschauen.

Selig betrat das Haus. Die Eingangstür hielt die feuchte Kälte, die sich in den Straßen der Stadt festzuklammern schien, nur unzureichend zurück, die Tür schloss nicht richtig, ein kalter Luftzug strömte in das Treppenhaus. Die Grünpflanzen auf den Treppenabsätzen kämpften dagegen an, nicht zu erfrieren. Selig stutzte, ihm war das defekte Schloss der Haustür bei seinem ersten Besuch nicht aufgefallen. Seit wann war es kaputt? Selig horchte in die Stille des Treppenhauses, dann stieg er in den ersten Stock hinauf.

Es war ruhig in den Wohnungen, keiner der Mieter schien zu Hause zu sein. Das Klacken der Schritte hallte von den nackten Wänden zurück. Selig spürte, wie sich an seinen Armen die Haare aufstellten. Der Gang, an dessen Ende die Wohnung von Jacob Winterberg lag, war verlassen, das Lichtrelais klickte im Keller, als Selig das Flurlicht einschaltete, um den dunklen Schlauch zu erhellen. Zögernd ging er weiter. Sein Herz klopfte schneller, merkte er, sein Körper schien etwas zu spüren, was sein Geist noch nicht erfasst hatte.

Und dann sah er es: Die Tür zur Wohnung Jacob Winterbergs war nur angelehnt, jemand hatte das Polizeisiegel zerrissen.

Selig erstarrte für einen Moment, tastete dann nach seiner Waffe. Seine Trägheit verfluchend, stellte er fest, dass er sie im Büro liegen gelassen hatte wie so häufig; er mochte es nicht, sie bei sich zu tragen.

Kurz zögerte er. Vielleicht, überlegte er, wäre es das Beste, auf Maria zu warten. Doch der Gedanke, vor ihr schwach zu wirken, missfiel ihm. Ein kurzer Blick nur durch den Türspalt, ohne die Wohnung zu betreten, sagte er sich, das war nicht gefährlich, vielleicht war der Einbrecher schon lange fort.

Selig legte seine Hand auf das Holz, drückte behutsam, und die Tür schwang lautlos ein kleines Stück auf. Er horchte, doch in der Wohnung blieb es still. Dann beugte er sich vor, um durch die Öffnung zu spähen.

In der gleichen Sekunde zog jemand von innen die Wohnungstür zurück, Selig stolperte vor, hinein in eine Gestalt, die ihn packte und nach vorn riss. Mit voller Wucht prallte Selig an die gegenüberliegende Wand. Er schrie auf, vor Schreck und vor Schmerzen, er tastete nach Halt, fand eine Kommode und wollte sich an ihr abstützen, als ihn ein Schlag in den Rücken traf. Ächzend ging Selig auf die Knie. Seine Hände fühlten einen kalten Gegenstand, es war ein leerer Schirmständer, ein Zylinder aus gehämmertem Messing. Selig packte ihn, ohne zu zögern, und wirbelte herum, während er sich zur Seite fallen ließ, um den hinter ihm stehenden Angreifer zu erreichen.

Das Metallgefäß traf den Unbekannten an der Hüfte, mit voller Wucht, ein Ächzen ertönte. Es war die Stimme eines Mannes, dachte Selig noch, als ihn der zweite Schlag traf, ein Fausthieb auf den Hinterkopf.

Für einen Moment kam es ihm so vor, als stockte die Zeit. Tief in ihm stieg Übelkeit auf, wie eine Welle, die sich aufbaut, um ans Ufer zu branden.

Bevor ihm schlecht werden konnte, verlor er das Bewusstsein.

16

Herr Selig! Hören Sie mich?« Jemand rüttelte an ihm. »Paul! Ich bin es.«

Selig öffnete die Lider. Er sah in die Augen von Maria, die sich über ihn gebeugt hatte und ihn erschrocken anblickte.

»Erkennen Sie mich?«

Selig nickte. Er hätte stundenlang so liegen und in ihren Blick eintauchen können. In ihre dunklen, schönen Augen, umfasst von schwarzen Wimpern, die nicht lang, aber dicht waren und ihrem Gesicht Ausdruck verliehen. Der Moment war perfekt, zumindest bis zu dem Moment, als er den Schmerz spürte, der von seinem Hinterkopf ausging und sich nach und nach in seinem gesamten Schädel ausbreitete.

Stöhnend richtete er sich auf.

»Was ist passiert?« Maria musterte ihn besorgt.

»Das würde ich auch gerne wissen.« Mit kurzen Worten berichtete er, was geschehen war. »Haben Sie ihn gesehen? Es war ein Mann, glaube ich. Er muss gerade eben das Haus verlassen haben.«

Maria schüttelte den Kopf. Sie meinte aus den Augenwinkeln eine Bewegung gesehen zu haben, während sie noch im Auto gesessen hatte, war sich aber nicht sicher. »Tut mir leid.«

Selig nickte nur und zog sich an der Kommode hoch.

»Nicht aufstehen.« Maria wollte ihn zurückhalten. »Der Notarzt kommt gleich.«

Unwillig wischte Selig ihre Hand zur Seite. »Ich brauche keinen Arzt.«

Maria seufzte. »Geht das schon wieder los? Wem wollen Sie diesmal etwas beweisen? Sich selbst oder mir?« Sie half ihm auf und musterte ihn. »Okay, diesmal ein Deal. Sie lassen sich vom Notarzt untersuchen und hören sich an, was er Ihnen sagt. Und dann entscheiden Sie, was Sie tun. Und ich verspreche Ihnen, Sie nicht mit meinen Sorgen zu nerven.«

Selig musste lächeln. »Bin ich so schlimm?«

»Schlimmer.«

Eine Stimme ließ sie beide herumfahren. »Brauchen Sie Hilfe?« Die Tür der Nachbarwohnung hatte sich geöffnet, ein rundlicher Mann mit einem freundlichen Gesicht stand im Türrahmen. Er wirkte besorgt und zugleich ängstlich. Als Selig einen Schritt auf ihn zuging, wich er zurück. »Wer sind Sie?«

Selig holte seinen Dienstausweis heraus. »Mein Name ist Selig, das ist meine Kollegin Maria Fernandez.«

»Sie sind von der Polizei?«

»Ja. Jemand war in der Wohnung von Herrn Winterberg und hat mich niedergeschlagen. Haben Sie etwas gesehen? Oder ist Ihnen etwas aufgefallen?«

Der rundliche Mann schüttelte den Kopf. »Nichts, bis auf den Lärm gerade eben.«

»Und Sie sind?«

Der Nachbar stellte sich als Hanspeter Mechert vor und ergänzte, als Selig nachfragte, dass er Rentner sei und als Fernwärmetechniker gearbeitet habe.

Maria unterbrach Seligs Befragung. »Ich denke, das reicht für den Moment.« Sie wandte sich Mechert zu. »Können wir reinkommen? Ich glaube, es wäre gut, wenn sich mein Kollege hinsetzen könnte.«

»Natürlich.« Der rundliche Mann zog die Wohnungstür auf. »Kommen Sie.« Er führte Selig in die Küche. Ein blaues Flackern flutete den Raum, als Selig sich setzte, gerade fuhr der Notarzt vor dem Haus vor, gefolgt von einem Rettungswagen. Maria leitete die Helfer in die Wohnung und warf ihrem Chef einen scharfen Blick zu. Selig biss sich auf seine Lippen und ließ die Untersuchung stumm über sich ergehen.

»So wie es aussieht, haben Sie Glück gehabt«, sagte der Arzt schließlich. »Ich würde Ihnen aber auf jeden Fall raten, ein CT machen zu lassen, um ganz sicher zu sein, dass der Schädel nicht verletzt ist. Sollen wir Sie mitnehmen?«

Selig lehnte dankend ab, und als Maria protestieren wollte, war er es, der sie mit einem strengen Blick zum Schweigen brachte.

Der Notarzt und die beiden Rettungssanitäter verabschiedeten sich und verließen die Wohnung, Mechert drückte hinter ihnen die Tür ins Schloss. Die Schritte der Männer draußen im Hausflur und im Treppenhaus waren bis in die Küche zu hören, ebenso das Klacken der Haustür im Erdgeschoss. Wenig später erloschen die zuckenden Blaulichter, die Wagen fuhren davon.

Selig versuchte, die Schmerzen in seinem Schädel zu ignorieren, und musterte Mechert stumm. Der rundliche Mann wich seinem Blick aus.

»Sind Sie nervös.« Selig sprach den ersten Gedanken aus, der in seinen Kopf kam.

»Wieso?«

»Das frage ich mich auch.« Selig schwieg, er versuchte den Gedanken zu greifen, den seine Intuition längst erfasst hatte. »Kann es sein, dass Sie den Einbrecher gehört haben?« Selig erhob sich mühsam von seinem Stuhl, Marias Hand zurückweisend. »Sie haben mitbekommen, dass jemand den Tatort aufgebrochen hat und in die Wohnung eingedrungen ist. Und jetzt fragen Sie sich, ob Sie Ärger bekommen, weil Sie mich nicht gewarnt haben.«

Der Nachbar schlug die Augen nieder. »Ich hab davon nichts mitgekriegt. Ich hatte das Radio an.«

»Radio? Das glaube ich Ihnen nicht, das hätte ich gehört, als ich gekommen bin, so dünn wie die Wände hier sind. Nein, Sie standen hinter der Tür und haben mich durch den Türspion beobachtet. Und haben nicht eingegriffen.«

»Aber was hätte ich denn tun sollen?«, brach es aus Mechert hervor. »Ich wusste doch nicht, wer Sie sind.«

»Sie hätten die Polizei rufen können. Das wäre ganz leicht gewesen. Aber Sie haben das nicht getan.«

Darauf fiel Mechert keine passende Antwort ein. Feine Schweißperlen glitzerten auf seiner Stirn.

Selig musterte ihn stumm. In ihm arbeitete es.

Plötzlich, von einer Sekunde auf die andere wie verwandelt, lächelte Selig, er legte dem rundlichen Mann beruhigend die Hand auf die Schulter.

»Ich kann Sie verstehen. Ich hätte wahrscheinlich genauso gehandelt.«

Maria warf ihm einen erstaunten Blick zu.

»Machen Sie sich keine Sorgen«, fuhr Selig fort, Mechert unverwandt ansehend, »niemand wirft Ihnen vor, dass Sie sich falsch verhalten haben.«

Mechert lächelte unsicher.

»Sie mögen Technik, nicht wahr?« Selig gab sich entspannt, allein Maria merkte, wie konzentriert er war.

Mechert war erstaunt. »Wieso?«

»Na, die Bücher dort.« Selig wies auf den Küchentisch, auf dem mehrere großformatige Sachbücher lagen. Ein DDR-Trecker aus volkseigener Produktion war auf dem Cover des zuoberst liegenden abgebildet.

»Ach so, ja. Stimmt.«

»Ist ja auch ein interessantes Thema.« Selig griff sich das Buch, blätterte die ersten Seiten auf, las einen Moment. Auch die anderen Bücher nahm Selig in die Hand und blickte kurz hinein, bevor er sie wieder zurücklegte und sorgfältig übereinanderstapelte.

Mechert beobachtete ihn alarmiert.

»Darf ich?« Selig wies in den Flur. »Ich finde es immer unglaublich spannend, zu sehen, wie andere Menschen leben.« Bevor Mechert widersprechen konnte, hatte Selig den Flur betreten und war in das Wohnzimmer gegangen, um sich dort ebenfalls umzusehen. »Ist gemütlich bei Ihnen.«

Maria folgte Seligs Auftritt mit Erstaunen.

»Sie sammeln Porzellan?« Selig wies auf ein Wandregal, auf dem drei zarte Figürchen standen, es waren Tänzerinnen mit Tüllrock, sehr fein bemalt und zugleich unglaublich kitschig. »Aus Meißen, nicht wahr? Schick. Waren die teuer?«

Mechert, der Selig nachgekommen war, eilte herbei, um ihn daran zu hindern, die Figuren in die Hand zu nehmen. »Bitte nicht. Die sind sehr wertvoll.«

»Oh, Verzeihung, ich bin aufdringlich.« Selig hob entschuldigend die Hände und ging zurück in den Flur. Am Schuhregal blieb er stehen, er bückte sich und betrachtete die Schuhe genauer. Vor allem ein paar Halbschuhe schien es ihm angetan zu haben.

Mechert nahm sich ein Herz. »Ich weiß nicht, ob mir das gefällt, dass Sie sich hier alles ansehen ...«

»Das kann ich mir vorstellen, Herr Mechert. Vielleicht ist es an der Zeit, dass wir uns ein wenig unterhalten.«

»Worüber?«

»Über Ihren Nachbarn.«

»Aber ich hatte doch schon Ihrem Kollegen gesagt, dass ich ihn kaum kannte.«

»Was heißt kaum?«

»Na ja, man grüßt sich eben im Flur.«

»Und sonst hatten Sie nichts miteinander zu tun?«

Mechert schüttelte stumm den Kopf.

»Wieso«, fragte Selig, »schenkt Ihnen Ihr fremder Nachbar eines seiner Bücher, mit persönlicher Widmung und mit persönlichem Dank? Oder haben Sie das noch gar nicht gesehen?« Er ging in die Küche, zog ein Buch aus dem Stapel und blätterte die erste Seite auf. »Hier, schauen Sie mal: ›Für Hanspeter – danke für alles.‹ Hanspeter, das sind doch Sie, oder? Und das ist die Unterschrift von Jacob Winterberg.«

Mechert zuckte unbestimmt mit den Schultern.

»Wofür dankt Ihnen Ihr Nachbar, wenn Sie sich doch gar nicht kennen?«

»Ich hab mal Blumen gegossen für ihn, als er weg war«, entgegnete Mechert.

»Ah!« Selig gab sich begeistert. »Sie kannten sich also doch. Und Sie waren in seiner Wohnung gewesen.«

»Das ist schon lange her.«

»Das Buch ist letztes Jahr erschienen.« Selig wies auf die bibliografischen Angaben. Er musterte Mechert aufmerksam. »Ich denke, wir sollten uns gemeinsam den Tatort ansehen.«

Mechert schüttelte abwehrend den Kopf. »Das möchte ich nicht. Ich will nicht in die Wohnung gehen.«

Selig holte sein Handy aus der Tasche. »Das müssen wir auch nicht. Ich habe hier ein Foto.« Er rief das Bild auf, das er am Vormittag vom Tatort gemacht hatte. Sorgfältig vergrößerte er einen Ausschnitt. »Schauen Sie mal, hier. Was sehen Sie?«

Mechert kniff die Augen zusammen, dann holte er eine Lesebrille hervor und betrachtete das Display genauer. »Da hängt ein Foto an der Pinnwand.«

»Richtig, das ist ein Foto von einer Feier in Winterbergs Wohnung. Sie sind nicht darauf, keine Sorge. Dafür aber der

Wohnzimmerschrank. Ist ganz gut zu sehen, Winterberg steht mit seinen Gästen direkt davor. Und?«

Mechert hob ratlos die Schultern, ohne den Blick vom Handybildschirm zu lösen.

»Na, gerade Sie müssten das doch erkennen. Die große Figur, die dort in der Vitrine steht. Eine Ballerina. Meißener Porzellan. Muss doch ein Vermögen wert sein, so riesig, wie die ist. Und jetzt schauen Sie mal hier.« Selig nahm dem Nachbarn das Handy aus der Hand und verkleinerte den Ausschnitt. »So sieht der Schrank jetzt aus. Fällt Ihnen was auf?«

Mechert antwortete nicht.

»Die Figur fehlt. Ich wüsste zu gerne, wo sie ist. Haben Sie eine Idee?«

Mechert war blass geworden. Schweigend starrte er auf den Handybildschirm.

»Ich frage mich, was wir finden würden, wenn wir Ihre Wohnung durchsuchen. Und ich frage mich auch, was wir finden würden, wenn wir uns Ihre Schuhe ansehen. Vor allem die Halbschuhe, die Sie kürzlich so sorgfältig gesäubert haben. Sogar die Sohlen. Die sehen aus wie neu. Aber glauben Sie mir, da ist noch was. Unsere Jungs vom Labor finden kleinste Blutreste.«

Maria hielt den Atem an.

Einen Moment lang war es still in der Wohnung.

Dann sah Mechert auf, bleich, aber gefasst. »Ich würde gerne mit einem Anwalt sprechen.«

❄

Stefan Zabel verließ den Vernehmungsraum, er strich sich durch seinen Bart, beeindruckt von Seligs Arbeit. »Kompliment, Herr Kollege. Das war eine der schnellsten Mordermittlungen, die ich je erlebt habe.« Er trat neben ihn und Maria und blickte durch die verspiegelte Scheibe hinüber in das Nebenzimmer, in dem Hanspeter Mechert gerade mit seinem Anwalt sprach.

Der Nachbar hatte zugegeben, am Tatort gewesen zu sein, die Indizien waren eindeutig, er konnte es nicht leugnen. Auch auf die Porzellanfigur, die im Vitrinenschrank des Mordopfers gefehlt hatte, waren sie in Mecherts Wohnung gestoßen, so wie Selig es vermutet hatte. Zabel war davon überzeugt, in Mechert den Mörder gefunden zu haben.

»Aber den Mord hat er nicht zugegeben«, wandte Selig ein.

Zabel winkte ab. »Es ist nur noch eine Frage der Zeit, bis er gesteht.«

Mechert hatte während der Vernehmung durch Zabel und seine Kollegen ausgesagt, am Morgen die aufgebrochene Wohnungstür bemerkt und dann den ermordeten Winterberg entdeckt zu haben. Er habe, hatte Mechert zu Protokoll gegeben, der Verlockung nicht widerstehen können, die wertvolle Figur aus Meißener Porzellan an sich zu nehmen, bevor er die Polizei informiert hatte. Den Mord bestritt er, ebenso beharrlich behauptete er, von dem Einbruch in der Nacht zuvor nichts mitbekommen zu haben.

»Er lügt«, war sich Zabel sicher, »das ist absolut unmöglich. Sie hatten recht, wir haben es ausprobiert: Das Haus ist so leicht gebaut, dass man durch die Wand einen Hamster im Flur husten hört.« Zabel musste über seinen eigenen Witz lachen.

Selig schwieg, ohne etwas zu entgegnen.

Zabel warf ihm einen irritierten Seitenblick zu. »Ich sage Ihnen, was passiert ist. Mechert wusste, dass Winterberg diese Porzellanfigur in seinem Schrank stehen hatte, und er wusste auch, dass sie wertvoll war. Er brach in die Wohnung ein und wurde dabei vom Opfer gestellt. Und zack, das war's.«

»Und die Mordwaffe? Woher hatte er die?«

»Vermutlich vom Tatort. Es fehlt ein Messer in einem Messerblock in Winterbergs Küche.« Zabel nahm ein Foto aus einer Akte und zeigte es Selig.

»Aber wer«, fragte Selig nach, »war der Unbekannte, den ich in der Wohnung überrascht habe?«

»Ein Gelegenheitsdieb? Die Wohnung stand sozusagen offen. Ich habe beim Hausbesitzer angemahnt, dass er heute noch jemanden schickt, der die Tür sichert.«

Ein Zivilpolizist kam in den Raum und unterbrach das Gespräch, in der Hand einen Zettel und ein Foto von der Porzellanfigur, die Mechert gestohlen hatte. Zabel sah auf die Notiz und pfiff durch die Zähne. »Wissen Sie, was das Teil wert ist? 2500 Euro.«

Selig nickte nachdenklich. »In der Tat, das ist ein Motiv.« Er wirkte nicht überzeugt.

Zabel wunderte sich über Seligs zurückhaltende Reaktion. »Was ist los mit Ihnen? Ich an Ihrer Stelle würde mich freuen und zur Feier des Tages ein Bier trinken gehen!«

Maria griff nach Seligs Arm. »Der Kollege hat recht. Wir sollten Schluss machen für heute. Es reicht, oder?« Sie betrachtete Selig besorgt.

Selig zögerte. Sein Kopf schmerzte, und auch in der Schulter, mit der er an die Wand geprallt war, breitete sich ein dumpfes Stechen aus. »Ich würde gerne noch einmal kurz in Winterbergs Wohnung gehen.«

»Wozu?«, wollte Zabel wissen.

»Wenn der Mordfall geklärt ist, dann haben Sie doch sicher nichts dagegen, wenn ich die Mappe mit den Zeitungsartikeln an mich nehme? Die, die Winterberg über mich gesammelt hat.« Selig sah Zabel fragend an.

Der nickte. »Natürlich. Da hätten wir gleich drandenken

können. Aber der Tatort liegt ja fast auf Ihrem Rückweg.« Zabel dankte Selig noch einmal für die Hilfe und versprach, sie über die Ermittlungen auf dem Laufenden zu halten.

Gemeinsam mit Maria verließ Selig die Polizeidirektion. Schweigend gingen sie zu ihrem Wagen. Maria warf ihrem Chef einen Seitenblick zu. »Wir fahren nicht wegen der Mappe zurück.«

Selig schüttelte den Kopf.

»Der Einbrecher. Sie glauben nicht, dass er zufällig da war.«

»Glauben Sie es?«

Maria zuckte mit den Schultern. »Es ist möglich, warum nicht? Es muss nicht immer eine komplizierte Lösung sein, wenn es eine einfache gibt.«

Selig schwieg, bis er in den Wagen eingestiegen war.

17

Lautes Hämmern schallte durch den Flur, als Maria und Selig im Wohnhaus des Mordopfers zum ersten Stock hinaufgingen. Ein Handwerker kniete dort vor der Eingangstür und nagelte eine Holzplatte an die aufgesplitterte Türkante. »Haben Sie da schon reingeschaut?«, fragte er und wies lüstern grinsend in die Wohnung, nachdem er die Dienstausweise der beiden Polizisten studiert hatte. »Das sieht echt gruselig aus, mit dem ganzen Blut und so.«

Wortlos ließ Selig den Handwerker stehen und ging gemeinsam mit Maria in die Wohnung.

Sie fanden die Mappe dort, wo Kommissar Zabel sie zurückgelassen hatte, sie lag zwischen den anderen Unterlagen auf dem Schreibtisch. Selig öffnete den Verschluss und klappte den Deckel auf, sah kurz die Zeitungsartikel und die Fotos durch und schloss die Mappe wieder sorgfältig. Nachdenklich blickte er auf die Arbeitsfläche. »Was denken Sie: Hat jemand den Schreibtisch durchsucht?«

Maria wiegte den Kopf, während sie das Durcheinander begutachtete. »Wenn's Ihr Schreibtisch wäre, würde ich die Frage mit Ja beantworten, und wäre es meiner, dann mit Nein.«

Sie zog den Metallschrank neben dem Schreibtisch auf, dort hingen in einer Hängeregistratur weitere Mappen. Sie ähnelten jener, die Selig in der Hand hielt. Maria sah sich die Aufschriften an und öffnete probeweise einen der Ordner. »Alles Technik-Themen.« Sie zeigte Selig den Inhalt der Mappe, die sie in der Hand hielt, es ging um Hydraulikbagger aus dem NOBAS-Werk Nordhausen. Auch in den anderen Ordnern fanden sie keine Unterlagen, die einen Einbruch gerechtfertigt hätten, ebenso vergeblich durchsuchten sie die übrigen Schränke.

Eine Bewegung vor dem Fenster ließ Selig aufmerken. Er trat an die Scheibe und starrte hinaus in das Wintergrau. Nichts war zu sehen, die Straße lag verlassen da. Selig wollte sich schon abwenden, als erneut etwas vor dem Fenster vorbeihuschte, diesmal in der Gegenrichtung. Wieder konnte er nicht erkennen, was ihm aufgefallen war. Er trat auf den Balkon, der an das Wohnzimmer angrenzte, und starrte in das Zwielicht, das sich über das Viertel gelegt hatte, der Abend war nicht mehr fern.

Maria trat neben ihn. »Was ist?«

Selig schüttelte nur unwillig den Kopf und hob die Hand als Zeichen, sie solle still sein.

Und dann vernahm er es: das leise Sirren, das ihm schon einmal aufgefallen war, hell und unaufdringlich.

»Hören Sie das?«

Maria schüttelte den Kopf.

Er entdeckte die Drohne ein Stück weiter am Rand des Hausdaches, das winzige Fluggerät schwebte schräg über ihnen.

Hastig wandte Selig sich ab.

»Können Sie mir mal sagen, warum wir hier in der Kälte …«, setzte Maria an, bevor Selig sie mit einem Blick unterbrechen konnte. Sie verstummte, jetzt angespannt wie er. Schweigend standen sie noch einige Augenblicke auf dem Balkon und schauten über die Straße, so als genössen sie die Abendluft, dann ging Selig zurück ins Wohnzimmer. Maria folgte ihm.

Selig schloss die Balkontür hinter ihr und schaltete das Licht der Schreibtischlampe ein. »Treten Sie zurück an die Zimmerwand. Und bleiben Sie im Schatten.«

Maria tat, was Selig von ihr verlangt hatte.

Er setzte sich an den Schreibtisch und blätterte in den Unterlagen, ohne sie wirklich anzusehen. »Jetzt schauen Sie nach draußen. Klein, grauschwarz, vermutlich dicht vor der Scheibe. Ist da etwas?« Selig sprach, ohne aufzuschauen oder sich zu Maria umzudrehen.

Maria brauchte einen Moment, bis sie erkannte, was dort vor dem Fenster im Halbdunkel schwebte. »Das ist eine Überwachungsdrohne!«

Selig atmete tief aus. »Die hatte ich total vergessen.«

»Wir werden überwacht?«, fragte Maria entgeistert.

»Nicht wir. Ich.« Selig drehte sich zu ihr um. »Und ich fürchte, ich weiß auch, warum.«

❄

Sie erreichten die Siedlung am Wannsee eine halbe Stunde später. Maria hatte sich geweigert, Selig an seinem Wagen vor dem Polizeipräsidium herauszulassen, sondern darauf bestanden, ihn persönlich nach Hause zu fahren. Nach dem Angriff des Unbekannten, hatte Maria gemeint, gehöre Selig ins Bett und nicht hinter das Steuer eines Wagens. Selig hatte ihr nicht widersprochen, sondern die Augen geschlossen und es genossen, sich für einen Moment ausruhen zu können.

Selig schreckte auf, als sie die Stadtautobahn verließen, er war eingeschlafen und brauchte etwas Zeit, sich zu orientieren. Als er den S-Bahnhof Wannsee erkannte, wusste er, dass sie sich der Einfahrt seiner Wohnanlage näherten. Er setzte sich auf und starrte hinaus in die Dunkelheit.

Das Tor der durch eine doppelte Zaunreihe gesicherten Siedlung war gut beleuchtet, Infrarotkameras sicherten die Grenze zwischen öffentlichem und privatem Grund. Der

Wachmann am Tor ließ Maria ein, als er sie und ihren Wagen erkannte. Sie stand auf der Liste der zugangsberechtigten Personen, die Selig an der Pforte hinterlegt hatte, und hatte deshalb jederzeit freie Einfahrt. Maria wechselte mit dem Wachmann ein paar freundliche Worte, bevor sie die Fensterscheibe hochgleiten ließ und weiterfuhr. Selig war fasziniert davon, wie offen und zugewandt Maria den Menschen gegenübertrat, selbst wenn es nur flüchtige Begegnungen waren.

Schweigend fuhren sie den Hügel hinauf.

»Halten Sie dort.« Selig wies auf den Straßenrand kurz vor der Hügelkuppe, die Straße beschrieb hier eine Kurve, bevor sie zu Seligs Haus führte.

Maria stoppte den Wagen, schaltete erst die Lichter und dann, nach einem Seitenblick auf Selig, auch den Motor aus.

Selig stieg aus und horchte in die Dunkelheit, auch Maria verließ den Wagen. Der Wind strich durch die Bäume und brachte das Rauschen der Stadtautobahn mit sich.

Das leise Sirren schwebte irgendwo über ihnen.

Alle Sinne in Alarmbereitschaft, sah Selig hinüber zur Villa, sie war kaum zu erkennen hinter den Stämmen der Bäume, die das Haus zur Straße hin schützten. Im Zimmer seines Sohnes brannte Licht, auch im Saal im Erdgeschoss waren die Lampen eingeschaltet, Lichtstreifen blitzten durch die Ritzen der schweren Vorhänge, die Sven, Paolo und Tobias vor den Fenstern zugezogen hatten.

»Kommen Sie. Haken Sie sich bei mir ein.« Selig hielt Maria seinen Arm hin.

»Bitte?«

»Ist das ein Problem für Sie?«

»Nein, gar nicht. Im Gegenteil.« Maria lächelte verlegen, als sie begriff, was sie gesagt hatte. »Ich dachte nur, mich verhört zu haben«, setzte sie eilig hinzu.

Selig musste schmunzeln. Er fühlte ihre Hand, ihr Arm glitt in die Öffnung, die er mit seiner Armbeuge gebildet hatte, dann spürte er ihren Körper an seiner Seite.

»Und jetzt?«

»Sind wir ein Paar, das den Abend genießt und ein paar Schritte geht. Meinen Sie, Sie kriegen das hin?«

Maria rückte etwas enger an ihn heran. »Ich denke schon.«

Schweigend gingen sie den Fahrweg hinauf, wechselten die Straßenseite, bogen in eine Seitenstraße ein.

Das helle Sirren blieb über ihnen.

Wortlos, die Umgebung unauffällig beobachtend, führte Selig Maria durch die Siedlung, bis sie einen Aussichtspunkt erreichten, von dem aus sie auf den See schauen konnten. Selig trat an die Brüstung, als genieße er den Ausblick auf die funkelnden Lichter auf der anderen Uferseite.

Was er sah, gefiel ihm nicht.

Maria brach die Stille. »Ich finde es ja ganz nett, so einen Abendspaziergang mit Ihnen, aber könnten Sie mir mal sagen, was wir hier machen?«

Unauffällig wies Selig auf einen Lieferwagen, der am Ende der Straße stand. »Sehen Sie den Transporter dort?«, flüsterte er.

»Ja. Und?«

»Das ist der dritte, an dem wir vorbeigegangen sind.«

Maria verstand nicht, was Selig daran bemerkenswert fand.

Er sagte es ihr. »Hier in der Siedlung fährt niemand solche Wagen. Kommen Sie.«

Sie schlenderten die Straße zurück bis zur Villa auf der Kuppe des Hügels. Auch hier stand ein Transporter am Straßenrand, die Fenster abgedunkelt, die Sitze hinter der Frontscheibe verlassen.

»Nicht hinschauen.« Selig raunte es in Marias Ohr, als sie

den Wagen passierten. Sie nickte. Eine Welle ihres Parfüms stieg ihm in die Nase.

Sie erreichten das Haus, Selig zog das Gittertor auf, ging hindurch und ließ auch Maria auf das Grundstück. Dann schloss er das Tor sorgfältig. Mit einem Schlüssel, den er aus einer Mauerritze fummelte, verriegelte er das Schloss.

Maria sah es erstaunt, Selig sperrte die Einfahrt zu seinem Grundstück sonst niemals ab. Seine Anspannung übertrug sich auf sie.

Wachsam wartete sie in der Dunkelheit.

Selig trat auf sie zu, als wolle er sie umarmen. Maria hielt den Atem an. Selig stand jetzt dicht vor ihr, sie spürte seinen Atem, als er sich zu ihr beugte. »Geben Sie mir Ihr Handy.« Er flüsterte seine Worte, den Mund nahe an ihrem Ohr. »Nichts sagen, bitte. Wir gehen vorne rein. Und bleiben Sie dicht bei mir.«

Ohne nachzudenken, schlang sie einen Arm um ihn, während sie unauffällig ihr Handy in seine Hand schob. Auch Selig hatte sein Smartphone aus der Tasche genommen, jetzt legte er die beiden Geräte im Vorbeigehen auf einen Mauervorsprung der Treppe, die zum Haupteingang der Villa hinaufführte.

Eng umschlungen stiegen sie die Stufen hinauf und gingen das letzte Stück des Weges zur Tür. Maria musste kichern.

»Was ist denn?«, fragte Selig irritiert.

Sie schüttelte den Kopf, noch immer grinsend.

Vor der Tür blieb Selig stehen, er griff in die Tasche, holte seinen Schlüssel hervor, sah Maria an. »Sind Sie bereit?«

Sie nickte. »Ja. Wofür?«

»Ich sag es Ihnen, wenn wir drin sind. Bleiben Sie bei mir, bis Sie wissen, was Sie tun müssen.«

Maria nickte.

Selig holte tief Luft, dann steckte er den Schlüssel ins Schlüsselloch und entriegelte das Schloss. Quietschend schwang der Türflügel auf. Selig ging hinein, zog Maria mit sich und drückte die Tür hinter ihnen energisch zu.

Gespannt sah sie ihn an.

Selig zog eilig seinen Mantel aus und warf ihn auf eine Kommode in der Halle, während er zu sprechen begann. Alle Ruhe war von ihm abgefallen. »Hören Sie genau zu, wir haben nicht viel Zeit. Der Durchgang dort drüben führt in ein Arbeitszimmer.« Selig wies auf die dunkle, mit Schnitzereien verzierte Tür gegenüber dem Eingang. »Dort hängt ein Medizinschrank an der Wand, der Schlüssel steckt. In der Rückwand des Schranks ist ein Geheimfach, der Riegel ist rechts unten, ein schmaler Metallstift, der eine Klappe in der Rückwand aufspringen lässt. Dahinter ist ein Griff, mit dem Sie eine Tür öffnen können. Tun Sie es. Und dann kommen Sie in den Saal. Los, schnell!«

Maria nickte und rannte los.

Selig lief zum Saal und stieß die Tür auf. Tobias, Sven und Paolo saßen an ihren Laptops, erschrocken schauten sie auf, als Selig hereinplatzte.

»Wie lange braucht ihr, das Zeug hier einzupacken? Euch bleiben zehn Minuten, vielleicht weniger.«

»Was ist passiert?« Tobias war blass geworden.

»Sie überwachen mich«, antwortete Selig. »Und sie stehen draußen. Ich vermute, sie werden gleich das Haus stürmen.«

»Wer ist ›sie‹?«, fragte Tobias.

»Der Staatsschutz«, antwortete Sven an Seligs Stelle und klappte hastig seinen Laptop zu.

Selig nickte und sagte ihnen, wo sie sich verstecken sollten.

Gemeinsam, so schnell sie konnten, bauten sie die Technik ab. Selig wies ihnen den Weg ins Arbeitszimmer und weiter in den Geheimraum, der sich hinter der in der Täfelung eingelassenen Tür verbarg, Maria hatte den Durchgang inzwischen geöffnet.

Tobias sah das Zimmer verblüfft. »Was ist das?«

»Erzähl ich dir später. Los, beeil dich.«

Gemeinsam trugen sie die Technik aus dem Saal, alle fassten mit an, niemand sagte ein Wort. Das Computerrack wuchteten sie auf ein Rollbrett, ohne es auseinanderzubauen, und schoben es in die versteckte Kammer. Zuletzt sammelten sie die Kabel ein. Minuten später war der Saal leer geräumt bis auf die Stühle und die Tische, die sich Tobias und seine Freunde aus der oberen Etage geholt hatten und die nun verloren in dem großen Raum herumstanden.

Selig schob Tobias ins Arbeitszimmer. »Ihr versteckt euch bei euren Computern. Rührt euch nicht, bis ich euch hole. Und fasst bitte nichts von meinen Sachen an.« Selig wartete ungeduldig, bis auch Sven und Paolo den Geheimraum betreten hatten, er zeigte ihnen kurz die Funktion der Türmechanik, dann drückte er die Tür zu und verschloss den Medizinschrank wieder. Nichts wies mehr darauf hin, dass sich hier ein weiteres Zimmer hinter der Wand verbarg.

»Und jetzt?« Maria schaute sich fragend um.

Selig bat sie, in der Küche den Hintereingang ein Stück zu öffnen und auch die Küchenfenster zu entriegeln und einen Spalt offen stehen zu lassen. Er selbst eilte zum vorderen Eingang der Villa, um dort ebenfalls die Tür zu öffnen, genau wie das Fenster im Arbeitszimmer. Als Maria zurück in den Saal kam, war Selig dabei, die Vorhänge zurückzuziehen. Dann entriegelte er jedes Fenster im Raum.

Maria half ihm dabei. »Warum tun wir das?«

»Rein kommen sie auf jeden Fall. So zerstören sie wenigstens nicht die Türschlösser und das Fensterglas.«

Als sie fertig waren, blickte Selig erschöpft auf die Uhr. Sein Kopf schmerzte. Sie hatten keine zehn Minuten für alles gebraucht.

Maria blickte zu den offenen Vorhängen. »Wenn sie wirklich draußen sind, sehen sie uns jetzt.« Sie lächelte verschmitzt. »Dann zeigen wir ihnen doch was.« Ohne Seligs Reaktion abzuwarten, ging Maria zu dem schweren Musikschrank, der an der Seitenwand des Saales stand, ein schönes Stück aus Mahagoni mit Intarsien aus Kirschholz. Sie klappte den Deckel auf und schaltete das Gerät ein, wählte aus den bereitliegenden Schallplatten eine aus und legte sie auf den Plattenteller. Mit einem lauten Knacken rutschte die Nadel in die Vinylrille, knisternd verstärkten die Lautsprecher die Stille vor dem Beginn des ersten Stückes. Dann füllte cooler Barjazz den Raum, es war ein Sprung in die Sechzigerjahre des vergangenen Jahrhunderts. Eine mit einem Dämpfer gezähmte Trompete legte eine entspannt melancholische Melodie über ein groovendes Ensemble aus Kontrabass, Schlagzeug und Piano.

»Darf ich bitten?« Maria hatte die Tische und Stühle an die Wände geschoben, jetzt reichte sie lächelnd Selig die Hand und zog ihn in die Mitte des Raumes. Sanft schmiegte sie sich an ihn und bewegte sich mit der Musik, Selig mit sich führend. Einen Moment blieb Selig stocksteif, überfordert von der plötzlichen Berührung, doch dann ließ er sich fallen, er schloss die Augen und spürte ihren Körper an dem seinen, tauchte ein in ihren Duft und folgte ihren Bewegungen, seine Hände auf ihrem Rücken, sein Gesicht an das ihre gelegt.

Das Sondereinsatzkommando kam wenige Minuten später. Selig hatte vergessen, dass er es erwartet hatte, und er erschrak fürchterlich, als plötzlich Soldaten in den offenen Fenstern standen, die Waffen auf sie gerichtet. Rufe waren in der Halle zu hören, ein Trupp stürmte die Treppe hinauf, Raum für

Raum durchsuchten sie das obere Stockwerk. Die Kommandos der Männer dröhnten durchs Haus.

Selig stand mit Maria im Saal, die Hände erhoben. Die Jazzmusik spielte unverwandt weiter, bis Selig nach einer Weile darum bat, sie ausschalten und sich setzen zu dürfen. Der Einsatzleiter erlaubte es.

Die vergangenen Stunden waren anstrengend gewesen, merkte Selig, und zugleich sehr verwirrend. Auf dem Weg hierher hatte er Maria erzählt, was alles geschehen war, nicht ahnend, dass sie den Höhepunkt des Tages noch nicht erreicht hatten: den Spaziergang, ihren Tanz, den Überfall des SEK. Selig war froh, als er endlich saß, auch wenn es einer der Sessel war, die vor dem Kamin standen und in die er sich niemals hatte setzen wollen. Ihm kam es so vor, als engten ihn die Armlehnen ein wie eine Zange, die sich immer fester um seine Brust schloss.

Maria nahm den Sessel ihm gegenüber, sehr entspannt, sie schien die Situation nicht zu belasten. Aufmunternd lächelte sie ihn an, und Selig lächelte zurück. Langsam entspannte auch er sich, das Gefühl, eingekesselt zu sein, ließ nach. Mit ihr, merkte er, war es in Ordnung, hier zu sitzen, Maria gab dem Raum etwas Neues, das die Schatten seines Vaters verdrängte. Selig konnte nicht sagen, wie sie das schaffte. Er war zu erschöpft, um länger darüber nachzudenken.

Der Einsatzleiter kam zu ihm, er baute sich vor ihm auf, das Kameraauge am Revers seiner Uniform auf ihn gerichtet. »Ich muss Sie bitten, mitzukommen. Meine Vorgesetzten möchten Sie befragen.«

»Tatsächlich«, antwortete Selig, ohne sich aus dem Sessel zu erheben. »Aus welchem Grund?«

Den Einsatzleiter schien die Frage zu überraschen. »Ich habe meine Befehle.«

»Es sind Ihre Befehle, nicht meine. Ich verspüre wenig Lust, meinen schönen Abend mit meiner Kollegin noch länger zu unterbrechen, nur weil Ihr Vorgesetzter mich sprechen möchte.« Selig reichte dem Einsatzleiter eine Visitenkarte. »Er kann mich gerne morgen im Büro anrufen, dann machen wir einen Termin.«

Maria verkniff sich ein Grinsen.

Der Einsatzleiter nahm die Karte verblüfft. Es geschah vermutlich nicht oft, dass sich ein Überwachter seiner Aufforderung widersetzte. »Ich muss darauf bestehen, dass Sie mitkommen.«

»Mit welcher Begründung? Haben Sie einen Haftbefehl? Ist Gefahr in Verzug? Haben Sie irgendetwas im Haus gefunden, das den Einsatz rechtfertigt? Es muss ja einen Grund geben, warum Sie hier sind.«

Der Einsatzleiter horchte in seinen Ohrhörer, eine leise Stimme gab eine Anweisung. Der Soldat straffte seinen Körper, trat einen Schritt zurück, deutete eine Verbeugung an. »Entschuldigen Sie die Störung.« Er drehte sich um. »Rückzug, Männer.«

Die Soldaten sicherten ihre Waffen und verließen nacheinander das Haus. Selig ging ihnen nach und sah dabei zu, wie sie das Tor passierten, dessen Schloss aufgebrochen worden war. Wenig später fuhren die Transporter mit den abgedunkelten Scheiben die Straße hinunter zur Ausfahrt der Siedlung. Selig schob die Torflügel zu.

Maria stand in der Tür und sah ihm entgegen, als Selig zurück zum Haus ging. Er sammelte an der Treppe die beiden Handys ein, schaltete sie aus und trug sie in die Küche, um sie erst in eine Plastikbox und dann in den Kühlschrank zu legen.

Maria musste lachen. »Sind Ihre Abende immer so entspannt, Herr Kollege?«

»Nicht immer. Eigentlich nie. Ich habe selten Besuch.« Er versuchte einen Scherz. »Könnte man sich dran gewöhnen.«

Maria sah ihn mit großen Augen an.

Selig wurde rot, als er begriff, dass sie seinen letzten Satz auf sich bezog. »Ich meinte die Soldaten vom Einsatztrupp.«

Maria lächelte. »Ah, natürlich. Ich fand den Abend bisher auch sehr schön.«

Selig wusste nicht, was er antworten sollte. »Ich denke«, sagte er schließlich und sah sich verlegen um, »wir schließen erst einmal alle Fenster und Türen.«

»Und dann?«

»Befreien wir die Jungs aus ihrem Versteck.«

❄

In einem Büro im Kanzleramt in Berlin-Mitte blickten zwei Männer auf den Flachbildschirm, der an der Wand befestigt und auf dem der Einsatz in Seligs Villa zu sehen war, gefilmt vom Kameraauge an der Uniform des Einsatzleiters.

Der eine der beiden, ein schwitzender Uniformträger mit zu langen Koteletten, verzog ärgerlich das Gesicht. »Sehen Sie? Der verarscht uns. Der hat den Einsatz erwartet. Alle Türen waren geöffnet, die Fenster standen offen.«

»Ihr Team hat nichts gefunden. Oder?« Der Geheimdienstkoordinator warf seinem Besucher einen scharfen Blick zu.

»Weil er den Einsatz erwartet hat! Hören Sie, Herr Merl, ich hab das Überwachungsprotokoll gelesen. Der Provider hat auf Seligs Internetverbindung die letzten Tage einen höheren Datenaustauch gemessen. Wir sollten an ihm dranbleiben.«

»Was beweist das?« Merl stoppte die Wiedergabe der Filmdatei und verschränkte die Arme vor der Brust. »Selig könnte Filme angeschaut oder Sexvideos runtergeladen haben. Oder er hat per Mail einen Haufen Urlaubsfotos verschickt.«

»Meine Leute haben keinen einzigen Computer im Haus gefunden. Nur mit dem Handy produziert man nicht solche Datenmengen. Ich bin mir sicher, da läuft was.«

Der Geheimdienstkoordinator musterte seinen Besucher prüfend. »Könnte es sein, dass es Sie schlicht und einfach wurmt, dass Ihre Einschätzung falsch war? Und jetzt wollen Sie die Sache bereinigen, um jeden Preis?«

»Wir haben bisher jeden geknackt. Geben Sie mir freie Hand, dann bestimme ich, wann und wo wir zuschlagen.«

»Das ist nicht meine Entscheidung, das wissen Sie. Aber ich rede mit dem Innenminister und werde ihm Ihre Bedenken mitteilen. Wenn er anderer Meinung ist als ich, gebe ich Ihnen sofort Bescheid. Und so lange schicken Sie Ihre Leute nach Hause.«

Der Uniformierte presste die Lippen zusammen, als er nickte und ohne weiteren Protest den Raum verließ.

Alexander Merl seufzte, dann warf er einen Blick auf den Bildschirm, wo ein Standbild des Einsatzfilmes flimmerte. Es zeigte Selig, er saß in dem Sessel vor dem Kamin, genau wie einst sein Vater dort gesessen hatte, die Beine übereinandergeschlagen, die Arme auf die Lehnen gestützt.

Merl fand den Anblick unheimlich.

18

Mit einem Klicken glitt der Riegel aus seiner Halterung, das Schloss sprang auf, die Tür schwang zurück.

Selig blickte in drei besorgte Gesichter. »Sie sind weg.« Er lächelte beruhigend. »Schätze, sie haben keinen Verdacht geschöpft. Zumindest sind sie wieder abgezogen.«

Tobias sah aus, als würde ihm ein Sack voller Steine vom Herzen fallen. Auch seine beiden Freunde waren erleichtert. Sven hob seine Hand und streckte sie Selig zum Abschlag entgegen. »Mann, Alter, das war das zweite Mal, dass du uns rausgehauen hast.«

Selig parierte das Begrüßungsritual, das Sven ihm anbot, fast schon routiniert, Maria sah es überrascht und beeindruckt. Paolo dankte Selig wie schon einmal mit einem schlichten Händedruck. Selig freute sich, doch zugleich war ihm die Situation unangenehm. Er wehrte den Dank der beiden mit den Worten ab, das sei selbstverständlich gewesen.

»Findest du?« Sven lachte bitter. »Da musst du mal meinen Vater erleben, der ruft schon die Bullen, wenn ich nur die Türschwelle betrete.« Er wirkte neidisch, als er Tobias in die Seite boxte. »Kannst froh sein, so einen Vater zu haben.«

Tobias ächzte unter dem Hieb, während er Selig stolz anblickte. »Finde ich auch. Meistens zumindest.«

Selig reichte es. »Wie wär's, wenn wir uns jetzt darum kümmern würden, wie wir euch hier rauskriegen?«

Sie berieten sich kurz, dann trugen sie gemeinsam die Ausrüstung der drei in die Halle und stapelten sie an der Ausgangstür auf. Selig trat vor das Haus, um nachzuprüfen, ob die Drohne noch da war. Doch die Nacht blieb still, das helle Sirren war nirgendwo zu hören.

Während Paolo und Sven damit begannen, ihre Ausrüstung in dem Barkas zu verstauen, sah Tobias noch einmal nach, ob sie etwas in dem Versteck vergessen hatten. Selig folgte ihm. Nachdenklich beobachtete er Tobias dabei, wie er die Winkel des verborgenen Raumes absuchte.

Tobias verließ das Versteck und stellte sich neben Selig, blickte so wie sein Vater zurück in die kleine Kammer. »Du hast mir nie davon erzählt. Was ist das hier eigentlich?«

Selig hob die Schultern. »Keine Ahnung. Ich hab den Raum erst vor ein paar Monaten entdeckt. Hat meinem Vater gehört.«

»Du erzählst nie von ihm.«

»Ich weiß kaum etwas von ihm. Und was ich weiß, mag ich nicht.« Selig verstummte.

Tobias drang nicht in ihn, nickte nur schweigend. Er konnte gut verstehen, dass Selig über das Thema nicht reden wollte. Aufmunternd knuffte er seinen Vater, dann zog er ihn an sich und umarmte ihn. Selig erwiderte die Umarmung dankbar.

Zehn Minuten später waren die Utensilien im Barkas verstaut. Paolo hatte am Tag zuvor den Motor durchgeprüft und die Batterie geladen, der alte Transporter sprang beim ersten Versuch an.

Selig zog das Tor auf. »Wo finde ich euch?«

Sven lächelte und schüttelte den Kopf. »Wir finden dich.«

Der Wagen fuhr an, rollte langsam vom Grundstück. Selig winkte den dreien noch einmal zu, auch Maria hob den Arm zum Gruß. Der Barkas bog auf die Straße, beschleunigte und verschwand Schneematsch aufspritzend um die Kurve und weiter den Hügel hinab.

Schweigend schloss Selig das Tor. Das Motorengeräusch des sich entfernenden Wagens wurde leiser, die Stille, die zurückblieb, kam ihm drückend vor. Er war froh, dass Maria bei ihm war. »Oder müssen Sie jetzt fort?« Besorgt blickte er sie an und begriff erst jetzt, dass er seine Sorge laut ausgesprochen hatte.

Maria lächelte und schüttelte den Kopf. »Ich bleibe noch. Vielleicht auch ein bisschen länger.« Nun war sie verlegen. Sie überspielte den Moment, indem sie ihre Hand zum Abschlag hob. »Wie ging dieser Gruß?«

Selig zeigte ihr den Bewegungsablauf. »Das macht man jetzt so in der Hackerszene.«

Maria musste lachen, als sie die Handbewegungen auch beim dritten Versuch nicht fehlerfrei schaffte. »Coole Sache! Ich hatte gar keine Ahnung, dass Sie in der Hackerszene unterwegs sind.« Sie wurde ernst. »Ich weiß ziemlich viel nicht von Ihnen.«

Selig wusste nicht, was er antworten sollte.

Schweigend gingen sie zurück zum Haus, Selig ließ Maria eintreten und schloss die Tür hinter ihnen.

Als stünde sie das erste Mal hier, sah sich Maria in der Halle um, dann ging sie hinüber zum Arbeitszimmer, dessen Tür immer noch weit offen stand. Selig folgte ihr. Intuitiv hob er seinen Blick, als er den Raum betrat, und sah hinauf zu dem Lüsterhaken in der Mitte der Stuckrosette.

Maria fiel der Blick auf. »Ist es hier passiert?«

Selig erstarrte. »Was?«

»Der Selbstmord Ihres Vaters. Sie haben mir davon erzählt, damals im Wagen nach der Geschichte mit Ihrer Schwester. War das sein Arbeitszimmer?«

Selig nickte. Er erinnerte sich nicht mehr daran, mit Maria über den Tod seines Vaters gesprochen zu haben. Die Tage, nachdem sie seine Schwester abgeholt hatten, waren für ihn in der Erinnerung wie ein böser Traum, der glücklicherweise mehr und mehr verblasste. »Ich weiß nicht, ob ich darüber reden will.«

»Das müssen Sie auch nicht.« Maria ging zur Tür in der Täfelung. »Gehörte der Geheimraum auch Ihrem Vater?« Sie trat über die Schwelle und sah sich in dem winzigen Kabuff um. »Was hat er hier gemacht?«

»Ich weiß es nicht.« Selig nahm sich ein Herz und öffnete den Wandschrank, zeigte Maria den Inhalt. Schlanke, hohe Fächer verbargen sich hinter den Türen, alle waren identisch aufgeteilt, mit Regalen und Schubladen und darüber jeweils einer Kleiderstange. Daran hing Kleidung – Anzüge, Lederjacken, Mäntel, in den Fächern darunter lagen weitere Kleidungsstücke, jeweils im Stil zu den darüber hängenden passend. Im untersten Regalfach standen die dazugehörigen Schuhe. Selig zog eine der Schubladen auf. Sorgfältig ausgerichtet, lagen mehrere Gegenstände in dem mit Filz ausgekleideten Fach: eine Uhr, ein Ring, ein Kugelschreiber, dazu ein grüner Reisepass der Bundesrepublik Deutschland. Selig schlug den Pass auf und zeigte ihn Maria: Sein Vater sah ihnen vom Foto entgegen, er trug auf dem Bild die Kleidung, die in dem Schrankfach über der Schublade hing.

Maria betrachtete das Bild. »Ist er das, Ihr Vater?«

Selig nicke stumm.

Irritiert las Maria die Daten, die neben dem Foto in das Dokument eingedruckt waren. »Warum trägt er nicht Ihren Namen?«

Statt einer Antwort öffnete Selig eine zweite Schublade, auch dort lagen Gebrauchsgegenstände auf Filz, die zum Stil der Kleidung im Fach passten, außerdem ein Reisepass, diesmal ein blauer, er trug den Hammer und Zirkel im Ährenkranz der untergegangenen DDR. Daneben lag noch immer die schwarze Waffe, Selig hatte sie nicht angerührt. Maria warf einen kurzen Blick darauf, dann nahm sie den blauen Pass und öffnete ihn. Das Bild im Inneren zeigte wieder Seligs Vater. Das Foto ähnelte dem ersten und war doch ganz anders, so wie der Name in dem Dokument ein anderer war.

Maria pfiff durch die Zähne. »Mein Gott, ich wusste, dass es spannend sein würde, Sie zu besuchen. Aber das habe ich nicht erwartet. Haben Sie eine Erklärung für das hier?«

»So wie es aussieht, war mein Vater ein Spion. Oder ein Meisterdieb mit verschiedenen Identitäten.«

»Sie wussten nichts davon?«

»Natürlich nicht. Ich war dreizehn, als er starb.«

»Und später? Hat Ihnen niemand davon erzählt?«

Selig schüttelte den Kopf. »Ich weiß gar nichts. Nur, dass die Bestatter, die seine Leiche abgeholt haben, Waffen trugen. Und dass mein Vater mich und meine Schwester gehasst hat.« Selig verstummte.

Maria musterte ihn forschend. Sie fragte nicht nach, tippte stattdessen auf den blauen Reisepass in ihrer Hand. »Haben Sie den schon mal untersuchen lassen?«

Selig schüttelte den Kopf.

»Wäre interessant, zu erfahren, welche der Pässe echt und welche gefälscht sind. Dann wissen Sie, auf welcher Seite Ihr Vater stand. Falls Sie ihm nachforschen wollen.«

Selig schwieg nachdenklich, der Gedanke war ihm noch nicht gekommen. Wieder einmal beeindruckte ihn Marias analytischer Verstand.

»Kommen Sie, ich zeige Ihnen noch was.« Kurz entschlossen ging er in die Küche und zog aus der Tischschublade einen Umschlag. Maria folgte ihm gespannt, nahm neugierig die beiden Fotos, die Selig ihr reichte, in die Hand und betrachtete sie.

»Das eine Bild habe ich von Jacob Winterberg bekommen«,

erläuterte Selig und wies auf das erste der Fotos. »Er hat es mir hier draußen vor dem Haus gegeben, am Tag bevor er ermordet wurde. Das andere Foto habe ich im Geheimraum gefunden, in einem Archivordner mit Bildern von meiner Mutter und von uns.«

»Das sind Sie?« Maria betrachtete das Foto mit neuem Interesse.

Selig nickte. »Ja, mit meinem Vater und meiner Schwester.«

»Und woher hatte Winterberg das Foto?«

»Das würde ich auch gerne wissen. Er hat es mir nicht gesagt.«

Maria verglich die Fotos miteinander. »Sie sind nicht gleich.«

Selig nickte. »Sie sind Teil einer Serie. Ich habe keine Ahnung, wer sie gemacht hat und wann und wo. Ich kann mich an die Situation nicht erinnern.« Er seufzte, dann nahm er Maria die Bilder aus der Hand, steckte sie zurück in den Umschlag und schob ihn wieder in die Schublade. »Ich glaube, mir reicht das alles für heute.«

Maria betrachtete ihn nachdenklich, sie konnte ihn verstehen. Kurz legte sie ihm ihre Hand auf den Arm, eine tröstende Berührung, die Selig guttat. Dann lächelte sie ihn an. »Wissen Sie was? Ich habe Durst.« Sie sprang auf und ging zum Kühlschrank. »Jetzt kommt die Stunde der Wahrheit.« Mit fröhlich blitzenden Augen sah sie sich zu ihm um, die Hand auf dem Griff. »Ein Kühlschrank verrät viel über den Menschen, wussten Sie das? Ein einsames Stück Käse und ein verschimmelter Joghurt in gähnender Leere? Oder prallvoll gefülltes Chaos? Alles fein säuberlich in Dosen eingepackt? Exquisite Feinkost oder Plastikware aus dem Discounter?«

Selig musste schmunzeln. »Ich denke, es ist besser, wenn Sie da nicht reinschauen. Ist das Tiefenpsychologie?«

»Nein. Erfahrung.« Maria zog die Tür auf und begutachtete den Inhalt. Was sie sah, schien ihr zu gefallen. »Ordentlich, ja, aber mit einem Hang zum Anarchischen.« Sie wies auf eine metallene Zitronenpresse, die als Butterfass diente. »Keine Extravaganzen, eine solide Auswahl. Und Sie schauen auf Qualität. Lieber besser, dafür weniger.« Sie entdeckte ein Glas Anchovis mit Ingwer, nahm es heraus und betrachtete es kritisch. »Was mir das jetzt sagt, weiß ich nicht.«

Selig musste lachen. Er griff sich zwei Flaschen Bier und reichte ihr eine davon. »Gegen den Durst.«

Sie trank dankbar, während sie ihn über den Rand der Flasche ansah. »Warum sind Sie manchmal so eklig zu mir?«

Selig verschluckte sich bei ihrer Frage. Hustend nahm er seine Bierflasche vom Mund. »Bitte?«

»Sie können ein richtiger Kotzbrocken sein.« Marias Lächeln nahm ihren Worten die Schärfe. »Manchmal habe ich das Gefühl, Sie wollen mich von sich fernhalten. Und manchmal sind Sie mir ganz nahe.«

Selig musste an seine Schwester denken, mit der er hier im Haus aufgewachsen war. Maria konnte nichts dafür, dass es Lisa gab. Warum, dachte Selig, hatte seine Schwester immer noch einen solchen Einfluss auf sein Leben?

Er hob die Schultern. »Keine Ahnung. Ich denke nicht darüber nach, was ich tue.«

»Und genau das glaube ich Ihnen nicht«, entgegnete Maria. »Sie denken zu viel. Trauen Sie sich doch mal was! Irgendwas Verrücktes! Nachts in ein Schwimmbad einbrechen und eine Poolparty feiern. Oder im Winter Wasserski fahren.«

Selig starrte sie verblüfft an. »Hätten Sie Spaß an so etwas?«

Maria musste lachen. »Ich weiß nicht. Wahrscheinlich nicht. Früher vielleicht, als ich noch jünger war.«

Selig fragte nach, und Maria begann, von ihrem Leben zu

berichten, von ihrer Kindheit, ihrer Jugend, sie erzählte von ihrer Familie und von ihren Träumen und verriet ihm sogar einen ihrer geheimen Wünsche. Die Nacht war danach, und Maria fühlte sich so sicher, als wäre sie zu Hause. Sie lachten viel miteinander. Selig erzählte kaum von sich.

Als sie gähnen musste, blickte er das erste Mal seit Stunden auf die Uhr. Bestürzt setzte er sich auf. »Oh, mein Gott. Wissen Sie, wie spät es ist?«

Maria sah auf ihre Armbanduhr. Sie musste kichern. »Sie haben also tatsächlich was Verrücktes gemacht. Auch ohne Freibad und Wasserski.« Sie stand auf, leicht schwankend, die Müdigkeit und der Alkohol forderten ihren Tribut. »Ich glaube, ich geh dann mal. Mit ein bisschen Glück komme ich noch auf zwei Stunden Schlaf.«

Selig erhob sich eilig. »Nix da, Sie bleiben hier. Ich lass Sie jetzt nicht mehr fahren.« Entschlossen drückte er sie wieder auf ihren Stuhl zurück. »Gleich nebenan ist ein Gästezimmer, mit eigenem Bad. Unser Kindermädchen hat dort früher geschlafen. Ich hole Ihnen Bettzeug, Sie warten hier auf mich.« Selig eilte davon, Maria hörte seine Schritte auf der Treppe. Wenig später kam er zurück, ein Set mit Bettwäsche auf dem Arm und dazu zwei Handtücher, darauf eine neue, noch verpackte Zahnbürste und eine kleine Tube mit Zahnpasta. »Kommen Sie, ich zeige Ihnen alles.«

Zehn Minuten später hatten sie das Bett bezogen, etwas verlegen stand Selig in der Tür.

Maria lächelte. »Sehen Sie, jetzt kommen wir doch noch zu unserem Frühstück.«

Selig verstand nicht, was sie meinte.

Sie gähnte herzhaft. »Erinnern Sie sich noch an unser letztes? Das Frühstück in dem kleinen portugiesischen Café bei mir in Friedrichshain? Ich hab danach wochenlang die Bäckerin beruhigen müssen, dass mit Ihnen alles in Ordnung ist. Bei jedem Besuch hat sie sich nach Ihnen erkundigt.«

Jetzt fiel Selig ein, worauf Maria anspielte. Beim Gedanken daran wurde er rot.

Maria musste lachen, als sie es sah. »Sie können es ja morgen früh wiedergutmachen. Vielleicht halten Sie diesmal bis zum Ende durch.« Sie kicherte leise. Dann wurde sie ernst. »Das war ein schöner Abend, Herr Kollege. Auch wenn ich immer noch nichts über Sie weiß.« Sie trat auf ihn zu, und für einen Moment schien es Selig, als wollte sie ihn umarmen. Sein Herz klopfte. Doch sie hauchte ihm nur einen Kuss auf die Wange. »Schlaf gut, du Dickkopf«, flüsterte sie in sein Ohr. Dann drehte sie sich um und verschwand im Gästezimmer.

Selig blieb verwirrt zurück.

Nach einer Weile, er war zu müde zum Denken, verließ auch er die Küche. Die Tür zum Arbeitszimmer seines Vaters stand immer noch offen, er ging hinein, schloss den in der Täfelung versteckten Eingang zum Geheimraum und verriegelte den Medizinschrank. Dann löschte er das Licht und drückte die Tür ins Schloss. Keine zehn Minuten später kroch er unter seine Bettdecke, nachdem er zuvor das Fenster geöffnet hatte.

Die Geräusche der Nacht drangen zu ihm herein: das Säuseln des Windes, das leise Plätschern der Wellen, das Rauschen der Stadtautobahn. Die ersten Vögel begannen zu singen.

Selig lag noch lange wach.

19

Als Selig am nächsten Morgen die Treppe herunterkam, hörte er aus der Küche das Klappern von Geschirr, und der Duft von Kaffee zog durch die Halle.

Maria stand am Sideboard und presste Orangen aus, als Selig die Küche betrat. Sie lächelte ihn an. »Guten Morgen. Ich dachte schon, Sie stehen gar nicht mehr auf.«

Selig erwiderte ihren Gruß, beeindruckt von ihrem Anblick und überrascht von dem Frühstück, das sie aus seinen Vorräten gezaubert hatte. Wie immer wirkte Maria wie aus dem Ei gepellt, so als wäre sie ausgeschlafen und erholt und nicht nach ein paar Stunden Schlaf in die gleiche Kleidung gestiegen wie am Abend zuvor.

Sie zwinkerte ihm zu. »Ich weiß nicht, wie das bei Ihnen ist. Mein Chef ist streng. Wenn ich zu spät komme, gibt es gleich einen Kommentar. Wenigstens einen strengen Blick.«

Selig versicherte ihr, dass sie sich ganz bestimmt irre, ihr Chef sei ein netter Kerl, zumindest sei er viel harmloser, als sie denke, und er werde bestimmt nichts sagen, wenn sie heute etwas später im Büro eintreffe.

Sie frühstückten entspannt. Diesmal bestritt Selig das Gespräch, er erzählte von seinen Erlebnissen bei der Renovierung der Villa, die er mit seinem Sohn gemeinsam nach ihrem Einzug Stück für Stück aufgearbeitet hatte.

Als sie das Geschirr zusammenräumten, wechselte sie das Thema. »Ich habe nachgedacht«, verkündete sie. Selig wollte einen Scherz machen, doch als er ihren Gesichtsausdruck sah, schwieg er, denn er begriff, dass sie ihm etwas Ernstes sagen wollte.

»Wir sollten uns mit dem Foto beschäftigen.«

»Welches Foto?« Selig brauchte ein wenig Zeit, ihrem Gedankengang zu folgen.

»Das Bild, das Ihnen Jacob Winterberg gegeben hat. Das von Ihnen, Ihrer Schwester und Ihrem Vater. Vielleicht ist das der Schlüssel. Sie glauben doch auch, dass Winterberg nicht von seinem Nachbarn ermordet wurde.«

Selig nickte.

Maria zog die Schublade des Küchentisches auf und holte den Umschlag hervor. »Wir nehmen die Bilder mit ins Büro. Sie gehören zu unserem Fall.«

Selig widersprach ihr nicht. Er griff nach dem Umschlag und schob ihn in seine Jacke, dann ging er kurz entschlossen noch einmal in den Geheimraum, um die Pässe seines Vaters aus dem Schrank zu nehmen und sie ebenfalls einzustecken.

Gemeinsam verließen sie das Haus.

Eine warme Luftströmung aus dem Süden kündigte den Frühling an, ein vielstimmiges Tropfen und Plätschern erfüllte den Tag. Es taute, die laue Luft befreite die Bäume von ihrer Last und ließ den Schnee als Eiswasser von den Ästen fließen. Selig verschloss das Haus und sicherte das aufgebrochene Tor zum Grundstück mit einer Kette und einem Vorhängeschloss, bevor sie gemeinsam zu Marias Wagen gingen.

Eine halbe Stunde später fuhren sie auf den Parkplatz vor dem Polizeipräsidium. Obwohl sie spät dran waren, fand Maria eine Stellfläche; ein Kollege, der zu einem Einsatz musste, machte gerade einen Platz frei.

Wagner richtete sich erleichtert auf, als sie das Büro betraten. Seine Stimme klang vorwurfsvoll. »Da sind Sie ja endlich, Chef. Ich weiß nicht, wie oft ich versucht habe, Sie anzurufen.« Er blickte zu Maria. »Dich habe ich auch nicht erreicht. Ihr hattet beide eure Telefone ausgeschaltet.«

Selig blieb stehen, ärgerlich auf sich selbst. »Die Handys!« Er hatte sie in der Box in seinem Kühlschrank vergessen.

Maria musste lachen, als sie daran dachte.

Selig sah zu Wagner, während er seinen Mantel auszog und an seinen Schreibtisch ging. »Ich glaube, Sie haben noch nie versucht, mich anzurufen. Was ist passiert?«

»Jemand will Sie sprechen. Eine Frau.«

»Eine Frau. Aha. Und was ist daran so wichtig?«

Wagner machte eine vage Handbewegung. »Sie sagte, sie komme von der Bundesregierung und es sei sehr dringend. Sie war schon zweimal da und hat gesagt, sie kommt wieder.«

Selig runzelte die Stirn. Er hatte keine Ahnung, was den Kollegen an der Begegnung mit der Frau so elektrisiert hatte.

Als hätte sich die Besucherin mit Wagner abgesprochen, klopfte es in der Sekunde an der Tür. Wagner erstarrte und blickte gebannt auf die Klinke, die sich jetzt bewegte. Momente später betrat eine schlanke blonde Frau den Raum, mit perfekter Figur und in einem Kleid unter ihrem Mantel, das jenen Hauch kürzer und jenen Zentimeter tiefer ausgeschnitten war, was Männer wie Wagner dazu brachte, Teile ihres Gehirns abzuschalten.

Die Blonde zog den Mantel aus und warf ihn über eine Stuhllehne, sich ihrer Wirkung bewusst.

Jetzt begriff Selig, was Wagner erregt hatte.

»Herr Selig?«

»Ja?«

»Mein Name ist Natalie Brandt.« Mit einem einnehmenden Lächeln ging die junge Frau auf Selig zu. Das Klacken ihrer Absätze lenkte den Blick aller auf ihre hochhackigen Schuhe. »Ich bin IT-Forensikerin und von der Bundesregierung beauftragt, die Virenangriffe zu untersuchen.« Sie reichte Selig ihre Hand.

Selig erwiderte den Gruß gerade noch höflich, er schenkte der Besucherin und ihrem Auftrag wenig Beachtung – bis Natalie Brandt den Namen der Firma nannte, für die sie arbeitete.

Selig stutzte. »Ihr Chef ist Erhard Lasnik?« Er wechselte einen Blick mit Maria.

Natalie nickte. »Kennen Sie ihn?«

»Flüchtig. Hat er Sie geschickt?«

Die junge Frau schlug die Augen nieder, einen kurzen Moment nur, doch Selig entging er nicht. »Nein. Ich komme aus eigenem Antrieb, ich spreche nicht jeden meiner Schritte mit ihm ab.« Sie strich sich das Haar aus der Stirn und lächelte. »Ich würde gerne mit Ihnen über Ihren Rechner reden. Jenen, auf den der Virus nicht zugegriffen hat.«

Selig zuckte mit den Schultern. »Da gibt's nichts zu reden. Ich habe den Rechner nicht mehr. Er steht bei den Jungs von der Computerverwaltung. Am besten, Sie sprechen mit denen.«

»Da war ich schon. Die Kollegen von Ihrer IT haben Ihren Computer komplett durchgeprüft, ohne irgendetwas zu finden. Sie vermuten, dass der Virus auf Ihrem Rechner defekt war oder dass eine Programmzeile falsch ausgeführt worden ist.«

»Also Zufall.«

Natalie nahm Selig gegenüber vor seinem Schreibtisch Platz, schlug ihre Beine übereinander. Ihr Rock rutschte zur Seite und legte ihre langen, schlanken Beine bis weit hinauf zum Oberschenkel frei.

Maria sah es stirnrunzelnd.

»Ich glaube nicht an Zufälle.« Natalie suchte Seligs Blick. »Ich bin davon überzeugt, dass jemand den Rechner manipuliert hat. Und zwar so, dass der Virus ihn nicht angreifen konnte.«

Selig gab sich ahnungslos. »Dann hätten die Fachleute doch etwas finden müssen.«

Natalie nickte. »Ja. Außer, jemand hat das Programm vorher entfernt.«

Selig hielt ihrem Blick stand. »Warum sollte jemand so etwas tun?«

»Das weiß ich nicht. Und ehrlich gesagt, es interessiert mich auch nicht. Was mich interessiert, ist, denjenigen kennenzulernen, der das Programm geschrieben hat.«

Selig winkte ab. »Ich habe keine Ahnung von Computern.«

Natalie beachtete seinen Einwurf nicht. »Was dieser jemand geschaffen hat, ist sehr wertvoll«, fuhr sie fort. »Sein Programm könnte mehr als nur diesen einen Computer schützen. Was ist, wenn der nächste Angriff lebenswichtige Technologien betrifft? Was, wenn zum Beispiel ein Atomkraftwerk attackiert wird? Dieses Programm ist wichtig, und zwar für uns alle.«

»Sie sind bei mir falsch«, antwortete Selig. »Tut mir leid.«

Natalie musterte ihn genau. »Also gibt es dieses Programm?«

Selig antwortete nicht. Er stand von seinem Schreibtisch auf und brachte ein paar Schritte Abstand zwischen sich und die Besucherin. Schweigend dachte er nach.

Niemand im Büro sagte ein Wort.

Schließlich drehte Selig sich um. »Gehen wir mal kurz davon aus, dass es dieses geheimnisvolle Programm, von dem Sie reden, tatsächlich gibt. Was würden Sie tun, wenn Sie die Programmierer treffen?«

Auch Natalie erhob sich. »Ich würde versuchen, sie davon zu überzeugen, das Programm der Allgemeinheit zur Verfügung zu stellen. Oder es dem Staat zu verkaufen. Wir brauchen dieses Programm, und zwar so schnell wie möglich.«

»Wer garantiert mir, dass Sie die Programmierer nicht verraten? An den Staatsschutz, an die Polizei, an irgendjemanden, der nicht so wie Sie freundlich mit ihnen reden will.«

»Ich.«

»Aber ich kenne Sie nicht. Warum sollte ich Ihnen trauen?«

Natalie hob hilflos die Arme. »Ich weiß es nicht. Folgen Sie Ihrem Gefühl.« Gespannt sah sie ihn an.

Selig betrachtete die junge Frau nachdenklich. Zögernd nickte er. »Gut. Ein Treffen. Wir können es versuchen. Aber ich kann nichts versprechen.« Er stand auf, ging zum Kühlschrank und schaute suchend hinein. Sein Blick fiel auf eine Plastikdose, Selig nahm sie heraus und öffnete sie.

»He, das ist mein Mittagessen«, protestierte Wagner.

Mit spitzen Fingern holte Selig ein üppig belegtes englisches Sandwich aus dem Plastikgefäß und legte es auf einen Teller, den er vor Wagner auf den Schreibtisch stellte. »Guten Appetit. Ist ja bald Mittag. Ich leih mir mal Ihre Dose aus.« Ohne Wagners Antwort abzuwarten, wandte sich Selig Natalie zu und streckte auffordernd seine Hand aus. »Ihr Handy, bitte.«

Wortlos gab ihm Natalie ihr Smartphone, Selig tat es in die Dose, verschloss den Deckel und stellte das Plastikgefäß zurück in den Kühlschrank. »Warten Sie bitte unten in der Halle auf mich, ich komme gleich nach. Ich bespreche mich noch mit meinen Kollegen.«

Natalie nickte, griff sich ihren Mantel und verließ wortlos das Büro. Das Klacken ihrer Absätze verhallte.

Maria war dem Auftritt der IT-Forensikerin mit zunehmendem Ärger gefolgt, jetzt baute sie sich vor Selig auf. »Sie trauen ihr doch nicht, oder? Wollen Sie wirklich mit ihr losfahren?«

Selig musterte sie. »Interessiert es Sie gar nicht, ob sie mit ihrer Vermutung richtigliegt?«

»Natürlich liegt sie richtig«, antwortete Maria ungeduldig. »Und es ist mir auch klar, wer dieses geheimnisvolle Programm geschrieben hat. Aber das ist doch noch lange kein Argument, der Frau blind hinterherzurennen, nur weil sie mit langen Beinen und kurzem Rock hier hereinstöckelt.«

»Haben Sie ihr eigentlich zugehört?« Selig war jetzt ehrlich verwundert. »Ich dachte, man wirft nur Männern vor, auf Äußerlichkeiten zu achten.«

Wagner folgte dem Gespräch irritiert, er verstand kein Wort.

Maria kniff die Lippen zusammen, getroffen von Seligs Worten. Sie ärgerte sich, vor allem, weil sie wusste, dass Selig recht hatte. Doch das konnte sie jetzt nicht zugeben. »Ich glaube, dass Sie einen Fehler machen.«

»Wir werden es sehen. Danke für Ihren Hinweis.« Selig nahm seinen Mantel, den er an den Haken an der Wand gehängt hatte. Dabei ertastete er den Umschlag in der Innentasche und die Hülle, in die er die Pässe geschoben hatte. Er gab beides Maria. »Übernehmen Sie das, bitte. Wir haben ja alles besprochen.« Selig warf ihr ein aufmunterndes Lächeln zu, dann verließ er das Büro.

Wagner kratzte sich irritiert am Kopf. »Kannst du mir mal erklären, was das gerade war?«

»Nein.« Maria drückte Wagner den Umschlag mit den beiden Fotos in die Hand. »Die übernimmst du. Die Frage dazu lautet, was diese Bilder mit dem Mord an Jacob Winterberg zu tun haben.«

Erstaunt holte Wagner die Bilder aus dem Umschlag und betrachtete sie.

Maria griff sich eilig ihren Mantel und zog ihn an. »Hast du Erhard Lasnik durchleuchtet?«

»Bin dabei«, log Wagner.

»Prüfe auch sein Alibi. Er sagt, er war zum Mordzeitpunkt in Zürich.«

»Ich denke, der Mörder ist gefasst.« Wagner griff sich eine Mappe, die auf Seligs Schreibtisch lag. »Das haben die Kollegen von der Polizeidirektion 6 heute Morgen geschickt. Das ist die Kopie der Ermittlungsakte.«

»Dann hast du ja jetzt Lasniks Aussage. Prüf nach, ob sie stimmt. Und zwar heute noch.«

Sie ließ Wagner stehen und verließ eilig das Büro.

❄

Maria klopfte kaum, schon hatte sie die Tür geöffnet und stand bei Haussner im Labor. Der schaute erfreut auf. »Maria! Das ist aber nett. Was führt Sie zu mir?«

Maria antwortete nicht, eilte stattdessen zum Fenster und blickte hinaus. Von hier aus war der Parkplatz des gegenüberliegenden Polizeireviers gut zu sehen. Gerade führte Selig die blonde IT-Forensikerin zu seinem Dienstwagen, er öffnete ihr die Tür und ließ sie einsteigen, bevor er zur Fahrerseite ging und sich ebenfalls in den Wagen setzte.

Maria stieß ärgerlich die Luft aus, während sie die Szene beobachtete. Sie war der IT-Forensikerin gerade eben noch einmal in der Halle des Polizeipräsidiums begegnet, die blonde Frau hatte sie freundlich gegrüßt, während sie auf Selig gewartet hatte. Eigentlich, fand Maria, war sie ganz sympathisch. Doch die Vorstellung, dass die langbeinige Schönheit gerade mit Selig zusammen im Auto saß, ärgerte sie.

Haussner betrachtete Maria belustigt. »Sind bei euch im Präsidium die Fenster defekt, oder warum kommst du hierher?« Er stand auf und trat neben sie. »Was ist da unten so Interessantes los?«

»Nichts«, entgegnete Maria und wandte sich ab.

»Und wie läuft's mit Selig?«

»Wie meinst du das?«

»Na ja, er ist ja nicht immer ein einfacher Zeitgenosse.«

Maria warf Haussner einen genervten Blick zu. »Erzähl mir was Neues. Sonst noch Fragen?«

Haussner verkniff sich ein Lächeln. »Was kann ich für dich tun?«

»Kannst du dir die mal ansehen?« Maria griff in ihre Jackentasche und holte die Hülle mit den Pässen hervor.

Haussner nahm sie und schlug den ersten der Pässe auf. »Worum geht es?«

»Ich möchte gerne wissen, welche der Pässe echt sind und welche falsch. Kriegst du das hin?«

»Ich nicht. Aber ich kenne jemanden, der das kann. Ist das offiziell?«

Maria tippte auf eines der Passfotos. »Das ist Seligs Vater.«

Verblüfft von der Information, sah Haussner auf. »Alles klar, dann der kleine Dienstweg. Ich sehe zu, was ich machen kann.«

Maria dankte ihm und wandte sich der Tür zu, als ihr noch etwas einfiel.

»Sei so nett und besorge dir eine Kopie des Obduktionsberichts von Jacob Winterberg. Ein aktueller Mordfall, die Kollegen von der Polizeidirektion 6 ermitteln. Ich schätze, die Obduktion war entweder gestern Nachmittag, oder sie findet gerade jetzt statt.«

»Und das ist auch nicht offiziell.«

Maria lächelte, während sie die Tür zum Gang öffnete. »Ich habe gerne alles in einer Hand.«

»Und was kriege ich dafür? Wechselst du dann zu mir ins LKA?«

Maria zwinkerte ihm zu. »Wer weiß, was die Zukunft bringt.«

»Das sagst du an dieser Stelle immer.« Haussner kam ihr nach. »Mit einem gemeinsamen Abendessen wäre ich auch schon zufrieden. Oder wenigstens ein Kaffee unten am Luftbrückendenkmal.«

»Ich denke, den Kaffee kriegen wir hin.« Maria winkte Haussner noch einmal zu, dann eilte sie aus dem Labor.

Lächelnd sah Haussner ihr nach.

❄

In einer abgelegenen Arbeitsinsel des Bürolofts in Berlin-Adlershof holte Torben Peterson ein flaches Kästchen aus der Tasche und öffnete es. In der Box lag ein Autoinjektor, der letzte von dreien, glaubte man den leeren Mulden, in denen die anderen beiden schlanken Zylinder Platz gefunden hatten. Peterson zögerte, er betastete seine Stirn, tupfte seine Nase ab. Dann holte er den Injektor heraus, aktivierte ihn und spritzte sich den Inhalt in seine Armvene. Schritte ließen ihn aufmerken. Eilig schob er seinen Ärmel herunter und ließ den Autoinjektor samt Kästchen in der Schublade seines Trolleys verschwinden. Dann wandte er sich seinem Laptop zu.

Erhard Lasnik bog um die Ecke. Er hatte nichts bemerkt. »Und? Was macht sie?«

»Wer?«

»Na, wer wohl? Natalie. Sie ist nicht in ihrem Büro im Kanzleramt. Und an ihr Handy geht sie auch nicht.«

Peterson rief ein Programm auf und blickte auf den Stadtplan, der sich auf dem Bildschirm seines Laptops öffnete und auf dem nun ein roter Punkt blinkte. »So wie es aussieht, ist sie im Polizeipräsidium.«

»Und was macht sie da?«

»Woher soll ich das wissen?«

Lasnik blickte Peterson ungehalten an. »Ich hatte Ihnen den Auftrag gegeben, ihr auf die Finger zu schauen. Ich will wissen, mit wem sie spricht, ich will hören, was sie sagt. Ist denn das so schwer zu begreifen?«

Peterson hob hilflos die Schultern.

Lasnik ächzte ungeduldig. »Sie hat ein Diensthandy. Das haben wir für sie eingerichtet. Also schicken Sie ihr das Programm und hören Sie mit. Ich will wissen, wenn sie Scheiße baut. Kapiert?«

»Ja, alles klar.«

Lasnik fixierte Peterson. »Verbocken Sie es nicht!«

Peterson nickte.

20

Selig musste blinzeln, als er gemeinsam mit Natalie Brandt die Tordurchfahrt passiert hatte und den Innenhof des Gebäudeblocks betrat. Auf der Straße war es dunkel gewesen, hier auf der anderen Seite des Häuserriegels flutete die tief stehende Wintersonne mit ihrem Licht die Hinterhöfe.

Zwei junge Frauen waren dabei, in einer Garage Möbel aufzuarbeiten und hatten das Tor weit geöffnet, um die Winterwärme zu genießen, jetzt blickten sie ihnen misstrauisch entgegen. Nachdem Selig sein Anliegen vorgetragen hatte, verwiesen sie ihn an den Besitzer der Kneipe im Rückgebäude.

Der Gastraum war verlassen. Laute Musik dröhnte aus der an die Theke angrenzenden Küche, Achtzigerjahre-Punk, eine raue Stimme brüllte den Refrain mit. Sie gehörte dem Wirt, er sortierte gerade seine Vorräte und bemerkte Selig und Natalie nicht.

»Hallo?« Selig klopfte an den Türrahmen der Küchentür. Das zarte Geräusch ging im Hämmern der Drums hoffnungslos unter. »Hallo!«

Natalie sah Seligs vergebliche Mühe, sie trat an den Herd und schlug einen Kochlöffel gegen eine aufgehängte Bratpfanne.

Das scheppernde Geräusch ließ den Wirt herumfahren. »Scheiße, was soll das?« Er regelte die Lautstärke der Soundbar herunter und musterte die beiden Besucher. »Sorry, wir machen erst am Nachmittag auf.«

Selig nickte. »Ich suche Sven und Paolo.«

Der Wirt musterte ihn skeptisch. »Dich kenn ich, du warst doch vor zwei Tagen hier. Aber die da«, er wies auf Natalie, »hab ich noch niemals gesehen. Wer ist sie?«

»Sie kommt von der Bundesregierung«, antwortete Selig.

»Und du bringst sie hierher? Du hast Nerven! Los, verschwindet.«

Selig ließ sich nicht abweisen. »Sie will Sven und Paolo treffen. Nur ein Gespräch, mehr nicht.«

»Das ist nicht dein Ernst.«

»Seh ich so aus?«

»Sie könnten sie auf uns angesetzt haben.«

»Sieht sie so aus?«

Der Wirt musterte Natalie kritisch. »Ehrlich gesagt, ja. Kannst du ihr trauen?«

»Die Frage hab ich heute schon mal gehört«, antwortete Selig.

»Dann wirst du sie hoffentlich beantworten können.«

Selig warf Natalie einen kurzen Blick zu. Er nickte. »Ich denke, ja.«

Der Wirt überlegte einen Moment. »Gut. Ich frag Sven. Wartet im Gastraum. Ihr könnt ja auf einem der Sofas kuscheln.«

Er grinste anzüglich, dann verließ er die Küche durch den Hinterausgang.

Sie wählten einen der Tische nahe der Tür aus. Selig zog sich einen Stuhl heran, er setzte sich schweigend, und zu seiner Erleichterung wollte auch Natalie Brandt nicht reden.

Nach einer Weile brach Selig die Stille zwischen ihnen. »Warum tut jemand so etwas?«

»Bitte?« Natalie verstand die Frage nicht.

»Die Hacker. Warum kapern die den Server im Präsidium? Doch nicht wegen des Geldes.«

»Warum bricht jemand in eine Wohnung ein? Geld ist doch ein guter Grund.«

»Richtig. Aber als Einbrecher suche ich mir doch eine

Wohnung von jemandem aus, der sehr reich ist. Vor allem, wenn der Einbruch schwierig ist.«

»Aber der Staat ist reich.«

»Meinen Sie wirklich? Dann gehen Sie mal zu unserer Materialausgabe und versuchen, einen neuen Kugelschreiber zu bekommen.« Selig schüttelte den Kopf. »Geld kann nicht der Grund sein. Mir fallen etliche Firmen ein, für die sehr viel mehr auf dem Spiel steht, wenn deren Computer gesperrt werden. Und die garantiert sehr schnell sehr viel bezahlen würden.«

Die IT-Forensikerin schwieg einen Moment nachdenklich, bevor sie antwortete. »Im Grunde genommen gibt es zwei Dinge, die ein Hack bezweckt: Entweder er will stehlen, oder er will zerstören. So wie Petya.«

»Wie wer?« Selig verstand nicht, was Natalie meinte.

»Petya ist ein Virus, der zerstört. Eine Ransomware. Die verschlüsselt die Festplatte des infizierten Rechners und gibt diese erst nach Zahlung eines Lösegeldes frei.«

»Das heißt, im Server im Präsidium sitzt so ein Verschlüsselungsvirus?«

»Möglicherweise. Das weiß ich, wenn ich das Schadprogramm analysieren kann. Die ausgegebenen Meldungen des Programms sind anders als die der Petya-Varianten, die ich kenne.«

»Und die Viren, die etwas stehlen wollen?«

»Machen das möglichst unbemerkt. Nur wenn der Gehackte ahnungslos ist, fließen ausreichend Informationen ab.«

»Ausreichend wofür?«

»Um mit ihnen zu arbeiten. Zum Beispiel Geld durch Erpressung zu verdienen oder um Firmenwissen zu stehlen oder Menschen in Verruf zu bringen. Oder um ganze Staaten zu destabilisieren.«

»Und wer steht hinter solchen Angriffen?«

Natalie Brandt hob ihre Hände. »Ganz unterschiedliche Auftraggeber. Häufig sind es Regierungen. Zum Beispiel die PLA-Einheit 61398 der Chinesischen Volksbefreiungsarmee. Die sind spezialisiert auf Industriespionage und auf Hacks gegen Dissidenten. Oder die Gruppe Pawn Storm, oder auch Cozy Bear, wir nennen sie APT28. Die stehen der russischen Regierung nahe. APT28 hat sehr interessante Aktionen gestartet.«

Selig hob fragend die Augenbrauen.

»Die Gruppe hat zum Beispiel einen französischen Fernsehsender komplett gekapert und dann auf der Webpräsenz die Nachricht gepostet, der Angriff sei ein Attentat des Islamischen Staats. Alle in Frankreich haben die Behauptung geglaubt. Es gab eine Riesenaufregung.«

»Russische Hacker unterstützen islamistische Terroristen?«, fragte Selig skeptisch nach.

»Ganz sicher nicht, das war ein Fake. Vermutlich ein Test, um in der Szene zu zeigen, was sie draufhaben. Fest steht, alle Spuren, die von den IT-Forensikern in den gekaperten Rechnern gefunden wurden, haben auf APT28 verwiesen.«

Selig runzelte die Stirn. »Aber das macht doch keinen Sinn.«

»Es macht dann Sinn, wenn eine solche Aktion politische Ziele hat. Zum Beispiel, um eine Wahl zu beeinflussen. Oder die Demokratie zu schwächen. Oder Chaos zu stiften. Oder schlicht und einfach die Menschen zu verunsichern. Ein verunsicherter Gegner ist ein schwacher Gegner.«

Selig schwieg nachdenklich. »Nichts von dem, was Sie sagen«, wandte er schließlich ein, »passt auf den Hackerangriff hier bei uns. Um Geld abzugreifen, haben sich die Hacker die falschen Ziele ausgesucht. Und um Informationen zu stehlen, war der Angriff viel zu laut. Denn das Erste, was die Administratoren in den betroffenen Behörden mit Sicherheit gemacht haben, war, die gehackten Rechner vom Netz zu nehmen.«

Natalie Brandt zuckte mit den Schultern, sie wusste auf Seligs Einwand nichts zu entgegnen.

Eine Weile hing jeder seinen Gedanken nach.

Endlich betrat Sven den Raum. Während er Selig begrüßte, blickte er misstrauisch zu Natalie. »Man hat mir gesagt, dass du mich sprechen willst.«

Die IT-Forensikerin stellte sich kurz vor, ehe sie zum Anlass ihres Besuches kam. »Sie haben das Programm geschrieben, das den Rechner von Kommissar Selig geschützt hat.«

»Was wird das hier?« Ärgerlich sah Sven Selig an.

»Es stimmt also?« Gespannt beugte Natalie sich vor. »Wie funktioniert es?«

Sven verschränkte seine Arme vor der Brust. »Wir haben mit dem Hack nichts zu tun.«

»Das behauptet auch keiner. Ich bin IT-Forensikerin. Ich bin nicht vom Staatsschutz. Ich arbeite im Auftrag der Bundesregierung für eine private Firma. Wir sollen einen Weg finden, die Rechner der Regierung künftig vor solchen Angriffen zu schützen.«

»Na dann, viel Spaß bei der Arbeit.« Sven stieß den Stuhl zurück, auf den er sich gesetzt hatte, und ging zurück zum Ausgang.

Selig eilte ihm nach. »Sven, warte. Warum hilfst du ihr nicht?«

»Ist die Frage ernst gemeint? Sie arbeitet für die Regierung! Erwartest du wirklich, dass ich dem Schweinesystem helfe?«

»Nein. Aber den Menschen.«

Sven lachte abfällig. »Mit dem Argument kriegt dich jeder Diktator dazu, für ihn zu arbeiten.«

Selig ließ sich nicht beirren. »Ihr wollt das System ändern, richtig? Dann los, das ist eure Chance.«

Sven schaute verständnislos, er begriff nicht, was Selig meinte.

»Die Bundesregierung will unbedingt haben, was ihr habt«, erklärte Selig. »Gebt ihnen das Programm, aber stellt Forderungen! Ändert, was euch wichtig ist. Widerstand ist sinnlos, wenn er Selbstzweck bleibt.«

Sven zog spöttisch die Augenbrauen hoch. »Oh, wie hübsch. Ein Kalenderspruch für den fleißigen Hacker.«

»Weißt du, von wem ich den Satz habe? Von meinem Sohn Tobias. Und ich glaube, du weißt, von wem er ihn hat. Von dir.«

Sven schwieg.

Selig seufzte. »Macht, was ihr wollt. Aber denkt wenigstens darüber nach.« Er nickte Sven zu, dann wandte er sich dem Ausgang zu.

»Kommissar Selig!« Die blonde IT-Forensikerin eilte ihm nach.

Selig blieb stehen und sah zu ihr zurück. »Mehr kann ich nicht für Sie tun, Frau Brandt.« Damit ließ er Natalie stehen und verließ den Raum.

❄

»Selge, Selhausen, hier ist es: Selig.« Seine Lesebrille auf der Nasenspitze, blickte der rotwangige Friedhofsleiter in den Kasten, den er auf die Arbeitsplatte gewuchtet hatte. Er hatte es sich nicht nehmen lassen, selbst in der Kartei nachzusehen, jetzt zog er eine verblichene, mit Schreibmaschine ausgefüllte Karte hervor. Entschuldigend blickte er auf. »Das ist über dreißig Jahre her, da war hier alles noch Handarbeit.«

Maria hatte einige Zeit gebraucht, bis sie herausbekommen hatte, auf welchem Friedhof der Leichnam von Seligs Vater seine letzte Ruhe gefunden hatte. Zwar waren im Berliner Landesarchiv am Eichborndamm alle Sterberegister ordnungsgemäß hinterlegt, doch sie hatte neben ihrem Dienstausweis eine extradicke Portion Charme gebraucht, bis sie den in Akten-Camouflage gekleideten Archivar davon überzeugen konnte, nicht die übliche Achtwochenfrist auszureizen, sondern ihr sofort die infrage kommenden Registerbände herauszusuchen. Die Angaben in den Unterlagen waren dürftig, eine Todesursache war im Sterberegister nicht vermerkt. Doch das genaue Todesdatum hatte ihr geholfen, bei den Friedhofsverwaltungen der Bezirke herauszufinden, auf welchem Friedhof Seligs Vater beerdigt worden war.

Der Leiter des Waldfriedhofs Zehlendorf kniff die Augen zusammen, während er die Eintragungen auf der Karteikarte zu entziffern versuchte. »Ich darf Ihnen nicht sagen, was ich hier lese. Nicht ohne richterliche Anordnung. Datenschutz, ich sagte es ja schon.« Er ging die Eintragungen durch, schüttelte betrübt den Kopf. »Das sieht nicht gut aus. Ich kann Ihnen keine Grabstelle zeigen.« Für den Verstorbenen sei ein einfaches Reihengrab gekauft worden, eine besonders kostengünstige Bestattungsform. »Reihengräber werden nach zwanzig Jahren eingeebnet und dann neu vergeben.«

Maria versicherte ihm, dass das nicht schlimm sei. »Ich möchte nur wissen, welches Bestattungsunternehmen alles organisiert hat.«

»Das kann ich Ihnen nicht sagen.«

»Aber Sie könnten mir vielleicht sagen, bei welchem Bestatter es sich lohnen würde, nachzufragen.«

Der Friedhofsleiter kratzte sich ausgiebig am Kopf, während er den Blick nicht von der Karte löste. »Eigentlich müsste das hier stehen. Aber da steht nichts.« Hilflos drehte er sich um und zeigte die Karte seiner Mitarbeiterin, die neben dem Schreibtisch gewartet und ihren Chef zunehmend ungeduldig beobachtet hatte. »Sophie, was bedeutet diese Abkürzung?«

Die rothaarige Angestellte warf nur einen kurzen Blick auf die Karte. »Das bedeutet, dass die Bestattung von einer Behörde angeordnet und bezahlt worden ist.«

»Und welche Behörde?«, fragte Maria nach.

»Das können wir nicht mehr nachvollziehen. Meistens ist es das Sozialamt.« Die Rothaarige tippt auf ein Feld auf der Karte und zeigte sie ihrem Chef. »Hier, das ist die Unterschrift des Kollegen aus dem Amt, der die Bestattung beauftragt hat.«

Der Leiter der Friedhofsverwaltung versuchte vergeblich, den Schriftzug zu lesen, und streckte schließlich Maria entnervt die Karte entgegen. Maria beugte sich vor und versuchte, aus den Linien und Häkchen einen Namen zu entziffern. Der Vorname, war sie sich sicher, lautete Alexander. Beim Nachnamen musste sie passen.

Bald berieten alle gemeinsam. Es waren vier Buchstaben, so viel war klar, der erste ein M, der letzte ein L. Die Zeichen dazwischen waren nicht zu deuten.

Bedauernd blickte der Friedhofsleiter Maria an. »Schätze, Sie haben keine Chance. Den finden Sie nicht.«

❄

Alexander Merl stand am Fenster des Konferenzraumes im Kanzleramt und blickte hinüber zum Hauptbahnhof, der sich wuchtig auf der anderen Seite der Spree niedergelassen hatte und seine beiden silbernen Stummelfinger entlang der Bahnstrecke ausbreitete. Busse und Taxen, Lieferwagen und Autos kurvten über den Bahnhofsvorplatz, Jahr für Jahr nahm das Durcheinander dort drüben zu und wurde mit jedem Hochhaus, das im Dunstkreis des Bahnhofs entstand, immer noch größer. Als er vor bald vierzig Jahren in diese Stadt gekommen war, hatte es all das hier nicht gegeben. Da war noch Bonn die Hauptstadt von Westdeutschland gewesen, drüben auf der anderen Flussseite herrschte der Sozialismus, die Grenzen waren klar gezogen. Niemals hätte er damals gedacht, dass auf der Brache am alten Reichstag einmal Weltpolitik gemacht werden würde.

Ein wenig sehnte er sich nach den alten Zeiten zurück. Jeder wusste damals, wo er stand, jeder wusste, wo der Gegner war. Nicht wie heute, wo der Feind überall sein konnte. Sogar die USA waren als möglicher Urheber des Computervirus in ihrer Runde genannt worden. Merl war davon überzeugt, Russland stehe hinter dem Angriff, aber mit seiner Meinung war er in dieser Runde in der Minderheit.

Er seufzte leise. Wieder einmal hatte er das Gefühl, die Zeit drehe sich schneller als früher. Oder wurde er einfach zu alt und kam nicht mehr mit? Einmal mehr dachte er darüber nach, um seine Entlassung zu bitten. Noch einmal fünf Jahre darauf zu warten, dass die Kanzlerin abgewählt werden würde … Eine lange Zeit. Möglicherweise zu lange.

»Alexander?«

Merl zuckte zusammen und drehte sich um.

Die Kanzlerin saß am Konferenztisch und blickte den Geheimdienstkoordinator fragend an. »Hast du noch etwas hinzuzufügen?«

Merl schüttelte den Kopf. »Wenn mir neue Daten vorliegen und ich meine Einschätzung korrigieren kann, gebe ich es sofort weiter.«

»Dann sind alle technischen Fragen für den Moment geklärt.« Susanne Bergstedt blickte ihren Kanzleramtsminister an. »Wie gehen wir mit der Öffentlichkeit um?«

Lars Steiner griff zu einer Mappe, die er sich bereitgelegt hatte, und berichtete vom Ergebnis der Blitzumfrage im Auftrag des Presseamts. »Die Stimmung in der Bevölkerung kippt schneller als gedacht. Das ist an den Tweets und Posts abzulesen und wird durch die Umfrage bestätigt. Inzwischen finden schon achtunddreißig Prozent der Bundesbürger, dass die Regierung in Sachen Computervirus handlungsunfähig wirkt. Das sind zehn Prozentpunkte mehr als gestern. Wir müssen dringend reagieren. Abwarten ist keine Option.«

»Was ist mit Jeff Farsell? Habt ihr ihn gefunden?«

Steiner schüttelte den Kopf. »Der Computeraktivist ist vermutlich irgendwo in Italien abgetaucht. Man sagt, er wollte nach Mailand, einen Aktivisten aus dem Kosovo treffen. Keiner weiß, wo er steckt.«

»Der BND vermutet, dass Farsell auf der Suche nach dem Urheber des Computervirus ist«, ergänzte Alexander Merl. »Heute früh kam die Meldung, dass Farsell im dotjust.net eine Warnung vor dem Angriff ausgegeben hatte.«

Die Kanzlerin stutzte. »Wann war das?«

»Ungefähr eine Woche bevor der Virus aktiviert wurde.«

»Und warum erfahren wir das erst jetzt?«

Merl hob die Hände. »Das ist genau die Frage, die ich nachher dem Chef des BND stellen werde.«

»Ich bitte darum.« Die Falte auf der Stirn der Kanzlerin hatte sich vertieft, es war das Zeichen größten Ärgers. »Welche Alternativen haben wir zu Farsell?«

Steiner beugte sich vor. »Erhard Lasnik.«

»Der Mann, der für uns die Server retten will?«, fragte der Innenminister.

Steiner nickte. »Er sagt, alles läuft nach Plan. Seine Programmierer würden etwa zwei Wochen brauchen, dann ist das Schutzprogramm geschrieben, und die Systeme können gesäubert werden.«

»Das heißt, wir können zwei Wochen lang nicht arbeiten.«

»Zumindest nicht mit den Computern. Wir dürfen kein Risiko eingehen. «

»Dann also Lasnik.« Die Kanzlerin stand auf und blickte ihren Sprecher an. »Bitte organisieren Sie die Pressekonferenz heute am Nachmittag. Meine Büroleiterin macht in meinem Terminkalender eine Lücke frei.«

Der Pressesprecher nickte.

»Dann an die Arbeit, meine Herren. Und Alexander«, Susanne Bergstedt blickte zum Geheimdienstkoordinator, »mach dem BND-Chef die Hölle heiß. Ich will wissen, warum seine Leute eine Warnung vor einem Virenangriff in einem unverschlüsselten Netz übersehen konnten.«

Merl lächelte verkniffen. »Wird erledigt, Susanne. Mit Vergnügen.«

❄

Nachdenklich stoppte Selig den Wagen vor dem Haus am See, er stieg aus, öffnete das Vorhängeschloss am Tor und betrat das Grundstück. Ein warmer Wind strich den Hügel hinauf, der Schnee schmolz schnell, erste Grasflecken waren auf der Rasenfläche oberhalb des Seeufers zu erkennen.

Die Handys waren dort, wo er sie zurückgelassen hatte: in der Dose im Kühlschrank. Selig steckte Marias Smartphone ein, dann aktivierte er sein eigenes und schaute auf die eingehenden Nachrichten.

Plötzlich vibrierte das Gerät in seiner Hand, ein Anruf kam herein.

»Wo sind Sie?« Marias Stimme klang besorgt.
»Wieso? Zu Hause. Ich hole die Handys.«
»Sie müssen ins Präsidium kommen. Jetzt sofort!«
Selig runzelte die Stirn. »Was ist passiert?«
»Das sehen Sie sich besser selber an.«

21

Als Selig das Büro betrat, stand ein geöffneter Karton auf seinem Schreibtisch, groß genug, um mehrere prall gefüllte Aktenmappen zu transportieren. Maria erwartete ihn, sie trug Handschuhe, als stünde sie an einem Tatort. Sie reichte Selig ein Paar, das sie bereitgelegt hatte. »Ziehen Sie die an.«

Selig zog die dünnen Latexhandschuhe über und trat an den Schreibtisch. »Was ist das?«

»Ein Paket. Anonym verschickt. An unsere Abteilung adressiert, zu Ihren Händen. Ist vor einer Stunde abgegeben worden.«

Selig öffnete die aufgeschnittene Verpackung, indem er vorsichtig die Laschen des Kartons auseinanderklappte. Im Inneren der Pappschachtel lagen zwei Klarsichthüllen mit Papieren, dazu zwei Ordner sowie ein mit dünnem Papier umwickelter länglicher Gegenstand, Selig konnte nicht erkennen, was es war.

»Ich hab nichts angefasst, nachdem ich das Paket geöffnet hatte«, ergänzte Maria

Behutsam griff sich Selig die erste Klarsichthülle und betrachtete den Inhalt. Es war ein schriftliches Telefonprotokoll; der Verfasser hatte mit Erhard Lasnik telefoniert und offenbar nach dem Telefonat aus der Erinnerung den Inhalt des Gesprächs niedergeschrieben. Der Verfasser hatte notiert, dass Lasnik ihm gedroht habe, ihn fertigzumachen, sollte er seine Ankündigung in die Tat umsetzen, bestimmte Dokumente zu veröffentlichen. Das Datum und die Uhrzeit des Gesprächs standen am Kopf des Blattes, der Tag lag keine drei Wochen zurück. Unterschrieben war das Protokoll am unteren Rand der Aufzeichnungen: Es stammte von Jacob Winterberg, dem Mordopfer, dem Alten, der seine Ermordung durch Erhard Lasnik angekündigt hatte.

»Das ist ja ein Ding.« Überrascht ließ Selig die Klarsichthülle sinken.

In der zweiten Hülle befand sich der Entwurf eines an Erhard Lasnik adressierten Briefes, der Text war mehrfach durchgestrichen und verbessert. Selig las die Zeilen stirnrunzelnd: Offensichtlich hatte Winterberg ein Erpresserschreiben entworfen, in dem er drohte, die Vergangenheit Lasniks an die Öffentlichkeit zu bringen, sollte der nicht die geforderte Geldsumme zahlen.

Selig legte die Hülle behutsam zu der anderen neben den Karton und wies auf die beiden Aktenordner. »Und was ist das?«

Maria wusste es nicht. »Ich wollte, dass Sie dabei sind, wenn wir die öffnen.«

Vorsichtig hob Selig den oberen der beiden Ordner aus dem Karton. Die Mappe glich jenen in der Hängeregistratur im Archivschrank von Jacob Winterberg, und als Selig die Papphülle aufklappte, erkannten sie, dass die Mappe genau dorther stammte. Winterberg hatte Fotos und Dokumente zu Erhard Lasnik gesammelt und mit der gleichen sorgfältigen Handschrift kommentiert, in der auch das Telefonprotokoll und der Entwurf des Erpresserbriefes geschrieben waren.

Die Unterlagen, die Winterberg zusammengetragen hatte, zeichneten ein ganz anderes Bild von Lasnik als das des jung gebliebenen Softwareentwicklers, das der Geschäftsmann in der Öffentlichkeit von sich selbst zeichnete. Gleich das erste Foto machte klar, worum es ging: Lasnik posierte dort voller Stolz in der Uniform eines Majors der Staatssicherheit vor der Kamera. Offenbar hatte er einen Orden verliehen bekommen, das bunte Blech hing an einem Band an der Brusttasche seiner

Uniform. Auch die anderen Bilder stammten von Lasnik zu Zeiten der DDR. Sie zeigten das Leben eines privilegierten Stasi-Offiziers mit großem Büro in Berlin-Hohenschönhausen und einem Haus mit Garten am Reetzer Weg in Berlin-Kaulsdorf; die Anschrift war auf einem Adressbogen vermerkt.

Die zweite Mappe war die Kopie einer Stasi-Kaderakte, die komplette Dokumentation von Lasniks Leben als verdienter Major der Staatssicherheit: Lageeinschätzungen, Berichte, Beurteilungen einer beispiellosen Karriere. »Genosse Lasnik zeigt hohen Einsatz, klassenmäßige Haltung und operative Findigkeit, wenn es darum geht, den Feind zu suchen und ihm die Möglichkeit, die DDR zu schädigen, zu nehmen«, hieß es auf einem der Blätter, und das sei Grund genug, Lasnik den Kampforden für Verdienste um Volk und Vaterland zu verleihen.

Selig ließ die Mappe sinken. Maria hatte über seine Schulter geschaut und gelesen, was auch Selig gelesen hatte. Sie wechselten einen Blick.

Maria sprach aus, was Selig dachte. »Das sind Indizien, aber keine Beweise.«

Selig nickte. Erneut griff er in den Karton, um vorsichtig den in Papier eingewickelten Gegenstand herauszuheben. Er legte ihn vor sich auf den Schreibtisch und zog behutsam das Papier zur Seite, bis der Gegenstand unverhüllt vor ihnen lag. Niemand sagte ein Wort, stumm blickten sie darauf. Vor ihnen lag ein langes, mit verkrustetem Blut verschmiertes Küchenmesser.

Selig atmete tief aus. In seinem Kopf arbeitete es. Dann wandte er sich Maria zu. »Gut, gehen wir es an. Ich bringe das Paket ins Labor. Sie prüfen bitte nach, ob es das von Winterberg protokollierte Telefongespräch zwischen ihm und Lasnik tatsächlich gegeben hat. Beantragen Sie eine richterliche Anordnung, und bitte gehen Sie persönlich zum Gericht, wir brauchen die Telefondaten so schnell wie möglich.«

Maria nickte.

Selig sah zu Wagner. »Haben Sie das Alibi von Lasnik überprüft?«

Wagner wollte antworten, doch Selig winkte ungeduldig ab, als er Wagners zerknirschten Gesichtsausdruck sah. »Tun Sie es einfach, und zwar sofort. Ich will das nicht noch einmal sagen müssen.«

Wagner zog den Kopf ein.

Selig wandte sich wieder dem Paket zu. Vorsichtig hob er sowohl das Messer als auch die Unterlagen zurück in den Karton, verschloss ihn und schob ihn in eine große Plastiktüte, die er aus einer Schublade nahm.

Den Karton in der Hand, ohne ein Wort des Abschieds, verließ er das Büro.

❄

Konzentriert blickte Natalie Brandt auf den Bildschirm des Laptops, der vor ihr auf der Arbeitsfläche stand. Ihre Wangen glühten, die IT-Forensikerin war aufgeregt. Programmzeile für Programmzeile huschte ihr Blick über die Anzeige auf dem Display. Sie stutzte bei einem Detail, verglich gespannt einen Zeilenabschnitt mit einer Datenbank, die sie in einem zweiten Browserfenster geöffnet hatte, notierte sich einen Hinweis.

Das Telefon auf dem Schreibtisch klingelte, Natalie hörte es nicht. Erst als es der Anrufer ein zweites Mal versuchte, bemerkte sie das Signal und nahm den Telefonhörer ab.

Am anderen Ende der Leitung war Lasnik, seine Stimme

klang ungehalten. »Natalie, verdammt, wo stecken Sie denn? Ich versuche seit einer halben Stunde, Sie zu erreichen!«

Natalie erinnerte sich daran, dass ihr Smartphone immer noch im Kühlschrank im Polizeipräsidium lag. »Entschuldigung, ich habe mein Telefon nicht bei mir. Aber das ist unwichtig. Ich denke, ich habe etwas Interessantes entdeckt.«

»Dafür haben wir jetzt keine Zeit«, unterbrach Lasnik sie ungeduldig. »Ich brauche Sie hier, wir haben einen Termin. Im Haus der Bundespressekonferenz, gemeinsam mit der Bundeskanzlerin.« Die Kanzlerin wolle die Zusammenarbeit der Bundesregierung mit ihm und seiner Firma öffentlich machen, Natalie solle bei der Pressekonferenz neben ihm auf dem Podium sitzen. »Beeilen Sie sich! Ich erwarte Sie in zwanzig Minuten.« Lasnik unterbrach die Verbindung.

Natalie saß einen Moment regungslos da, den Telefonhörer in der Hand, die Stirn gerunzelt. Sie seufzte. Dann legte sie den Hörer zurück auf das Telefon, zog den Speicherstift aus dem Laptop und verstaute ihn sorgfältig in der Innentasche ihrer Jacke, bevor sie ihren Rechner im Schreibtisch einschloss und ihre kleine Dachwohnung verließ.

❄

Haussner schaute kaum auf, als Selig das Labor betrat, den Karton in der Hand.

»Da bist du ja. Hab dich schon erwartet.«

Selig war verdutzt. »Du weißt von dem Paket?«

»Welches Paket?« Haussner sah ihn irritiert an. »Du kommst doch wegen der Pässe.«

Erst jetzt erinnerte sich Selig daran, dass er Maria gebeten hatte, Haussner die Ausweise seines Vaters zu geben. »Und? Was hast du rausbekommen?«

»Der westdeutsche Reisepass ist echt. Der Ausweis der DDR ist eine Fälschung. Eine hervorragende Fälschung, absolute Profiarbeit.« Haussner holte die beiden Reisedokumente aus einer Schublade, er hatte sie in eine durchsichtige Hülle gesteckt. »Kannst du mir das erklären?«

Selig schüttelte den Kopf. »Nicht wirklich. Vermutlich hat mein Vater für den Bundesnachrichtendienst gearbeitet.«

Haussner war beeindruckt. »Ich muss sagen, mit dir befreundet zu sein ist durchaus interessant. Erzähl mir mehr.«

»Später. Jetzt ist das hier wichtig.« Vorsichtig stellte Selig den in Plastik verpackten Karton auf den Labortisch.

Haussner musterte den Karton skeptisch. »Paul, sosehr ich dich schätze, aber ich kann hier nicht ständig während meiner Dienstzeit deine Familienangelegenheiten für dich klären.«

»Das ist ein offizieller Auftrag.« Selig zog einen Briefbogen aus der Tasche. »Hier ist der Antrag auf Amtshilfe.« Er tippte lächelnd auf das Unterschriftsfeld. »Doppelt unterzeichnet, dann liegt das Blatt stabiler in der Akte.«

Haussner musste grinsen. Er nahm den Bogen und legte ihn zur Seite, dann setzte er seine Lesebrille auf und zog den Beutel mit dem Karton heran. »Was ist das?«

»Vielleicht die Beweise, dass Lasnik der Mörder von Jacob Winterberg ist.«

Haussner stutzte. »Erhard Lasnik?«

»Kennst du ihn?«

Haussner beantwortete die Frage nicht. »Dreht es sich um den Winterberg, dessen Obduktionsbericht ich angefordert habe?«

»Hast du ihn schon?«

Haussner blickte auf die Uhr. »Sie wollten ihn mir per Boten bringen lassen. Er sollte längst hier sein.«

»Kümmere dich bitte sofort darum«, bat Selig ihn. Er holte

sein Portemonnaie heraus und griff sich mit der anderen Hand ein Papiertuch, das er aus der bereitstehenden Box zupfte. Die Finger mit dem Tuch geschützt, zog Selig aus einem Fach in der Börse eine Visitenkarte, sie war leuchtend rot und hochglänzend. »Die ist von Lasnik. Nimm den Fingerabdruck darauf als Vergleichsabdruck. Das ist nicht offiziell, unser Verdächtiger weiß nichts davon.«

Haussner hatte sich Latexhandschuhe angezogen, jetzt klemmte er die Karte vorsichtig an der Schnittkante zwischen Daumen und Zeigefinger ein und betrachtete den Aufdruck. Es war die offizielle Visitenkarte von Lasniks Firma mit der Anschrift und der Telefonnummer der Pressestelle.

Haussner nickte stumm. »Ich gebe dir Bescheid, sobald ich fertig bin.«

❄

Maria stellte gerade ihren Wagen ab, als Selig den Tempelhofer Damm zwischen Landeskriminalamt und Polizeipräsidium überquerte. Er bemerkte sie nicht und ging weiter auf den Eingang des Präsidiums zu. Maria eilte ihm nach, die richterliche Anordnung in der Hand. »Herr Selig, warten Sie. Paul!«

Erst als er seinen Vornamen hörte, reagierte Selig, er drehte sich um und sah ihr entgegen.

»Lasnik ist unser Mann«, verkündete Maria, als sie bei ihm war, ein wenig außer Atem. »Winterberg hat mit Lasnik telefoniert, und zwar exakt zu der Zeit, die Winterberg auf dem Protokoll notiert hat. Die Telefonfirma schickt uns heute noch die komplette Anrufliste.«

Selig runzelte die Stirn. »Was ist los mit Ihnen? So kenne ich Sie gar nicht.«

»Wieso?«

»Die Liste beweist, dass Lasnik mit dem Mordopfer telefoniert hat. Aber das sagt nichts darüber aus, was während des Telefonats gesprochen wurde«, korrigierte Selig sie und zog die Tür des Präsidiums auf.

Maria ließ Seligs Einwand nicht gelten. »Man kann es mit der Skepsis auch übertreiben! Wenn Lasniks Fingerabdrücke oder seine DNA-Spuren auf dem Messer sind, dann ist der Fall eindeutig. Das denken Sie doch auch, oder?«

Selig antwortete nicht. In Gedanken versunken, ging er die Treppe hinauf. Er übersah dabei wie immer das Nicken der Entgegenkommenden, die ihn grüßten. Maria übernahm es, die Grüße zu erwidern.

Wagner telefonierte, als sie das Büro betraten, er winkte sie zu sich, während er das Gespräch beendete. Als er den Telefonhörer auflegte, sah er sie an wie ein Schuljunge, der eine gelungene Überraschung verkünden wollte. »Ich habe Lasniks Alibi überprüft. Auf den ersten Blick sieht es gut aus. Aber wenn man genauer hinschaut, dann wackelt es.« Er lehnte sich zurück, stolz auf das Ergebnis seiner Ermittlung.

Maria ächzte genervt. »Jetzt sag schon, was du rausbekommen hast. Oder willst du erst dafür gelobt werden, dass du mal 'ne halbe Stunde gearbeitet hast?«

Wagner verzog beleidigt das Gesicht und griff sich seinen Notizzettel. »Normalerweise verbringt Lasnik jeden Mittwochabend zu Hause in seiner Sauna, ein festes Ritual, von dem er in der Regel nicht abweicht.« Vor zwei Tagen aber habe er überraschend ein Flugticket nach Zürich gebucht. »Der Flug hat stattgefunden, Lasnik ist auch geflogen, beim Check-in wurde sein Pass geprüft.«

»Also war er am Abend des Mordes in Zürich.«

»Richtig. Die Frage ist nur: Wie lange war er dort?« Lasnik, referierte Wagner, habe ausgesagt, er sei in einem Hotel am

Züricher Stadtrand mit dem Computeraktivisten Jeff Farsell zusammengekommen und habe dann am Abend, als es zu spät für einen Flug war, einen Mietwagen für die Rückfahrt nach Berlin angemietet. »Das stimmt aber nicht. Lasnik hat sich sofort nach seiner Ankunft am Flughafen einen Mietwagen genommen.«

»Und der Besuch in dem Hotel?«

»Ich habe nachgefragt. Es ist nicht sicher, ob Lasnik wirklich dort war. Zwar hat sich Jeff Farsell tatsächlich mit einem Besucher in dem angemieteten Konferenzzimmer getroffen. Aber ob der Besucher Erhard Lasnik war und wie lange er mit Jeff Farsell gesprochen hat, ist nicht bekannt.« Es sei also möglich, schloss Wagner, dass Lasnik sich bereits kurz nach seiner Ankunft in Zürich wieder auf den Weg zurück nach Berlin gemacht hat.

»Und was macht das für einen Sinn? Nach Zürich fliegen und dann sofort wieder zurückfahren?« Maria verstand nicht, worauf Wagner hinauswollte.

Wagner freute sich, Maria einen Schritt voraus zu sein. »Zum Zeitpunkt des Mordes in einer anderen Stadt zu sein, das ist ein gutes Alibi. Ganz ehrlich, ich hätte nicht weiter nachgeforscht, wenn es nicht dieses anonyme Paket mit der Mordwaffe gegeben hätte.«

»Also ein geplanter Mord?« Selig musterte Wagner nachdenklich.

»Warum nicht?« Wagner fand, seine Schlussfolgerung war plausibel. »Mit Winterbergs Erpressung stand Lasniks Reputation auf dem Spiel. Ein Ex-Stasi-Offizier mit dem Kampforden der DDR auf der einen Seite und die Unterstützung von Widerstandskämpfern im Internet auf der anderen, das passt nicht wirklich zusammen.«

Selig nickte langsam. »Das wäre möglich.« Er blickte auf.

»Suchen Sie weiter, Wagner. Wir brauchen einen Beweis, dass Lasnik zur Tatzeit in Berlin war, und nicht nur einen Hinweis darauf, dass sein Alibi brüchig ist.«

Wagner nickte.

Maria folgte Selig zu seinem Schreibtisch. »Was denken Sie: War es Lasnik?«

»Es spielt keine Rolle, was ich denke. Wir führen Ermittlungen durch, da zählen Fakten.«

»Und Ihre Intuition? Zählt die nichts?«

Selig schwieg einen Moment, bis er antwortete. »Warten wir die Laboruntersuchung ab.«

❄

Haussner meldete sich drei Stunden später, um seinen Besuch anzukündigen. Kurz nach seinem Anruf stand er in der Bürotür, in der Hand eine Berichtsmappe.

»Und?« Gespannt sah Selig ihn an.

Haussner schloss sorgfältig die Tür hinter sich. »Die Fingerabdrücke passen. Die Abdrücke auf der Waffe und die auf der Visitenkarte sind identisch.«

Wagner reckte sich triumphierend. »Was habe ich gesagt?«

Selig angelte sich einen Stuhl aus der Büroecke und bot ihn Haussner an. Maria rollte ihren Schreibtischstuhl herüber und setzte sich zu ihnen.

Haussner schlug die Berichtsmappe auf. »Wir konnten auf der Waffe zwei Abdrücke eindeutig zuordnen, sie gehören Lasnik. Es gibt einige weitere Abdrücke, aber die sind verschmiert und nicht genau zu erkennen. Sie gehören wahrscheinlich ebenfalls dem Tatverdächtigen.«

»Was ist mit dem Obduktionsbericht, hast du ihn inzwischen?«, fragte Selig.

Haussner schüttelte den Kopf. »Seit unser Server zusammengebrochen ist, sind die Jungs vom Botendienst total überlastet. Keine Ahnung, wann der Bericht bei uns ankommt. Aber ich habe mit dem Kollegen aus der Gerichtsmedizin telefoniert. Er sagt, die Wunde passt zum Messer. Form, Länge der Klinge, die Blutgruppe, alles fügt sich perfekt. Der DNA-Schnelltest läuft, aber er geht davon aus, dass das Blut auf der Klinge dem Mordopfer gehört. Schätze, ihr habt euren Täter.«

Selig wirkte nicht zufrieden.

»Oder nicht?« Gespannt beugte sich Haussner vor.

Selig schwieg einen Moment, bevor er antwortete. »Zwei Fragen interessieren mich. Erstens, wer hat uns das Paket geschickt? Der Unbekannte muss am Tatort gewesen sein. Er muss auch die Akten mitgenommen haben. Und zweitens, wieso war sich Winterberg so sicher, dass Lasnik ihn ermordet? Winterberg ist extra zu mir nach Hause gekommen, um mir das zu sagen.«

»Vielleicht kannte Winterberg Lasnik so gut, dass er vorausgesehen hat, wie er reagiert«, überlegte Maria.

»Worauf reagiert?«, fragte Haussner.

»Auf die Erpressung.« Selig informierte den Kollegen kurz über den Stand ihrer Ermittlungen.

»Heißt das«, spann Haussner den Gedanken weiter, »Winterberg hat Lasnik mit der Erpressung unter Druck gesetzt, um den Mord an sich selbst zu provozieren?«

Niemand sagte etwas, Haussners Satz klang in der Stille nach.

Langsam schüttelte Maria den Kopf. Die Vorstellung, Winterberg könnte wissentlich seine Ermordung herbeigeführt haben, war unglaublich.

Wagner hatte dem Gespräch schweigend zugehört, jetzt

meldete er sich zu Wort. »Egal, warum der Mord geschehen ist oder wer wen dazu provoziert hat: An den Beweisen können Sie nicht vorbeigehen, Chef.«

Selig nickte nachdenklich.

Das Telefon auf Marias Schreibtisch klingelte, alle fuhren zusammen. Maria ging an den Apparat. Selig sah, dass sie blass wurde. »Ich richte es ihm aus«, antwortete sie, bevor sie den Hörer auflegte. »Verdammt! So eine Scheiße.«

»Was ist passiert?«

Maria sah Selig verlegen an. »Es tut mir leid, ich habe das total vergessen.«

»Was?«

»Mein Gespräch mit dem Polizeichef vor drei Tagen. Das war seine Sekretärin. Er will Sie sehen.«

»Warum? Was hätten Sie mir sagen müssen?«

»Der Polizeichef will, dass Sie aufhören.«

Selig starrte Maria verständnislos an.

»Er muss Stellen einsparen«, ergänzte Maria bedrückt, »deshalb hat er vor, Ihre zu streichen.«

»Prima, dass ich das auch mal erfahre.« Selig war ärgerlich. »Und was haben Sie damit zu tun?«

»Er hat es mir gesagt, als Sie schon weg waren. Ich sollte Sie davon überzeugen, dass Sie freiwillig gehen. In den Vorruhestand, oder auf irgendeinen anderen Posten.«

»Und Sie fanden es nicht wichtig, mir das zu erzählen?«

»Was hätte das denn für einen Sinn gehabt?«, fuhr Maria auf, ärgerlich auf sich selbst. »Sie tun ja sowieso nichts.«

Selig starrte Maria an, ohne ihr zu antworten. In ihm arbeitete es. Schließlich wandte er sich ab, ohne ein weiteres Wort zu sagen.

Wagner sah Maria vorwurfsvoll an. »Das hast du ja voll verbockt.«

»Du wusstest es doch auch«, entgegnete Maria ungehalten.

»Ja«, fauchte Wagner zurück, »das stimmt. Aber ich dachte, du redest mit ihm. Du hängst doch dauernd mit ihm zusammen.«

Darauf wusste Maria nichts zu antworten.

»Und nun?« Haussner sah Selig fragend an. »Paul! Was machen wir jetzt?«

Selig wandte sich zu den beiden um. »Jetzt haben wir zu tun. Wagner, Sie setzen sich noch einmal an das Alibi von Lasnik. Versuchen Sie herauszukriegen, wann Lasnik Zürich verlassen hat. Vielleicht hat er irgendwo Spuren hinterlassen.« Selig blickte Maria an. »Sie konzentrieren sich auf die Verbindung zwischen Lasnik und Winterberg. Wenn die Vermutung stimmt, dass Winterberg den Mord provoziert hat, dann müssen die zwei sich kennen. Und zwar genauer. Das war nicht ihre erste Begegnung.«

»Aber …«, wandte Maria ein, doch Selig unterbrach sie ungeduldig. »Wir haben jetzt keine Zeit für Entschuldigungen, das können Sie später nachholen. Jetzt erledigen Sie Ihren Job.«

»Und was machen Sie?«

»Ich erledige meinen.«

22

Herr Hauptkommissar! Schön, Sie zu sehen.« Mit großen Schritten ging der Polizeipräsident um seinen Schreibtisch herum und kam auf Selig zu. Selig blickte ihm misstrauisch entgegen, ließ sich die Hand schütteln und einen Kaffee aufdrängen.

»Mit viel Milch, korrekt?« Der Präsident lächelte stolz, sich richtig erinnert zu haben, während er zu seinem Kaffee-Monstrum ging, um den richtigen Knopf zu drücken und ein Glas in das Ausgabefach zu stellen.

Selig war vor dem Schreibtisch stehen geblieben und sah sich um. Der Fernseher lief stumm, eingeschaltet war so wie immer ein Nachrichtensender in Dauerschleife. Nichts hatte sich verändert seit seinem letzten Besuch, in diesem Büro war die Zeit stehen geblieben, und das galt auch für den Polizeipräsidenten, der eigentlich schon in den Ruhestand hatte gehen wollen und der, als sich die Unterwanderung der Exekutive durch rechte Ideologen abzeichnete, seine Amtszeit noch einmal verlängert hatte. Was für den Moment eine gute Entscheidung gewesen war, lähmte inzwischen die Polizeibehörde, ohne dass es der Präsident bemerkte.

»Und, wie läuft es so?« Der Polizeipräsident reichte Selig das Kaffeeglas und stellte für sich selbst eine Espressotasse auf den Schreibtisch. Dann setzte er sich auf seinen Platz und sah Selig erwartungsvoll an.

Selig stellte das Glas ab, ohne zu trinken. Er war angespannt, doch das war genau der Druck, der ihm half, ohne Stottern zu sprechen. »Ich möchte nicht unhöflich sein, aber darf ich Sie bitten, schnell zur Sache zu kommen?«

Der Präsident stutzte, dann nickte er. »Warum nicht? Ich

mag zupackende Menschen. Also: Wie haben Sie sich entschieden?«

»Wofür soll ich mich entscheiden?« Selig tat, als wüsste er nicht, warum er gerufen worden war.

»In welche Abteilung Sie gehen. Hat Ihre Kollegin nicht mit Ihnen gesprochen?«

»Ach, die Geschichte. Tut mir leid, aber dafür haben wir im Moment keine Zeit.«

»Was sagten Sie gerade?« Der Polizeipräsident glaubte tatsächlich, sich verhört zu haben.

»Wir sind an einem Fall dran«, antwortete Selig. »Ein Unschuldiger sitzt in Untersuchungshaft. Es gibt einen neuen Tatverdächtigen, ich muss ihn vernehmen.«

»Nein, das müssen Sie nicht. Ich habe Ihnen eine Frage gestellt. Und ich möchte eine Antwort haben.« Der Präsident war jetzt ehrlich erbost. »Ich muss Ihre Abteilung schließen. Glauben Sie, mir bringt das Spaß?«

»Ich denke nicht, dass es hier darum geht, ob Sie oder ich Spaß haben«, konterte Selig. »Die Befragung ist zu wichtig, als dass wir länger damit warten könnten. Auch für Sie.«

»Für mich?« Der Polizeipräsident sah Selig entgeistert an. »Wer ist es denn, den Sie unbedingt befragen müssen?«

Selig wies auf den Fernseher, auf dem gerade die Bundeskanzlerin gemeinsam mit Erhard Lasnik zu sehen war. Sie saßen hinter dem Pult der Bundespressekonferenz. »Ihn.«

❄

Mit gewinnendem Lächeln blickte die Bundeskanzlerin in die Runde. »Wenn es keine weiteren Fragen mehr gibt …« Susanne Bergstedt wartete die Reaktion der Journalisten nicht ab, sondern stand auf, um Erhard Lasnik noch einmal ausgiebig die Hand zu schütteln. Die Fotografen reagierten wie erwartet, sie richteten ihre Objektive auf die beiden und hielten den Händedruck für die Nachwelt fest.

Erhard Lasnik war zufrieden. Diese Bilder würden seiner Firma den Schub geben, den er für seine Aufgabe brauchte. Die Anerkennung seiner Leistung durch die Bundeskanzlerin würde ihm in zahlreichen Konzernen die Türen öffnen, was bedeutete, dass sich ihre Sicherheitssoftware weiterverbreiten würde und damit auch sein Einfluss. Das hier waren die Früchte, die er für seine jahrelange Arbeit erntete.

Die Kanzlerin nickte ihm noch einmal zu und reichte auch Natalie Brandt kurz die Hand, bevor sie mit ihrem Tross den Saal der Bundespressekonferenz verließ. Lasnik blickte ihr zufrieden nach und warf dann einen wohlwollenden Blick auf seine IT-Forensikerin. Natalie Brandt sah scharf wie immer aus, dachte Lasnik, zum Glück hatte sie sich trotz ihres kurzen Rockes so dezent gekleidet, dass sie der Kanzlerin nicht die Schau stahl. Aber sie war immer noch ein Hingucker, vor allem für die Männer.

Lasnik beugte sich zu ihr. »Gut gemacht, Natalie.«

Die IT-Forensikern runzelte die Stirn. »Ich habe kein Wort gesagt. Was war daran gut?«

»Darf ich Sie nicht trotzdem loben?«, wich Lasnik aus und zwinkerte ihr zu. Dann, mit einer knappen Kopfbewegung, gab er seinem Pressesprecher ein Zeichen, dass sie aufbrechen würden.

Natalie eilte ihm nach. »Erhard, ich muss Sie sprechen. Es ist wichtig.«

Lasnik blieb stehen. Er unterdrückte das genervte Gefühl, das sich in ihm auszubreiten begann, und mühte sich um einen freundlichen Gesichtsausdruck. »Natalie, ich weiß, dass Sie unzufrieden sind, nicht mehr tun zu können. Aber das

Team in Adlershof ist bei der Arbeit. Wenn Sie dort jetzt noch eingreifen würden, wäre das kontraproduktiv. Keine Sorge, es dauert nicht mehr lange, dann ist der Virus geknackt.«

»Genau darüber wollte ich mit Ihnen reden …«

Lasnik unterbrach sie. »Natalie, bitte ersparen Sie mir, mich wiederholen zu müssen. Machen Sie sich einen netten Tag. Ich denke, ich brauche Sie heute nicht mehr.« Mit einem jovial-freundlichen Lächeln schob er sie zum Ausgang des Saales.

Mit Erleichterung registrierte Lasnik, dass Natalie Brandt darauf nichts antwortete. Wohlwollend betrachtete er ihre Rückseite, als sie vor ihm ging: ihre Schultern, ihre schmale Taille, ihre wohlgeformten Beine, durch die hohen Absätze ihrer Schuhe zur Geltung gebracht. Lasnik konnte der Versuchung nicht widerstehen und legte für einen Moment seine Hand auf ihren Hintern. Er spürte, wie sie unter seiner Berührung erstarrte, ein wunderbares Gefühl, denn ihr Pomuskel spannte sich an, was die ohnehin schon perfekte gewölbte Form unter seiner Handfläche fest und griffig werden ließ.

Er lächelte ihr noch einmal zu, dann ließ er sie im Eingang des Saales stehen und ging hinaus, um zusammen mit dem Pressesprecher die breite Freitreppe im Lichthof des Gebäudes hinabzusteigen.

Lasnik entdeckte Selig sofort. Der Kommissar lehnte wartend an seinem Wagen und ging auf ihn zu, als er ihn und seinen Pressesprecher aus dem Gebäude treten sah. »Dürfte ich Sie kurz sprechen?«

»Nein, das dürfen Sie nicht.« Lasnik mühte sich nicht, seinen Ärger zu verbergen. »Es ist alles gesagt, was zu sagen ist. Also lassen Sie mich bitte in Ruhe.«

»Tut mir leid, das wiederum kann ich nicht. Ich muss Sie vorläufig festnehmen.«

»Bitte?« Entsetzt starrte Lasnik Selig an. Er spürte den

Griff des Kommissars an seinem Oberarm, als Selig ihn zu seinem Wagen führte.

Der Pressesprecher lief ihnen hilflos hinterher.

»Informieren Sie meinen Anwalt! Sofort!«, rief Lasnik ihm zu.

Der Pressesprecher nickte.

Selig öffnete die Tür und schob Lasnik auf die Rückbank.

Das Letzte, was Lasnik sah, bevor Selig die Tür schloss, war das direkt auf ihn gerichtete Objektiv einer Kamera.

❄

Bleich vor Wut starrte Erhard Lasnik Selig an. »Das ist eine Unverschämtheit, dass Sie mich hier festhalten. Ich habe ein Alibi! Ich war in Zürich!«

Selig blieb unberührt von Lasniks Ausbruch. »Wenn Sie sich so sicher sind, dass Sie Winterberg nicht ermordet haben, dann erlauben Sie uns doch, Ihre Fingerabdrücke zu nehmen.«

»Ich werde Ihre faschistischen Ermittlungsmethoden nicht unterstützen, indem ich mit Ihrem repressiven System kooperiere.«

Selig warf einen kurzen Blick zu der Kamera, die im Vernehmungsraum hing und ihr Gespräch aufzeichnete. »Ich schlage vor, dass Sie sich mäßigen. Das macht sich nicht so gut, selbst bei Ihrer Vergangenheit.« Er beugte sich vor. »Herr Lasnik, denken Sie einen Moment lang nach. Ich kann Sie hier nicht zwingen, eine Aussage zu machen. Aber wozu ich Sie zwingen kann, ist, uns Ihre Fingerabdrücke zu geben. Der Antrag liegt schon beim Gericht.«

Lasnik warf seinem Anwalt einen kurzen Blick zu. Der nickte.

»Gut.« Lasnik öffnete den Kragenknopf seines Hemdes und lockerte seine Krawatte. »Gehen wir für einen Moment davon aus, dass ich mit Ihnen kooperiere. Was habe ich davon?«

Selig stutzte. »Wie meinen Sie das?«

»Können wir einen Deal machen?«

Jetzt begriff Selig. »Ach so. Sie geben uns Ihre Fingerabdrücke, und dafür lassen wir Sie gehen.«

Lasnik lehnte sich zurück, die Arme vor der Brust verschränkt. »Ich weiß nicht, lieber Herr Hauptkommissar, ob Ihnen klar ist, dass ich mit meiner Firma im Moment für die Bundesregierung arbeite. Mit unserem Einsatz steht und fällt die Sicherheit des Landes. Können Sie verantworten, dass diese Arbeit verzögert wird oder gar scheitert?«

Selig seufzte. »Ich dachte, Sie seien intelligent. Ist Ihnen nicht klar, dass ich Sie nicht gehen lassen kann, solange dringender Tatverdacht besteht? Selbst wenn Susanne Bergstedt persönlich hier hereinkommt und verlangt, dass wir Sie freilassen, müsste ich die Kanzlerin wieder nach Hause schicken. Und zwar ohne Sie. Wir reden hier über Mord. Da kann Ihnen niemand helfen. Außer Sie selbst.«

Erneut wechselte Lasnik mit seinem Anwalt einen Blick. Ein kurzes Nicken.

Lasnik seufzte. »Na gut, ich gebe Ihnen meine Fingerabdrücke freiwillig. Ich möchte, dass das im Protokoll vermerkt wird.«

»Aber sicher.« Selig griff hinter sich und nahm einen Laptop und einen Fingerabdruck-Scanner vom Sideboard, er hatte beides bereitgestellt. »Ich hatte gehofft, dass Sie ein Einsehen haben.« Routiniert verband er den Rechner mit dem Netzwerk und startete das Programm, um Lasniks Abdrücke einzulesen. Maria, die im Nebenraum der Vernehmung gefolgt war, kam herein, um Selig zu helfen.

Wenige Minuten später waren die Abdrücke aller Finger Lasniks abgespeichert. Selig zog eine Kopie auf einen Speicherstift, um ihn Maria zu reichen. »Gehen Sie selber zum Labor und warten Sie bitte auf das Ergebnis.«

Maria versprach, sich zu beeilen und sofort Bescheid zu sagen, wenn es ein Ergebnis gab. Sie verließ den Raum.

Selig wandte sich lächelnd an Lasnik. »So, jetzt dauert es nicht mehr lange, bis wir wissen, ob Sie schuldig oder unschuldig sind. Wo möchten Sie warten? Hier oder in einer Zelle? Hier ist es gemütlicher, na ja, zumindest ein wenig. Dafür schauen Ihnen alle zu. In einer Zelle sind Sie ungestört.«

Als Lasnik nicht sofort antwortete, traf Selig für ihn die Entscheidung: »Warten Sie lieber hier. Ich habe das Gefühl, dass Sie eine Zelle noch länger von innen sehen werden.«

Aufmunternd nickte Selig Lasnik zu, dann verließ er den Raum und verschloss die Tür hinter sich.

Eine halbe Stunde später erhielt er Marias Anruf. Jetzt war es offiziell: Auf der Mordwaffe befanden sich Lasniks Fingerabdrücke.

❄

Die Nachricht, dass Erhard Lasnik, Berater der Bundesregierung, festgenommen worden war, schlug im politischen Berlin ein wie eine Bombe. Anfangs hoffte man noch auf einen Irrtum. Doch dann kam die Information, dass die Staatsanwaltschaft Haftbefehl beantragt hatte, und das Gericht hatte dem Antrag stattgegeben. Die Beweise, die von der Polizei ermittelt worden waren und die der Staatsanwalt vorgelegt hatte, waren so eindeutig, dass die Forderung des Anwalts, den Haftbefehl außer Vollzug zu setzen, abgelehnt wurde. Die Presse, gierig auf spektakuläre Bilder, wartete vor dem

Präsidium und ließ die Öffentlichkeit live daran teilhaben, wie Lasnik von Kommissar Selig persönlich zu einem Gefangenentransporter geführt wurde, um in die JVA Moabit gebracht zu werden.

In seinem Büro im Präsidium saß der Polizeipräsident vor seinem Fernseher und sah die Bilder, die gerade draußen vor dem Gebäude aufgenommen und von dem Nachrichtenkanal übertragen wurden. Der Sender ergänzte die Bilder durch Archivaufnahmen, die an Seligs Erfolge in der Vergangenheit erinnerten.

»Dieser alte Fuchs.« Der Polizeipräsident lächelte anerkennend.

Dann begann er darüber nachzudenken, welche Führungsposition er statt der von Selig streichen sollte.

❄

»Nicht schlecht, mein Freund.« Haussner prostete Selig zu. »Unterschätze nie einen Wessi, der in die Enge getrieben wird.«

»Ist das als Beleidigung gedacht, oder war das ein Kompliment?«

»Keine Ahnung. Vielleicht beides.« Haussner lachte. »Das war auf jeden Fall ein cooler Schachzug. Jetzt wird dich niemand mehr von deinem Posten entfernen. Zumindest nicht in den nächsten Wochen.«

Sie tranken beide.

Selig und Haussner befanden sich in der Küche im Anbau der Villa. Haussner hatte sich nach seinem Feierabend auf den Weg gemacht und war hinaus an den Wannsee gekommen, ein Sixpack Bier unter dem Arm. Seligs Erfolg müsse gefeiert werden, hatte er gemeint. Jetzt saßen sie sich am Küchentisch gegenüber.

Selig betrachtete Haussner forschend. »Warum bist du wirklich hier?«

»Hab ich doch gesagt. Zum Feiern.«

»Nein. So gut kenne ich dich inzwischen.«

»Was gibt es da zu kennen?«

»Zum Feiern brauchst du keinen Anlass. Und wenn du wirklich feiern wolltest, dann hättest du mehr mitgebracht als nur das bisschen Bier.«

Haussner leerte wortlos seine Flasche.

»Es geht um Erhard Lasnik, richtig? Du kennst ihn.«

Haussner blickte auf. »Woher weißt du das?«

»War nur eine Vermutung. Du hast nach ihm gefragt.« Selig stand auf, nahm zwei weitere Flaschen Bier aus dem Kühlschrank und öffnete sie. Eine davon reichte er Haussner.

»Glaubst du, er ist wirklich der Mörder?« Haussner trank einen Schluck und sah Selig über den Rand der Flasche an.

Selig zuckte mit den Schultern. »Die Beweise sind eindeutig. Den Rest muss das Gericht klären.«

»Komm, erzähl mir nichts. Ich kenne dich nämlich auch. Du zweifelst doch.«

Selig trank, dachte nach. »So einen Fall habe ich noch niemals vorher erlebt. Warum schickt uns jemand die Beweise per Post?«

»Vielleicht wollte dieser Jemand sicher sein, dass Lasnik für seine Tat zur Rechenschaft gezogen wird.«

»Und stiehlt deshalb die Mordwaffe vom Tatort?«

»Möglicherweise, weil er oder sie erlebt hat, wie Beweise gefälscht worden sind oder dass man Beweise einfach verschwinden lässt.«

Selig betrachtete Haussner nachdenklich. »Was weißt du über Lasnik?«

Haussner schwieg. Selig sah, dass er mit seinen Gedanken

abtauchte, in eine lange zurückliegende Zeit, zugedeckt von einer Oberfläche knallbunten Lebens. Ideologien, dachte Selig, kann man austauschen, aber nicht die Menschen, die in ihnen gelebt haben, in West wie in Ost. Jeder von ihnen trug seine Vergangenheit mit sich herum.

»Lasnik war bei der Stasi«, antwortete Haussner nach einer Weile. »Er war Verbindungsoffizier zu den Sowjets. Und er war bekannt für seine Verhöre. Er war einer der Besten, hieß es, er hat sogar den Kampforden der DDR bekommen, was für einen Stasi-Offizier sehr selten war. Man erzählte sich damals, er bekomme aus jedem Verdächtigen alles heraus. Unsere Vorgesetzten bei der Volkspolizei sagten uns, wir sollten nicht nachfragen, wie die Zeugenaussagen und die Geständnisse zustande gekommen waren. Was zählte, war das Ergebnis. Wir hatten unser Plansoll zu erfüllen. Und Lasnik half uns dabei.«

Selig hörte Haussner schweigend zu, ohne ihn zu unterbrechen.

»Bis dann an diesem Freitagabend dieser Junge zu uns gebracht wurde. Sie hatten ihn versehentlich in unsere Wache geliefert und nicht in die Stasi-Haftklinik in Hohenschönhausen. Der Junge hatte beim Verhör durch Lasnik gestanden, seinen Freunden bei der Republikflucht geholfen zu haben, und wir sollten ihn dem Richter vorführen. Natürlich erst, nachdem die Wunden verheilt waren.« Haussner trank einen Schluck. »Das Gesicht des Jungen war Brei. Ich habe nur ein Auge gesehen, der Rest war wundes Fleisch, mit einem Loch, wo vorher der Mund war, und einem zerschlagenen Haufen Knorpel anstelle der Nase.«

Haussner atmete tief aus, dann stellte er das Bier ab und blickte Selig an. »Wenn jemand es verdient, wegen Mordes angeklagt zu werden, dann Erhard Lasnik.«

23

Der neue Tag begann zögernd, mit dichten Wolken, die sich am östlichen Stadtrand zu imposanten Gebilden auftürmten. Tapfer versuchte die blasse Wintersonne die Schicht zu durchdringen, doch über Stunden hielten die grauen Ungetüme ihr Licht zurück.

Das Wolkenbild passte zu der Stimmung im siebten Stockwerk des Kanzleramtes. Lars Steiner, sonst Spezialist dafür, mit einem lockeren Spruch für bessere Laune zu sorgen, stand stumm hinter der Kanzlerin und blickte so wie sie auf die Monitorwand, auf der ein Nachrichtensender gerade wieder einmal die Bilder der Pressekonferenz zeigte, gefolgt von der Festnahme Lasniks.

Auch am Tag nach dem PR-Desaster zeigten die Sender die Aufnahmen im Halbstundentakt; es war ein gefundenes Fressen, die Kompetenz der Regierung mit einigen wohlgesetzten Worten in Zweifel zu ziehen.

»Wie konnte das passieren?«

Susanne Bergstedt sah blass aus, der Kanzleramtsminister wusste nicht, ob vor Schreck oder aus Wut. Beides war möglich, und Steiner konnte sie verstehen. Dass ein externer Fachmann, der für die Bundesregierung arbeitet, direkt nach einer Pressekonferenz mit der Kanzlerin von der Polizei festgenommen wird, hatte es bisher noch nicht gegeben.

»Ich dachte, die Geheimdienste haben Lasnik durchleuchtet. Wieso hat niemand etwas von diesen Mordermittlungen gewusst?« Die Kanzlerin wandte sich zu Steiner um.

Der Kanzleramtsminister hob bedauernd die Schultern. »Der Verfassungsschutz und auch der BND haben Lasniks Firma durchgecheckt und dazu Lasniks Mitarbeiter, die an dem Computervirus arbeiten. Lasnik selbst stand nicht auf der Liste.«

Die Kanzlerin starrte Steiner fassungslos an. Sie war geschockt von dem Fehler des Geheimdienstkoordinators und ärgerlich auf sich selbst. Tatsächlich hatte sie Alexander Merl niemals den Auftrag gegeben, Lasnik von den Diensten überprüfen zu lassen. Es war ihr selbstverständlich erschienen, dass auch der Chef durchleuchtet wird, wenn seine Firma einen derart sensiblen Regierungsauftrag bekommt.

»Sollen wir«, fragte Steiner, »Lasniks Firma den Auftrag entziehen?«

Susanne Bergstedt zögerte, doch nur kurz, dann verneinte sie die Frage. »Wenn unsere Server und das Netzwerk nicht bald wieder funktionieren, bricht uns hier alles zusammen. Das wissen Sie besser als ich.« Aber sie würden, ergänzte sie, Lasniks Leuten noch genauer auf die Finger schauen. Steiner solle einen kompetenten Fachmann aus seiner Abteilung abstellen und nach Adlershof schicken, der vor Ort die Arbeit überwachen würde. »Außerdem will ich, dass Lasnik durchgeprüft wird. Wir brauchen alles, was man über diesen Mann wissen muss. Und zwar, bevor die Presse es weiß.«

Steiner versprach, den Geheimdienstkoordinator über den Auftrag zu informieren, dann verabschiedete er sich und verließ das Büro.

Nachdenklich ging er den Gang hinab. Dieser Schlag hatte die Kanzlerin getroffen, mehr als sie zugeben wollte, das hatte er gespürt. Sie würde Mühe haben, die Welle, die die Nachricht aufgeworfen hatte, abzureiten. Aber noch stand sie sicher, und er wollte nicht derjenige sein, der sie umwerfen würde.

Doch eines war ihm in den vergangenen Stunden klar geworden: Sollte sie straucheln, würde er ihr nicht aufhelfen. Er schätzte sie, ohne Zweifel, und er verdankte ihr viel. Doch er hatte Pläne, seine Karriere lag noch vor ihm, und wenn ihre zu Ende war, dann wollte er bereit sein.

Steiners Telefon vibrierte in seiner Tasche – die Kanzlerin, offenbar hatte sie etwas vergessen. Sie meldete sich mit ihrem Vornamen. »Der Polizist, der Lasnik festgenommen hat …«

»Paul Selig«, warf Steiner ein.

»Genau. Ich denke, wir sollten ihn als Sonderermittler in unseren Stab holen.«

Steiner fragte nicht nach und zog ihre Entscheidung auch nicht in Zweifel. »Gut. Ich werde Merl ausrichten, dass dieser Selig von Kopf bis Fuß durchleuchtet wird.« Noch ein Kuckucksei, dachte Steiner, würden sie sich nicht ins Nest holen.

❄

Das Stahltor zitterte, dann schoben die von zwei starken Elektromotoren angetriebenen Zahnräder die Sperre langsam zur Seite, bis ein schulterbreiter Spalt entstanden war. Es dauerte nur einen kurzen Moment, dann zwängte sich eine rundliche Gestalt durch die Öffnung, in der Hand eine Tasche. Wie auf Kommando brach die Sonne durch die Wolkendecke, der Mann blinzelte in das Licht, während hinter ihm ruckelnd das Gefängnistor wieder zurückglitt.

Die vor dem Gefängnis wartenden Reporter beachteten den Mann nicht.

Selig hatte in einiger Entfernung in seinem Wagen gewartet. Er blieb sitzen, bis der entlassene Häftling ein Stück die Straße heruntergekommen war. Dann stieg Selig aus und winkte dem Mann zu.

Hanspeter Mechert stutzte kurz, bevor er Selig erkannte.

Er sah nicht glücklich aus, den Kommissar hier zu treffen. »Was wollen Sie von mir?«

Selig zuckte mit den Schultern. »Ich dachte, ich könnte Sie nach Hause fahren. Immerhin waren Sie wegen mir in Untersuchungshaft.«

»Hätten Sie sich sparen können, dafür extra herzukommen«, entgegnete Mechert, stieg dann aber doch, als Selig ihn nötigte, in den Wagen ein.

Keiner der Reporter hatte etwas bemerkt.

Schweigend fuhren sie Richtung Osten, vorbei am Hauptbahnhof und quer durch das Regierungsviertel. Selig musterte die Tasche, die Mechert aus der JVA mitgenommen hatte und in der nur wenige Kleidungsstücke Platz finden konnten. »Sie wussten, dass Sie nicht lange in Haft bleiben würden«, stellte er fest.

Mechert sah erstaunt auf und folgte Seligs Blick zu seiner Tasche. »Ist das jetzt wieder eine Ihrer brillanten Schlussfolgerungen?«

»Ich kommentiere nur, was ich sehe.«

»Das habe ich gemerkt.« Mechert lachte bitter. »Ich habe die Porzellanfigur gestohlen, also bin ich für Sie der Mörder. So einfach ist das.« Erschöpft rieb er sich die Augen. »So einfach ist es aber nicht. Sie sehen nur die Oberfläche. Was sich darunter verbirgt, das bemerken Sie nicht.«

»Dann sagen Sie es mir.«

Mechert schwieg eine Weile. Schließlich schüttelte er den Kopf. »Vergessen Sie einfach alles. Und mischen Sie sich nicht mehr ein.«

»Es ist mein Job, mich einzumischen.«

»Sie haben Jacob Winterbergs Mörder, Lasnik ist für seinen Tod verantwortlich. Jeder ist dort, wo er hingehört. Also belassen Sie es dabei.« Mechert ließ Selig nicht mehr zu Wort kommen, er wies auf eine U-Bahn-Haltestelle am Straßenrand. »Ich möchte hier aussteigen.«

Selig stoppte den Wagen vor dem Treppenabgang. Mechert öffnete die Tür, wuchtete seinen Körper vom Sitz und drehte sich dabei noch einmal um. »Vielleicht irre ich mich in einem Punkt: Sie hätten mich im Gefängnis lassen sollen.« Er lächelte gezwungen, dann warf er die Tür zu.

Sekunden später war Mechert im U-Bahnhof verschwunden.

❄

Das Sonnenlicht brach durch die Wolkendecke, als Selig den Alexanderplatz erreichte. Während das rote Rathaus das Licht zu schlucken schien, leuchtete der Funkturm auf, er glitzerte hell und warf seinen Schatten aus. Auch die Fassade des historischen Stadtschlosses, wie der disneyhafte Neubau am Spreekanalufer von seinen Befürwortern tapfer genannt wurde, schien von der einen zur anderen Sekunde plötzlich zu strahlen.

Selig beachtete das Schauspiel nicht, die Begegnung mit Mechert ging ihm nach. Was hatte Mechert mit seinem Satz gemeint, er hätte ihn im Gefängnis lassen sollen? Was hatte er getan, dass er meinte, dorthin zu gehören?

Ein Hupen riss Selig aus seinen Gedanken, das Ampellicht vor ihm war auf Grün umgesprungen. Selig bog in die Karl-Liebknecht-Straße ein und parkte den Wagen. Sein Ziel, ein grauer, mit gelben Streifen versehener Betonriegel, lag von der Straße etwas zurückgesetzt hinter winternackten Bäumen. Selig stieg aus und sah sich um.

Schon oft war er an dem aufgemöbelten Plattenbau, in dem die Stasi-Unterlagen-Behörde untergebracht war, vorbeigefahren, ohne das Gebäude zu beachten oder gar hier anzuhalten. Für ihn hatte es keinen Grund gegeben, sich tiefer gehend mit der Staatssicherheit der DDR zu beschäftigen. Als sein Vater noch lebte, war der Ostteil der Stadt kein Thema gewesen, geschweige denn, dass sie ihn besucht hätten. Und nach dem Selbstmord des Vaters und der Trennung von seiner Schwester hatte er andere Sorgen gehabt, als sich mit der untergehenden DDR zu beschäftigen.

Die Sachbearbeiterin, die ihm am Telefon versprochen hatte, Auskunft zu geben, lächelte entschuldigend, während sie ihm die Hand reichte und durch das Gebäude vorausging. Selig dankte ihr, dass sie ihm am Wochenende helfen wollte. Die Frau nickte, während sie ihn forschend musterte. »Ich weiß nicht, ob wir uns missverstanden haben. Aber ich kann Ihnen hier keine Akten zur Verfügung stellen, falls Sie das erwarten.« Gut ein halbes Jahr brauchten sie, bis sie von Privatpersonen angeforderte Stasi-Akten gefunden und ausgewertet hatten, erläuterte sie Selig. Selbst wenn es schnell gehen solle, könne es Tage dauern, bis die betreffenden Unterlagen herausgesucht und kopiert wären. »Wir haben hier hundertelf Regalkilometer Akten und 1,8 Millionen Fotos und Negative. Da dauert so eine Suche schon mal ein bisschen.«

»Ich möchte keine Akten lesen. Ich möchte gerne wissen, ob ein gewisser Jacob Winterberg hier um Akteneinsicht gebeten hat.« In knappen Worten umriss Selig den Hintergrund seiner Frage, ohne zu viele Details zu verraten

Die Sachbearbeiterin schloss die Tür ihres Büros hinter Selig und setzte sich an ihren Schreibtisch, den Blick auf den Computermonitor gerichtet. Ihre Finger huschten über das Buchstabenfeld der Tastatur. »Dann wollen wir mal sehen …« Sie verstummte. Endlich nickte sie. »Hier. Vor zehn Jahren, da war er das erste Mal hier.«

»Das erste Mal?«

»Er ist danach noch dreimal bei uns gewesen.«

»Und wonach genau hat er gesucht?«

»Das kann ich Ihnen nicht sagen. Den meisten geht es darum, überhaupt erst einmal zu erfahren, was die Staatssicherheit über sie gespeichert hat. Beantragt eine Privatperson Akteneinsicht, bekommt sie nur solche Akten zu sehen, in denen es um sie persönlich geht.«

»Das heißt«, fragte Selig nach, »Jacob Winterberg konnte nicht gezielt nach einer anderen Person recherchieren?«

»Richtig. Wir schwärzen alle Namen Dritter in den Akten, außer die von informellen und von hauptamtlichen Mitarbeitern der Staatssicherheit.«

Selig holte den Ordner hervor, in dem der Ermordete vor seinem Tod die Informationen über Lasniks Stasi-Tätigkeit abgelegt hatte. »Könnten diese Unterlagen aus Winterbergs Akte stammen?«

Die Sachbearbeiterin studierte die Kopien. »Nein, auf keinen Fall. Das ist aus einer Akte, wie sie die Staatssicherheit über ihre Mitarbeiter angelegt hat. Quasi die Personalakte. Und die bekommt nur dieser«, sie las den Namen, »Erhard Lasnik persönlich. Oder Wissenschaftler und Journalisten, wenn sie die Unterlagen als Recherche für ihre Arbeit brauchen.« Sie gab Selig die Kopien zurück. »Wo haben Sie die Akte her?«

Selig sagte es ihr.

»Wenn Ihr Ermordeter so sehr an Erhard Lasnik interessiert war«, überlegte die Sachbearbeiterin, »dann könnte es doch sein, dass er Lasniks Namen in seiner eigenen Akte gefunden hat und so auf ihn aufmerksam geworden ist.« Entschlossen wandte sie sich ihrem Computer zu. »Das werden wir herauskriegen. Ich fordere für Sie die Akte Ihres Mordopfers an.« Vertraulich, als wären sie ein eingeschworenes Ermittlerteam, zwinkerte sie Selig zu.

»Hätte Winterberg eine Chance gehabt, Lasnik mit diesen Unterlagen zu schaden? Oder ihn zu erpressen?«

Die Sachbearbeiterin wiegte den Kopf. »Wenn sich Erhard Lasnik an die Gesetze der DDR gehalten hat, dann hat er juristisch gesehen nichts verbrochen. Die meisten hauptamtlichen Stasi-Mitarbeiter sind nach der Wende unbehelligt geblieben. Wissen Sie, wie viele hauptamtliche Mitarbeiter die Staatssicherheit im letzten Jahr der DDR hatte?« Sie wartete Seligs Antwort nicht ab. »Einundneunzigtausend. Was wäre geschehen, wenn die alle vor Gericht gekommen wären?«

»Vielleicht wäre das gerecht gewesen?«

»Sie sprechen von gefühlter Gerechtigkeit. Wir reden hier aber nicht über Gefühle, sondern über die juristische Auslegung von Gesetzen. Und die Gesetze der DDR haben dem Ministerium für Staatssicherheit freie Hand gegeben.«

»Es waren die Gesetze eines Unrechtsstaates.«

»Auch wenn es uns heute absurd vorkommt: 1990 haben sich zwei souveräne Staaten wiedervereinigt. Rückwirkend das Recht des einen Landes dem des anderen überzustülpen war in dieser Situation unmöglich.«

Selig musterte die Sachbearbeiterin skeptisch. »Sie hören sich fast so an, als ob Sie das gut finden.«

Die Augen der Sachbearbeiterin wurden schmal. »Nein. Ich sehe jeden Tag, was die Mitarbeiter der Staatssicherheit angerichtet haben. Sie haben Leben zerstört. Menschen vernichtet. Sie haben ohne Anklage Regimegegner inhaftiert, sie haben gefoltert, getötet oder Gefangene gegen Geld an den Westen verkauft.« Ihre Stimme klang hart und war voller Verachtung. »Diese gefühlsgestörten Bürokraten haben so viel Unheil angerichtet, dass mir trotz all der Jahre hier in diesem

Büro immer noch schlecht wird, wenn ich mit Besuchern über deren Akte sitze und mir anhöre, was diese Soldaten der DDR, wie sich die Herren gerne nennen, im Leben der Menschen angerichtet haben.« Sie holte tief Luft, wie um sich selbst zur Ruhe zu bringen. Dann sah sie Selig an. »Um Ihre Frage zu beantworten: Juristisch hat Lasnik nichts zu befürchten. Aber wenn er in der Öffentlichkeit steht, dann kann so ein Stasi-Vorwurf sehr schädlich sein, und das reicht für eine Erpressung. Die Antwort lautet also: Ja.«

Die Sachbearbeiterin wandte sich ab und beendete ihre Eingabe auf der Computertastatur. »Sobald ich die Kopien der Akte habe, melde ich mich bei Ihnen. Schicken Sie mir bitte noch den offiziellen Antrag auf Akteneinsicht von Ihrer Dienststelle.«

Selig versprach, sich darum zu kümmern, und stand auf. Er zögerte, ihm war etwas eingefallen. »Mein Vater …« begann er und stockte.

»Ja?«

»Ich vermute, er hat beim Bundesnachrichtendienst gearbeitet und Kontakte zur Staatssicherheit gehabt.«

»Dann wird es von ihm auch eine Akte geben, falls sie nicht während der Wendezeit vernichtet wurde. Er kann sie hier anfordern.«

»Mein Vater lebt nicht mehr.«

»Dann können Sie Akteneinsicht beantragen.« Sie hob entschuldigend die Hände. »Das dauert aber länger, weil Sie erst Ihr berechtigtes Interesse nachweisen müssen. Ihre eigene Akte, die können Sie problemlos anfordern.«

»Meine?« Selig lachte. »Da gibt es nichts. Ich war fünfzehn, als die Mauer fiel.«

Die Sachbearbeiterin blieb ernst. »Wenn Ihr Vater wirklich gegen die DDR spioniert hat und die Staatssicherheit das wusste, kann es gut sein, dass es auch über Sie eine Akte gibt. Das Ziel der Stasi war, die Schwachstellen der Menschen, auf die sie es abgesehen hatten, zu finden. Um sie zu manipulieren, zu erpressen, zu vernichten oder anzuwerben. Am besten gleich alles auf einmal.«

»Ich kann mich an nichts Derartiges erinnern.«

»Vielleicht gab es wirklich nichts.« Die Sachbearbeiterin holte ein Formular aus dem Schreibtisch und schob es Selig zu. »Überlegen Sie es sich.«

Selig starrte den Bogen an. Dann begann er damit, die Felder auf dem Antrag auszufüllen.

❄

Die Parkflächen vor dem Präsidium waren bis auf den letzten Platz gefüllt, auch im Präsidium selber war es voll und umtriebig, als wäre ein ganz normaler Wochentag und nicht der Beginn des Wochenendes. Der Polizeipräsident war dem Beispiel der meisten vom Hackerangriff betroffenen Behörden gefolgt und hatte den Samstag zum Sonderarbeitstag erklärt. Kaum jemand hatte gegen die Entscheidung protestiert, selbst Wagner war ohne Klage zum Dienst erschienen.

Maria saß auf der Kante ihres Schreibtisches, als Selig das Büro betrat. Sie hatte den Fernseher eingeschaltet und folgte gerade einem Bericht über Lasniks Festnahme. Kurz lächelte sie ihn an, bevor sie ihre Aufmerksamkeit wieder dem Bildschirm zuwandte.

Selig musterte sie verstohlen, als er zu seinem Schreibtisch ging und seine Winterjacke an den Haken hängte. Maria sah tadellos aus wie immer, heute mit einem knielangen, schmal geschnittenen Rock über hohen Stiefeln, dazu ein Shirt, das an den Ärmeln und am Kragen mit feinen Glitzersteinchen abgesetzt war. Selig irritierte das Funkeln, das ihren Hals und ihre Arme umspielte.

»Ist was?«

Marias Stimme riss ihn aus seinen Gedanken. Offenbar hatte er sie doch nicht so unauffällig beobachtet, wie er es gedacht hatte.

Selig schüttelte den Kopf. »Sie sehen nett aus«, sprach er aus, was er dachte, und spürte, wie er rot wurde.

Maria lächelte und warf einen schnellen Blick auf Wagner, der an seinem Schreibtisch saß und nichts mitbekommen hatte. Es war ein ungewohnter Anblick: Wagner arbeitete, gerade klickte er sich durch eine Webseite, blickte dabei konzentriert auf den Bildschirm.

Selig hatte sich an seinen Schreibtisch gesetzt. Ohne darüber nachzudenken, rückte er die Papiere und Stifte auf der Arbeitsfläche zurecht, bis sie gerade ausgerichtet entlang der Schreibtischkante lagen.

Maria beobachtete ihn amüsiert. »Na los, spucken Sie es aus. Was bewegt Sie?«

»Bitte?« Irritiert sah Selig auf. Für einen Moment wusste er nicht, worauf sie anspielte.

»Immer, wenn Sie Ihren Schreibtisch ordnen, dann brüten Sie etwas aus«, erläuterte Maria ihre Frage. »Wie wäre es, wenn Sie uns diesmal an Ihren Überlegungen teilhaben lassen? Wir ermitteln gemeinsam, da hilft es, auch gemeinsam nachzudenken.«

Selig nickte, erleichtert, dass sie den Fall meinte und nicht die private Äußerung, die ihm rausgerutscht war.

»Also?« Erwartungsvoll sah Maria ihn an.

»Es geht um Hanspeter Mechert«, begann Selig und stockte. Es war ungewohnt für ihn, einen Gedanken auszusprechen, den er noch nicht zu Ende gedacht hatte.

»Der Nachbar, der die Porzellanfigur aus der Wohnung des Mordopfers gestohlen hat«, ergänzte Maria auffordernd, darauf wartend, dass er weitersprach.

Selig nickte. »Der Untersuchungsrichter hat heute Morgen den Haftbefehl aufgehoben. Mechert ist draußen, ich habe ihn selber in Moabit abgeholt.«

»Und?«

»Ich frage mich, ob das ein Fehler war.«

»Dass Sie ihn abgeholt haben?«

Selig schüttelte den Kopf. »Dass er rausgelassen worden ist.«

Maria war erstaunt. »Sie haben doch selber gesagt, Sie glauben nicht, dass Mechert der Mörder ist.«

Selig nickte.

»Und die Beweise, die für Lasnik als Täter sprechen, sind eindeutig.«

Selig nickte erneut.

Maria runzelte die Stirn. »Dann verstehe ich nicht, worauf Sie hinauswollen.«

Hilflos hob Selig die Schultern. »Sie haben doch gesagt, ich solle meine Gedanken äußern«, verteidigte er sich. »Ich habe keine Antwort. Ich weiß ja noch nicht mal die Frage. Es ist nur ein Gefühl.«

Maria schwieg eine Weile nachdenklich. »Okay, denken wir Ihr Gefühl weiter.« Sie sah ihn an, ihr Blick war offen. »Egal, von welcher Seite wir schauen, es läuft alles bei einer Person zusammen. Bei Erhard Lasnik. Er steht im Zentrum von allem. Möglicherweise ist das unsere Frage.«

Selig verstand nicht, worauf sie hinauswollte.

»Warum alles bei ihm zusammenläuft. Vielleicht ist das die Frage, die Sie suchen. Warum erpresst das Mordopfer gerade ihn?«

»Winterberg könnte die Stasi-Informationen bei seinen Recherchen entdeckt haben. Und dann gezielt nach den Akten gesucht haben.« Er berichtete von seinem Besuch in der Stasi-Unterlagen-Behörde. »Die Frage ist, warum er das getan hat.«

Maria nickte nachdenklich. »Wenn Winterberg von Lasniks Vergangenheit schon länger wusste, warum hat er sie also gerade jetzt hervorgeholt? Genau zu dem Zeitpunkt, als Lasnik die Rechner der Bundesregierung retten soll.« Maria stand auf und ging im Raum umher. »Vielleicht müssen wir größer denken. Es geht um mehr als nur eine Erpressung.«

»Sie glauben, jemand will Lasnik fertigmachen, weil er diesen Computervirus bekämpft?« Selig sah skeptisch aus.

»Könnte doch sein.« Sie blieb stehen und sah Selig an. »Stellen wir uns für einen Moment vor, Sie sind Winterberg und wollen Lasnik wegen seiner Stasi-Vergangenheit erpressen. Sie bereiten alles vor und setzen ihn unter Druck. Was wäre Ihr Ziel?«

Selig überlegte kurz. »Von der Erpressung zu profitieren und dafür zu sorgen, dass mir selber nichts passiert.«

»Ganz genau. Und was tut Winterberg? Er hat nichts Besseres zu tun, als zu Ihnen zu laufen, um den Mord an sich anzukündigen. Warum?«

Selig sprach aus, was ihm schon mehrfach durch den Kopf gegangen war und was er immer wieder als unvorstellbar zur Seite geschoben hatte. »Ich hatte den Eindruck, als habe er mit seinem Schicksal abgeschlossen. So als würde er hinnehmen, dass er ermordet wird. Oder vielleicht sogar, als *wolle* er ermordet werden.«

Maria zog die Augenbrauen zusammen. »Warum sollte jemand so etwas tun? Wenn ich sterben will, gibt es einfachere Wege, als darauf zu warten, umgebracht zu werden.«

Wagner hatte seine Arbeit unterbrochen und war ihrem Gespräch gefolgt, jetzt mischte er sich ein. »Vielleicht überlegt ihr an der falschen Stelle, und es geht gar nicht um Jacob Winterberg. Sondern um eine dritte Person, die wir nicht kennen. Die hinter allem steckt. Diejenige, die uns das Paket geschickt hat.«

»Und wer sollte das sein? Es muss doch ein Motiv geben.« Ärgerlich stand Selig auf. »So kommen wir nicht weiter. Wir wissen, was geschehen ist, vermutlich kennen wir sogar alle Beteiligten, aber warum jeder Einzelne so handelt oder gehandelt hat, wissen wir nicht. Ich weiß ja noch nicht einmal, warum mir Winterberg dieses Foto gegeben hat.«

»Ach ja, das Foto.« Wagner kramte in seinen Unterlagen, ihm war etwas eingefallen. Er holte die beiden Bilder hervor, die Selig und seine Schwester mit ihrem Vater zeigten. »Ich hab was rausgekriegt. Hier, auf diesem hier. Sehen Sie selbst.« Er reichte ihm das Foto, das Selig von Winterberg erhalten hatte.

Selig starrte auf das Bild. Er konnte nicht erkennen, was Wagner meinte.

Wagner klickte mit der Maus ein Fenster auf seinem Computerbildschirm an. Ein Scan des Bildes, das Selig in der Hand hielt, tauchte auf dem Monitor auf. »Hier, jetzt können Sie es gut erkennen. Die Spiegelung in der Scheibe.« Wagner wies auf einen Schatten im Fenster der Raststätte, der Selig zuvor nicht aufgefallen war.

»Was ist das?« Selig beugte sich vor und starrte auf das Foto.

»Das ist der Fotograf, er spiegelt sich im Glas.« Wagner vergrößerte die Aufnahme, bis der Schatten auf der Scheibe den Monitor fast vollständig ausfüllte.

»Aber man kann nicht erkennen, wer das ist.«

»Noch nicht!« Wagner grinste selbstzufrieden. »Ich habe ein bisschen getrickst. Den Kontrast erhöht, ein paar Filter ausprobiert. Das ist dabei herausgekommen.« Er schaltete auf ein anderes Fenster um und lehnte sich zurück. Erwartungsvoll sah er zu Selig hoch.

Fassungslos starrte Selig das Gesicht auf dem Monitor an. Es war halb verdeckt von der Kamera, die der Fotograf in der Hand hielt, doch die Schattenlinien fügten sich zu einer Person, die alle im Raum kannten.

Selig sagte kein Wort.

Dann griff er sich seine Jacke und verließ den Raum.

❄

Das Stimmengemurmel der Häftlinge brandete in Wellen heran, es strömte aus den Gängen in die kreisrunde Halle hinein, brach sich und lief die Wände hinauf, bis es hoch oben von der gewaltigen Kuppel zurückgeworfen wurde. Hier im Zentrum des Moabiter Gefängnisses trafen die fünf Gänge des sternförmigen Gebäudes aufeinander, und mit ihnen der Schall, der sich unter dem gewölbten Dach zu einem nervösen Klangbrei mischte.

Um den vor dem Haupttor wartenden Reportern aus dem Weg zu gehen, hatte Selig seinen Wagen am Kriminalgericht geparkt und von dort aus den Verbindungsgang zur Justizvollzugsanstalt genommen. Der Beamte hatte ihn schon am Eingang erwartet, seinen Dienstausweis studiert und nach seiner Dienstwaffe gefragt, jetzt führte er ihn die Galerie entlang.

»Das hier ist besser als jede Wettervorhersage.« Der bärtige JVA-Beamte wies mit seinem Schlüssel hinauf zur Kuppel. »Ich kann hören, ob's schön wird oder ob das Wetter umschlägt.« Denn die Gefangenen, ergänzte der Bärtige, spürten jede Wetteränderung genau, ohne sich dessen bewusst zu sein. »Je unruhiger der Klang, desto krasser der Wetterwechsel.« Er lächelte. »Besser, Sie ziehen sich warm an. Es wird kalt werden.«

Selig nickte nur.

Wie immer, wenn er hier war, bedrückte ihn das alte Gemäuer: Es atmete noch immer den Geist der Vergangenheit, einer Zeit, in der Gefangene diszipliniert wurden. Die Bauherren des Königlichen Untersuchungsgefängnisses hatten den Zweck des Gebäudes in Architektur gegossen und mit der panoptischen Anordnung der Gänge ein effektives Überwachungsinstrument geschaffen. Später nutzten die Nationalsozialisten den Bau, um hier Regimegegner zu inhaftieren. Selig hatte das Gefühl, dass die Ideen und Gedanken jener Zeit in den Mauern gespeichert waren, selbst wenn sich der Strafvollzug seit dem 19. und 20. Jahrhundert deutlich verändert hatte.

»Hier entlang, bitte.«

Sie betraten einen der Seitenflügel und gingen den Gang hinunter. In einem abgetrennten Trakt waren die Untersuchungshäftlinge untergebracht. Kurz öffnete der Beamte die Klappe vor dem Sichtfenster einer der Zellen und blickte in das Innere, dann steckte er den Schlüssel ins Schloss, entriegelte es und zog die Tür auf.

Erhard Lasnik saß auf dem Bett, er trug denselben Anzug, in dem er festgenommen worden war. Eine ungeöffnete Reisetasche stand auf dem Boden.

Lasnik sah auf. »Ah, Herr Kommissar.« Er musterte Selig verächtlich. »Was wollen Sie? Sich an Ihrem Erfolg laben?«

Selig bedeutete dem Beamten, sie allein zu lassen. Der Bärtige verließ die Zelle und schloss hinter sich die Tür.

Lasnik musterte Selig misstrauisch. »Ihre Kollegen haben

mich schon ausgiebig befragt. Haben Sie die Protokolle gelesen?«

Selig nickte.

»Dann wissen Sie, dass ich es nicht war.«

»Die Kollegen von der Spurensicherung sind anderer Meinung.«

»Man hat mir eine Falle gestellt! Ich war nicht am Tatort.« Lasnik war erbost. Seine Stimme zitterte.

Selig sah Lasnik ohne Mitleid an. »Haben Sie das nicht früher auch getan?«

»Was?«

»Menschen eine Falle gestellt? Und sie dann weggesperrt?«

Lasnik antwortete nicht.

Selig zog den Stuhl heran und setzte sich neben die Pritsche. Dann holte er das Bild hervor, das Jacob Winterberg ihm gegeben hatte. »Kennen Sie dieses Foto?«

»Muss ich das?« Lasnik warf einen flüchtigen Blick auf die Aufnahme.

»Ich denke schon. Sie haben das Bild gemacht.«

»Tatsächlich?« Lasnik nahm das Bild und betrachtete es genauer, als sähe er es zum ersten Mal. »Wer sagt das? Merl?«

Selig horchte auf. »Wer soll das gesagt haben?«

»Also nicht.« Lasnik gab Selig das Bild zurück. »Tut mir leid, ich kann Ihnen nicht helfen.«

Selig betrachtete das Foto einen Moment. »Das bin ich, gemeinsam mit meiner Schwester. Ein Ausflug mit meinem Vater.«

»Wie nett. Ein Familienidyll.« Lasniks Stimme triefte vor Spott.

»Eher nicht. Und das wissen Sie.« Selig wies auf die Spiegelung im Glas der Scheibe. »Das sind Sie. Hier am Bildrand. Sie haben sich selbst fotografiert, ohne es zu merken.«

Lasnik setzte sich auf und betrachtete das Bild genau. »Kompliment, Kommissar. Das habe ich übersehen.« In seinem Blick lag Anerkennung.

»Sie waren es also.«

»Und? Ist das wichtig?«

»Warum haben Sie mir das nicht gesagt, als ich bei Ihnen war? Sie kannten mich.«

»Ja, aus einem anderen Leben. Spielt das eine Rolle?«

»Das würde ich gerne von Ihnen wissen. Warum haben Sie dieses Foto gemacht? Was ist damals passiert?«

»Glauben Sie wirklich, das weiß ich noch? Das ist über dreißig Jahre her.«

Lasnik warf das Foto auf die Pritsche. »Eine Verabredung mit Ihrem Vater, was weiß ich.«

»Ein Stasi-Offizier trifft einen Agenten des Bundesnachrichtendienstes. Warum?«

»Hören Sie, ich habe keine Ahnung, wieso dieses Foto entstanden ist. Und es interessiert mich auch nicht.«

»Das sollte es aber.« Selig nahm das Foto. »Jacob Winterberg hat mir die Aufnahme gegeben. Am Tag, als er ermordet wurde.«

Lasnik merkte auf. »Dieser Winterberg hatte das Foto?«

Selig nickte. »Er gab es mir, als er ankündigte, Sie würden ihn ermorden.«

Die Stirn gerunzelt, starrte Lasnik Selig an. Dann begann er zu lachen. »Sie verarschen mich.«

»Nein.«

»Ich kenne diesen Winterberg nicht! Und ich habe ihn auch nicht umgebracht! Keine Ahnung, wie er an dieses Foto gekommen ist.«

»Er hat Sie erpresst.«

»Blödsinn. Ich bin ihm nie begegnet.«

»Aber Sie haben mit ihm telefoniert. Die Kollegen haben das geprüft.«

»Was gab es da zu prüfen? Die Verbindungsdaten? Ich weiß von keinem Anruf. Vermutlich hat Winterberg meinen Anrufbeantworter mit irgendwelchem Blödsinn vollgequatscht.«

»Und wo ist dieser Anruf?«

»So etwas lösche ich sofort.«

»Trotzdem kreuzt Winterberg bei mir auf und kündigt Sie als seinen Mörder an.«

»Ich habe ihn nicht umgebracht!« Lasnik war aufgesprungen, er brüllte Selig an, empört und verzweifelt zugleich.

Das Sichtfenster in der Tür öffnete sich, der Justizvollzugsbeamte blickte herein. Selig winkte beruhigend. »Es ist alles in Ordnung.«

Die Klappe schloss sich wieder.

Selig betrachtete Lasnik nachdenklich. »Es gibt eine Verbindung zwischen Ihnen und Jacob Winterberg. Und es gibt eine zwischen Ihnen und meinem Vater. Erzählen Sie mir, was Sie wissen, dann werde ich herausbekommen, was wirklich passiert ist.«

Lasnik betrachtete Selig lauernd. Langsam schüttelte er den Kopf. »So läuft das nicht.« Er griff nach dem Foto und warf einen langen Blick darauf, bevor er aufschaute. »Holen Sie mich hier raus. Dann verrate ich Ihnen, was damals geschehen ist.«

24

Nachdenklich stand Selig vor dem geschlossenen Tor und wartete darauf, dass sich die Stahlwand vor ihm zur Seite bewegte. In Gedanken noch bei seiner Begegnung mit Lasnik, war er zum Haupttor der Justizvollzugsanstalt gegangen, anstatt den Umweg durch das Kriminalgericht zu nehmen. Er hatte vergessen, dass vor dem Eingang Reporter und Fotografen warteten – die Presse war angeheizt durch das Gerücht, dass der unter Mordverdacht verhaftete Berater der Bundesregierung in ein anderes Gefängnis verlegt werden sollte.

Ein kurzes Tonsignal ertönte, dann öffnete sich ruckelnd das Tor vor der Einfahrt. Selig trat durch den Spalt hinaus auf den Vorplatz und sah sich einer Reihe von Kameraobjektiven gegenüber. Er zögerte einen Augenblick zu lange, bevor er sich umdrehte: Das Tor hinter ihm hatte sich schon zu weit geschlossen, als dass er noch zurück durch die Öffnung huschen konnte.

Der erste der Reporter hatte ihn entdeckt und sprang auf. »Kommissar Selig, ein Statement, bitte. Wieso verpflichtet die Bundesregierung einen Mörder als Berater?«

Ein zweiter Reporter sprang auf ihn zu und hielt Selig ein Aufnahmegerät vor den Mund, während er eine Frage brüllte, die Selig nicht verstand. Kameras klickten, Blitzlichter flackerten auf, jetzt waren alle Objektive auf ihn gerichtet, alle Reporter riefen durcheinander. Selig hob abwehrend die Hand, ohne auch nur eine der Fragen zu beantworten, und drängte sich zwischen den ihn bestürmenden Männern und Frauen hindurch. Der Tross eilte ihm nach wie ein Schwarm Bienen, der ein Opfer verfolgt. Selbst als Selig in seinen Wagen gestiegen war, ließen einige der Reporter nicht locker und riefen ihm durch die geschlossene Scheibe ihre Fragen zu. Andere rannten zurück zum Haupteingang, um in ihre Fahrzeuge zu steigen.

Hastig startete Selig den Motor und fuhr los. Mehrere Wagen schossen vom Parkplatz vor dem Hauptgebäude und setzten ihm nach, dazu ein Motorrad, das schnell herangerast kam. Die Maschine war mit zwei Personen besetzt: Während der Fahrer das Gefährt neben Seligs Wagen lenkte, hielt sein Sozius eine Kamera auf den Kommissar gerichtet. Geblendet vom Licht des aufgesetzten Scheinwerfers, kniff Selig die Augen zusammen; er riss das Steuer zur Seite, wechselte die Spur. Bremsen quietschten, Reifen schlitterten über den Asphalt, gefolgt von einem Hupen, offenbar hatte er einen neben ihm fahrenden Wagen abgedrängt.

Selig sah nicht zurück, sondern beschleunigte und bog in die Straße zum Tiergartentunnel ein. Der Tross folgte ihm, allen voran das Motorrad. Mit erhöhter Geschwindigkeit schossen sie auf den Tunneleingang zu. Seligs Wagen schlingerte, als er über eine Unebenheit im Asphalt fuhr, das Heck brach aus, doch es gelang ihm, das Fahrzeug unter seiner Kontrolle zu halten. Gemeinsam rasten sie in den Tunnel hinein. Die Wände warfen den Schall der Motoren zurück, das Heulen des Motorrades, das an seiner Stoßstange zu kleben schien, war lauter als zuvor.

Selig holte tief Luft und lockerte den Griff seiner Hände, die das Lenkrad fest umklammert hatten. Was tat er hier? Er war Polizist. Er war der Jäger und nicht der Gejagte. Selig ärgerte sich über sich selbst. Wieder einmal hatten ihm andere ihre Spielregeln aufgedrängt, und er hatte sie akzeptiert, ohne darüber nachzudenken, was er selber wollte. Und das, was er gerade tat, wollte er nicht.

Behutsam, um keinen Auffahrunfall zu provozieren, verlangsamte er das Tempo, bis seine Geschwindigkeit im erlaubten Rahmen war. Er ignorierte das Motorrad, das neben ihm auf der Überholspur fuhr, und verließ den Tunnel auf der anderen Seite, um sich am Ende der Ausfahrt an der Ampel vor dem Landwehrkanal auf der Abbiegespur einzuordnen. Der Tross fuhr ihm nach, allen voran das Motorrad, der Fahrer hatte sich direkt hinter ihm in eine winzige Lücke gequetscht.

Selig ließ den Wagen ausrollen und stoppte trotz des grünen Ampellichts an der Haltelinie. Dann stieg er aus und ging zurück zu dem Motorradfahrer, der so wie die anderen Reporter hinter ihm gehalten hatte und ihn nun erwartungsvoll ansah.

Selig wies auf die Objektive über der Tunnelausfahrt hinter ihnen, sie waren auf die Fahrbahn ausgerichtet. »Das dort sind Kameras. Die haben Sie und Ihr Motorradkennzeichen gefilmt. Und dort«, Selig wandte sich um und wies zur Kreuzung vor ihnen, »steht eine Ampel. Wenn Sie die Idee haben sollten, die Kreuzung bei Rot zu überfahren, dann wird das nicht nur teuer, sondern ich verspreche Ihnen, dass jeder davon erfahren wird. Zuallererst Ihr Chef. Und dann Ihre Konkurrenz. Also überlegen Sie sich genau, was Sie tun.«

Der Motorradfahrer sah ihn verwirrt an und warf einen Blick auf seinen Sozius, der die Kamera gesenkt hatte. Niemand entgegnete etwas, auch nicht die Reporter aus den nachfolgenden Wagen, die ausgestiegen waren, um Seligs Worte verstehen zu können.

Selig lächelte kurz in die Runde, dann stieg er ein, holte das mobile Blaulicht hervor und stellte es auf sein Dach. Die Ampel war zwischenzeitlich auf Rot umgesprungen. Selig schaltete das Blaulicht ein und ließ kurz die Sirene aufheulen, der Verkehr vor ihm stockte, eine Lücke tat sich auf. Ruhig steuerte er seinen Wagen über die Stopplinie auf die Kreuzung und bog ab, um am Landwehrkanal entlang davonzufahren.

Sprachlos starrten ihm die Reporter nach.

❄

Haussner stand an seinem Schreibtisch, als Selig das Labor betrat, er las einen Bericht und hantierte leise fluchend mit dem Thermopapier, das sich wieder und wieder zwischen seinen Fingern aufrollte. Seine Abteilung hatte als Ersatz für die ausgefallenen Computer alte Thermofaxgeräte aus dem Keller holen lassen, um die Kommunikation zwischen den einzelnen Abteilungen des LKA notdürftig aufrechtzuerhalten. Man hatte sogar noch einige Kartons mit Faxpapier-Rollen gefunden.

Als die Tür quietschte, sah Haussner auf. Ungehalten wedelte er mit den knisternden Papierbögen in seiner Hand. »Was habe ich gejubelt, als wir das erste Faxgerät im Büro stehen hatten, kurz nach der Wende. Und einen kleinen Moment später nervt es mich, dass ich den Obduktionsbericht hier auf diesem bescheuerten Papier lesen muss anstatt auf meinem Computer.«

»Dein kleiner Moment hat fast dreißig Jahre gedauert.«

»Echt?« Für einen Augenblick schien Haussner ehrlich überrascht. »Kommt mir gar nicht so lange vor.« Er rechnete kurz. »Ist doch verrückt. Als die Mauer fiel, war ich so alt wie unsere Kommissaranwärter heute. Und die haben die DDR noch nicht mal als Embryo erlebt.« Fluchend versuchte er die sich aufrollenden Bögen glatt zu streichen und holte schließlich, als der Versuch vergeblich war, eine Reihe von Klarsichtmappen hervor, um sie als stabile Hüllen für die einzelnen Blätter zu nutzen.

»Ist das der Obduktionsbericht von Jacob Winterberg?« Selig griff nach der obersten der Mappen, als er sah, dass Haussner nickte.

»Es ist alles so, wie du es vermutet hast«, begann Haussner. »Tiefe Stichwunde, gerade Schnittränder, perfekt angesetzt. Die Schneide hat exakt die Arterie durchtrennt. Tod durch Blutverlust, innerhalb von Minuten. Das meiste Blut ist in den Bauchraum geflossen.« Haussner reichte Selig ein weiteres Blatt. »Der Kollege schreibt, die Wunde passt exakt zu der Waffe, die ihr bekommen habt.«

Selig starrte ratlos auf die grau-schwarzen Rechtecke, die das Faxgerät anstelle der einst farbigen Bilder ausgegeben hatte. »Dann glaubst du also auch, dass Lasnik der Täter ist?«

»Ja, klar. Passt doch alles zusammen. Warum fragst du das?«

Selig schüttelte den Kopf, ohne zu antworten. »Sonst noch etwas?«

»Vielleicht. Keine Ahnung, ob das wichtig ist.« Haussner suchte in den Mappen nach dem richtigen Berichtsbogen. »Hier.« Er hatte die Hülle gefunden und reichte sie Selig. »Winterberg war krebskrank. Darm, im Endstadium. Er hatte nicht mehr lange, schreibt der Kollege, vielleicht ein paar Wochen.«

»Das ist alles?«

»Er stand unter Morphium. Er hat von dem Stich nicht viel gespürt. Und auch nichts von seinem Tod. Ein tröstlicher Gedanke.«

Selig nickte nachdenklich.

Haussner musterte Selig forschend. »Warum habe ich nur das Gefühl, du wünschst dir, dass Lasnik nicht der Täter ist?«

Selig schwieg.

»Ich habe«, setzte Haussner nach, »es dir schon einmal gesagt. Lasnik ist ein Schwein. Skrupellos, ohne Rücksicht. Es trifft nicht den Falschen.«

»Für mich schon.«

Ohne Haussner seine Antwort zu erklären, wandte sich Selig der Tür zu. Ihm fiel noch etwas ein. »Kennst du einen Kollegen, der Merl heißt?«

Haussner runzelte die Stirn. »Bei uns im LKA?«

»Ich weiß nicht, wo er heute arbeitet. Vielleicht ist er auch beim Bundesnachrichtendienst. Er hatte mit meinem Vater zu tun. Alexander Merl.«

Haussner starrte Selig einen Moment an. »Alexander Merl?« Er begann zu lachen. »Weißt du, auf welchem Posten der heute sitzt?«

Selig schüttelte den Kopf.

Haussner sagte es ihm.

❄

Alexander Merl, Geheimdienstkoordinator der Bundesregierung, saß an seinem Schreibtisch und sah stirnrunzelnd die Akte durch, die vor ihm auf der Arbeitsfläche lag. Das Leben von Hauptkommissar Paul Selig blätterte sich vor ihm auf, die gesammelten Informationen waren umfangreich und wurden umso detailreicher, je jünger die Daten waren. Obwohl Merl nur noch wenige Arbeitsjahre bis zu seiner Pensionsgrenze blieben und sein Arbeitsleben als Verwaltungsbeamter in einer computerlosen Zeit begonnen hatte, empfand er es inzwischen als befremdlich, Papier in seinen Händen zu halten. Er hatte in den vergangenen Jahren zu schätzen gelernt, alle Informationen und Dokumente elektronisch zu bekommen und sie mit den Hilfsmitteln seiner Computerprogramme durchzusehen. Ein Schlagwort, gut ausgesucht, ergab

Treffer in Dokumenten, in denen er niemals recherchiert hätte. Jetzt, ohne die Unterstützung des virenverseuchten Zentralservers, blätterte er ein wenig hilflos durch die Protokolle, Listen, Berichte und Dokumente, die ihm in der autarken Überwachungszentrale ausgedruckt und per Boten gebracht worden waren. Er hatte, wurde ihm bewusst, das Gespür des erfahrenen Jägers verloren, der witterte, wo sich das Wild verbarg.

Merl seufzte. Als er vor fünfunddreißig Jahren vom Bundesnachrichtendienst abgeworben und als Sachbearbeiter eingestellt worden war, hatte es zum Grundwissen eines jeden Mitarbeiters gehört, Berichte und Akten zu lesen und sie auszuwerten. Die Kunst war, Wichtiges von Unwichtigem zu unterscheiden und aus den gefundenen Einzelteilen ein schlüssiges Bild zusammenzusetzen. Das ging heute leichter, sehr viel leichter, Merl hatte, während er die Karriereleiter emporstieg, stets den technischen Fortschritt in seinen Abteilungen unterstützt. Doch die Computer hatten auch dafür gesorgt, dass sie unselbstständig geworden waren. Bei seinen jungen Mitarbeitern, die seit frühester Kindheit mit dem Internet lebten, war es noch schlimmer, hatte er die vergangenen Tage feststellen müssen: Ohne Unterstützung des Zentralrechners waren einige von ihnen nicht einmal in der Lage, in einer Systematik eine Akte zu finden oder auch nur einen Begriff aus einem Lexikon herauszusuchen.

Es klopfte leise, sein Assistent öffnete die Tür und streckte den Kopf herein. »Herr Merl? Ich weiß nicht, ob es wichtig ist, aber dieser Kommissar Selig hat gerade angerufen.«

Merl schaute von seiner Akte auf. »Was wollte er?«

»Einen Termin mit Ihnen.«

»Und? Was haben Sie gesagt?«

»Was ich immer sage. Dass Ihr Terminkalender voll ist und

er sich mit seiner Frage an die Fachabteilungen richten soll. Er hat aber darauf bestanden, Sie persönlich zu sprechen. Es sei privat.«

Merl schwieg. Nachdenklich betrachtete er das Foto in seiner Hand. Es zeigte Selig bei einer Pressekonferenz anlässlich der Brandkatastrophe in Kreuzberg, bei der zwölf Menschen getötet worden waren. Selig sah hilflos auf dem Foto aus und wirkte nicht wie jemand, der bald darauf die Brandstifter und Mörder enttarnen und die Sicherheitsgesetze der Bundesregierung zu Fall bringen würde.

Sein Assistent räusperte sich. »Was soll ich dem Kommissar sagen, wenn er sich wieder meldet?«

Merl schaute auf. »Ich habe keine Zeit, ihn zu treffen. Vertrösten Sie ihn. Aber geben Sie ihm keinen Termin.«

Der Assistent nickte und schloss leise die Tür.

Ohne auch nur eine Zeile zu lesen, starrte Merl auf die Dokumente, die vor ihm lagen. Er griff nach einem Foto, das er zur Seite gelegt hatte: Selig mit seiner Schwester als vielleicht Zehnjährige. Die beiden standen irgendwo auf einer Raststätte an der Transitstrecke zwischen Helmstedt und Berlin, ihren Vater neben sich.

Merl betrachtete das Bild einen Moment. Dann öffnete er seinen Schreibtisch, legte es in eines der Fächer und verschloss die Tür wieder sorgfältig.

25

Nach vorn gebeugt saß Kanzleramtsminister Lars Steiner auf der Kante seines Schreibtischsessels und lauschte konzentriert den Worten der jungen Frau, die zu ihm gekommen war. Natalie Brandt, die IT-Forensikerin des festgenommenen Erhard Lasnik, hatte um ein Gespräch gebeten, und er war der Bitte nachgekommen, gespannt darauf, was eine enge Mitarbeiterin des Verhafteten ihm in dieser Situation Dringendes zu sagen hatte.

Zu seiner Überraschung wollte sie nicht über ihren Chef reden. Steiner hatte erwartet, dass sie sich für seine Freilassung einsetzen würde. Stattdessen sprach sie über ihre Arbeit, und was sie sagte, war dermaßen spannend, dass ihre offensive Kleidung, die anfangs auch seine Blicke eingefangen und auf ihre äußeren Reize gelenkt hatte, keine Rolle mehr spielte. Vor ihm saß eine Fachfrau, die wusste, wovon sie sprach. Alles andere war unwichtig geworden.

»Das Programm, das die Hacker geschrieben haben, ist weit entwickelt«, schloss Natalie Brandt ihren Bericht. »Ich kenne nicht die Entwicklerstunden, die in den Programmzeilen stecken, aber das ist keine Version 1.0. Ich habe es mehrfach mit dem Virus getestet und auch einige andere der uns schon bekannten Viren darauf angesetzt. Es wirkt. Dass sich der Virus auf dem Rechner von Kommissar Selig nicht einnisten konnte, war kein Zufall.«

»Und das heißt?«

»Dass wir das Programm einsetzen können. Und zwar sofort.«

»Und Sie sind sich sicher, dass der Virus aus Russland kommt?«

»Eindeutig. Ich habe die Datensätze analysiert. Die Codebase ist von Pawn Storm.«

»Dieser russischen Hackergruppe?«

Natalie nickte. »Niemand zweifelt ernsthaft daran, dass Pawn Storm gleichbedeutend mit der russischen Regierung ist. Der Auftrag, Sie zu bespitzeln, kommt also von ganz oben.«

Steiner stand auf und ging zum Konferenztisch, um sich aus der dort stehenden Kanne eine Tasse Tee einzuschenken. Nachdenklich trank er einen Schluck.

Dass der Virus im Auftrag Russlands geschrieben und auf sie angesetzt worden war, bestätigte seine schlimmsten Befürchtungen. Jetzt galt es, schnell zu handeln. Der Gedanke, mit dem Programm, das die Berliner Hacker geschrieben hatten, die betroffenen Rechner auf der Stelle von den Viren zu befreien und schützen zu können, war verlockend.

Oder war es besser, auf Lasnik zu setzen?

Lasnik hatte betont, dass sie die Rechner bald sichern könnten, sich aber auf keinen Termin festgelegt. Sie würden Tage, vielleicht auch Wochen warten müssen, während gleichzeitig die Verwaltung der Bundesregierung faktisch lahmgelegt war.

Das Programm der Hacker aus Berlin hingegen war einsatzbereit.

Er drehte sich um, sah Natalie an. »Wer garantiert uns, dass wir uns keinen Kuckuck ins Nest setzen? Das Programm könnte nicht nur den Virus abwehren, sondern auch noch anderes tun. Zum Beispiel unsere Rechner zerstören.«

Natalie Brandt schüttelte den Kopf. »Ich bin dabei, den Programmcode durchzusehen. Das sieht alles sauber aus. Und außerdem wär es nicht logisch.«

»Wieso?«

»Die Hacker haben die Abwehrcodes für sich selbst geschrieben und für Widerstandsgruppen, die gegen diktatorische Regierungen kämpfen. Warum sollte das Programm mehr tun als das, was es soll?«

Steiner trank nachdenklich einen Schluck aus seiner Tasse, während er eine Entscheidung traf. »Ich spreche mit der Bundeskanzlerin. Wie viel will die Gruppe für das Programm haben?«

»Fragen Sie nicht wie viel, sondern was.«

Steiner runzelte die Stirn. »Was heißt das? Sie wollen kein Geld?«

»Sie stellen Forderungen.« Natalie reichte dem Kanzleramtsminister einen Zettel, den sie aus ihrer Handtasche geholt hatte. Steiner warf einen Blick darauf und las. Langsam schüttelte er den Kopf. »Unmöglich.«

»Einige der Punkte sind sicher verhandelbar. Denken Sie daran, was für die Regierung auf dem Spiel steht.«

Steiner sah gereizt auf. »Das müssen Sie mir nicht sagen.«

»Entschuldigung. Ich hatte den Eindruck, dass der Hinweis hier wichtig ist.«

Einen Moment lang war es im Raum still.

»Gut«, sagte Steiner schließlich, »ich rede mit der Kanzlerin. Sie arbeiten weiter. Bitte kein Wort zu irgendjemandem. Wenn wir einen Deal eingehen, um das Programm einzusetzen, darf das niemand erfahren.«

Natalie Brandt nickte.

❄

Selig hatte das Landeskriminalamt durch den Haupteingang verlassen, nun stand er unter dem weit ausladenden Vordach, als wäre er ein Hotelgast auf Berlinbesuch, und blinzelte zögernd in das Winterlicht. Wie jeden Tag quälte sich der Verkehr über den Tempelhofer Damm, qualmende Rostlauben rangen mit Elektro-Kleinwagen und protzigen SUVs um den schönsten Platz vor der roten Ampel. Von Zeit zu Zeit brach die Sonne durch die Wolkendecke und ließ die hochglanzpolierten unter den rollenden Statussymbolen aufblitzen.

Seligs Aufmerksamkeit galt nicht den fahrenden Feinstaubschleudern, sondern den Journalisten auf dem Parkplatz gegenüber: Fotografen belagerten den Haupteingang des Polizeipräsidiums am Platz der Luftbrücke, auch am Nebeneingang sah er zwei Videoreporter stehen. Sie warteten auf ihn, wusste Selig, die auf Neuigkeiten hoffenden Reporter träumten von einem Scoop im hart umkämpften Berliner Pressemarkt. Er hatte nicht vor, ihren Hunger nach Neuigkeiten zu stillen.

Selig schlug den Kragen seiner Jacke hoch und ging die Straße Richtung Süden hinauf, zum Hintereingang des Präsidiums in einem schmutzig braunen, zu einem gigantischen A geformten Gebäudekomplex, der sich an das Hauptportal des ehemaligen Flughafens Tempelhof schmiegte. Er würde sich durch den Lieferanteneingang in das Gebäude schleichen – Selig hoffte, keiner der Nachrichtenjäger war pfiffig genug, dort auf ihn zu warten.

Eine Bewegung ließ ihn aufmerken, direkt über ihm am Rand seines Blickfeldes. Selig hob den Kopf. Zunächst entdeckte er nichts, das ungewöhnlich war. Ein Schwarm Tauben kreiste über der Straße und landete unter den nackten Baumgerippen auf dem Grünstreifen zwischen den beiden Fahrbahnen. Dann sah er sie: Eine Drohne schwebte nahe der Hauswand, das winzige Fluggerät drückte sich in den Schatten der Fassade. Selig hätte es nicht entdeckt, wäre ihm nicht bewusst gewesen, wonach er Ausschau halten musste.

Offenbar wurde er noch immer überwacht.

Warum hatten sie ihn weiter im Visier? Die Hacker, nach denen sie bei ihm in der Villa gefahndet hatten, waren längst dabei, mit der Bundesregierung über ihr Abwehrprogramm zu verhandeln. Es war überflüssig geworden, alles zu filmen, was er tat.

Er stutzte bei dem Gedanken, ihm kam eine Idee. Vielleicht, dachte er, wäre es interessant, sich die Aufnahmen einmal anzusehen.

Eilig überquerte Selig die Straße und lief an der Rückseite des Gebäudes entlang, bis er die Durchfahrt für die Lieferwagen erreichte. Ungehindert betrat Selig das Präsidium.

Als er die Bürotür öffnete, stand Maria hinter Wagner und blickte mit ihm auf den Bildschirm seines Computers. Wagner klickte sich konzentriert durch die Nachrichten, die bei ihm eingegangen waren. Die IT-Abteilung hatte inzwischen alle Rechner wieder freigegeben und an das Internet angeschlossen.

Maria freute sich, Selig zu sehen. »Und? Was hat Lasnik gesagt?«

Selig winkte ab, während er seine Jacke aufhängte. »Später. Gibt's was Neues?«

»Ja.« Maria angelte einen Berichtsbogen von ihrem Schreibtisch. »Der DNA-Schnelltest ist durch. Auf der Mordwaffe konnte sowohl die DNA vom Opfer als auch die vom Täter nachgewiesen werden.«

»Von Lasnik?«, fragte Selig nach.

»Von wem sonst?«, antwortete Maria, erstaunt über die Frage. »Es war definitiv seine DNA.«

»Lasnik behauptet, er sei zur Tatzeit in Zürich gewesen«, erinnerte Selig sie.

»Sie glauben ihm doch nicht, oder?«

»Was wir glauben, das will niemand hören. Wir brauchen Beweise. Also?«

»Wo Lasnik zur Tatzeit war, wissen wir noch nicht.« Maria nahm einen Block von ihrem Schreibtisch und schlug ihn auf. »Er ist nach Zürich geflogen, das ist sicher. Und wir wissen auch, wann er den Mietwagen am Flughafen übernommen hat. Die Zeit hätte ausgereicht, um wieder nach Berlin zu kommen. Sein Alibi ist wackelig.«

»Es würde kippen, wenn wir beweisen könnten, dass er zur Tatzeit in Berlin war.«

Maria tippte auf einen Stichpunkt, den sie notiert hatte. »Wagner hat bei den Polizeikollegen in Bayern, Thüringen, Sachsen-Anhalt und Brandenburg angefragt, ob Lasnik bei seiner Autofahrt von München nach Berlin auffällig gewesen ist. Bisher keine Ergebnisse. Dann sind wir dabei, mit den Ordnungsämtern aller Städte und Landkreise Kontakt aufzunehmen, vielleicht ist Lasnik bei seiner Fahrt irgendwo geblitzt worden. Außerdem habe ich bei der Mietwagenfirma nachgefragt, wann er sein Auto in Berlin abgegeben hat. Ich warte jeden Moment auf die Nachricht.«

»Was ist mit dem Mautsystem?«

Maria schüttelte den Kopf. »Unser Antrag auf Kennzeichen-Recherche hat nichts gebracht, die Mautbrücken waren ausgeschaltet, offiziell wegen Wartungsarbeiten. Aber man hat mir unter der Hand erzählt, dass das System komplett zusammengebrochen ist. Da läuft schon seit Wochen nichts mehr. Die totale Fehlplanung, kostet uns Millionen.«

Selig seufzte. »Gut. Danke.« Er wandte sich ab, setzte sich, starrte ins Leere. Eine Weile war es still im Raum.

Selig bemerkte nicht, dass Maria ihn forschend musterte. »Was ist passiert?«

»Bitte?« Selig sah irritiert auf.

»Geht es Ihnen gut?«

»Wieso fragen Sie das?«

»Vielleicht, weil es mich interessiert.«

»Was soll sein? Es ist alles in Ordnung.«

»Und genau das glaube ich Ihnen nicht.« Ungehalten warf Maria den Block auf ihren Schreibtisch, genervt von der offensichtlichen Lüge. »Sagen Sie Bescheid, wenn Sie mich brauchen.« Ohne ein weiteres Wort setzte sie sich an ihren Computer.

Selig schwieg nachdenklich.

Noch immer fiel es ihm schwer, sich ihr zu öffnen, auch wenn Maria ihm inzwischen vertraut war und er ihr vertraute. Doch die Jahre, in denen er jedes Problem und jeden tiefer gehenden Gedanken mit sich allein ausgemacht hatte, ließen sich nicht einfach abstreifen.

Es war einfacher, wurde Selig klar, zu behaupten, man brauche keine Hilfe, als sich helfen zu lassen.

»Okay.« Er gab sich einen Ruck. »Was ich mich frage: Ist es vorstellbar, dass Lasnik nicht der Mörder ist?«

Maria schaute überrascht auf. Sie sah Selig in die Augen, so als wollte sie in sich aufnehmen, was er nicht aussprach. »Gut, gehen wir trotz der Faktenlage für einen Moment davon aus, dass Lasnik nicht der Täter ist. Das würde bedeuten, jemand will ihn drankriegen und hat uns deshalb gefälschte Beweise zugeschickt.« Sie erhob sich, ging ein paar Schritte, drehte sich zu Selig um. »Ist das schlüssig? Immerhin reden wir hier von der Mordwaffe. Kann man so etwas manipulieren?« Sie dachte nach, schüttelte langsam den Kopf. »Die Breite des Einstichs, die Tiefe der Wunde, alles passt perfekt. Dazu das Blut des Opfers und die Fingerabdrücke … Wie sollte unser Unbekannter das hinbekommen haben?«

»Das ist für den Mörder doch ganz einfach«, antwortete

Wagner, der zugehört hatte und sich nun einmischte. »Er besorgt sich einfach eine zweite, identische Waffe mit den passenden Fingerabdrücken und trägt das Blut des Opfers auf.«

Maria war nicht überzeugt. »Das Messer stammte aus der Küche des Opfers. Es war gebraucht, und es gehörte zu einem Messersatz. Der Mörder konnte die Mordwaffe nicht einfach durch ein anderes Messer austauschen.«

»Dann hat er uns die Mordwaffe geschickt. Die hatte er ja.«

»Und was ist mit den Fingerabdrücken und der DNA von Lasnik auf dem Griff der Waffe?«

»Vielleicht hat der Mörder Lasnik dazu gebracht, die Waffe vor der Tat anzufassen«, überlegte Wagner. »Oder die Messer gehörten vorher alle Lasnik, der Mörder hat den ganzen Messerblock bei ihm in der Küche gestohlen und dann in der Küche des Opfers aufgestellt.«

Maria verzog spöttisch den Mund. »Hast du dir die Fotos von der Tatwaffe nicht angesehen? Das war ein billiges Werbegeschenk, mit Werbeaufdruck und hässlichem Plastikgriff. Lasnik hätte in seiner durchgestylten Küche so etwas niemals benutzt.« Sie fand Wagners Gedanken weit hergeholt, und das ließ sie ihren Kollegen auch spüren.

»Meine Idee war's ja nicht, dass jemand die Beweise manipuliert haben könnte«, verteidigte sich Wagner und beugte sich wieder über seine Tastatur, genervt von Marias Tonfall.

»Stimmt.« Maria wandte sich zu Selig um und blickte ihn herausfordernd an. »Das war Ihre Idee.«

»Vergessen Sie es einfach«, wehrte Selig ab und setzte sich an seinen Schreibtisch.

Maria betrachtete ihn nachdenklich. Sie seufzte. Dann gab sie ihrem Schreibtischstuhl einen Stoß und rollte hinüber, um sich Selig gegenüberzusetzen. »Warum eiern Sie so herum bei diesem Thema?

Er gab sich ahnungslos, während er in seinen Unterlagen blätterte. »Ich weiß nicht, was Sie meinen.«

»Wo ist das Problem, zu fragen, ob die Beweise manipuliert worden sind? Es ist ja nicht mit anzusehen, wie Sie sich herumquälen.«

Selig musste wider Willen lachen. »Ist es wirklich so schlimm?«

»Ganz ehrlich, Sie wollen meine Antwort nicht hören!« Maria verzog ärgerlich ihr Gesicht, doch dann lachte auch sie, ihre Wut verflog so schnell, wie sie gekommen war. »Jetzt sagen Sie verdammt noch mal, was in der JVA passiert ist.«

Selig zögerte. Dann begann er, ihr von seinem Besuch bei Lasnik zu berichten. Maria folgte seinen Worten aufmerksam, ohne ihn zu unterbrechen. Seligs Telefon klingelte, während er erzählte, der Kommissar blickte kurz auf das Display und ignorierte den Anruf.

»Das heißt«, fasste Maria Seligs Bericht zusammen, »Sie haben sich gescheut, Lasniks Unschuld als Ermittlungsthese zu äußern, weil Ihnen seine Unschuld einen Vorteil bringen würde?«

»Ich kann mich doch nicht auf einen Deal mit einem Verdächtigen einlassen! Nur weil er behauptet, etwas über meinen Vater zu wissen.«

»Richtig. Aber das darf doch nicht dazu führen, dass Sie sich verbieten, eine Überlegung zu äußern.«

Nun klingelte auch Marias Telefon. Selig bat sie, es klingeln zu lassen. Maria hob eine Augenbraue, doch sie folgte der Bitte.

»Lasniks Angebot«, ergänzte Selig, »lenkt meinen Blick in eine bestimmte Richtung, von der ich nicht weiß, ob sie die richtige ist. Ich bin nicht mehr unvoreingenommen. Es beeinflusst meine Ermittlungen.«

»Es beeinflusst auch Ihre Ermittlungen, wenn Sie einem Verdacht bewusst nicht nachgehen«, entgegnete Maria. Sie schüttelte den Kopf, während sie sich vorbeugte und ihn fixierte. »Was Sie tun, ist sinnlos. Zumindest so, wie Sie es tun. Jeder Verdacht ist es wert, dass man ihm nachgeht, solange man dafür offenbleibt, auch anderen Spuren zu folgen.«

Bevor Selig antworten konnte, unterbrach Wagner ihr Gespräch. »Ich glaub, ich hab hier was!« Wie elektrisiert blickte er auf die Mail, die er gerade bekommen hatte. »Die Mietwagenfirma aus Zürich hat sich gemeldet. Lasnik hat den Wagen in der Nacht in Berlin abgegeben und die Schlüssel und Rückgabeunterlagen in den Nachtbriefkasten eingeworfen. Wann, ist nicht bekannt, die Rückgabe wurde erst am kommenden Morgen protokolliert. Sie schicken uns Kopien der Unterlagen.«

»Und? Das hilft uns nicht weiter.« Maria verstand nicht, warum Wagner so aufgeregt war.

»Sie haben noch etwas geschrieben: Der Wagen von Jeff Farsell wurde gefunden. Farsell hatte ihn bei der gleichen Firma gemietet.«

»Und wo ist er?« Jetzt war auch Maria gespannt. »In Mailand?«

»Nein.« Wagner lehnte sich zurück. »In Zürich. Am Flughafen, im Parkhaus am Abflugterminal.«

Selig horchte auf. »Das heißt, Farsell hat die Stadt nicht mit dem Wagen, sondern mit dem Flugzeug verlassen.«

»Möglicherweise, ja.«

Selig überlegte einen kurzen Moment. Alles Zögerliche war von ihm abgefallen. »Wagner, Sie kümmern sich um Farsells Flugziel. Checken Sie die Passagierlisten aller Abflüge an dem Tag, an dem er verschwunden ist. Maria, Sie kümmern sich weiter um den Mietwagen, den Lasnik gefahren hat. Und ich werde zusehen, dass wir an die Drohnenaufnahmen kommen.«

»Welche Drohnenaufnahmen?«

»Die Drohne, die mich überwacht. An dem Tag, an dem ich in Winterbergs Wohnung niedergeschlagen wurde, war sie vor dem Haus. Erinnern Sie sich? Die Drohne muss auch den Mann gefilmt haben, der mich in Winterbergs Wohnung niedergeschlagen hat.«

Bevor Wagner oder Maria etwas antworten konnte, wurde ohne Vorwarnung die Tür aufgerissen. Alle im Raum zuckten erschrocken zusammen. Wagner setzte sich aufrecht, als er erkannte, wer gekommen war.

Der Polizeipräsident stand vor ihnen, er blickte Selig ungehalten an. »Wusste ich's doch, Sie sind da. Es wäre nett, Herr Selig, wenn Sie künftig ans Telefon gehen würden, sollte ich Sie anrufen. Ich bin immer noch Ihr Chef. Da wäre es angebracht, mir wenigstens ein bisschen Aufmerksamkeit zu widmen.«

Selig öffnete den Mund, er war überfordert. Für einen Augenblick brachte er keinen Ton heraus.

Maria ging eilig dazwischen, bevor die Pause peinlich wurde. »Entschuldigen Sie, das lag an mir. Wir haben eine Ermittlungsthese diskutiert, und dabei müssen wir das Telefon überhört haben.« Sie lächelte entschuldigend. »Ich bin sehr laut, wenn ich diskutiere.«

»Aha. Na gut.« Der Polizeipräsident wirkte ein wenig versöhnt.

Selig schluckte den Kloß in seinem Hals hinunter und versuchte es noch einmal. »Was ist denn passiert?«

»Das kann ich Ihnen sagen. Das Kanzleramt hat Sie angefordert, als Berater im Krisenstab.«

Selig wurde blass. Hilflos sah er zu Maria hinüber. »Aber

das ist …«, versuchte er einen Einwand, doch der Polizeipräsident unterbrach ihn ungehalten. »Es ist mir ganz egal, was Sie sagen. Sie machen sich jetzt auf den Weg. Und zwar sofort. Haben Sie das verstanden?«

Selig nickte und wunderte sich über den Nachdruck, mit dem der Polizeipräsident seine Aufforderung vorbrachte. »Ich fahre los, sobald wir hier fertig sind.«

»Nix da. Sie fahren sofort. Und zwar mit meinem Fahrer. Er wird Sie zum Kanzleramt bringen. Der Wagen wartet unten vor dem Haupteingang auf Sie.«

Selig starrte den Polizeipräsidenten abwehrend an. »Und die Ermittlungen? Wir verfolgen gerade eine Spur …«

»… der Ihre Mitarbeiter nachgehen können. Sie können ja telefonisch mit ihnen in Kontakt bleiben. Also?« Der Polizeipräsident sah Selig auffordernd an. »Nach Ihnen.« Er wies auf die Tür.

Selig blickte Maria an, die nun aufstand und Seligs Jacke vom Haken nahm, um sie ihm zu reichen. Sie konnte sich ein leichtes Lächeln nicht verkneifen. »Rocken Sie den Laden, Chef«, flüsterte sie ihm zu und kicherte leise.

Selig warf ihr einen ärgerlichen Blick zu. Dann folgte er der Aufforderung des Polizeipräsidenten und verließ mit ihm den Raum.

26

Lars Steiner stand neben dem Besprechungstisch im Büro der Bundeskanzlerin und beobachtete aufmerksam Susanne Bergstedt, die konzentriert in den Unterlagen las, die er ihr vorgelegt hatte. Der Kanzleramtsminister wirkte beherrscht, doch er war angespannt. Selbst der Teller mit Leberwurstbroten, den Bea Traub mit einem verschwörerischen Lächeln zu ihnen hereingebracht und auf dem Tisch abgestellt hatte, konnte ihn nicht ablenken.

Die Forderungen der Hacker, die ihnen ihre Programmdaten zur Verfügung stellen würden, waren, diplomatisch ausgedrückt, selbstbewusst, zumindest hatte Steiner es so formuliert, als er der Bundeskanzlerin die Situation erklärt und die Papiere übergeben hatte. Jetzt wartete er gespannt auf ihre Reaktion.

Susanne Bergstedt sah auf. »Wie soll das gehen?«

Steiner hatte die Frage erwartet. Seit Stunden schon hatte er über die Antwort nachgegrübelt und sich vorgestellt, wie er handeln würde, wäre er in der Position der Regierungschefin.

Etwa ein Drittel der Forderungen war akzeptabel, sie berührten Themen wie Umwelt, Klimaschutz und soziale Gerechtigkeit, die inzwischen von fast allen Parteien zumindest verbal aufgegriffen worden waren und keine wesentlichen Änderungen ihrer Politik verlangten, allenfalls eine Verlagerung der Schwerpunkte. Das zweite Drittel der Bedingungen, zu denen die Hacker ihr Programm der Bundesregierung zur Verfügung stellen würden, hatte es in sich. Eine radikale Änderung der Steuerpolitik und eine damit einhergehende Umverteilung der Gewinne großer Konzerne und finanzstarker

Firmen könnte man vielleicht noch als eine aus der Zeit geborene Notwendigkeit verkaufen. Aber das bedingungslose Grundeinkommen, das den jungen Programmierern für jeden Bewohner Deutschlands vorschwebte, war ein derart radikaler Paradigmenwechsel, dass es unmöglich schien, hier die Regierungsparteien mitzunehmen, geschweige denn die Mehrheit der Bevölkerung.

Das letzte Drittel schließlich war ideologisches Kampfgeschrei, über das sich reden ließe, auch wenn sich auf diesem Feld der Politik die Betonköpfe aller Parteien herrlich streiten konnten. Letztlich berührten die häufig wirklichkeitsfernen Parolen der Parteiideologen nur einen Bruchteil der tatsächlichen Probleme des Landes und waren deshalb vielleicht für die Nachrichten, aber nicht für die tatsächliche Politik entscheidend. Die Kanzlerin hatte inzwischen gelernt, diesen Themen mit Ernst zu begegnen, allein schon um ihre politischen Partner zu befriedigen, doch Steiner wusste, dass sie derartige ideologische Auseinandersetzungen anwiderten, egal, ob sie von der rechten oder der linken Seite aus geführt wurden. Letztlich saß Susanne Bergstedt Diskussionen dieser Art aus, fast stoisch ließ sie die Angriffe der Opposition an sich abperlen und ertrug zugleich ungerührt die nicht minder verbohrten Repliken ihrer eigenen Parteileute.

Das war etwas, das Steiner ihr vorwarf: Die Kanzlerin führte nicht, sie moderierte mit geringstmöglichem Aufwand dieses Polit-Theater, das die Parteien zur Befriedigung ihrer Wähler und zum Erhalt ihrer eigenen Macht inszenierten. Niemand schien die Gefahr zu bemerken: Obwohl kühl kalkulierter Theaterdonner, spalteten solche Auftritte die Bevölkerung, anstatt sie zu vereinen, und nährten zugleich das Klischee, dass Politiker ideologische Großsprecher waren, ohne wirklich etwas zu tun. Mit der Folge, dass das Vertrauen in die Demokratie zu bröckeln begann. Populistische Politiker, die wie jagende Wölfe das waidwunde Wild witterten, nutzten die Gunst der Stunde und zogen Rattenfängern gleich durch das Land, um mit einfachen Wahrheiten und noch billigeren Lügen ihre Gefolgschaft um sich zu scharen.

Nachdenklich legte die Kanzlerin die Mappe auf den Tisch zurück. Sie ging zum Fenster, blickte hinüber zum Reichstag.

Steiner beobachtete sie abwartend.

»Wann ist das Computerprogramm von Lasniks Leuten fertig?« Susanne Bergstedt wandte sich zu Steiner um.

»Das wissen wir nicht. Vielleicht nächste Woche? Oder in einem Monat?«

»Oder morgen.«

Steiner nickte. »Ja, möglicherweise. Aber es bleibt das Programm eines Mannes, der unter dringendem Mordverdacht steht.«

»Seine Angestellten schreiben die Programmcodes, nicht Lasnik selber.«

»Ich brauche Ihnen nicht zu sagen, Frau Bergstedt, dass das der internationalen Presse egal sein wird. Solange die Vorwürfe nicht geklärt sind, können wir Lasniks Programm nicht installieren. Zumindest dann nicht, wenn wir uns nicht angreifbar machen wollen.«

»Es geht hier nicht um uns, es geht um das Land. Jeder Tag, an dem unsere Systeme heruntergefahren sind und wir als Bundesregierung nicht arbeiten können, kostet uns Millionen Euro.«

Steiner nickte, er kannte die Analyse der Fachabteilungen. »Ich würde Ihnen zustimmen, wenn es keine Alternative gäbe.«

Die Kanzlerin wies auf die Unterlagen, die auf dem Besprechungstisch lagen. »Das nennen Sie eine Alternative?«

»Wenn Sie an unser Land denken: ja. Das Computerprogramm ist sofort einsatzbereit.«

»Das kriege ich in meiner Partei niemals durch. Die Forderungen sind indiskutabel.«

Steiner musterte die Kanzlerin prüfend.

»Sie wissen, dass das nicht stimmt. Natürlich kann man darüber diskutieren, was die jungen Leute dort von uns verlangen. Und genau das schlage ich Ihnen vor. Reden Sie mit ihnen. Stellen Sie Ihre Position dar. Sagen Sie, was leicht umzusetzen ist und was Ihnen Probleme bereitet. Sie haben schon so oft in Ihrem politischen Leben mit schwierigen Partnern einen Kompromiss gefunden, warum sollte Ihnen das hier nicht gelingen?«

»Weil wir in der schwächeren Position sind. Und weil uns dort Menschen gegenübersitzen, denen es egal ist, ob sie einen Posten bekommen oder nicht.«

Steiner war jetzt ehrlich verblüfft. »Hier sind Menschen, denen es um die Sache geht! Um Inhalte! Das ist die Ebene, auf der Sie sich begegnen müssen. Gehen Sie auf sie zu, so weit Sie können, und machen Sie deutlich, dass sich ihnen die Chance bietet, etwas zu bewegen, zumindest ein Stück. Aber eben nicht in allen Punkten.«

Die Kanzlerin schwieg nachdenklich.

Es klopfte leise an der Tür, die Büroleiterin kam herein. »Frau Bergstedt? Kriminalhauptkommissar Selig ist gerade eingetroffen.«

Die Kanzlerin warf einen Blick auf die Monitore an der Wand, auf denen stumme Bilder der Nachrichtensender liefen. Einer von ihnen zeigte live die Ankunft Seligs vor dem Kanzleramt, der Fahrer des Polizeipräsidenten war vor dem Seiteneingang des Gebäudes vorgefahren, gerade stieg der Kommissar aus dem Wagen.

»Danke, Bea. Lassen Sie unseren Besucher zum Pressesaal bringen. Ich komme gleich nach.«

Bea Traub nickte und zog sich zurück.

Steiner nahm seine Unterlagen und wandte sich der Tür zu.

»Wo wollen Sie hin?«

Steiner hielt inne. »Brauchen Sie mich bei der Pressekonferenz?«

»Ich bitte darum. Und danach gehen wir noch einmal den Forderungskatalog der Programmierer durch.«

❄

Zögernd betrat Selig das Kanzleramt. Der Assistent, der ihn am Eingang erwartet hatte, reichte ihm einen Besucherausweis und begleitete ihn zum Aufzug.

Seligs Herz klopfte. So wie immer, wenn er sich unter den Augen der Öffentlichkeit bewegte, hatte er das Gefühl, dass jeder Schritt von ihm beobachtet und jeder Fehltritt sofort entdeckt würde. Dass genau dieses Verhalten Fehler provozierte, war Selig klar, trotzdem gelang es ihm nicht, durch rationale Gedanken seine Gefühle wesentlich zu beeinflussen. Also versuchte er sie auszuhalten und konzentrierte sich darauf, sich nichts anmerken zu lassen.

»Ich soll Sie zum Pressesaal bringen. Die Journalisten erwarten Sie schon.«

Seligs Herzschlag setzte für einen Moment aus. Dann nickte er.

Der Assistent musterte ihn forschend, doch er sagte nichts.

Seligs Telefon klingelte, während sie auf den Fahrstuhl warteten. Es war Maria. »Stör ich?« Sie wartete seine Antwort nicht ab. »Wir wissen jetzt, wohin Jeff Farsell geflogen ist: nach Krakau.«

»Was will er denn dort?«

»So weit sind wir noch nicht. Sollen wir die polnische Polizei um Hilfe bitten, Farsell zu finden?«

Selig überlegte kurz. Seitdem die Nationalisten in Polen an der Macht waren, hatte die Polizei des Nachbarlandes nicht mehr den besten Ruf. Denn nicht fachliche Kompetenz, sondern die richtige Parteizugehörigkeit war derzeit die wesentliche Voraussetzung, um auf eine Führungsposition berufen zu werden. Das galt nicht nur für die Polizei oder die Justiz, sondern nahezu für jeden Bereich Polens, auf den die Regierungspartei Einfluss nehmen konnte. Entsprechend war das Niveau der Polizeiarbeit zumindest auf der Leitungsebene gesunken, ebenso die Bereitschaft, mit den Ermittlern der Nachbarländer zusammenzuarbeiten.

»Herr Selig? Sind Sie noch da?«

»Ja. Stellen Sie ein Gesuch auf Amtshilfe. Und prüfen Sie nach, ob wir informelle Kontakte zu den Kollegen dort haben.«

»Gut. Wie läuft es bei Ihnen?«

»Bestens. Sie kennen mich ja.« Selig musste selbst lachen bei seinen Worten. »Ich bin jetzt im Kanzleramt. Alle weiteren Infos bitte ab jetzt per SMS.«

Selig stellte das Telefon lautlos und versuchte das flaue Gefühl zu ignorieren, das der rasant anfahrende Fahrstuhl und der ihm bevorstehende Auftritt in seinem Magen erzeugten.

Der Sprecher der Bundesregierung erwartete sie an der Aufzugtür, er führte Selig, nachdem er ihn begrüßt hatte, den Gang hinunter. In knappen Worten erläuterte er den Ablauf der Pressekonferenz. Zu Seligs Erleichterung wurde von ihm nur erwartet, präsent zu sein. Unkalkulierbar waren allein die Fragen der Journalisten, denen Selig aber mit dem Hinweis begegnen sollte, dass er zu laufenden Ermittlungen öffentlich nichts sagen könne.

Selig nickte stumm und lauschte auf das Stimmengemurmel, das aus dem Saal am Ende des Ganges drang. Er blieb stehen.

Der Pressesprecher bemerkte es irritiert. »Was ist los?«

»Muss das wirklich sein?« Selig wies auf die offen stehende Tür.

»Die Pressekonferenz?« Der Sprecher der Bundesregierung lachte. »Warum, denken Sie, sind Sie hier? Ich brauche Ihnen das doch nicht zu erklären, oder?«

Selig schüttelte den Kopf. Ihm war vollkommen bewusst, dass er mit der Verhaftung Lasniks den Plan der Kanzlerin, die Öffentlichkeit zu beruhigen, durchkreuzt hatte. Jetzt übernahm er die Rolle, die ursprünglich Lasnik zugedacht gewesen war.

Schritte waren zu hören, dann bog die Kanzlerin um die Ecke, gefolgt von ihrem Kanzleramtsminister und dem Staatssekretär des Innenministers. Sie musterte Selig neugierig und begrüßte ihn knapp, bevor sie sich an ihren Sprecher wandte. »Haben Sie ihn instruiert?«

Der Pressesprecher nickte.

»Gut.« Susanne Bergstedt sah Selig an. »Gibt es etwas, das ich vor unserem Auftritt noch wissen sollte? Vielleicht wollen Sie wieder jemanden verhaften?«

Selig schüttelte den Kopf.

»Wie schön. Dann kommen Sie.«

Ohne den Kommissar weiter zu beachten, ging die Kanzlerin zum Pressesaal. Den Pressesprecher in seinem Rücken, folgte Selig ihr.

Alle Objektive der Kameras und Fotoapparate waren auf sie gerichtet, als sie den Raum betraten. Geblendet kniff Selig die Augen zusammen, während die Kanzlerin das Flackern der Blitzlichter routiniert und mit einem Lächeln ertrug.

»Kommen Sie, Herr Selig.« Sie wies auf das erste der beiden Mikrofone auf dem Podium und stellte sich selbst hinter das zweite.

Selig trat in das Scheinwerferlicht. Die Menge der Journalisten, die sich vor ihnen aufgebaut hatte, verschmolz vor seinen Augen zu einer grauen Masse, aus der Objektive und Mikrofonangeln herausragten wie die Spinnenfinger eines vieläugigen Monsters. Selig spürte, wie sein Hals sich zuzuschnüren begann.

Sein Handy vibrierte in seiner Jackentasche. Ohne darüber nachzudenken, holte er es heraus und blickte auf das Display. Mit einem Blick erfasste er die Nachricht, die Maria ihm geschickt hatte.

»Herr Hauptkommissar?«

Selig brauchte einen Moment, bis er merkte, dass er gemeint war. Die Kanzlerin sah zu ihm herüber, ein amüsiertes Lächeln spielte um ihre Mundwinkel. »Ich denke, dass Sie gemeint waren mit der Frage.«

Selig starrte sie sprachlos an, überfordert von der Situation, bevor er wieder auf das Display seines Smartphones blickte.

Dann, kurz entschlossen, reichte er der Kanzlerin sein Telefon, um ihr die SMS von Maria zu zeigen.

❄

Die Nachricht, dass Jeff Farsell vor zwei Tagen ermordet worden war, ohne dass die polnische Polizei es für nötig befunden hatte, die Öffentlichkeit davon zu informieren, schlug ein wie eine Bombe. Noch aus der Pressekonferenz heraus schickten die Journalisten die Neuigkeit an ihre Redaktionen, Minuten später waren die ersten Newsflashs online. Der Sprecher der Bundesregierung brauchte fünfzehn Minuten, um die Stellungnahme der Kanzlerin zu formulieren und zu verbreiten.

Wie eine Schockwelle rauschte die Nachricht durch das Netz: Einer der bekanntesten und einflussreichsten Kämpfer für Gerechtigkeit, für Demokratie, für Meinungsfreiheit war tot.

Das Entsetzen steigerte sich, als durchsickerte, dass der Anschlag am Flughafen von Krakau mithilfe eines Nervengiftes verübt worden war. Der Mord, so viel schien nun sicher, war ein politisches Attentat gewesen. Und dafür konnte es nur einen Grund geben: Eine einflussreiche Stimme sollte zum Schweigen gebracht werden. Verschwörungstheoretiker aller Länder machten sich mit Eifer und großer Freude daran, ihre Thesen über die Hintermänner des Mordes zu formulieren und mit wild geschnittenen Filmen im Internet zu verbreiten. In fast jedem Spot sah man Farsell gemeinsam mit dem früheren US-Präsidenten auf der Bühne der TED Conference in Vancouver, zwei smarte Profis, die Pop und Politik miteinander verbanden und mal Verbündete, mal Gegner waren, je nachdem, welcher Theorie man folgte.

Genährt wurden die zum Teil abstrusen Vermutungen durch das Verhalten der britischen Regierung, die sich angesichts des Todes eines ihrer prominentesten Bürger auffällig ruhig verhielt. Erst nach massiven Protesten bestellte der Premierminister den polnischen Botschafter in die Downing Street ein, wo er ihm unter vier Augen versicherte, dass das mühsam abgesprochene Handelsabkommen nicht infrage gestellt und selbstverständlich unterzeichnet werden würde.

Die polnische Regierung bedauerte, dass die Information über Farsells Ermordung nicht weitergegeben worden war. Man werde, versicherte ein Sprecher der Regierung, dafür sorgen, dass die Ermittlungen mit Nachdruck geführt würden.

Kaum jemand glaubte ihm.

❄

Schweigend goss sich die Bundeskanzlerin eine Tasse Tee ein, bevor sie hinüber zu ihrem Schreibtisch ging und sich hinter das Monstrum setzte.

»Bedienen Sie sich, bitte.«

Selig nickte nur, ohne der Aufforderung zu folgen. Er stand im Büro der Kanzlerin, fasziniert von der Größe des Raumes und dem Blick auf den Reichstag. Der Adrenalinschub, den ihm die Pressekonferenz beschert hatte, verhinderte erfolgreich, dass er sich unsicher fühlte, ein Zustand, der Selig angesichts der Situation für einen Moment irritierte.

Susanne Bergstedt trank einen Schluck, während sie ihn forschend musterte. »Eines muss ich Ihnen ja lassen. Langweilig wird es nicht mit Ihnen.«

»Tut mir leid.« Selig lächelte, nun doch ein wenig verlegen, und setzte sich auf den Stuhl, den die Kanzlerin ihm anbot. »Ich habe die Information tatsächlich in der Sekunde bekommen.«

»Das glaube ich Ihnen gerne. Die Sensation war perfekt. Mein Pressesprecher hätte das nicht besser planen können.« Sie lehnte sich zurück. »Und jetzt?«

Selig erstaunte die Frage. »Was meinen Sie?«

»Na, *Sie* sind doch der Fachmann. Was, raten Sie mir, soll ich jetzt tun?«

Abwehrend schüttelte Selig den Kopf. »Ich bin Ermittler. Kein Politiker.«

»Genau deshalb frage ich Sie. Also?«

Selig überlegte einen Moment. »Nicht, wer Farsell ermordet hat, ist wichtig, sondern, warum er sterben musste.«

Die Kanzlerin beugte sich vor. »Sie interessiert nicht, wer der Mörder ist?«

»Doch, natürlich. Aber das war die Tat eines Profis, nach allem, was wir bisher wissen. Ich würde gerne erfahren, wer dahintersteckt. An diesem Punkt jedenfalls würde ich mit meinen Ermittlungen ansetzen.«

»Jeff Farsell ist in Polen ermordet worden. Und er war britischer Staatsbürger. Wir können in dieser Sache nicht als Ermittler auftreten.«

»Das würde ich nicht so sehen. Farsell hat sich vor seinem Tod mit Lasnik in Zürich getroffen. Zumindest hat das Lasnik ausgesagt. Farsell war Lasniks Alibi.«

»Unser Erhard Lasnik? Den Sie verhaftet haben?« Die Kanzlerin warf ihm einen prüfenden Blick zu. »Sie glauben, Ihre Mordermittlungen und das Attentat haben etwas miteinander zu tun?«

Selig zuckte mit den Schultern. »Ich weiß es nicht. Ich finde es allerdings merkwürdig, dass uns die polnischen Kollegen über den Anschlag nicht informiert haben.«

»Das finde ich überhaupt nicht merkwürdig«, entgegnete Susanne Bergstedt. »Unser Verhältnis zu Polen ist zurzeit nicht gerade das beste.«

»Das heißt, wir können nicht damit rechnen, dass sie uns eine Kopie der Ermittlungsakte schicken werden.«

Die Bundeskanzlerin nickte. »Vermutlich.«

»Dann sollten Sie einen Beamten vom BKA nach Polen schicken, damit er mit den Kollegen dort redet. Jemanden, dem Sie vertrauen.«

Die Kanzlerin schwieg nachdenklich, dann erhob sie sich. »Danke, Herr Hauptkommissar.«

Auch Selig erhob sich. Er lächelte ein wenig unsicher, bevor er sich dem Ausgang zuwandte. Einem spontanen Impuls folgend, drehte er sich noch einmal um. »Das ist nicht Ihr Arbeitsplatz, oder?« Er wies auf den wuchtigen Schreibtisch am Fenster.

»Wie kommen Sie darauf?« Die Kanzlerin runzelte die Stirn.

»Sie arbeiten dort.« Selig zeigte auf den kleinen Besprechungstisch gleich neben der Tür. »Dort liegen Ihre Unterlagen. Büromaterial. Eine Teetasse. Außerdem passt der protzige Schreibtisch nicht zu Ihnen. Ich vermute, das Teil stammt von einem Ihrer Vorgänger. Sie setzen sich nur dahinter, wenn Sie einen Besucher beeindrucken wollen.« Selig verstummte, ein wenig erschrocken über seine eigenen Worte.

Susanne Bergstedt musterte ihn. »Sie glauben also, dass ich Sie beeindrucken wollte?«

»Entschuldigung, mir ist das nur so rausgerutscht. Vergessen Sie's einfach.« Selig deutete eine Verbeugung an, dann ging er mit schnellen Schritten zum Ausgang.

Die Stimme der Bundeskanzlerin hielt ihn zurück. »Herr Hauptkommissar?«

Selig wandte sich um.

»Ich möchte, dass Sie nach Polen fliegen, um dort mit der Polizei zu reden. Jetzt sofort. Geht das?«

Selig öffnete den Mund, überrascht von der Bitte.

»Ich denke«, fuhr die Kanzlerin fort, »ich habe einen gut bei Ihnen, oder?« Sie lächelte.

Selig schluckte. Dann nickte er.

27

Der Flug von Berlin nach Krakau war erträglich gewesen, eine Tasse Kamillentee und die beruhigenden Worte der Flugbegleiterin hatten Selig geholfen, die Enge im Inneren der Global 5000 zu vergessen. Trotzdem war er erleichtert, als er den Jet verlassen konnte und die Treppe zum Rollfeld hinabstieg.

Er war von der Flugbereitschaft des Verteidigungsministeriums nach Polen gebracht worden, da es keinen Direktflug von Berlin zum Internationalen Flughafen Johannes Paul II. gegeben hatte und sein Besuch in Krakau als dringend eingestuft worden war. Selig hätte gerne auf den Sonderservice verzichtet. Doch ihm war jede Entscheidung aus der Hand genommen worden, die Betreuung der Reisestelle des Kanzleramtes war umfassend und der Ablaufplan lückenlos, so als habe jemand die Anweisung gegeben, Selig keine Sekunde aus den Augen zu lassen. Selbst der Fahrer, der ihn zu seiner alten Villa gebracht hatte, damit Selig ein paar Sachen für die Reise einpacken konnte, hatte ihn ständig im Blick behalten.

Die Regierungsmaschine war bis dicht vor das Terminal gefahren, Selig ging die letzten Meter über das Rollfeld zu Fuß. Neugierig sah er sich um. Er hatte angesichts des imposanten Namens des Flughafens ein ebenso imposantes Gebäude erwartet und dazu wenigstens eine Statue des polnischen Papstes mit segnend ausgestreckten Händen, aber ihn erwartete ein kantiger Zweckbau aus Glas und Beton, der eher unauffällig als protzig war und nicht zu den großspurigen Worten der Regierung und deren groß inszenierter Papstverehrung passte. Auch ein Bild von Karol Józef Wojtyła suchte er auf der Rückseite des Gebäudes vergeblich.

»Hauptkommissar Selig?«

Ein rundlicher, nicht sehr großer Mann stand am Eingang des Terminals und sah ihm entgegen. Er wirkte behäbig, seine Jacke spannte über dem Bauch. Mit seinem Schnauzbart und dem grob geschnittenen Jeanshemd wirkte er wie ein dem vergangenen Jahrhundert entsprungener Solidarność-Aktivist.

»Herzlich willkommen, Kollege. Mein Name ist Cezary.« Der Polizist musterte Selig kritisch und reichte ihm die Hand.

»Nur Cezary?«

»Den Nachnamen will ich deiner Zunge nicht zumuten.« Er sprach ein hartes, aber gutes Deutsch. »Ich bin ein Kollege von der Kriminalpolizei hier in Krakau. Ich soll dich betreuen.« Cezary lächelte verkniffen und griff nach Seligs Koffer. »Ich hoffe, du hast keine Waffe dabei?« Ohne Seligs Antwort abzuwarten, ging der Polizist zum Ausgang der Ankunftshalle. Selig folgte ihm.

Zu seiner Überraschung wartete kein Polizeiwagen auf dem Parkplatz vor dem Terminal, auch kein Zivilfahrzeug aus osteuropäischer Produktion. Sein Begleiter steuerte stattdessen einen französischen Kleinwagen an, dessen Karosserie zahlreiche Rostlöcher zierten. »Das ist mein Privatauto«, erläuterte Cezary, als habe er Seligs Gedanken gelesen. »Ist manchmal besser, das zu nehmen, wenn man ungestört sein will.«

Selig fragte nicht nach und stieg ein, nachdem der Kollege ihm die Beifahrertür aufgeschlossen hatte. Auch Cezary setzte sich in den Wagen. Hustend erwachte der Motor zum Leben, eine blaue Rauchwolke verließ den Auspuff und trieb zum Flughafeneingang. Cezary traktierte das Gaspedal eine Weile, bis der Motor rundlief, dann lenkte er das Fahrzeug vom Parkplatz und fuhr auf die menschenleere Ausfallstraße.

Sie schwiegen, bis sie die Stadtautobahn erreicht hatten. Selig spürte die Seitenblicke seines Begleiters, der ihn von Zeit zu Zeit musterte. Nach einer Weile beugte sich der Polizist zum Handschuhfach, ohne das Tempo zu reduzieren, öffnete es und holte eine Aktenmappe hervor. Er warf sie Selig in den Schoß. »Stimmt das, was da steht?«

Selig schlug die Mappe auf.

Das Erste, was er sah, waren Fotos. Sie zeigten ihn bei öffentlichen Auftritten, auf dem Parkplatz vor dem Polizeipräsidium, auf der Straße vor dem Eingang seiner Villa am Wannsee. Auf einem der Bilder erkannte er Maria und sich selbst vor dem Haus des Mordopfers in Karlshorst, offenbar stammte es von der Drohne, die Selig überwachte und die er nach dem Überfall des Unbekannten entdeckt hatte. Bei den Fotos lagen einige Blätter, eng beschriebene Bögen, es waren deutsche Texte, im Original abgedruckt und danach übersetzt. Die Berichte zählten Seligs Erfolge als Ermittler auf und versuchten, seine Persönlichkeit zu beschreiben.

Selig las stumm, ohne sich seine Überraschung darüber anmerken zu lassen, die Fotos und Berichte aus Deutschland hier in Krakau zu sehen. So wie es schien, hatten die polnischen Behörden guten Kontakt zu der Überwachungszentrale der Deutschen, von der aus die Drohnen gesteuert wurden.

Selig schloss die Mappe.

»Und?« Cezary warf ihm einen fragenden Blick zu.

Selig zuckte mit den Schultern. »Was soll ich sagen? Es ist, wie es ist.«

Der Polizist schnaubte ungehalten durch die Nase. »Was ist das denn für eine Antwort?«

Selig merkte, dass er ärgerlich wurde. »Was willst du von mir hören? Dass ich es toll finde, mit einem kompletten Dossier über mich begrüßt zu werden?« Er schloss die Mappe und warf sie zurück in das Handschuhfach. »Ist es üblich bei euch, Kollegen auszuspionieren?«

»Also stimmt es.« Cezary grinste breit. »Cool.« Er warf Selig einen anerkennenden Blick zu.

Eine Weile fuhren sie schweigend.

Selig betrachtete seinen Begleiter. »Das war also die Begrüßung. Und jetzt?«

»Oh, es gibt einen Plan. Wir könnten eine Rundfahrt durch Krakau machen. Dann gehen wir hoch auf den Wawel, wo wir uns in der Kathedrale das Grab unseres glorreichen Präsidenten ansehen. Danach servieren sie uns in einem schäbigen kleinen Gasthaus polnische Spezialitäten, und anschließend lassen wir uns volllaufen, bis zumindest du nicht mehr stehen kannst. Danach rufe ich meinen Vorgesetzten an und melde, dass ich meinen Auftrag Punkt für Punkt erfüllt habe.«

Selig nickte nachdenklich. »Interessant. Und die Alternative?«

»Du könntest mich zwingen, zurück zum Flughafen zu fahren.«

»Warum sollte ich das tun?«

»Weil du dir von der Security eine Kopie des Videos zeigen lassen möchtest, auf dem der Mord an Jeff Farsell zu sehen ist.«

»Ist das nicht sehr umständlich?«

»Wieso?«

»Es wäre doch viel einfacher, meinen Kollegen von der Polizei zu fragen, ob er mir die Aufnahmen zur Verfügung stellen könnte.«

»Tatsächlich?« Cezary tat erstaunt. »Aber vielleicht muss der Kollege dir dann sagen, dass die Videos von der vorgesetzten Behörde in Warschau gesperrt worden sind. Vielleicht sogar gelöscht, wer weiß das heutzutage schon.«

»Ihr ermittelt nicht mehr in dem Fall?«, vergewisserte Selig sich.

»Nein. Den betreuen jetzt die Anzugträger des Innenministeriums. Farsells Leichnam ist auch schon nicht mehr hier, seit gestern Mittag.«

Selig dachte einen Moment lang nach. »Okay. Was muss ich tun, um dich zu zwingen?«

Cezary zwinkerte ihm zu, dann riss er das Steuer herum, überfuhr die Mittellinie und raste mit qualmendem Auspuff zurück zum Flughafen.

❄

Kanzleramtsminister Lars Steiner ließ sich seine Skepsis nicht anmerken. Mit einem kurzen Nicken quittierte er die Information, dass Selig nach Krakau geschickt worden war.

Susanne Bergstedt warf ihm einen scharfen Blick zu, während sie mit ihm durch die Flure des Bundestages ging. »Sie finden die Entscheidung falsch.«

»Zumindest gewagt. Dieser Selig ist nicht kalkulierbar.«

»Genau deshalb habe ich ihn ja geschickt. Vielleicht überrascht er uns.«

»Ganz ehrlich: Auf die Überraschungen von diesem Selig kann ich verzichten. Nicht, dass er den polnischen Ministerpräsidenten verhaftet.«

Die Kanzlerin musste lachen, während sie Steiner eine Tür aufhielt, die sie gerade durchschritten hatte. Einige Abgeordnete der Fraktion kamen ihnen entgegen, Susanne Bergstedt begrüßte sie mit einem Kopfnicken.

Steiner eilte ihr nach. »Was hat dieser Selig eigentlich dafür gewollt, dass er nach Krakau geflogen ist?«

»Er wollte Einblick in seine Überwachungsakte. Er vermutet, auf einer Drohnenaufnahme ist der Mörder zu sehen.«

»Er verlangt als Gegenleistung für seinen Einsatz Unterlagen für seine Ermittlungen?« Steiner kniff konsterniert die Augen zusammen. »Und nichts für sich selbst? Gibt es so etwas überhaupt noch?«

»Ich kann Sie beruhigen: Selig hat auch eine persönliche Bitte geäußert.«

»Ah, natürlich.« Steiners Stimme klang sarkastisch. »Was ist es denn? Eine Beförderung? Oder will er zur Polizei des Bundestages versetzt werden?«

»Weder noch. Er bat um ein Gespräch mit Geheimdienstkoordinator Merl.«

Steiner sah Susanne Bergstedt verständnislos an. Dann lachte er dröhnend. »Mein Gott, der ist ja noch verrückter, als ich dachte.«

Gut gelaunt folgte er der Kanzlerin in den Sitzungssaal.

❄

Der Lärm aus der Eingangshalle des Flughafens war hier nur noch leise zu hören. Behutsam schloss der Sicherheitsmann die Tür des verglasten Büros und setzte sich vor die Wand aus Überwachungsmonitoren. »Es ist uns ein Rätsel, wie das passieren konnte.«

Er öffnete den obersten Knopf seines Uniformhemdes, dann steuerte er mit der Computermaus eine Stelle auf den Überwachungsaufnahmen an. »Wir wissen nicht, wie der Mörder in das Ankunftsterminal gekommen ist, und wir können nur vermuten, wie er es geschafft hat, den Flughafen unbemerkt wieder zu verlassen.« Er hatte die richtige Stelle gefunden, jetzt startete er die Wiedergabe und rollte seinen Schreibtischstuhl zurück, um Selig und Cezary freien Blick auf den Monitor zu bieten.

Selig beugte sich vor. Der Film auf dem Bildschirm zeigte die Aufnahme einer Überwachungskamera, ein Blick schräg von oben auf die Gepäckausgabe des Ankunftsterminals. Am unteren Bildrand war Jeff Farsell zu sehen, er betrat gerade mit seinem Bodyguard die Halle. Ein Grenzbeamter hatte die beiden direkt vor dem Eingang abgefertigt und hineingelassen, ein Sonderservice für VIP-Gäste, erläuterte der Sicherheitsmann. Selig hielt die Augen unverwandt auf den Monitor gerichtet. Gerade steuerten Farsell und sein Bodyguard den Gang an, der zur Zollkontrolle am Ausgang führte, dann stoppten sie, offenbar hatten sie etwas gehört, vielleicht einen Ruf, jedenfalls wandten sie sich zu einer Gestalt um, die auf sie zukam. Der Unbekannte trug einen langen Mantel, eine Sonnenbrille, dazu einen Hut mit Krempe, an den Händen Handschuhe. Dichte blonde Haare verdeckten den Hals und die Ohren.

Der Unbekannte näherte sich Farsell bis auf wenige Meter, griff dabei in die Tasche seines Mantels und holte einen schlanken, zylinderförmigen Gegenstand hervor, nicht länger als ein Finger.

»Wir vermuten, dass es ein Zerstäuber ist«, warf der Sicherheitsmann ein.

Stumm beobachtete Selig, was dann geschah. Ungehindert vom Bodyguard hob der Unbekannte seinen Arm und richtete den Zylinder zuerst auf Farsell, dann auf seinen Begleiter, gleichzeitig wandte er den Kopf ab. Die Ahnung eines Sprühnebels war auf den Aufnahmen zu sehen. Im gleichen Moment, ohne seinen Opfern nur einen Blick zuzuwerfen, ging der Unbekannte davon, verschwand aus dem Bild.

»Ich denke, das reicht, oder?« Der Sicherheitsmann trat an

den Schreibtisch, um die Wiedergabe zu stoppen. Selig hielt ihn mit einer Handbewegung zurück. Der Sicherheitsmann seufzte und verschränkte die Arme vor der Brust.

Keiner von ihnen sagte ein Wort, während die beiden Männer auf der Aufnahme zuckend und blutend starben.

»Danke.« Selig bedeutete dem Sicherheitsmann, dass er genug gesehen habe. »Was ich nicht verstehe: Das ist doch nicht die einzige Überwachungskamera im Flughafen.«

»Natürlich nicht.«

»Dann muss der Attentäter noch auf einer der anderen Aufnahmen zu sehen sein.«

»Das hätte ich auch vermutet, wenn ich es nicht besser wüsste.« Der Sicherheitsmann warf Cezary einen Blick zu, der verstand die Aufforderung und trat an eine Karte des Flughafens, die an der Wand des Überwachungsraumes angebracht war.

»Hier an dieser Stelle ist Farsell getötet worden. Und da hängt die Kamera, die den Mord gefilmt hat.« Cezary tippte auf ein winziges Kamerasymbol, das in den Plan eingezeichnet war. »Die nächste Kamera ist hier an der Wand bei den Gepäckbändern.«

»Dann sehen wir uns die Aufnahmen an. Er muss dort entlanggelaufen sein, es ist der einzige Weg, auf dem er fliehen konnte.«

»In der Tat. Wenn wir die Aufnahmen hätten. Die Kamera ist defekt.«

Selig runzelte die Stirn.

»Falls du fragen willst«, fuhr Cezary fort, »ob da jemand nachgeholfen hat: Ich weiß es nicht. Ich finde es aber seltsam, dass kurz nach dem Attentat das Innenministerium die Ermittlungen an sich zieht.«

»Ist das nicht eher die Regel bei so einem Fall? Ein Mord

mit Nervengift an einem ausländischen Internetaktivisten, das sieht nach einer politischen Tat aus, weniger nach einem Kapitalverbrechen.«

Cezary verzog das Gesicht. »Und dass man mir ein komplettes Dossier von dir zukommen lässt und den Auftrag gibt, dich von dem Fall möglichst fernzuhalten, wie findest du das?«

Selig schwieg einen Moment. »Warum«, fragte er und blickte Cezary an, »ermittelst du nicht einfach weiter? Mache ich bei uns auch so.«

»Weil mein Chef mir das verboten hat. Unter Androhung von Strafe. Mir sind die Hände gebunden. Ist schon schlimm genug, dass du mich gezwungen hast, zum Flughafen zurückzufahren.«

Selig nickte ernsthaft. »Weißt du, was wirklich schlimm ist? Dass mir dein Chef vollkommen egal ist.«

»So ein Mist aber auch«, entgegnete Cezary und grinste.

❄

Die Ankunftshalle war verlassen, seit einer Stunde war kein Flugzeug mehr eingetroffen. Die Gepäckbänder standen still bis auf das letzte in der Reihe, leise ratternd drehte es seine Runden und transportierte ein überdimensionales Smartphone aus Plastik, auf dem eine polnische Telefongesellschaft für ihre internationalen Telefontarife warb.

Schweigend sah Selig sich um. Er hatte eine Zugangskarte zum Sicherheitsbereich erhalten und war, nachdem man ihn und auch Cezary mit dem Körperscanner durchleuchtet hatte, gemeinsam mit dem Kollegen an den Tatort gekommen.

»Durch diesen Eingang hat Farsell die Halle betreten.« Cezary wies auf eine Glastür, die hinaus zum Rollfeld ging. »Und dann ist er hier entlanggegangen.«

»Auf dem Video sah es so aus, als ob er mit seinem Bodyguard allein angekommen war. Warum? In der Maschine waren doch noch mehr Passagiere.«

Cezary nickte. »Die saßen noch im Bus. Farsell hatte ein VIP-Shuttle bekommen. Die Passagiere aus den anderen Maschinen standen an den Gepäckbändern« Cezary ging zu einer der Säulen, die das Hallendach trugen, Selig erkannte sie von der Aufnahme wieder. »Hier hat der Mörder seinen Opfern das Gift ins Gesicht gesprüht.«

Selig betrachtete den Tatort. Der Boden glänzte makellos, nichts deutete auf das Drama hin, das sich hier vor drei Tagen abgespielt hatte. »Und dann?«

»Eine Maschine aus Helsinki war kurz vorher gelandet, außerdem ein verspäteter Flug aus London. Hat eine Weile gedauert, bis jemand bemerkt hat, was geschehen war. Gesehen hat das Attentat keiner.«

»Und der Täter?«

»Wir vermuten, er ist zu den Gepäckbändern gegangen und hat im Gehen den Hut, die Brille und vermutlich seine Perücke abgesetzt. Das alles brauchte er nur noch zusammen mit seinem Mantel in einen bereitstehenden Koffer zu stopfen, schon konnte er unbehelligt die Halle verlassen.«

»Was ist mit den Aufnahmen der Überwachungskamera an der Zollkontrolle?«

Cezary schüttelte den Kopf. »Habe ich mir angesehen, bevor uns der Fall abgenommen worden ist. Keine Chance, die Aufnahmen helfen überhaupt nicht, solange wir nicht wissen, wie der Attentäter aussieht. Männliche Reisende mit Koffer gab es Hunderte. Jeder von ihnen hätte es sein können.«

Selig antwortete nicht. Regungslos stand er neben der Säule und starrte ins Leere.

»Was ist?« Cezary blickte Selig forschend an.

»Es war Sarin, richtig?« Selig wandte sich um. »Das Nervengift, an dem Farsell gestorben ist.«

Sein Kollege nickte. »Ist bei der Autopsie bestätigt worden.«

»Und um an dem Gift zu sterben, reichen winzige Tropfen.«

»Korrekt. Darum hat es ja so schnell gewirkt. Farsell und der Bodyguard wurden von mehr als nur von einem Tropfen getroffen.«

»Und der Mörder, was ist mit ihm?«

Cezary verstand die Frage nicht.

»Der Mörder hatte Handschuhe an, und er hat seinen Kopf abgewendet, als er das Gift seinen Opfern ins Gesicht gesprüht hat. Aber wenn ein Tropfen reicht, um zu sterben …« Selig brach seinen Satz ab, während er weiter nachdachte. »Eigentlich hätte der Täter einen Gesichtsschutz tragen müssen, und eine Gasmaske.«

»Hat er aber nicht.« Cezary begriff, was Selig meinte. »Du denkst, der Mörder hat sich selbst kontaminiert.«

»Zumindest musste er damit rechnen. Und eine Sache hatte er seinen Opfern voraus: Er wusste, was auf ihn zukam.« Selig umrundete die Säule, während er sich in der Halle umsah. Er wies auf eine Reihe von Türen. »Wohin geht es dort?«

»Das sind Technikräume, daneben sind die Toiletten. Kein Ausgang, das haben wir geprüft.«

»Der Mörder brauchte keinen Ausgang. Er brauchte einen Ort, an dem er sich das Gegenmittel spritzen konnte.« Selig eilte auf die Herrentoilette zu, ein stilisierter Mann war neben dem Türrahmen angebracht. Er stieß die Tür auf, sie schwang zurück und prallte mit Wucht an den Stopper. Ein Geschäftsmann, der sich gerade am Waschbecken seine Haare richtete, zuckte erschrocken zusammen. Irritiert blickte er Selig an, der im Vorraum stand und sich forschend umsah. Der Mann murmelte einen Gruß, während er sich eilig zu seinem Aktenkoffer bückte und den Waschraum verließ.

Selig beachtete ihn nicht. »Wo würdest du dich verstecken, wenn du dir eine Spritze setzen müsstest?«, fragte er Cezary, der ihm nachgekommen war. Ohne die Antwort abzuwarten, ging Selig in den angrenzenden Raum. Cezary folgte ihm. Selig orientierte sich kurz, dann öffnete er die letzte der Toilettenkabinen und betrachtete die schmale Box. Er blickte hinter die Schüssel, sah hinauf zur Decke. Kurz entschlossen klappte er den Toilettensitz herunter und stieg darauf.

»Was hast du vor?«

Selig antwortete nicht. Behutsam legte er seine Hände auf die Verkleidung und drückte eine der quadratischen Platten, mit denen die Decke abgehängt war, nach oben. Es ging leicht, die Platten lagen locker auf den Winkelblechen, mit denen die Verkleidung gehalten wurde. Staub rieselte aus der Öffnung. Selig spähte ins Innere, dann beugte er sich auf der Brille balancierend vor und schob vorsichtig die angrenzende Platte ein Stück zur Seite.

Blondes Haar quoll aus dem Spalt und der Stoff eines Mantels.

Selig stieg von der Toilette herab. »Ich denke, du solltest deine Ermittlungen wiederaufnehmen.

Cezary nickte ernsthaft. »Das denke ich auch.«

28

Sie waren nicht lange am Flughafen geblieben, Cezary hatte darauf bestanden, die Kleidung des Attentäters sofort zum Labor zu fahren, um sie kriminaltechnisch untersuchen zu lassen. Er sorgte sich, dass die Ermittler aus Warschau die Beweise anfordern könnten, bevor die DNA des Täters gesichert war.

Seine Kollegen von der Forensik, die alle Toilettenräume gesperrt hatten und die Kabinen nun mitsamt Deckenverkleidung nach Spuren absuchten, waren nicht begeistert von Cezarys Plan, ihnen die Fundstücke nicht zu überlassen. Doch sie konnten den Kommissar nicht umstimmen und versuchten es auch nur halbherzig. Jeder wusste, die Sorge Cezarys war berechtigt.

Das Labor befand sich in einem Industriegebiet im Osten der Stadt, am Rand einer staubigen Stichstraße, die zwar schon neue Fußwege hatte, aber noch keinen Straßenbelag. Wie ein vom Himmel gefallener Steinblock ruhte der moderne Betonbau am Ende der Piste. Selig fragte sich, warum sie hierher fuhren und nicht ins Präsidium, doch Cezary berichtete, während er den Wagen durch die Schlaglöcher steuerte, dass das zentrale Polizeigebäude schon seit Monaten renoviert wurde. So lange sei ihr eigenes Labor nur begrenzt einsatzbereit, niemand hatte sich vor dem Beginn der Arbeiten um einen alternativen Standort für die Forensik gekümmert. Cezary hoffte, dass dieser Zustand noch möglichst lange andauerte, denn die Kollegen in dem privaten Forschungsinstitut seien schneller und besser als die Kriminaltechniker aus ihrem Haus, was allein, musste Cezary zugeben, an der Ausstattung des Polizeilabors lag und nicht an den Fähigkeiten der Mitarbeiter.

Sie stoppten vor dem Gebäude, Selig stieg aus und sah sich um. Graue Fabrikhallen mit eingeschlagenen Fensterscheiben grenzten an die struppige Wiese, auf der das Labor entstanden war, dahinter qualmten die Anlagen des Stahlwerkes, jener klägliche Rest des einst riesigen Metallkombinats, der den Zusammenbruch des Kommunismus überlebt hatte. Eine Döner-Bude stand am Straßenrand, auf einer betonierten Fläche daneben parkten einige Sattelschlepper. Die Fahrer, ihre Hände in den Taschen dicker Winterjacken, warteten davor auf Klappstühlen und blinzelten in die Sonne oder schlenderten hinüber zu den schäbigen, mit roten Herzen beklebten Wohnwagen, die entlang der Straße aufgereiht waren.

Auch Cezary hatte das Auto verlassen, jetzt hob er behutsam den Karton mit den Beweisstücken, die Selig hinter der Deckenverkleidung der Flughafentoilette gefunden hatte, aus dem Kofferraum. »Nette Gegend, oder?« Er wies auf das Labor. »Ist mit EU-Geldern gefördert worden. Als es noch Kohle für uns gab.« Seit Mitglieder der nationalistischen Regierung die Europäische Union um Fördergelder betrogen hatten und niemand in der Regierungspartei daran interessiert war, den Skandal aufzuklären, geschweige denn ihn überhaupt als Skandal anzuerkennen, waren die Beamten in Brüssel merklich zurückhaltender geworden, den Anträgen regierungsnaher Firmen und Organisationen auf EU-Förderung stattzugeben.

Cezary trat in den Eingang des Instituts und drückte mit dem Ellbogen auf die Klingel. Ungeduldig starrte er auf das Kameraobjektiv, das sich oberhalb des Firmenschildes unter einer Halbkugel aus Glas versteckte. Als sich nichts tat, stellte er leise fluchend den Karton ab, um sein Telefon hervorzuholen und eine Nummer aus dem Adressspeicher auszuwählen. Ungeduldig wartete er darauf, dass die Verbindung hergestellt wurde. Wenig später tönte ein Schwall missgelaunt klingender Worte durch die Abenddämmerung. Cezary ließ seinem Ärger freien Lauf. Er hatte ihren Besuch vor einer knappen Stunde angekündigt und gehofft, schon erwartet zu werden. Doch auch nach seinem Telefonat dauerte es noch mehrere Minuten, bis sie durch die Glasscheiben einen jungen Weißkittelträger heraneilen sahen.

Der Laborant öffnete den Eingang des Instituts mit einer Keycard. Selig verstand von dem kurzen Dialog, der sich zwischen ihm und dem Polizisten entspann, kein Wort, doch aus dem Tonfall und dem Gesichtsausdruck Cezarys schloss er, dass sein Kollege nicht zufrieden war mit dem, was er erfuhr.

Der Weißkittel hob entschuldigend die Schultern, bevor er die Tür vor Cezary wieder verschloss.

Fassungslos kam der Polizist zurück zu Selig. »Das ganze Team ist weg. Vor zehn Minuten. Es gab einen Farbbeutelangriff auf das Grab des Präsidenten. Sie sollen Beweise sichern und rauskriegen, wer das war. Anweisung von ganz oben.«

»Und jetzt?«

Für einen Augenblick wusste Cezary keine Antwort. Er dachte nach. »Das nächste Labor, mit dem wir zusammenarbeiten, befindet sich in Kattowitz. Ist eine knappe Stunde mit dem Auto.«

»Und das heißt? Willst du fahren, oder warten wir, bis der Farbbeutelattentäter gefasst ist?«

Cezary verstaute den Karton im Kofferraum des Wagens. »Ich mag nicht warten.«

Ohne ein weiteres Wort stieg er ein. Selig setzte sich auf den Beifahrersitz und schloss die Tür. Die beiden Männer schwiegen, während Cezary den Wagen über die Sandpiste steuerte.

»Was ist«, fragte Selig plötzlich, »wenn auch die Labormitarbeiter in Kattowitz zu einem Einsatz abkommandiert werden?«

Cezary, der sein Telefon schon in der Hand hielt, zögerte. »Guter Gedanke. Vielleicht sollte ich uns besser nicht ankündigen.« Er warf das Handy in das Fach der Mittelkonsole, dann lenkte er den Wagen auf den Betonplattenweg, in den die Sandpiste mündete.

Es dämmerte, dichte Wolken hatten sich vor die Sonne geschoben, als wollten sie den Tag vorzeitig beenden. Die Staubwolke, die ihren Wagen umhüllt hatte, trieb ihnen nach und löste sich auf. Cezary schaltete die Scheinwerfer an und beschleunigte. Sie ließen die Trucks und die Wohnwagen hinter sich. Die Gegend war verlassen, niemand außer ihnen war hier unterwegs.

Plötzlich merkte Selig auf. Er hatte seine Jacke auf den Rücksitz geworfen und dabei auf der Straße hinter ihnen eine Bewegung gesehen. Angestrengt starrte er in das Zwielicht. Dann sah er es.

»Da ist ein Wagen. Ohne Beleuchtung.«

Cezary blickte in den Rückspiegel. »Da ist nichts.« Dann entdeckte auch er ihn. »Das muss nichts bedeuten.« Trotzdem wirkte er besorgt.

Selig antwortete nicht.

Das Fahrzeug, ein schwarzer SUV, näherte sich ihnen bis auf vielleicht fünfzig Meter, dann hielt er den Abstand. Selig hatte sich umgedreht und starrte durch die Heckscheibe. »Es sind ein Mann und eine Frau«, sagt er, nachdem das Licht einer aufflackernden Straßenlampe den Wagen hinter ihnen kurz erfasst hatte. »Eine dieser Protzkarren. Polnisches Kennzeichen.« Er holte sein Handy aus der Jackentasche und fotografierte ihren Verfolger.

Cezary nickte stumm.

Kurz entschlossen bog er in eine Seitenstraße ein. Gespannt warteten sie ab, was geschehen würde.

Der Wagen folgte ihnen.

Cezary fasste das Lenkrad fester, Selig sah es besorgt.

»Was hast du vor?«

»Genau das, was du denkst. Bist du angeschnallt?«

Selig schluckte und tastete mit der Hand zum Gurtschloss.

Im gleichen Augenblick trat Cezary das Gaspedal herunter. Für einen Augenblick setzte der Motor aus, dann, begleitet von einer lauten Fehlzündung, schoss der Kleinwagen nach vorn. Selig wurde in den Sitz gepresst. Mit jaulendem Motor beschleunigte Cezary weiter, vergrößerte den Abstand zwischen ihnen und ihrem Verfolger. Die Stoßdämpfer ächzten, holpernd schossen sie über die Betonplatten. Jetzt hatten ihre Verfolger bemerkt, dass Selig und Cezary sie abzuhängen versuchten. Die Scheinwerfer des SUV flammten auf, mit aufheulendem Motor kam der Wagen ihnen nach.

Die Augen zu einem Spalt zusammengekniffen, blickte Cezary auf die Straße, warf immer wieder kurze Blicke in den Rückspiegel. Ihr Verfolger näherte sich schnell. Cezary versuchte, das Letzte aus dem Motor herauszuholen, mit aller Kraft presste er das Gaspedal bis zum Bodenblech des Kleinwagens hinunter. Doch gegen die starke Maschine des Verfolgerfahrzeuges hatten sie keine Chance: Innerhalb von Sekunden war der Wagen wieder dicht hinter ihnen, jetzt fast ohne Abstand. Er schien an ihrer Stoßstange zu kleben.

»Scheiße.« Cezary riss das Steuer herum, mit kreischenden Reifen rutschte der Wagen um eine Straßenecke. Der SUV schoss geradeaus weiter, bremste, der Fahrer ließ den Wagen herumschleudern und setzte ihnen nach.

»Und jetzt?« Selig sah zurück. Die Scheinwerfer ihres Verfolgers näherten sich wieder, bis sie die Heckscheibe auszufüllen schienen. »Was hast du vor?«

»Wir müssen es in die Stadt schaffen«, entgegnete Cezary.

Dann ging alles ganz schnell: Es knallte, ihr Wagen wurde herumgeschleudert, mit einem Ruck zerrte die Fliehkraft an ihnen. Seligs Kopf wurde zur Seite geschleudert, er prallte gegen das Glas der Seitenscheibe. Cezary schrie auf. Instinktiv hämmerte er den Fuß auf die Bremse, dann ließ ein zweiter Aufprall die Karosserie erzittern. Mit einem Knall öffneten sich die Airbags, umfingen ihre Oberkörper und hielten sie, während die Bewegungsenergie das Heck des Wagens anhob.

Danach war es still, bis auf ein leises Zischen, das aus dem Motorraum kam. Qualm wälzte sich unter der Haube hervor.

Benommen sah Selig auf. Cezary hing regungslos in seinem Gurt, er rührte sich nicht.

Selig stieß ihn an. »Hey. Alles okay?«

Cezary bewegte sich stöhnend. »Scheiße, was war das?«

Stimmen waren zu hören, jemand ging um den Wagen herum, eine Taschenlampe leuchtete ins Innere, der Lichtstrahl tastete die Rückbank ab. Selig kniff die Augen zusammen und öffnete sie wieder, doch er konnte, benommen, wie er war, nicht erkennen, was draußen vor sich ging. Die Kofferraumklappe wurde geöffnet, jemand sagte etwas, dann hörten sie Schritte. Ein Motor heulte auf, ein Auto fuhr davon, dann ein zweites.

Selig löste das Gurtschloss und stieß die Tür auf. Zwei Wagen entfernten sich schnell, nur noch für Momente waren ihre Rücklichter zu sehen, bevor die beiden Fahrzeuge zwischen den Gebäuden des Industriegebiets verschwanden.

Auch Cezary hatte die Tür geöffnet, er stieg aus, wankte um den Wagen herum und starrte in den offen stehenden Kofferraum. Selig quälte sich aus dem Wrack, um seinem Kollegen zu folgen. Und nun sah auch er, was Cezary entsetzte: Der Kofferraum war leer.

29

Wie kann man nur so blöde sein und seinen eigenen Wagen für die Arbeit benutzen? Und dann auch noch für so was!« Die Arme in die Seite gestemmt, sah Elena ihren Mann an. »Wie oft habe ich dir schon gesagt, die Schrottkarre taugt nichts.«

»Der Wagen war spitze. Nur eben nicht immer.«

Elena seufzte, dann küsste sie ihren Mann liebevoll. »Er ist immer noch der Trottel, den ich geheiratet habe.«

»He, he«, protestierte Cezary, »red nicht so über mich.«

»Wenn ich doch die Wahrheit sage«, entgegnete seine Frau und knuffte ihn zärtlich in die Seite. Dann ging sie zum Herd und nahm den Topf vom Feuer, um ihn auf den Tisch zu stellen.

Cezary schnupperte. »Chili con Carne. Typisch polnisches Gericht. Lecker.« Er zwinkerte Selig zu.

Sie aßen mit großem Appetit.

Der Schock, dass ihre Verfolger die Beweisstücke gestohlen hatten, saß tief, trotz des entspannten Abends, den sie in der engen Küche des Kommissars verbrachten. Die Kollegen von der uniformierten Polizei, die zum Unfallort gekommen waren, hatten sie in die Notaufnahme des Krankenhauses bringen wollen, doch weder Selig noch Cezary fanden, das sei der geeignete Ort, den Schrecken des Überfalls zu verdauen. Stattdessen hatten sie die Kollegen gebeten, sie zu Cezary nach Hause zu fahren, eine ehemalige Datscha, die der Kriminalpolizist nach und nach zu einem passablen Wohnhaus umgebaut hatte.

»Eines ist sicher«, hatte Cezary den Tag mit nur einem Satz zusammengefasst, als er die Eingangstür aufgeschlossen und

Selig hereingelassen hatte. »Wir sind auf eine heiße Sache gestoßen.« Dann hatte er eine Flasche Wodka aus dem Schrank geholt.

Es dauerte Stunden, bis sie über die Ereignisse sprachen. Cezary hatte erfolgreich abgewehrt, seiner Frau Details zu verraten. Sie hätten einen Unfall gehabt, als sie einen Verdächtigen verfolgt hatten, das musste als Erklärung reichen. Erst als er und Selig allein vor dem Kachelofen saßen und durch die geöffnete Ofenklappe ins Feuer starrten, sprach Cezary das Thema an, über das sie beide schon seit Stunden nachdachten.

»Das war knapp.«

Selig nickte.

Nach dem Unfall, als sie ausgestiegen waren, hatten sie begriffen, was passiert war: Während der SUV sie verfolgt hatte, war ein zweiter Wagen ihrer Widersacher von der Seite gekommen, hatte sie gerammt und von der Straße geschoben. Zum Glück war er in Höhe der Motorhaube auf sie geprallt und nicht ein Stückchen weiter hinten an den Seitentüren. So wie die Front des Kleinwagens aussah, hätte Selig den Aufprall nicht überlebt.

»Ist es das wert?« Cezary suchte Seligs Blick. »Macht es Sinn, für eine Sache zu sterben, auch wenn es eine gute Sache ist?«

Selig antwortete nicht.

Cezary trank einen Schluck. »Vielleicht sollte ich bei der Polizei aufhören. Mir einen anderen Job suchen. Ich hasse es, meine Frau ständig anzulügen.«

Nachdenklich hob Selig sein Glas und ließ die klare Flüssigkeit über seine Zunge laufen. Der beißende Geschmack des Wodkas breitete sich in seinem Mund aus.

Je älter er wurde, dachte Selig, desto schwieriger war es,

eine Antwort auf eine Frage wie die gerade von Cezary gestellte zu geben.

Eines war klar, und an diesem Punkt war er sich sicher: Es gab keinen gerechten Tod. Nicht einen einzigen.

Aber sollte er sich deshalb einschüchtern lassen? Gar aufhören mit dem, was er tat?

Selig streckte dem Kollegen sein Glas hin und wartete, bis der Wodka zwei Finger breit hineingeflossen war. »Danke.«

Sie schwiegen eine Weile. Das Knistern des Feuers im Kachelofen füllte die Stille.

Selig blinzelte in die Flammen. »Wer, glaubst du, war das?«

Cezary zuckte mit den Schultern. »Frag mich was Leichteres. Auf jeden Fall Profis, so wie die uns rangenommen haben. Denen war es egal, ob wir dabei draufgehen.« Er schenkte auch sich nach. »Die Frage ist: Wer steckt dahinter? Wenn das wirklich Profis waren, haben die den Karton nicht für sich selbst aus dem Kofferraum geholt. Die hatten von irgendjemandem den Auftrag, uns die Beweise abzunehmen, bevor wir sie ins Labor bringen konnten.«

»Aber von wem wussten sie, dass wir die Sachen gefunden haben? Irgendwer muss es ihnen gesagt haben.«

Cezary hob seine Hand und zählte an den Fingern ab: »Wir wussten davon, meine Kollegen aus der Abteilung, mein Chef, vielleicht auch der Polizeichef, wenn er über den Fund informiert worden war, was ich vermute. Außerdem hatten wir dem Labor Bescheid gegeben, etwa eine Stunde vor dem Überfall. Und dann wussten wegen der Sperrung der Halle auch alle im Flughafen davon. Zumindest konnten sie ahnen, dass wir etwas entdeckt haben.«

Selig dachte einen Moment lang nach. »Was ist wahrscheinlich?«

Cezary verstand die Frage nicht.

»Wenn ich überwachen will, ob die Polizei etwas herausbekommt, etwas, von dem ich nicht möchte, dass es in die Öffentlichkeit gelangt: Wo platziere ich meinen Spitzel? Im Flughafen, falls dort etwas gefunden wird? In einem Labor, das der Polizei zuarbeitet? Oder ...«

»... oder bei der Polizei selber«, beendete Cezary Seligs Satz. »Und jetzt rate mal, worüber ich die letzte Stunde nachgrübelt habe.«

»Und deine Antwort?«

Cezary schwieg. Nach einer Weile schüttelte er den Kopf. »Keine Antwort«, sagte er schließlich. Er hob sein Glas, kippte sich mit Schwung den Rest des Wodkas in den Rachen und goss sich nach. »Weißt du, wie das ist, wenn man zweifelt? Bist du in der DDR aufgewachsen?«

Selig schüttelte den Kopf. »Nein, in Berlin. Westberlin.«

»Dann weißt du nicht, was Misstrauen mit einem macht. Wenn man unsicher wird. Wenn man beginnt, die Menschen zu verdächtigen, mit denen man zusammenlebt. Wenn man Freundschaft nicht mehr glaubt. Ich will das nicht mehr.« Cezary schwieg einen Moment. »Manchmal habe ich das Gefühl, es ist schlimmer als je zuvor. Dabei kann das gar nicht sein, oder? Ich dachte, die alten Zeiten sind vorbei.« Hilflos blickte er Selig an, bevor er wieder ins Feuer starrte.

»Einer reicht«, antwortete Selig.

»Bitte?«

»Es braucht nur einer korrupt zu sein, damit eine Information abfließt. Nicht dein ganzes Team.«

»Mag sein. Aber dieser eine zerstört alles.«

»Ja. Wenn wir es hinnehmen.« Selig musste an seinen Sohn denken, an seinen Kampf und den seiner Freunde, der viele Jahre so hilflos schien und jetzt vielleicht durchschlagend sein würde, sofern der Deal mit der Bundesregierung klappte.

Niemals hätte er das erwartet. Er hatte, wurde Selig klar, viel von seinem Sohn gelernt während der vergangenen Monate. Vor allem hatte er etwas wiederentdeckt, das er längst verloren geglaubt hatte: Entschlossenheit.

»Sie werden nicht gewinnen, Cezary.«

»Sicher?«

»Nein. Aber für uns ist das kein Grund, jetzt lockerzulassen. Oder siehst du das anders?«

Cezary starrte ihn an. Ein Grinsen zog sich über sein Gesicht. Er streckte Selig seinen Wodka entgegen, sie stießen an und tranken.

Selig musterte den Kollegen über den Rand seines Glases hinweg. »Wem traust du es am ehesten zu?«

Cezary zuckte mit den Achseln. »In Polen stinkt zurzeit der Fisch vom Kopf.«

»Also dein Chef.«

»Wäre er nicht linientreu, wäre er nicht dort, wo er jetzt ist.«

»Aber glaubst du wirklich, dass eure Regierung hinter dem Anschlag steht? Farsell war ein britischer Internetaktivist. Der kann denen doch ziemlich egal sein.«

»Im Unterdrücken von Meinungen und Informationen ist unsere Regierung vorne mit dabei. Das könnte doch einen wie Farsell interessieren.«

Selig schüttelte den Kopf. »Ich habe mir auf dem Flug hierher angesehen, was er in den letzten Monaten veröffentlicht hat. Er hat nach Westen geblickt. Multinationale Konzerne, europäische Steuertricks, die Malta-Connection, das waren seine Themen.«

Cezary starrte Selig missmutig an. »Dass ihr Deutschen Polen immer noch als Osten anseht.« Er wandte sich ab und trank. Nachdenklich blickte er ins Feuer. »Vielleicht ging es gar nicht um Farsell selber. Vielleicht war es bei ihm wie mit den Klamotten und der Perücke von dem Attentäter, die sie uns vorhin aus dem Wagen gestohlen haben.«

Selig starrte Cezary an. »Wie meinst du das?«

»Vielleicht hatte Farsell eine Information bekommen, und die hat man ihm wieder abgenommen. Und das ging nur, indem man ihn tötete.«

Selig stellte das Glas ab und stand auf. »Farsell hatte sich am Tag vorher mit Erhard Lasnik in Zürich getroffen.« Er berichtete kurz von seinen Ermittlungen in Berlin. »Und nach dem Treffen ändert er plötzlich seine Reisepläne und fliegt nach Krakau. Warum eigentlich?«

»Das musst du nicht mich fragen. Fragt das diesen Lasnik.«

Selig nickte. »Das werden wir tun.«

❄

Mit einem Seufzen schaltete Maria den Computer aus und schob ihren Schreibtischstuhl zurück. Sie stand auf und streckte sich, ihr Rücken tat weh von den endlosen Stunden vor dem Monitor. Wagner war schon fort, sie war die Letzte im Büro, denn sie hatte die Mails, die sie bis zum Abend von den Polizeikollegen bekommen hatte, noch durchsehen wollen. Leider ohne Erfolg: Alle Informationen, die sie überprüft hatte, waren ins Leere gelaufen. Weder gab es einen Beweis, dass Lasnik sein Alibi gefälscht hatte, noch einen, dass er, wie er behauptete, zur Tatzeit in Zürich gewesen und unschuldig war.

Im Flur war das Klacken von Absätzen zu hören, es kam näher, dann klopfte es.

Die Stirn gerunzelt, ging Maria zur Tür, um sie zu öffnen. Sie hatte eine Ahnung, wer es sein konnte: Niemand ihrer

Kollegen im Präsidium trug Absätze, die ein solches Geräusch auf dem Boden machten.

Die schlanke Gestalt der IT-Forensikerin stand ihr gegenüber. Natalie Brandt lächelte, als sie Maria sah. »Entschuldigung, dass ich Sie störe, aber ich glaube, ich habe hier was vergessen.«

»Tatsächlich?« Maria blickte sie misstrauisch an.

»Ja. Mein Handy. Es liegt in einer Brotdose in Ihrem Kühlschrank.«

Maria war verblüfft, dann lachte sie. »Stimmt. Kommen Sie herein, ich gebe es Ihnen.«

Während Maria zum Kühlschrank ging, um Wagners Brotbox herauszuholen, betrat Natalie das Büro. Neugierig sah sie sich um. »Ist Kommissar Selig nicht hier?«

»Nein, ist er nicht.« Marias Replik klang schärfer, als sie es eigentlich wollte. »Warum? Wollten Sie ihn sehen?« Sie reichte Natalie das Handy und sah sie herausfordernd an.

»Ich wollte mich bei ihm bedanken. Und auch bei Ihnen. Sie haben mir sehr geholfen.«

»Das ist schon okay.«

»Nein, das ist es nicht. Wären Sie beide nicht gewesen, wäre ich kein Stück weitergekommen.« Natalie sah Maria offen an und lächelte. »Schätzen Sie Ihren Part dabei nicht zu gering ein. Sie dürfen sich ruhig was drauf einbilden. Immerhin haben Sie Deutschland gerettet. Oder zumindest die Bundesregierung.«

»Wenn Sie das so sehen …«, antwortete Maria und lächelte zurück.

Natalie hatte das Handy in ihre Tasche geworfen, jetzt setzte sie sich auf die Kante eines der Schreibtische und streckte ihre Beine von sich. Maria musterte sie unauffällig.

»So wie es aussieht«, fuhr Natalie fort, »haben sich die Hacker und die Regierung geeinigt. Ist aber noch nicht offiziell, also ...« Sie legte ihren Finger auf die Lippen.

Maria hatte nicht erwartet, dass die Bundeskanzlerin auf die Forderungen eingehen würde. »Wow. Nicht schlecht. Das stimmt wirklich?«

Natalie Brandt nickte. Sie zögerte. »Kann ich Sie vielleicht einladen? Zum Essen. Oder auf ein Glas Wein?«

»Warum?«

»Als Dankeschön, ich sagte es doch. Oder werden Sie zu Hause erwartet?«

»Nein, das nicht, aber ...« Maria zögerte. »Finden Sie das nicht ein bisschen übertrieben? Ich habe nur meinen Job gemacht, genau wie der Kommissar.«

»Ja, stimmt, ich auch.« Natalie lächelte. »Aber irgendwie habe ich Lust zu feiern. Ist doch ein Riesenerfolg! Und alleine macht das Feiern keinen Spaß.« Sie sah Maria erwartungsvoll an.

Maria zögerte. Jetzt, während sie miteinander sprachen, wirkte Natalie Brandt viel nahbarer und überhaupt nicht wie der männermordende Vamp, als den Maria sie gesehen hatte.

Eigentlich ganz sympathisch, dachte sie.

Maria lächelte. »Warum nicht?«

❄

Sie waren in eine kleine Kneipe am Rand von Kreuzberg gefahren, sehr plüschig und mehr Café als Bar. Maria fühlte sich in dem Raum sofort wohl. »Mein Stammlokal«, sagte Natalie und begrüßte die Frau hinter der Theke mit zwei Wangenküssen, bevor sie einen der Tische ansteuerte.

Maria ließ neugierig den Blick durch den Raum wandern. Sie hätte geschworen, die IT-Forensikerin würde sich an ihren freien Abenden in coolen Bars aufhalten, in denen sie die Bühne und das Publikum hätte, sich und ihren makellosen Körper zu inszenieren, lässig einen Cocktail in der Hand. Doch stattdessen ließ sie sich in einen angestoßenen Sessel fallen und bestellte erst einmal für sich und Maria einen Tee, damit sie sich aufwärmen konnten.

»Gefällt's dir hier?« Natalie stockte kurz. »Ist das okay, wenn ich du sage?« Sie musterte Maria gespannt.

»Klar. Ich bin Maria.«

»Natalie.«

Sie hatten nichts zum Anstoßen, ein Moment der Verlegenheit breitete sich zwischen ihnen aus.

Sie wirkt fast scheu, dachte Maria.

»Wohnst du hier in der Gegend?«

Die IT-Forensikerin schüttelte den Kopf. »Aber ich komme fast jeden Abend nach der Arbeit hierher. Liegt auf dem Heimweg. Die Aufläufe, die Vera kocht, sind einfach super.«

Die junge Frau von der Bar, die gerade zwei Teebecher brachte, hatte Natalies Worte gehört. »Danke.« Sie strahlte.

Maria griff nach ihrem Tee und wärmte ihre Finger, während sie an dem aufsteigenden Dampf schnupperte.

»Außerdem«, fuhr Natalie fort, »fühle ich mich hier wohl.«

Maria sah sich um. »Ja, ist nett hier.«

»Vor allem keine Typen, die einen nerven.«

Erst jetzt fiel Maria auf, dass fast nur Frauen an den Tischen saßen. Sie musste lachen. »Was hast du gegen Typen? So wie du aussiehst, ist das dein kleinstes Problem.«

Natalie blieb ernst. »Geht dir das nicht so? Wo kannst du am besten entspannen?«

»Bestimmt nicht unter Frauen.« Maria seufzte. »Da hast du ständig das Gefühl, die checken dich ab. Passen deine Klamotten zueinander, ist dein Bauch zu dick, sitzt dein Makeup, hast du Falten am Dekolleté ... Männer schauen, oder sie schauen eben nicht. Ist viel weniger Stress.«

»Für mich nicht. Ich finde Männer total anstrengend.«

»Wirklich?« Maria musterte sie erstaunt. »Und warum ziehst du dich so an? Ist doch klar, dass dich jeder Typ anstarrt. Selbst ich muss ja hinschauen, wenn du vorbeigehst.«

»Manchmal ist es hilfreich, so rumzulaufen. Und ich mag es, wenn man mich beachtet.« Natalie lächelte und strich sich über ihr Kleid. »Aber ich habe nie behauptet, dass ich das für Männer anziehe.«

Maria starrte sie an. Sie brauchte einen Moment, bis sie begriff, was Natalie ihr gesagt hatte. Überrascht stellte sie die Tasse ab. »Ohne dass ich dir zu nahe treten will, nur mal kurz nachgefragt, damit ich weiß, woran ich bin: Ist das hier so was wie ein Rendezvous?« Sie musterte die IT-Forensikerin forschend.

»Wäre das für dich ein Problem?«

Maria betrachtete Natalie nachdenklich. »Tut mir leid. Ich mag Männer. Mit Frauen kann ich nichts anfangen. Also zumindest nicht so, wie du ...« Sie stockte verlegen. »Ich hoffe, du fühlst dich nicht beleidigt.«

Natalie lächelte etwas gequält. »Ich hab ja angefangen. Und jetzt?«

Maria zögerte, dann stellte sie ihren Teebecher ab. Die Situation war ihr unangenehm. »Ich glaube, ich gehe jetzt einfach nach Hause.«

»Schade. Und du bist dir sicher?«

Maria nickte und stand auf. »Sei mir bitte nicht böse. Ich bin so etwas nicht gewohnt.«

Natalie seufzte. »Es ist dieser Kommissar, richtig?«

»Wie bitte?«

»In den du verliebt bist.«

»Wie kommst du denn darauf?«

»Nur weil ich lesbisch bin, heißt das noch lange nicht, dass ich keine Augen im Kopf habe.«

»Und trotzdem hast du mich eingeladen.«

Natalie grinste. »Jeder von uns hat irgendwann sein Coming-out.«

Maria grinste zurück. »Danke für den Tee.« Sie griff sich ihre Jacke.

»Er mag dich übrigens auch.«

»Wer?«, fragte Maria überrascht.

»Dieser Kommissar Selig. Er traut sich nur nicht. Er denkt, er ist nicht gut genug für dich, oder nicht schön genug, was weiß ich.«

Maria musste lachen. »Du spinnst. Der will nichts von mir. Er ist total abweisend, also die meiste Zeit.«

»Glaub mir, der ist reif. Du brauchst ihn dir nur zu pflücken.«

»Willst du, dass ich mich vor ihm lächerlich mache?« Maria runzelte die Stirn. »Das sagst du, um mich zu ärgern.«

»Das sag ich dir, weil ich dich mag.« Natalie lächelte bedrückt. Sie nahm Marias Arm und schrieb mit einem Kugelschreiber eine Handynummer darauf. »Falls du es dir anders überlegst. Kannst mich jederzeit anrufen.«

»Ich denke nicht. Trotzdem danke.«

Ein wenig verlegen nickte Maria der IT-Forensikerin zu, dann ging sie zu Tür.

Draußen auf der Straße sah sie noch einmal zurück in das Café, wo Natalie an ihrem Tisch saß und ihr nachschaute. Die IT-Forensikerin hob ihre Hand, winkte.

Maria winkte zurück.

❄

Ihr Telefon klingelte, als Maria auf der Terrasse ihrer kleinen Wohnung stand und in weißen Wolken ihren Atem in die Nacht steigen ließ. Sie hatte sich ein Glas Wein eingeschenkt, um den Tag ausklingen zu lassen und über alles, was geschehen war, nachzudenken. Jetzt, als ihr Handy auf der Tischplatte tanzte, ging sie eilig zurück in die Wohnung und verschloss die Terrassentür.

Es war Selig, sah sie auf dem Display.

»Ja?«

»Maria?«

Sie lächelte, als sie seine vertraute Stimme hörte. »Ja, ich bin's. Geht's Ihnen gut? Wo waren Sie?«

»Mit einem Kollegen unterwegs. Wieso?«

»Ich hatte versucht, Sie zu erreichen. Im Hotel waren Sie auch nicht.«

Es raschelte, dann polterte es, Selig war das Telefon aus der Hand gefallen. Sie hörte ihn leise fluchen und musste lächeln.

»Tatsächlich, hier steht's«, hörte sie ihn nach einer Weile sagen. »Hab Ihren Anruf gar nicht gesehen. Was wollten Sie denn?«

Maria zögerte kurz. »Nichts Besonderes. Hören, wie es so läuft.«

Auch Selig zögerte. »Ist alles gut hier. Die Kollegen sind nett.«

»Aha. Und sonst?«

Einen Augenblick war es still, offenbar dachte Selig nach. »Farsell wurde von Profis ermordet. Vielleicht ein Auftragskiller.«

»Wie kommen Sie darauf? Wegen des Nervengiftes?«

»Auch. Das erklär ich Ihnen, wenn ich wieder zurück bin.«

»Wann kommen Sie?«

»Ich glaub, morgen.«

»Gut. Ich hole Sie am Flughafen ab, wenn Sie wollen.«

Selig fand, es sei besser, er nehme ein Taxi.

»Okay …« Maria wusste nicht, was sie sagen sollte. »Was wollten Sie eigentlich?«

»Wieso?« Selig verstand ihre Frage nicht.

»*Sie* haben *mich* doch angerufen.«

»Ach so, ja. Ich habe einen Auftrag für Sie.« Selig bat sie, gleich am Morgen Erhard Lasnik in der JVA Moabit aufzusuchen und mit ihm über sein Gespräch mit Farsell zu reden. »Ich will wissen, warum Farsell seine Reisepläne über den Haufen geworfen hat und ganz plötzlich nach Krakau geflogen ist, anstatt nach Mailand zu fahren.«

»Gut. Mache ich.« Maria war enttäuscht von der Antwort. »Sonst nichts?«

»Was sonst?«

»War das alles?«

»Ja. Ich glaub schon. Ich bin ziemlich müde.«

Maria zögerte. Jetzt war eigentlich der Zeitpunkt, das Gespräch zu beenden und sich eine gute Nacht zu wünschen. Doch stattdessen stellte sie unvermittelt die Frage, die sie seit ihrem Abschied von Natalie beschäftigte. »Mögen Sie mich eigentlich?«

»Wie bitte?«

Selig war verblüfft, merkte sie.

»Mir hat eine Freundin gesagt, dass sie das glaubt. Ich habe ihr geantwortet, dass das nicht sein kann, weil Sie immer so abweisend zu mir sind.«

»Bin ich das?«

»Sie können furchtbar garstig sein. Und distanziert. Und dann sind Sie wieder total freundlich. Ich weiß echt nicht, was in Ihrem Kopf vorgeht.«

»Das weiß ich manchmal auch nicht.«

Sie schwiegen eine Weile.

»Wir können ja«, sagte schließlich Maria, »weiterreden, wenn Sie wieder hier sind. Wollen Sie das?«

Einen Moment lang war es still. Maria hielt den Atem an, bis Selig wieder sprach. »Ja, das wäre schön.«

»Schlafen Sie gut.«

»Sie auch.«

Maria unterbrach das Gespräch und legte das Telefon zurück auf die Tischplatte. Nachdenklich setzte sie sich in ihren Lehnsessel, zog ihre Beine an, kuschelte sich in ein Kissen.

Sie lächelte.

30

Seligs Kopf war schwer, als er am nächsten Morgen die steile Treppe des Hotels hinabstieg und in den Frühstücksraum ging. Sie hatten offenbar mehr getrunken, als ihm gestern bewusst gewesen war, vermutlich mehr als die eine Flasche, aus der Cezary ihnen immer wieder eingeschenkt hatte. Selig ignorierte das Frühstücksbüfett und goss sich einen großen Becher mit schwarzem Kaffee ein. Hoffentlich, dachte er, hatte er Maria gestern am Telefon nicht zu viel Unsinn erzählt.

Zehn Minuten später verließ er das Hotel. Es war kälter geworden, der Wind von Osten krallte sich in seine Jacke. Selig schlug den Kragen hoch und schob seine Hände in die Taschen.

Kurz darauf stoppte ein alter Lada auf der Auffahrt, Cezary saß auf dem Fahrersitz und winkte ihm zu. Selig warf seinen Koffer auf den Rücksitz und setzte sich neben den Kollegen.

Cezary grinste lakonisch. »Na, gefrühstückt?«

Selig schüttelte den Kopf.

»Ich auch nicht.«

Selig musterte ihn skeptisch. »Kannst du schon fahren?«

Cezary warf ihm einen vorwurfsvollen Blick zu, dann rammte er den Gang ins Getriebe und gab Gas. Mit einem Ruck schoss der Wagen nach vorn.

»Aha«, sagte Selig.

Cezary zuckte entschuldigend mit den Schultern. »Der gehört meinen Nachbarn.«

Sie schwiegen, bis sie die Stadt verlassen hatten und auf den Flughafen-Zubringer gefahren waren. Die aus dreieckigen Feldern geformte Glasfront des Airports leuchtete im fahlen Winterlicht.

»Vielleicht stellen wir die falsche Frage«, sagte Selig plötzlich.

Cezary runzelte die Stirn. »Was meinst du damit?«

»Wir haben darüber nachgedacht, wie der Mörder das Terminal unbemerkt verlassen hat, aber nicht, wie er es betreten hat.«

Cezary starrte Selig beleidigt an. »Na klar habe ich das getan. Allein am Vormittag sind vor der Maschine, mit der Farsell gekommen ist, sechzehn Flugzeuge gelandet. Fast zweitausend Passagiere. Dazu die Passagiere vom Vortag. Da gab es über siebzig Flüge, und der Täter könnte sich über Nacht irgendwo im Ankunftsbereich versteckt haben. Niemand schaut jeden Abend in jede Toilettenkabine.« Cezary redete sich in Fahrt. »Und was ist mit denen, die Zugang zum Sicherheitsbereich haben: die Security, das Reinigungspersonal, die Verkäuferinnen in den Geschäften? Jeder von denen könnte unseren Mörder hereingelassen haben. Wo sollen wir da ansetzen? Es sind viel zu viele Möglichkeiten.«

»Nein, das stimmt nicht.« Selig setzte sich auf. »Wir können die Zeit eingrenzen. Und auch die Zahl der Tatverdächtigen.« Er blickte Cezary an. »Wir wissen, dass Farsell ursprünglich vorhatte, nach seinem Besuch in Zürich nach Mailand zu fahren. Er hatte den Wagen bereits gemietet und war damit zum Hotel gekommen, in dem er sich mit Erhard Lasnik getroffen hat.«

»Lasnik ist der, den du in Berlin verhaftet hast.«

Selig nickte. »Irgendwann während dieses Gespräches oder in der Nacht darauf muss Farsell den Entschluss gefasst haben, früh am nächsten Morgen nach Krakau zu fliegen, anstatt nach Mailand zu fahren. Das bedeutet, unser Mörder hatte weniger als vierundzwanzig Stunden Zeit, sein Attentat vorzubereiten.«

Nachdenklich lenkte Cezary den Wagen auf die Zufahrt zum Flughafen und stoppte auf der Haltefläche vor dem Eingang.

»Du musst«, fuhr Selig fort, »die Fluglisten noch einmal durchsehen. Nur jene Passagiere, die ihr Ticket am Tag vor dem Mord gebucht oder sich direkt am Abflugtag gekauft haben, kommen als Täter infrage. Das wird die Zahl der Tatverdächtigen deutlich eingrenzen.«

»Und wenn jemand den Mörder in den Sicherheitsbereich gelassen hat?«

»Ist das wahrscheinlich? Glaubst du, die haben an jedem Flughafen der Welt Komplizen unter den Sicherheitsleuten? So etwas braucht mehr Vorbereitungszeit.«

»Lottogewinner gibt es auch, das ist auch nicht wahrscheinlich.«

»Ja, weil Millionen mitspielen. Schlechter Vergleich.«

»Aber möglich wäre es«, beharrte Cezary, doch Selig spürte, dass sein Kollege längst seinem Gedanken gefolgt war. »Na gut, ich kümmere mich drum. Wird vermutlich etwas länger dauern, bis wir die Infos von allen Fluggesellschaften zusammenhaben. Ich schick dir das Ergebnis, sobald wir durch sind.«

Selig lächelte. »Danke.«

Cezary lächelte zurück. »Du warst übrigens im Vorteil.«

»Wieso?«

»Du konntest denken heute Morgen. Ich musste fahren.« Er streckte Selig die Hand zum Abschied hin, Selig schlug ein und ächzte ein wenig, überrascht von dem Händedruck, mit dem Cezary seine Finger umschloss.

Selig fiel etwas ein. »Ich hab das Foto vergessen.«

»Welches Foto?«

»Das von unseren Verfolgern.« Er holte sein Handy aus der Hosentasche und rief das Bild auf, das er am Abend zuvor von dem SUV gemacht hatte. Es war unterbelichtet, das Kennzeichen unter der Stoßstange war nur zu ahnen.

Sie legten ihre Handys nebeneinander und tauschten das Bild per Bluetooth. »Ich kümmere mich darum«, versprach Cezary. Er steckte das Smartphone zurück in seine Jackentasche und grinste Selig an. »War lustig mit dir.«

»Lustig? Das hat noch niemand zu mir gesagt.«

»Wir in Polen mögen seltsame Typen. Ich ruf dich an!« Cezary winkte zum Abschied, dann stieg er wieder in den Wagen. Der Motor röhrte auf, der Lada fuhr an.

Selig blickte ihm lächelnd nach, bevor er in den Flughafen ging.

❄

Maria betrat die Justizvollzugsanstalt durch die Pforte am Haupteingang, unbeachtet von den wartenden Journalisten. Nur noch wenige Reporter standen vor dem Tor, die meisten hatten längst aufgegeben, auf ein Foto von Lasnik oder von Kommissar Selig zu hoffen, und sich anderen Themen zugewandt, neuen künstlich aufgebauschten Sensationen, die Leser und Zuschauer aufregten und sie zu zahlreichen Klicks auf ihren Smartphones animierten. Das Nachrichtenkarussell in der Hauptstadt drehte sich weiter.

Der JVA-Beamte prüfte Marias Dienstausweis und sah in seine Liste. Maria hatte ihr Kommen erst vor einer knappen Stunde angekündigt. »Die Besucherräume sind alle belegt. Aber wir haben gerade Einschluss, Sie können Lasnik in seiner Zelle aufsuchen.«

Maria zögerte, dann nickte sie. Die Alternative wäre gewesen, einige Stunden zu warten, und diese Zeit hatte sie nicht. Seufzend folgte sie dem Beamten in die Tiefe des Gebäudes.

Sie hasste Termine in der JVA, die nicht im abgetrennten Besucherbereich stattfanden. Egal, was für Kleidung sie trug, war der Weg durch den Zellentrakt für sie ein Spießrutenlauf. Obwohl die Zellenbelegung ständig wechselte, gab es immer irgendwelche Idioten unter den Häftlingen, die ihr nachpfiffen oder Anzüglichkeiten nachriefen. So erging es jeder Frau hier, rational wusste sie, dass es albernes Geprotze war, aufgeblasenes Gockelgehabe, das mehr den Mithäftlingen galt als ihr. Trotzdem fühlte sie sich der Situation hilflos ausgeliefert, da sie nicht auf die Anwürfe antworten oder die Männer zurechtstutzen konnte.

Die coole Fassade, die sie notgedrungen während ihres Weges entlang der Zellentüren aufsetzte, schien die geifernden Rufer nur noch mehr anzustacheln.

Der Justizvollzugsbeamte öffnete die Klappe in einer der Türen, dann entriegelte er das Schloss und ließ Maria eintreten. »Klopfen oder rufen Sie, wenn Sie Hilfe brauchen. Ich warte direkt vor der Zelle.« Der Beamte warf ihr ein freundliches Lächeln zu, dann schloss er die Tür.

Lasnik musterte Maria unwillig. »Wer sind Sie? Ich hatte Kommissar Selig erwartet.«

Maria stellte sich vor. »Kommissar Selig ist mein Chef. Er bat mich, mit Ihnen zu reden.«

»Ist ja eigentlich egal, wer Sie sind. Hauptsache, Sie bringen ein Angebot.« Lasnik verschränkte seine Arme vor der Brust. »Also: Wann komme ich hier raus?«

»Woher soll ich das wissen? Das entscheidet der Haftrichter.«

»Dann habe ich Ihnen nichts zu sagen.« Lasnik ging zur Tür und klopfte dagegen. »Mein Besuch will gehen.«

Die Klappe in der Zellentür öffnete sich, der Beamte blickte hindurch. Maria gab ihm ein Zeichen, dass sie noch bleiben wolle. »Denken Sie kurz nach, Lasnik. Es geht nicht nur um Ihre Haft. Es geht um den Prozess, auf den Sie zusteuern. Und da kann es durchaus entscheidend sein, ob Sie sich kooperativ verhalten oder nicht.«

»Ich bin unschuldig! Haben Sie mein Alibi geprüft?«

Maria nickte. »Es konnte nicht bestätigt werden. Niemand weiß, wann Sie Zürich verlassen haben. Unserer Berechnung nach hatten Sie genug Zeit, rechtzeitig zum Mord wieder in Berlin zu sein.«

Wütend hämmerte Lasnik mit der flachen Hand gegen die Wand.

Maria betrachtete ihn ungerührt.

Eine Weile war es still in der Zelle.

Lasnik sah auf. »Wer garantiert mir, dass das Gericht davon erfährt, wie gesprächsbereit ich bin?«

»Niemand.«

»Super. Sind Sie immer so entgegenkommend?« Lasniks Stimme troff vor Sarkasmus.

»Es ist Ihre Entscheidung, was Sie tun. Wenn Sie sich hier wohlfühlen, bitte, dann schweigen Sie.« Maria musterte Lasnik mit kühlem Blick. Sie spürte, sie hatte keine Lust, diesem Mann in irgendeiner Weise entgegenzukommen.

Nach einer Weile wandte sie sich ab, um an die Zellentür zu klopfen.

»Warten Sie. Was wollen Sie von mir wissen?«

Maria drehte sich wieder zu Lasnik um. »Sie haben sich in Zürich mit Jeff Farsell getroffen.«

»Ja. Wo ist die Frage?«

»Worüber haben Sie mit ihm gesprochen?«

»Spielt das hier eine Rolle? Ich denke, das geht niemanden was an.«

Maria blieb unbeirrt. »Jeff Farsell hat nach dem Treffen mit

Ihnen seine Reisepläne geändert und ist nach Krakau geflogen. Warum?«

»Was weiß ich, was in Farsell vorgeht. Fragen Sie ihn doch selber.«

»Das würden wir gerne. Nur leider ist er in Krakau ermordet worden.«

»Bitte?« Lasnik schien erschrocken. »Farsell ist tot? Wollen Sie mir das auch anhängen?«

»Nein. Ich würde nur gerne wissen, worüber Sie mit ihm gesprochen haben.«

Lasnik zögerte einen Moment. »Es ging um interne Abläufe in seiner Organisation. Ich weiß nicht, ob ich hier darüber reden kann.«

Maria sah ihn nur abwartend an.

»Na gut. Es gibt den Verdacht, dass sich in seine Organisation ein Spitzel eingeschlichen hat. Jemand, der die Arbeit von Farsell und seinen Leuten manipuliert.«

»Inwiefern manipuliert?«

»Das weiß ich nicht. Ich habe es auch erst bei dem Treffen erfahren. Ein Anruf, den Jeff bekommen hat, auf seinem Handy.«

»Und danach hat er Ihnen davon erzählt.«

»Ja, aber nicht viel. Wer der Unbekannte ist und worum es bei der Manipulation genau ging, entzieht sich meiner Kenntnis. Ich gehöre nicht zu Farsells Gruppe, ich unterstütze sie nur finanziell.«

»Und danach?«

»Hat Farsell das Gespräch abgebrochen. Was er dann gemacht hat, kann ich nicht sagen.«

Maria hatte ein Notizbuch hervorgeholt, um sich das Gehörte zu notieren. »Um welche Uhrzeit war das?«

»Keine Ahnung. Vielleicht gegen 18 Uhr? Vielleicht auch

etwas später. Farsell hat das Hotel sofort verlassen. Ich bin dann auch aufgebrochen.«

»Wohin ist Farsell gefahren?«

»Das weiß ich nicht.«

»Und warum wollte er nach Krakau?«

»Ich sagte Ihnen doch schon, dass ich nicht zu Jeffs Organisation gehöre. Ich habe keine Ahnung von den Dingen, die er getan hat.«

Maria musterte ihn skeptisch. »Sie unterstützen Farsell und seine Leute, ohne zu wissen, was dort passiert?«

»So ist es nun auch wieder nicht.«

»Also müssen Sie doch eine Idee haben, warum Farsell nach Krakau geflogen ist.«

Lasnik zögerte. »Es gibt dort einen Verbindungsmann, der den Kontakt zu den Widerstandsgruppen in Russland hält. Ich vermute, er wollte sich mit dem treffen.« Kurz erläuterte er, dass die Kontakte zwischen Farsells Team und den russischen Widerstandsgruppen sehr schwierig seien, weil offizielle Verbindungen zu westlichen Organisationen für die russischen Aktivisten gefährlich waren. Die Behörden in Moskau nutzten jede Gelegenheit als Vorwand, kritische Initiativen zu verbieten. Den Namen des Verbindungsmannes, behauptete Lasnik, wisse er nicht.

Maria betrachtete ihn nachdenklich.

Sie misstraute ihm. Alles an diesem Mann war Berechnung. Er war ein Schachspieler, spürte sie, der jeden seiner Züge plante und eiskalt den Gegner matt setzte, sobald er die Chance dazu erhielt. Jetzt war er unterlegen, also spielte er die Rolle des Hilfsbereiten.

Sie würde, nahm sie sich vor, sich nicht von ihm täuschen lassen.

»Kann ich sonst noch etwas für Sie tun?«

Langsam schloss Maria ihren Block. »Das war's für den Moment. Wir werden Ihre Aussagen nachprüfen.«

Lasnik lächelte und gab sich entspannt. »Tun Sie das.« Er warf ihr einen lauernden Blick zu. »Ich kann mich doch auf Sie verlassen?«

Maria lächelte. »Oh, ja, Herr Lasnik, das können Sie.«

Mit einer schnellen Bewegung klopfte sie an die Tür, damit der wartende Beamte ihr öffnete. Sie nickte Lasnik kurz zu, dann verließ sie die Zelle.

Misstrauisch blickte Lasnik ihr nach.

31

Als Maria das Büro betrat, saß Selig an seinem Schreibtisch und las in einer Akte. Er war erstaunt, sie zu sehen. »Heute ist Sonntag!«

»Sie sind doch auch hier.« Maria lächelte und ging zu ihm. »Was lesen Sie da?«

»Die Stasi-Akte des Mordopfers. Lag in meinem Postfach, war an mich persönlich adressiert.« Selig berichtete ihr kurz, dass er von der Stasi-Unterlagen-Behörde die Akteneinträge von Jacob Winterberg angefordert hatte.

»Und?« Sie setzte sich ihm gegenüber auf den Besucherstuhl. »Was steht drin über unseren lieben Herrn Lasnik?«

Selig sah auf. »Woher wissen Sie, dass Lasnik in Winterbergs Stasi-Akte auftaucht?«

Maria hob kurz die Schultern. »Liegt das nicht nahe? Irgendwo muss es eine Verbindung zwischen Lasnik und Winterberg geben. Das ist die einfachste.«

Selig sah sie nachdenklich an. Dann las er weiter.

Maria betrachtete ihn einen Augenblick, bevor sie aufstand und zu ihrem Schreibtisch ging. Sie wusste, Selig würde für eine Weile nicht ansprechbar sein, bis er die Informationen geprüft und durchdacht hatte.

Maria schaltete den Computer ein, wartete, bis er hochgefahren war. Dann gab sie die Webadresse von Farsells Organisation ein und begann mit ihrer Recherche.

Selig rührte sich erst eine halbe Stunde später wieder. Er stand auf, ging ans Fenster, schaute hinaus.

Maria schwieg wie er, sah ihn nur abwartend an.

Selig drehte sich um. »Das ist verrückt, im wahrsten Sinne des Wortes.«

»Was meinen Sie damit?«

»Nicht Lasnik hatte ein Motiv, Winterberg zu ermorden, sondern Winterberg Lasnik. Lasnik hat Winterbergs Leben komplett zerstört.« In knappen Worten berichtete Selig, was er in den Stasi-Unterlagen gelesen hatte. Es war eine in nüchternem Bürokratendeutsch gehaltene Aufstellung an Grausamkeiten, mit deutscher Gründlichkeit organisiert und protokolliert. Keine der dokumentierten Taten passte zu dem Bild des heimeligen DDR-Staates, dem manche Ostveteranen nachhingen.

Winterberg war Konstrukteur im VEB Kombinat Schienenfahrzeugbau in Berlin gewesen, ein Vorzeige-Arbeiter, der von außen betrachtet das Leben eines angepassten DDR-Musterbürgers führte. Seine Frau war im gleichen Betrieb angestellt und engagiert bei der Volkssolidarität, sein Sohn, Mitglied der FDJ, steuerte das Abitur an. Doch die Spitzelberichte, die ein gewisser »IM Winnetou« angefertigt hatte, zeichneten ein anderes Bild. Winterberg, berichtete der Informelle Mitarbeiter der Stasi unter seinem Indianer-Decknamen, habe gegenüber seinen Freunden und seiner Familie die verkrusteten Strukturen des Betriebes beklagt, die verhinderten, dass sie tatsächlich innovative Züge konstruieren konnten. Winterberg würde mit Spott und zunehmender Verachtung auf die Parteifunktionäre herabsehen.

Die Situation eskalierte, als Winterbergs Sohn Bernhard ein Flugblatt an das schwarze Brett seiner Schule heftete, in dem er für alle Schüler demokratische Rechte, insbesondere das Recht auf freie Meinungsäußerung, einforderte. »Er wurde verraten und von der Schule verwiesen. Und musste sich, anstatt das Abitur zu machen, in der Produktion bewähren«, erzählte Selig und zeigte Maria die Kopie des Spitzelberichtes von IM Winnetou, in dem Bernhards Tat an die Stasi gemeldet wurde. Auch Winterberg und seine Frau wurden von ihren Arbeitsstellen entfernt, hieß es in der Akte.

Jetzt war das Band zwischen Winterberg und dem Staat endgültig zerschnitten. Winterberg trat den ihm zugewiesenen Arbeitsplatz bei der VEB Sekundärrohstofferfassung an. Seine Frau und sein Sohn mussten sich ebenfalls »in der Produktion bewähren«, wie es in dem Bericht hieß, und Werkzeugmaschinen fertigen. Bald schloss sich Winterberg einer kirchlichen Gruppe an, die gegen die DDR opponierte, gegen den Willen seiner Frau, vermutete IM Winnetou. Schließlich hatte die Stasi genug von seinem zunehmend öffentlichen Protest, sie verhafteten ihn.

»Und jetzt raten Sie mal, welcher Stasi-Offizier das veranlasst hat?«, fragte Selig.

»Erhard Lasnik«, antwortete Maria.

Selig nickte.

Zur gleichen Zeit, berichtete er weiter, hatte sich Winterbergs Sohn entschlossen, über die Grenze nach Westberlin zu fliehen. Kurz nachdem sein Vater verhaftet worden war, setzte er den Plan um. Doch jemand hatte ihn verraten, er wurde an der Grenze erwartet und festgenommen.

Und dann geschah etwas Verblüffendes. Kurze Zeit nachdem sein Sohn ins Stasi-Gefängnis Hohenschönhausen gesteckt worden war, wurde Jacob Winterberg freigelassen.

»Das war das Schlimmste, was die Stasi Winterberg antun konnte«, ergänzte Selig.

Maria blickte ihn fragend an. »Wieso?«

»Weil Winterbergs Freunde glaubten, dass er mit der Staatssicherheit der DDR einen Pakt eingegangen war. Und dass er seinen Sohn verraten hatte.« Das Perfide an der Sache war: Stasi-Offizier Erhard Lasnik hatte genau gewusst, was er tat, und genau vorhergesagt, wie die Oppositionellen reagieren würden. Seinen Plan hatte er detailliert schriftlich dargelegt, erzählte Selig, vermutlich, um seine Vorgesetzten zu beeindrucken. Und es geschah genau das, was Lasnik hatte erreichen wollen: Die Mitstreiter in der Oppositionsgruppe hielten sich von Jacob Winterberg fern, seine Frau trennte sich von ihm, das Misstrauen hatte ihre Ehe zerstört. Auch sein Sohn, der nach vier Jahren Haft wegen versuchter Republikflucht aus dem Gefängnis entlassen wurde, sprach nie wieder ein Wort mit ihm. »Das Ziel, das aufrührerische Subjekt sowohl von den Feinden des Sozialismus als auch von seiner Familie zu entfernen, ist vollständig erreicht«, schrieb Lasnik nicht ohne Stolz.

»Das geschah Mitte der Achtzigerjahre«, fuhr Selig fort, »und es war noch nicht das Ende des Dramas.« Winterberg wusste aus den zahlreichen Verhören, dass Lasnik der verantwortliche Offizier der Staatssicherheit gewesen war, der sein Leben zerstört hatte. Er bekam heraus, wo Lasnik wohnte, und lauerte ihm auf, eine tragische Tat, die Lasnik nur ein blaues Auge, Winterberg jedoch vor Gericht und in das berüchtigte DDR-Gefängnis nach Bautzen brachte, unter verschärften Haftbedingungen und mit erniedrigender Zwangsarbeit. »1988 wurde Winterberg vom Westen freigekauft, für exakt 95 847 Mark.« Ein gebrochener Mann wurde über die Grenze geschafft, während gleichzeitig Lasniks Nachfolger auf dessen Posten die Akte schloss und ordentlich im Archiv ablegte.

»Lasnik war zuletzt nicht mehr der zuständige Offizier? Wohin ist er gegangen?«, fragte Maria.

Selig blätterte die Kopien durch. »Das steht hier nicht.«

»Wir sollten Lasniks Stasi-Akte anfordern«, fand Maria. »Wenn Winterbergs und Lasniks Geschichte derart eng miteinander verbunden sind, müssen wir alles kennen. Soll ich mich darum kümmern?«

Selig nickte nachdenklich. »Und besorgen Sie bitte die aktuelle Anschrift von Winterbergs Ex-Frau und dessen Sohn.«

»Denken Sie, die beiden haben mit der Sache zu tun?«

»Wir hätten längst mit ihnen sprechen sollen. Außerdem sagten Sie doch gerade, wir müssen alles kennen, was Winterberg und Lasnik angeht.«

Maria zögerte. »Und wenn der Mörder ganz woanders sitzt? Wenn er mit alldem gar nichts zu tun hat?«

Selig antwortete nicht.

❄

Gut gelaunt verließt Natalie Brandt die Haupthalle des Reichstagsgebäudes und durchquerte den Vorraum an der Westseite. Das Klacken ihrer Absätze schallte von den Glaswänden zurück, ein Geräusch, das die Aufmerksamkeit der Sicherheitsbeamten an den Metalldetektoren weckte. Interessiert sahen sie der jungen Frau entgegen. Die IT-Forensikerin ignorierte die taxierenden Blicke und nahm ihr Smartphone in Empfang. Sie hatte es auf Wunsch Steiners hier abgegeben, bevor sie dem Kanzleramtsminister in das Innere des Gebäudes gefolgt war, einen Hausausweis am Revers ihres Kostüms.

Susanne Bergstedt hatte sie persönlich angerufen und zu einem kurzfristig angesetzten Treffen mit den Fraktionsspitzen aller im Bundestag vertretenen Parteien gebeten. Während der informellen Begegnung abseits der Öffentlichkeit hatte Natalie noch einmal in aller Kürze die Herkunft des Virus beschrieben und das Abwehrprogramm der Hacker vorgestellt. Dann ergriff die Kanzlerin das Wort, um von ihren Gesprächen mit der Hackergruppe zu berichten. Der Kompromiss, auf den sie sich mit den jungen Männern und Frauen hatte einigen können, war tief greifend, aber realisierbar.

Der eigentliche Grund für das Treffen war die nachfolgende Aussprache gewesen. Die Kanzlerin hatte sich entschlossen, eine Entscheidung über den Einsatz des Abwehrprogrammes im Konsens mit allen Parteien zu treffen, da die Forderungen der Hacker für viele Jahre die Politik Deutschlands beeinflussen würden. Die Nachfragen der Politiker, die den Ernst der Lage begriffen hatten, waren sachlich und ernsthaft gewesen. Nur der Landesgruppenchef der bayerischen Konservativen hatte sich aufgeblasen wie ein Kugelfisch, bis die Kanzlerin ihm mit der Bemerkung, er vertrete die Partei mit den wenigsten Wählerstimmen im Bundestag und möge sich bitte auch entsprechend verhalten, die heiße Luft abgelassen hatte. Natalie musste lächeln, als sie an die Situation zurückdachte.

Zufrieden blinzelte sie in die Sonne.

Es war kalt, die Luft war klar und rein, ein Wintertag, der Natalie an ihre Kindheit erinnerte. Was, dachte sie, sollte sie jetzt tun? Dort drüben, wenige Kilometer entfernt, saß Lasnik in seiner Zelle. Am liebsten wäre sie zu ihm gefahren, um ihm ihren Erfolg brühwarm unter die Nase zu reiben. Sie war schneller gewesen als er, sie, das Showgirl in Lasniks Inszenierung. Während seine Programmierer noch arbeiteten, hatte sie die Aufgabe längst erledigt – perfekt erledigt, wie sie fand. Doch sie widerstand der Versuchung, zur JVA Moabit zu fahren und um einen Besuch bei Lasnik zu bitten. Er würde früh genug erfahren, was geschehen war.

Ihr Telefon klingelte, als sie die Stufen hinab zum Vorplatz ging. Natalie holte es hervor und sah auf das Display. Torben Peterson versuchte sie zu erreichen, Lasniks Assistent und ihr Kollege bei diesem Projekt. Kurz überlegte sie, den Anruf zu ignorieren, doch dann nahm sie das Gespräch an.

Peterson war gereizt. »Wo warst du?«

»Ich weiß nicht, was dich das angehen sollte.« Natalie ließ Petersons Ärger an sich abperlen.

»Ich vertrete Lasnik, solange er in Haft ist. Also habe ich verdammt noch mal ein Recht darauf, zu erfahren, was du treibst!«

»Schön, wenn du das meinst. Sonst noch was?«

Natalie hörte, wie Peterson kurz nach Luft schnappte.

»Wer, glaubst du, bist du, dass du dich so verhalten kannst? Hast du es immer noch nicht kapiert? Du bist dafür da, gut auszusehen, Süße. Alles andere überlässt du gefälligst den Großen.«

»Tatsächlich?« Natalie gelang es, sich zu beherrschen, das Wissen um ihren Erfolg half ihr dabei. »Ich glaube, du überschätzt dich, Torben. Beruhige dich erst mal, vorher rede ich kein Wort mit dir.«

»Du legst jetzt nicht auf!«

Petersons Stimme überschlug sich vor Wut. »Glaub mir, du stehst knapp davor, rauszufliegen! Ein Wort von mir reicht! Also, raus mit der Sprache. Erst liegt dein Telefon im Polizeipräsidium herum, dann fordert dich die Kanzlerin auf, in den Bundestag zu kommen. Kannst du mir mal erklären, was hier abgeht?«

»Woher weißt du, dass mich die Kanzlerin angerufen hat?« Natalie war stehen geblieben. Ihr kam ein böser Verdacht. »Hört ihr mein Telefon ab? Sag bloß, ihr habt mir eine Überwachungssoftware auf das Handy gespielt?«

Peterson lachte überheblich. »Was glaubst du, für was für eine Firma du arbeitest? Denkst du, wir lassen Leute wie dich einfach frei rumlaufen?«

Eine Sekunde lang war Natalie still, das Telefon am Ohr. Dann trennte sie die Verbindung, öffnete wortlos das Gehäuse und nahm den Akku heraus.

Sie hatte von Anfang an gewusst, dass Lasnik sie benutzen wollte. Doch jetzt war er einen Schritt zu weit gegangen.

Zeit, sich einen anderen Job zu suchen.

Die Gelegenheit war günstig. Morgen würde jeder in der Branche ihren Namen kennen.

Nachdenklich betrachtete Natalie das Smartphone in ihrer Hand, bevor sie seine Einzelteile sorgfältig in ihrer Handtasche verstaute.

❄

Cora Winterberg lebte in einer schmalen Seitenstraße am Stadtrand von Eberswalde, in einem unscheinbaren Haus, dessen Mauern grauer Rauputz zierte und das mit seinen Anbauten aus Presspappe und Asbestplatten so aussah, als würde die DDR noch existieren. Selig parkte seinen Wagen am Straßenrand, stieg aus und öffnete das quietschende Gartentor.

Eine Gardine bewegte sich hinter einem der Fenster.

Selig hatte seinen Besuch angekündigt, doch die Fahrtzeit unterschätzt. Fast zwei Stunden nach seinem Anruf klingelte er an der Tür. Es dauerte einen Moment, dann öffnete ein hagerer Mann mit schütterem Haar. »Ja?«

Er war, schätzte Selig, ungefähr in seinem Alter. »Ich wollte zu Frau Winterberg. Cora Winterberg. Sie wohnt doch hier, oder?« An der Tür hing kein Namensschild.

Der Mann betrachtete Selig misstrauisch. »Können Sie sich ausweisen?«

Selig griff in seine Jacke und holte seinen Dienstausweis hervor.

»Paul Selig«, las Winterberg, »Hauptkommissar. Aha. Und was wollen Sie von meiner Mutter?«

»Sie sind Bernhard Winterberg?« Selig musterte sein Gegenüber. »Ich möchte Ihrer Mutter und auch Ihnen ein paar Fragen stellen, zu Ihrem Vater.«

»Danke, kein Bedarf.« Ohne die Reaktion des Kommissars abzuwarten, drückte Winterberg die Tür zu. Selig stellte einen Fuß auf die Schwelle, bevor das Schloss zuschnappen konnte.

»Was soll das?« Winterberg war ärgerlich. »Ich will nichts mit ihm zu tun haben. Und meine Mutter auch nicht. Uns ist es egal, in was für Schwierigkeiten er steckt. Also lassen Sie uns in Ruhe.«

»Können wir vielleicht drinnen weiterreden?«, fragte Selig.

Eine Bewegung im dunklen Hausflur ließ ihn aufmerken. Eine kleine Gestalt trat aus dem Schatten, weißhaarig, gebeugt, das Gesicht faltig. Ihr Blick war aufmerksam und wach. »Was ist mit Jacob? Wie geht es ihm?«

Selig zögerte. »Ich komme von der Mordkommission. Es tut mir leid, aber Ihr Mann lebt nicht mehr.«

❄

Mit schnellen Schritten trippelte Cora Winterberg um den Tisch herum. Sie hatte einen Tee gekocht und Kekse und Obst bereitgestellt, offenbar ließ sie ihre Aufregung in Bewegung fließen. Die Nachricht vom Tod ihres Ex-Mannes hatte sie schockiert, während Winterbergs Sohn kühl und distanziert wirkte, als spräche Selig nicht von seinem Vater, sondern von einer fremden Person.

»Ich habe ihn seit fast dreißig Jahren nicht mehr gesehen.« Die Stimme der alten Frau war hell wie die eines jungen Mädchens. »Die Scheidung war nicht schön gewesen, und, na ja, danach wollte ich nichts mehr mit ihm zu tun haben.«

Selig hockte auf der Kante eines Sessels im kalten Wohnzimmer, das Cora Winterberg aufgeschlossen und eilig gelüftet hatte, bevor sie Selig in den Raum nötigte und ihren Sohn dazu anhielt, den Ofen in der Zimmerecke anzuheizen. Bernhard Winterberg hatte sich ohne Murren der Anweisung gefügt, er schien es gewohnt zu sein, zu tun, was seine Mutter von ihm verlangte.

Sie schenkte Selig, sich selbst und ihrem Sohn Tee ein.

Selig trank vorsichtig einen Schluck. »Hat Ihr Ex-Mann versucht, mit Ihnen Kontakt aufzunehmen?«

»Ja, ein paarmal. Er hat mich angerufen. Aber ich wollte nicht mit ihm reden.«

»Obwohl er der Vater Ihres Sohnes ist?«

Cora Winterbergs Blick wurde kühl. »Sie wissen, was Jacob getan hat?«

Seligs Hände ertasteten die Kopien von Jacob Winterbergs Stasi-Akte in der Innentasche seiner Jacke, er hatte sie vor seiner Abfahrt im Präsidium kopiert. Doch er zögerte noch, sie hervorzuholen.

»Wann haben Sie Ihren Ex-Mann das letzte Mal gesehen?«

Cora Winterberg trank vorsichtig einen Schluck, die warme Tasse fest mit beiden Händen umschlossen. Ihre Finger waren blass und knochig. »Ich weiß es nicht genau. Vielleicht vor zwei Jahren? Er war hierhergekommen, einfach so, ohne sich anzukündigen. Er wollte meinen Sohn sprechen.«

»Und was wollte er von Ihnen?« Selig wandte den Kopf Bernhard zu.

Dieser zuckte verächtlich mit den Schultern. »Was weiß ich, keine Ahnung. Ich wollte ihn nicht sehen.«

»Aber er wird Ihnen doch gesagt haben, warum er gekommen war.«

»Und ich habe ihm nicht zugehört.« Winterbergs Antwort kam schnell und schneidend.

»Das heißt, Sie haben nie wieder mit ihm gesprochen, seit … damals?«

»Finden Sie das erstaunlich, nach all dem, was er mir und meiner Mutter angetan hat?«

Selig schwieg bedrückt.

Bernhard Winterberg stand auf, ging zum Ofen und öffnete ihn kurz, um ein Stück feuchtes Holz in die Glut zu werfen. Es zischte und knackte hinter der Feuerklappe. Eine Weile stand Winterberg regungslos und starrte den Ofen an, als könne er die eiserne Hülle mit seinem Blick durchdringen.

»Waren Sie schon einmal in Hohenschönhausen? Im Stasi-Knast? Können Sie sich ansehen, ist heute ein Museum.« Winterberg drehte sich um und fixierte Selig. »Sie haben mich dort festgehalten vor meinem Prozess, über ein Jahr lang, als Republikflüchtiger. Isolationshaft. Ein verdammtes Jahr lang habe ich nur diesen Stasi-Hauptmann gesehen. Nachts. Tagsüber. Endlose Verhöre. Ich wusste nicht mehr, welche Uhrzeit war, ich durfte nicht schlafen, wurde immer wieder geweckt. Konnte mit niemandem reden. Sie wollten, dass ich meine Freunde verrate.«

»Und? Haben Sie?«

Ein Schatten legte sich über Winterbergs Gesicht.

Für einen Moment war nur das Knacken der brennenden Holzscheite zu hören.

»Danach haben sie mich vor Gericht gestellt und verurteilt. Vier Jahre Knast. So etwas vergisst man nicht, Herr Kommissar. Ich weiß nicht, ob Sie das verstehen können.«

Selig musste an das Foto denken, das Lasnik ihm gegeben hatte, das Bild, das ihn und seine Schwester neben seinem Vater zeigte.

Er verstand es sehr gut, dass man nicht vergessen konnte.

Selig schob den Gedanken beiseite und blickte Winterberg

an. »Wo waren Sie am vergangenen Mittwoch zwischen 22 und 24 Uhr?«

»Warum wollen Sie das wissen?« Der Sohn musterte Selig misstrauisch. »Sie glauben, dass ich ihn umgebracht habe?«

»Beantworten Sie einfach meine Frage.«

»Ich war hier bei meiner Mutter. Ich bin fast jeden Abend hier.«

»Und das können Sie bestätigen?« Selig sah zu Cora Winterberg.

Die alte Frau nickte schweigend.

»Danke. Mehr Fragen habe ich nicht.« Selig stand auf und griff nach seiner Jacke.

Auch Cora Winterberg war aufgestanden, sie hielt Selig zurück, suchte seinen Blick, die knochige Hand auf seinem Unterarm. »Wie ist er ermordet worden?«

»Der Mörder hat ihn erstochen.«

»Musste er sehr leiden?«

»Wir denken nicht. Er war krebskrank. Er hatte starke Schmerzmittel genommen.«

Seligs Hand tastete zu der Innentasche seiner Jacke, zu den Kopien von Jacob Winterbergs Stasi-Akte. Ein letztes Mal zögerte er, dann holte er die Unterlagen hervor und reichte sie dem Sohn. »Sie sollten sich das ansehen. Der Denunziant war jemand anderes, nicht Ihr Vater. Ihr Vater hat zu Ihnen gehalten, in jedem Verhör. Er hat Sie nicht verraten.«

»Bitte?« Bernhard Winterberg schien nicht zu verstehen, was Selig ihm sagte. Mechanisch nahm er den gehefteten Papierstapel, starrte auf das Titelblatt.

»Es tut mir leid, dass Sie das erst jetzt erfahren.« Selig lächelte bedrückt. Dann, ohne ein weiteres Wort, ging er aus dem Raum und verließ das Haus.

32

Es war lange schon dunkel, als Selig Berlin erreichte und durch den ausgefransten Stadtrand Richtung Zentrum fuhr. Er war angespannt. Er merkte, dass er kneifen wollte.

Kurz hinter Eberswalde hatte er Maria angerufen und sie gefragt, ob sie sich mit ihm im Präsidium treffen könne. Sie hatte sich gefreut, von ihm zu hören, ihn daran erinnert, dass immer noch Sonntag sei, und ihn kurzerhand zu sich nach Hause eingeladen. Auch dort könne man reden, hatte sie gemeint und dabei gelacht.

Ohne nachzudenken, hatte er zugesagt.

Wovor, überlegte Selig, fürchtete er sich? Es war ein Treffen mit einer Kollegin, es gab Wichtiges zu besprechen. Sie ermittelten gemeinsam in einem Fall, und sie mussten voneinander wissen, was am Tag geschehen war.

Sein Herz klopfte schneller, spürte Selig, ein Gefühl, das ihn irritierte.

Vielleicht war es doch besser, direkt nach Hause zu fahren.

Selig griff das Lenkrad fester und steuerte den Wagen weiter durch die vom Licht der Straßenlaternen durchbrochene Dunkelheit.

Maria stand am Herd ihrer kleinen Küche, als Selig die Wohnung am Rand von Friedrichshain betrat. Sie hatte ihm auf sein Klingeln hin von oben die Haustür geöffnet und ihn gebeten, heraufzukommen.

»Nur herein. Sie kennen sich ja aus.«

Selig drückte die Tür ins Schloss und zog seine Jacke aus, dann beugte er sich hinunter und streichelte kurz die Katze, die um seine Beine strich. Er war schon einmal hier gewesen, bei seiner Flucht, als er sich vor seinen Verfolgern verstecken musste. Es war noch gar nicht so lange her, doch die Erinnerung war unwirklich, die Ereignisse jener Zeit schienen Selig weit entfernt zu sein.

Damals war er gekommen, dachte er, weil er keine andere Wahl gehabt hatte. Heute war er hier, weil er es wollte.

Es fühlte sich gut an.

Maria lächelte, als sie ihn sah. Sie hatte ihr dunkles Haar zu einem Pferdeschwanz gebunden und rührte in einem leise brodelnden Topf, aus dem Dampf aufstieg. Ein würziger Duft füllte den Raum.

»Ich dachte schon, Sie kommen nicht mehr. Setzen Sie sich.« Maria wies mit dem Kopf auf einen der Barhocker, die vor der kleinen Anrichte neben der Kochinsel standen, ihr Frühstücksplatz, wie Selig an den Vorratsgläsern mit Müsli und Haferflocken sah. Eine geöffnete Flasche Rotwein stand auf der freien Fläche, daneben zwei Gläser.

Selig setzte sich. Er war froh, der Kälte der Nacht entkommen zu sein.

Maria rührte ein letztes Mal um, dann legte sie den Deckel auf den Topf und regelte das Kochfeld auf die kleinste Stufe. Mit einem entspannten Lächeln kam sie um den Herd herum und hauchte Selig einen Kuss auf die Wange, wie selbstverständlich, als wären sie vertraute Freunde, die sich stets so begrüßen. Selig erstarrte. Sie schien es nicht zu bemerken. Fröhlich plaudernd holte sie zwei Wassergläser aus dem Schrank, füllte eine Karaffe am Wasserhahn und schenkte ihnen ein.

»Auch ein Glas Wein?«

Selig nickte stumm.

Alles, was sie tat, wirkte ganz selbstverständlich und vollkommen natürlich. Er merkte, wie er sich entspannte.

Ihre Nähe, spürte er, tat ihm gut.

»Also?« Maria setzte sich auf den zweiten Barhocker, ihr Glas Wein in der Hand. Gespannt sah sie ihn an.

Irritiert begegnete Selig ihrem Blick, er wusste für einen Augenblick nicht, was sie von ihm erwartete.

»Sie wollten mit mir reden«, erinnerte sie ihn.

Selig nickte und begann, ihr von seinem Besuch in Eberswalde zu berichten.

»Glauben Sie«, fragte Maria, als er fertig war, »dass der Sohn unser Mörder ist? Hat er Winterberg umgebracht?«

Selig wiegte den Kopf. »Das alles ist sehr lange her. Warum sollte er nach über dreißig Jahren seinen Vater töten wollen?«

»Und die Ex-Frau? Könnte die es gewesen sein?«

»Das denke ich nicht. Sie hätte rein körperlich nicht die Kraft dazu.«

»Sie muss es ja nicht selbst getan haben.«

Selig nickte. »Aber die Frage, die sich stellt, ist dieselbe: Warum gerade jetzt?« Einen Moment lang dachte er nach. »Natürlich, ein Motiv hätten sie beide. Trotzdem steht noch immer die Tatsache im Raum, dass wir Lasniks Fingerabdrücke auf der Mordwaffe gefunden haben.«

»Ah, ja, gut, dass Sie das ansprechen.« Maria ging in den Flur und kam mit einigen dicht bedruckten Papierbögen zurück. »Ich war bei unseren Leuten im Labor und habe auch mit Haussner gesprochen. Und mit Ihrem Sohn.«

»Mit Tobias? Warum?«

»Zu Recherchezwecken. Ich wollte wissen, ob man einen Fingerabdruck künstlich herstellen kann.«

»Und? Kann man?« Selig war skeptisch.

Maria nickte. »Ihr Sohn hat gesagt, das sei sehr einfach. Man braucht nicht mehr als einen Computer und ein gutes Foto von den Fingerkuppen. Hier, schauen Sie, er hat es für mich ausprobiert.« Maria legte ihm das erste der Blätter vor, darauf das Bild der Bundeskanzlerin bei einer Pressekonferenz. »Das hier wurde mit einer normalen Digitalkamera aufgenommen. Und hier sehen wir eine Vergrößerung der Hand.« Sie tippte auf ein zweites Foto, es war ein Ausschnitt aus dem Porträt von Susanne Bergstedt. Die Fingerkuppen der rechten Hand waren eingekreist, die Linien in der Haut deutlich erkennbar.

»Wenn Sie ein halbwegs gutes Grafikprogramm und ein wenig Zeit haben, ist es leicht, den Abdruck als schwarz-weißes Linienbild auszugeben.« Als ein solches Linienbild war der Fingerabdruck der Kanzlerin in der dritten Grafik zu sehen, noch unvollständig, aber das, erklärte Maria, wäre leicht per Computer zu korrigieren. Der Fingerabdruck auf der vierten Abbildung war fehlerfrei.

Beeindruckt betrachtete Selig das Linienbild. »Und wie kommt der Fingerabdruck jetzt auf einen Gegenstand? Zum Beispiel auf unsere Mordwaffe?«

»Dafür gibt es Anleitungen im Internet, von Hackern, zum Knacken von Biometriesensoren. Man braucht einen guten 3-D-Drucker, dazu flexible Folie, einen Handschuh und Klebstoff.« Sie zeigte ihm eine Seite, die sie aus dem Netz geladen und ausgedruckt hatte.

Entweder, erklärte Maria, drucke man den Abdruck hauchdünn als Relief auf eine Folie, mit der man die Fingerlinien direkt auf den betreffenden Gegenstand überträgt. Oder man zieht die Folien mit den Fingerabdrücken über die Fingerkuppen eines Gummihandschuhs, damit man beim Hantieren die Abdrücke an genau den richtigen Stellen hinterlässt, zum Beispiel auf einer Mordwaffe. Entscheidend sei, auf dem betreffenden Objekt eine Struktur zu schaffen, an der das Grafitpulver hängen bleibt, mit dem die Polizei am Tatort Fingerabdrücke sichtbar macht.

Nachdenklich ließ Selig den Ausdruck sinken. »Sie glauben also, dass jemand die Beweise manipuliert hat?«

»Es ist zumindest eine Möglichkeit. Nicht sehr wahrscheinlich. Aber wie wahrscheinlich ist es, dass man die Mordwaffe per Post ins Präsidium geschickt bekommt?«

Selig schwieg einen Moment, trank einen Schluck. Dann fragte er Maria, ob ihr Besuch bei Lasnik Ergebnisse gebracht habe.

»Nicht wirklich. Er beharrt darauf, unschuldig zu sein. Und dass er zur Tatzeit gerade erst Zürich verlassen hatte und auf der Rückfahrt war. Allerdings, und das ist interessant, behauptet er zu wissen, warum Farsell nach Krakau geflogen ist.«

»Und warum?«

»Ein Spitzel soll sich in Farsells Organisation eingeschlichen haben.«

»Wer sollte das sein? Der Agent irgendeiner Regierung?«

»Das wusste er nicht. Farsell wollte sich angeblich mit einem Kontaktmann in Krakau treffen, der mehr über den Spitzel wusste.«

»Und wer ist dieser Kontaktmann?«

»Wusste Lasnik ebenfalls nicht. Aber ich habe bei Farsells Leuten nachgefragt. Es gibt tatsächlich einen solchen Kontaktmann, mit dem sich Farsell in größeren Abständen traf. Ein Pavel …« Maria holte einen Notizblock aus der Tasche. »Den Nachnamen kann ich nicht aussprechen. Mrachacz oder so. Ich habe schon mit Polen telefoniert, mit deinem Kollegen Cezary. Scheint ein netter Typ zu sein. Er geht der Sache nach.«

Selig nickte nachdenklich, schwieg einen Moment. »Glauben Sie, dass Lasnik die Wahrheit sagt?«

Nun war es an Maria, zu zögern. »Ich glaube, dass Lasnik

ein eiskalter Taktiker ist, einer, der genau weiß, was er tut. Der geht über Leichen.«

»Das heißt, Sie denken, Lasnik hat Winterberg getötet?«

Maria wich Seligs Blick aus. »Spielt das eine Rolle?«

Selig hob die Augenbrauen. »Was meinen Sie damit?«

»Ich habe mir die Stasi-Akte von Winterberg durchgelesen«, erklärte Maria. »Das, was Lasnik Winterberg angetan hat, ist grausam. Ekelhaft. Einfach nur abstoßend. Wenn jemand ins Gefängnis gehört, dann er.«

Selig war ihrer Meinung. Trotzdem schüttelte er den Kopf. »Sie wissen so gut wie ich, dass Lasnik für das, was er als Stasi-Mitarbeiter getan hat, nicht belangt werden kann.«

»Ja. Weil er und seine Stasi-Genossen nicht gegen DDR-Gesetze verstoßen haben.« Wütend schob Maria ihr Glas zur Seite und stand auf. »Aber das ist doch absurd! Wie kann es recht sein, Menschen zu quälen und Existenzen zu vernichten? Oder Gefangene zu foltern? Wie kann es recht sein, dass Menschen an der Grenze erschossen werden? Das war staatlich organisiertes Verbrechen! Und wir zahlen Leuten wie Lasnik Rente und müssen uns ihr Gejammer anhören, wie schlecht es ihnen geht. Aber wie es ihren Opfern geht, Menschen wie Winterberg und seiner Familie, das fragt niemand.«

Selig nickte zustimmend. »Ich kann Sie verstehen. Trotzdem ist die Situation nun einmal, wie sie ist. Es gibt einen Einigungsvertrag mit der DDR. Es gibt Gesetze, an die wir gebunden sind. Wir leben in einem Rechtsstaat.«

»Und deshalb lassen wir uns von Leuten wie Lasnik ausnutzen?«

»Und was wollen Sie dagegen tun?«

Maria antwortete nicht. Dann sah sie Selig an. »Wir bräuchten einfach nichts zu tun.«

»Bitte?«

»Lasnik ist unter Mordverdacht in Untersuchungshaft. Die Beweise gegen ihn sind gerichtsfest. Er wird verurteilt werden. Und dann ist er genau dort, wo er hingehört.«

Selig betrachtete Maria forschend. Kurz begegnete sie seinem Blick, dann ging sie an den Herd, um im Topf zu rühren.

»Maria?«

Sie sah auf. »Ja?«

»Was haben Sie herausgefunden?«

»Bitte?« Sie gab sich ahnungslos.

»Na los, sagen Sie es schon.« Selig war sich jetzt sicher, dass sie ihm etwas verheimlichte.

Sie schwieg eine Weile, rührte gedankenverloren. Dann schaute sie auf. Einen Moment lang blickten sie sich an, ein stummer Dialog.

Maria seufzte, setzte den Deckel auf den Kochtopf, ging in den Flur und kam mit einer Klarsichtfolie zurück. Sie gab sie Selig.

In der Folie steckte eine Tankquittung, ausgestellt am Abend des Mordes gegen 24 Uhr. Die Tankstelle, las Selig auf dem Kassenausdruck, war jene an der Raststätte Osterfeld kurz vor Leipzig.

»Die haben wir in den Unterlagen gefunden, die uns die Mietwagenfirma zur Verfügung gestellt hat. Lasnik hat bei seiner Rückfahrt nach Berlin getankt.«

»Das heißt«, antwortete Selig, »Lasnik kann nicht der Mörder sein.«

»Wenn er in dem Wagen gesessen hat. Wir müssten die Videoaufzeichnungen der Tankstelle überprüfen.«

Eine Weile war nur das leise Blubbern des Eintopfes zu hören.

»Wir können das nicht unter den Tisch fallen lassen, Maria.«

»Ja, ich weiß.« Sie nahm Selig die Tankquittung ab. »Ich kümmere mich gleich morgen darum.«

Sie verließ die Küche, Selig hörte ein leises Klappern, als sie die Mappe in ihrer Tasche verstaute. Dann ging die Badtür, und es wurde still in der Wohnung.

Stumm saß Selig auf dem Hocker. In seinem Kopf arbeitete es.

Wenn Lasnik, was den Mord an Winterberg anging, wirklich unschuldig war, dann würde er aus der Haft entlassen werden.

Würde er sein Wort halten? Würde er damit herausrücken, was damals geschehen war, als er vor über dreißig Jahren das Foto von Selig und seiner Schwester gemacht hatte?

Widerwillen stieg in Selig auf, gegen Lasnik, aber auch gegen sich selbst. Glaubte er wirklich, dieser abgefeimte Taktiker würde ihm einfach die Wahrheit sagen, nur weil er es versprochen hatte? Egal, was Lasnik ihm mitteilen würde: Niemals wäre er sich sicher, nicht von ihm belogen worden zu sein, genau wie Jacob Winterbergs Frau und ihr Sohn, die Lasnik mit einer kühl in die Welt gesetzten Lüge dreißig Jahre lang um ihr Leben als Familie betrogen hatte.

Selig schloss die Augen, als könne er mit der Bewegung seiner Lider seine Gedanken bedecken.

Maria sang leise im Bad. Ihre Stimme kiekste, als sie die hohen Töne zu treffen versuchte. Selig musste grinsen. Er richtete sich auf, lauschte der Melodie. Er merkte, dass er sich entspannte.

Erneut spürte er, wie sehr er sich zu Maria hingezogen fühlte, zu dieser dickköpfigen, temperamentvollen, warmherzigen, attraktiven Frau. Doch zugleich hatte er große Angst davor, sich vor ihr lächerlich zu machen.

Vielleicht hatte er das längst schon getan.

Es versetzte Selig einen Stich im Magen, als er an ihr nächtliches Telefongespräch dachte.

Maria kam aus dem Bad zurück. Sie sah frisch aus, ihre Augen wirkten groß und leuchtend. Sie lächelte ihn an, ein wenig verlegen. »Entschuldigung wegen eben.«

Selig schüttelte den Kopf. »Nicht nötig, sich zu entschuldigen.« Sein Blick fiel auf ihren Unterarm, die verblassten Ziffern einer Handynummer standen dort, jemand hatte sie ihr direkt auf die Haut geschrieben. Vielleicht ihr Lover, dachte Selig bedrückt.

Es war vermessen anzunehmen, dass eine Frau wie Maria keinen Freund hatte.

»So, und jetzt ist Schluss mit der Arbeit.« Gut gelaunt klatschte Maria in die Hände.

Selig zuckte innerlich zusammen. Eilig stand er auf. »Ja, Sie haben recht. Ich mach mich dann mal auf den Weg.« Er wies auf den Kochtopf. »Sie bekommen sicher noch Besuch.«

Maria war kurz verblüfft, dann lachte sie laut. »Ich habe für uns gekocht. Spanischen Chorizo-Eintopf. Lecker!« Sie öffnete den Deckel, rührte um, drehte den Regler des Kochfeldes hoch.

Selig sog mit der Nase den Duft ein, der aus dem Topf aufstieg. Es roch wirklich sehr gut.

Trotzdem zögerte er.

»Was ich Ihnen noch sagen wollte …« Selig suchte nach Worten. »Mein Anruf aus Krakau, gestern Abend …« Er stockte.

Maria schaute auf. »Was soll damit sein?«

»Es kann sein, dass ich sehr viel Unsinn geredet habe. Ich kann mich nicht genau erinnern, was ich gesagt habe, ich hatte ziemlich viel getrunken. Besser, Sie nehmen das nicht weiter ernst.«

Zu Seligs Überraschung runzelte Maria die Stirn. »Aha.«

Selig war verunsichert durch Marias Reaktion. Er stellte das Glas ab. »Danke für den Wein.« Er wandte sich der Tür zu.

Maria schaute ihm fassungslos nach, hin und her schwankend zwischen Belustigung und Ärger. »Ich koche für Sie, und Sie lassen mich hier allen Ernstes sitzen?«

Für einen Augenblick wusste Selig nicht, wie er reagieren sollte. »Sie müssen das nicht tun, Maria. Nur, weil Sie Mitleid mit mir haben. Oder weil Sie denken, Sie können mir als Chef nichts abschlagen.«

Maria riss die Augen auf. »Glauben Sie wirklich, Sie sind hier, weil Sie mein Chef sind?« Schwungvoll strich sie sich eine Haarsträhne aus der Stirn.

»Ja, warum sonst? Ich hatte Sie doch um das Gespräch gebeten.«

Maria starrte ihn an. »Mein Gott, Sie sind wirklich ein schwieriger Fall.«

»Wieso?«

»Ist Ihnen niemals der Gedanke gekommen, dass ich Sie hierher eingeladen habe, weil ich Sie mag?« Maria wurde rot, kaum dass sie ihre Worte ausgesprochen hatte.

Seligs Herz machte einen kleinen Satz.

Regungslos standen sie sich in der kleinen Küche gegenüber. Keiner von Ihnen sagte ein Wort. Für einen Moment schien es Selig, als wolle Maria zu ihm kommen, vielleicht seine Hand greifen. Er selbst war unfähig, sich zu rühren.

Das Blubbern des Kochtopfes, das die Stille gefüllt hatte, ging in ein Zischen über. Maria sprang an den Herd und zog eilig den Topf vom Kochfeld. Sie kicherte leise, während sie Selig anblickte. »Wussten Sie, dass ich Ihnen das Du angeboten hatte, damals, als Sie hier bei mir übernachtet haben?«

Selig schüttelte den Kopf.

»Sie haben geschlafen und nichts gehört.« Marias Augen blitzten vergnügt, als sie an die Situation zurückdachte. »Ich könnte es ja noch einmal versuchen. Sie sind doch wach, oder? Nur, um ganz sicherzugehen …«

Selig nickte stumm.

»Also, ich bin Maria.«

»Paul.«

»Ich weiß.« Sie lächelte ihn an, nahm ihr Weinglas und trank einen Schluck. Auch Selig hob sein Glas.

Ein Moment der Stille entstand, ein wenig unangenehm, aber zugleich voller Spannung.

Seligs Telefon unterbrach den Moment, es klingelte. Er holte es aus der Tasche und nahm nach einem Blick auf das Display das Gespräch an.

»Kommissar Selig?« Die Stimme des Wachmannes am Eingangstor der Wohnanlage, in der Seligs Villa stand, quäkte aus dem Lautsprecher.

»Ja. Was ist passiert?«

»Hier ist ganz viel Polizei. An Ihrem Haus. Ihr Sohn ist auch da, und seine Freunde, die mit dem alten Lieferwagen. Vielleicht ist es besser, wenn Sie schnell herkommen.«

33

Selig brauchte für die Fahrt von Friedrichshain bis Wannsee keine zwanzig Minuten. Kurz entschlossen hatte er das Blaulicht auf das Dach gestellt und sich mit dem Martinshorn seines Dienstwagens einen Weg gebahnt. Er bremste an der Zufahrt zur Siedlung, um sich von dem Wachmann die Pforte öffnen zu lassen. Ein Streifenwagen der uniformierten Polizei war neben dem Pförtnerhäuschen postiert. Gerade verließ ein dunkler Lieferwagen die Einfahrt, die Männer hinter der Frontscheibe trugen die Kleidung des Sondereinsatzkommandos der Polizei. Selig wartete, bis der Transporter die Durchfahrt passiert hatte, dann steuerte er seinen Wagen an der Schranke vorbei und fuhr zügig den Hügel hinauf. Oben auf der Kuppe wartete ein weiterer Polizeiwagen. Die uniformierten Beamten winkten ihn durch, als sie das Blaulicht auf dem Dach sahen. Offenbar glaubten sie, dass Selig zum Einsatzteam gehörte.

Selig stoppte den Wagen vor seinem Haus. Auch hier standen Fahrzeuge, schwere dunkle Limousinen mit abgetönten Scheiben, daneben ein Zivilfahrzeug mit Blaulicht auf dem Dach. Der Transporter von Tobias' Hackerfreunden parkte auf der Auffahrt.

Selig stieg aus und ging den Weg zum Haus hinauf. Die Villa war hell erleuchtet, auch hinter den Saalfenstern brannte Licht. Zwei durchtrainierte Männer in Anzügen und mit Waffenholster unter der Achsel warteten vor dem Haupteingang.

Der Anblick der beiden ließ Selig zusammenzucken. Es war ein Déjà-vu, das ihn unvorbereitet traf. Genau so hatten vor vielen Jahren die Männer ausgesehen, die er von seinem

Zimmerfenster aus beobachtet hatte und die dann später mit der Leiche seines Vaters davongefahren waren.

»Ah, Hauptkommissar Selig.« Einer der Männer lächelte. Bei seinen Worten zerriss die Erinnerung in Selig und verschwand.

»Was ist hier passiert?«

»Gehen Sie einfach hinein. Und machen Sie sich keine Sorgen, es ist alles in Ordnung.« Der Mann öffnete ihm die Tür.

Selig betrat die Halle. Tobias kam gerade aus dem Gäste-WC gleich neben dem Eingang, er zog sich den Reißverschluss seiner Hose hoch und strahlte, als er Selig erkannte. »Ganz schöner Auftrieb, oder? Alles wegen uns. Cool, was?«

Selig war erleichtert, seinen Sohn zu sehen. »Kannst du mir mal erklären, was ist hier los ist? Seit einer halben Stunde versuche ich, dich anzurufen!«

»Sorry, alle Handys sind ausgeschaltet. Die liegen im Kühlschrank. Du kennst doch Sven.« Tobias lächelte spöttisch, offenbar fand er die Vorsichtsmaßnahmen, die der Chef der Hackergruppe angeordnet hatte, übertrieben.

»Und warum ist die Polizei hier?«

»Die Bundeskanzlerin ist zu uns gekommen, mit ihrer Crew.«

»Und was will sie hier?«

»Mit uns verhandeln. Wir reden mit der Regierung über unsere Forderungen, als Gegenleistung für das Programm. Vorher haben die hier alles abgesucht, auf Wanzen oder Bomben, was weiß ich. So richtig trauen die uns immer noch nicht.« Tobias ging zum Saaleingang. »Kommst du mit rein?«

Selig zögerte.

»Na los, das ist schon okay. Immerhin bist du Hauptkommissar Selig, Sonderermittler der Bundesregierung. Haben sie in den Nachrichten gebracht.« Tobias' Stimme klang stolz.

Im gleichen Augenblick öffnete sich die Tür zum Saal, Susanne Bergstedt verließ den Raum, gefolgt von ihrem Pressesprecher, dem Kanzleramtsminister, dem Innenminister und dem Geheimdienstkoordinator. Selig stand verdutzt mitten in der Halle, für einen Moment nicht in der Lage, sich zu rühren.

Susanne Bergstedt lächelte, als sie ihn erkannte. »Herr Selig. Schön, dass wir uns noch begegnen. Man hat mir erzählt, dass Sie an der Zusammenkunft mit den interessanten jungen Leuten einen nicht unerheblichen Anteil hatten.«

Selig wusste nicht, was er antworten sollte.

Die Kanzlerin schien seine Unsicherheit nicht zu bemerken. »Wie war es in Krakau? Wissen Sie schon, wer Farsell ermordet hat?«

»Nein«, brachte Selig heraus.

»Aber die polnischen Kollegen werden mit uns zusammenarbeiten?«

Selig nickte. Er schluckte. »Ich … ich denke schon.«

»Sehr gut.« Susanne Bergstedt wirkte zufrieden. »Übrigens, ein schönes Haus, in dem Sie wohnen. Ich muss sagen, Sie überraschen mich immer wieder.« Sie musterte ihn forschend.

»Das hat meinem Vater gehört«, antwortete Selig.

»Ich weiß. Hat man mir schon erzählt.« Die Kanzlerin blickte zum Geheimdienstkoordinator. »Herr Merl wird Ihnen das Treffen, um das Sie gebeten haben, ermöglichen, gleich morgen, nicht wahr, Herr Merl?«

Der Geheimdienstkoordinator nickte und wich Seligs Blick aus.

Die Kanzlerin wandte sich ihrem Pressesprecher zu, der die Box mit den Handys aus dem Kühlschrank geholt hatte und die Geräte an die Teilnehmer der Verhandlungen verteilte.

Die Kanzlerin nahm ihr Smartphone und steckte es in ihre voluminöse Handtasche. »Meine Herren, brechen wir auf. Ich denke, die Fraktionsführer der Parteien möchten heute noch erfahren, was wir beschlossen haben.«

Selig warf einen Blick durch die offene Tür in den Saal. Paolo stand dort zusammen mit Sven, sie wirkten zufrieden und hoben, als sie Seligs Blick sahen, den Daumen. Offenbar war die Vereinbarung, die sie mit der Regierung getroffen hatten, zu ihrer Zufriedenheit.

Die Kanzlerin folgte Seligs Blick und lächelte kurz, dann durchschritt sie die Halle, um das Haus zu verlassen.

Auf der Schwelle blieb sie noch einmal stehen. »Ach ja, das habe ich vergessen. Die Drohnenaufnahmen, die Sie haben wollten, kann ich Ihnen leider nicht zur Verfügung stellen.«

»Warum nicht?«

»Weil es sie nicht gibt. Sie werden nicht überwacht.«

Sie nickte ihm noch einmal zu, dann verließ die Kanzlerin, gefolgt von ihren Begleitern, das Haus. Mit einem Klacken fiel die Tür ins Schloss, wenig später waren Motoren zu hören, die Fahrer der Limousinen starteten ihre Wagen.

Selig stand wie erstarrt.

Sven kam aus dem Saal, gefolgt von Paolo. »Mann, war das 'ne heiße Show.« Er hob die Hand, klatschte erst Paolo ab, dann Tobias. Auch Selig streckte er seine Hand entgegen.

Selig reagierte nicht.

»Hey, Mann, sorry.« Sven nahm seinen Arm wieder herunter. »Tut mir leid, dass wir hier einfach aufgekreuzt sind. Die wollten mit uns reden. Und wir wollten sie nicht zu uns ins Hauptquartier lassen. Da haben wir uns eben hier getroffen. Ich dachte, das ist okay.«

Selig stand noch immer regungslos in der Halle. Dann, ohne ein Wort, eilte er zum Ausgang und zog die Tür auf.

Das Geräusch der davonfahrenden Wagen war zu hören, die Kolonne rollte gerade den Hügel hinab. Das Blaulicht des zivilen Polizeiwagens, der am Ende der Reihe fuhr, flackerte noch einen Moment durch die Äste der Eichen hindurch, dann wurde das Licht schwächer und verschwand. Auch das Motorengeräusch wurde leiser, bis es nicht mehr zu hören war.

Selig lauschte. Der Wind kam vom See herauf, er brachte das Geräusch der leise an das Ufer schlagenden Wellen mit sich.

»Was ist los?« Tobias war Selig nachgekommen.

Selig hob die Hand an den Mund, bedeutete seinem Sohn, leise zu sein. Sie horchten gemeinsam.

Dann hörten sie es: Ein feines, leises Sirren lag über dem Haus, es kam aus den Eichen am Rand des Grundstücks. Die Drohne schwebte im Schatten eines der mächtigen Stämme, ihr Kameraauge war auf den Eingang der Villa gerichtet.

Wortlos drehte Selig sich um und ging zurück ins Haus.

Sven und Paolo blickten ihm erwartungsvoll entgegen. »Ist was passiert?«

Selig nickte. »Ich brauche eure Hilfe.«

❄

Sven meldete sich eine Stunde später. »Ihr könnt jetzt losfahren. Wir sind so weit.«

Selig dankte für seinen Anruf und unterbrach die Verbindung. Er sah zu Tobias. »Kommst du mit?«

»Denkst du, das lasse ich mir entgehen?«

Sie verließen das Haus durch den Vordereingang. »Nicht hochschauen!«, warnte Selig seinen Sohn, bevor Tobias den Kopf heben konnte.

Schweigend folgten sie dem Weg zur Straße, aufmerksam in die Dunkelheit horchend. Für einen Moment dachte Selig, die Drohne sei fort, doch dann hörte er das leise Sirren. Das winzige Fluggerät schwebte irgendwo über ihnen. Selig suchte Tobias' Blick, nickte ihm zu. Tobias erwiderte das Nicken, auch er hatte das Geräusch gehört.

Wenig später fuhren sie den Hügel hinab und verließen die Siedlung an der Pforte. Der Wachmann grüßte sie, bevor er die Schranke öffnete. Selig überquerte den Kanal und fuhr die Potsdamer Chaussee hinauf, bis sie die Avus erreichten und auf die Autobahn einbogen. Er musste sich zwingen, aus der Sorge heraus, die Drohne könnte sie verlieren, nicht zu langsam zu fahren. Es wäre seinen Überwachern aufgefallen, wenn er sich anders verhalten hätte als sonst.

Eine Viertelstunde später erreichten sie die Straßen von Friedenau. Sein Smartphone in der Hand, lenkte Tobias seinen Vater durch den Irrgarten aus Einbahnstraßen, bis sie eine baumlose Wohnstraße erreichten, in der links und rechts die Häuserfronten wie die Wände einer Schlucht emporragten.

»Ist es hier?«

Tobias sah auf seinen Plan und nickte.

Selig fuhr in die Straße hinein und stoppte den Wagen nach etwa fünfzig Metern. Fragend blickte er Tobias an. Der nickte erneut.

Selig schaltete den Motor aus und ließ die Scheiben hinab. Sie horchten stumm, bis sie irgendwo in der Dunkelheit über dem Wagen das leise Sirren der Drohne identifizierten. Das Geräusch der vier Propeller verschmolz mit dem Rauschen der nächtlichen Stadt.

Selig wählte Svens Telefonnummer. »Wir sind da.«

Sven sagte kein Wort, kappte stattdessen die Verbindung, und Selig steckte sein Telefon zurück in seine Tasche.

Gespannt warteten sie, was geschah.

Das Sirren über ihnen blieb unverändert, höchstens änderte es ein wenig die Position, falls ihnen der von den Häuserwänden vielfach reflektierte Schall keinen Streich spielte. Selig vermutete das Fluggerät jetzt ein Stück vor ihnen. Möglicherweise versuchten seine Überwacher, durch die Windschutzscheibe in das Innere des Wagens zu sehen.

Plötzlich veränderte sich die Frequenz des Sirrens, es wurde heller, so als wollte die Drohne beschleunigen. Dann brach es ab, setzte wieder ein, brach erneut ab. Ein letztes Mal jaulte der Elektromotor über ihnen auf. Momente später stürzte vor ihnen ein dunkler Gegenstand vom Himmel und prallte auf das Pflaster. Tobias riss die Tür auf und sprang aus dem Wagen, auch aus den angrenzenden Häusern der Gasse kamen Menschen, alle in Tobias' Alter, alle schwarz gekleidet. Selig kannte keinen von ihnen, bis er Paolo und Sven entdeckte.

Stolz kam Sven zum Wagen, in der Hand die Drohne. Die Propeller des Fluggerätes waren durch den Aufprall zerfetzt worden. »Das ist sie. Schickes Teil.« Er ging zu einer herbeigeholten Aluminiumbox, legte die Drohne behutsam hinein und verschloss die Box sorgfältig. Innen, hatte Selig bemerkt, war sie komplett mit einem Netz aus Metall ausgekleidet.

Selig suchte Svens Blick. »Wer hat sie geflogen?«

»Das wissen wir, wenn wir uns das Ding genauer angesehen haben. Ist ein Profiteil.«

»BND? Verfassungsschutz? MAD?«

Sven lächelte. »Alles möglich. Ich ruf an, wenn ich mehr weiß.«

»Danke.«

Sven wandte sich seinen Begleitern zu. »Ihr könnt die Tracker und die Jammer abbauen. Seht zu, dass die Tracker noch heute Nacht wieder an den üblichen Standorten stehen.«

Die Schwarzgekleideten verschwanden in der Dunkelheit.

Wenig später lag die Gasse so verlassen da wie zu Beginn der Aktion.

Selig blickte Tobias an. »Nach Hause?«

Tobias nickte.

❄

Zur gleichen Zeit saß Natalie Brandt an ihrem Arbeitsplatz, den sie im größten Zimmer ihrer kleinen Dachwohnung eingerichtet hatte. Das Stahlskelett des Gasometers auf der anderen Seite der Bahngleise wurde an diesem Abend bunt angestrahlt, auch die Kuppel des Fernsehstudios, das in dem Industriedenkmal am Rand der Roten Insel von Schöneberg aufgebaut worden war, leuchtete hell.

Natalie gönnte dem farbenfrohen Anblick keine Aufmerksamkeit, sie schaute unverwandt auf die Monitore, auf denen sie den Code eines Schadprogrammes aufgerufen hatte. Neben der Tastatur lag ihr Handy, es war mit dem Rechner verbunden. Die IT-Forensikerin las konzentriert, klickte sich weiter, verglich einzelne Abschnitte der Programmsequenzen mit einem anderen Code auf dem Bildschirm ihres Laptops. Nichts lenkte sie ab, bis sie die letzte Zeile der Codebase erreicht hatte.

Überrascht ließ sie sich gegen die Rückenlehne ihres Schreibtischstuhls fallen. Das konnte nicht wahr sein!

Natalie holte tief Luft, während sie auf die Bildschirme starrte. Dann stand sie auf, um sich in ihrer winzigen Küche einen Tee zu kochen.

Sie musste sich irren!

Noch einmal setzte sie sich an ihren Schreibtisch und begann mit der Arbeit von vorn. Konzentriert verglich sie beide

Datensätze miteinander, Zeile für Zeile. Schließlich lehnte sie sich zurück, erschöpft und aufgedreht zugleich.

Was sie hier sah, war eine Entdeckung mit ungeahnten Konsequenzen. Es war so unglaublich, dass sich alles in ihr gegen die einzig mögliche Schlussfolgerung wehrte.

Sie musste sich hundertprozentig sicher sein, bevor sie sich an die Öffentlichkeit wenden würde.

Danach, wusste Natalie, wäre in ihrem Leben nichts mehr wie zuvor.

34

Gut gelaunt betrat Selig am nächsten Morgen das Büro. Er war angefüllt mit den Ereignissen des vergangenen Abends, die mit dem Absturz der Drohne noch nicht ihr Ende gefunden hatten. Nach seiner Rückkehr in die Villa war er noch drei Stunden mit Tobias unten in der Küche geblieben, sie hatten gequatscht, über Gott und die zu rettende Welt und die Frauen und alles, worüber man mit einem fast erwachsenen Sohn reden konnte. Tobias, war Selig wieder einmal bewusst geworden, rief in ihm die Gefühle in Erinnerung, die er selber gehabt hatte, als er so alt wie sein Sohn gewesen war, und das stärkte sein Mitgefühl und sein Verständnis.

Ein warmes Gefühl erfasste ihn, als er an Tobias dachte. Es war ein Geschenk, dass es ihn gab.

Maria sah erfreut auf, als Selig hereinkam. Kurz zögerte sie, bevor sie ihn begrüßte. »Guten Morgen, Chef.«

Selig schmunzelte. »Chef?«

»Was soll ich denn hier bei der Arbeit sonst sagen? Herr Kommissar?«

»Wie wäre es mit Paul? Oder habe ich eine falsche Erinnerung an gestern Abend?«

Maria lächelte. »Nein.«

Wagner kam ins Büro, in der Hand eine Karaffe, die er mit frischem Wasser gefüllt hatte. »Ah, da sind ja die lieben Kollegen.«

Er stellte die Karaffe ab. »Bei mir ist ein Download-Link angekommen, Maria. Für ein Video, von einer Tankstelle. Ich hab den Film schon runtergeladen. Hast du den angefordert?«

Maria nickte und wartete, dass Wagner sein Passwort eingab. Sie nahm seine Computermaus, klickte zweimal und blickte auf das Fenster, das sich auf dem Monitor geöffnet hatte. Nach einer Weile verhärtete sich ihre Miene.

»Was ist los?« Selig trat an Wagners Schreibtisch. Auch Wagner, der inzwischen den Wasserkocher befüllt und eingeschaltet hatte, kam hinzu.

Wortlos startete Maria das Video von vorn. Auf dem Bildschirm waren nebeneinander die Aufnahmen einer Reihe von Überwachungskameras zu sehen, sie zeigten die Tanksäulen einer Autobahnraststätte. Maria wies auf eines der Felder: Dort stand eine Limousine an einer Säule, und der Fahrer tankte gerade. Es war Lasnik.

»Also stimmt sein Alibi.« Wagner wirkte enttäuscht. »24 Uhr, kurz vor Leipzig. Er kann's nicht gewesen sein.«

Selig stand regungslos. Die Gedanken in seinem Kopf rasten.

Maria suchte seinen Blick. »Ich informiere den Staatsanwalt. Ich denke, er wird die Untersuchungshaft aufheben.«

Selig nickte und holte tief Luft. »Gut. Fahren Sie danach gleich zur JVA Moabit und holen Sie Lasnik aus seiner Zelle.«

Maria lächelte. »Hast du eben ›Sie‹ zu mir gesagt?«

»Entschuldigung. Übernimmst du das, bitte?«

»Nein.«

Selig schaute verdutzt.

»Du fährst in die JVA, ist doch klar«, setzte Maria nach. »Ganz ehrlich, du wärst bescheuert, wenn du Lasnik nicht an sein Versprechen erinnern würdest, dir von deinem Vater zu erzählen.«

»Ich kann ihm nicht trauen.«

»Trotzdem ist Lasnik ein Teil deiner Vergangenheit. Er hat

das Foto von dir und deiner Schwester gemacht. Du solltest dir anhören, was er dir sagen will.«

Selig sah Maria stumm an. Dann nickte er.

❄

Der bärtige Beamte, der Selig am Besuchereingang abgeholt hatte, stieg mit schnellen Schritten zur obersten Galerie hinauf. Die Rufe der Gefangenen, die in ihren Zellen saßen und durch die gekippten Fenster miteinander zu reden versuchten, drangen dumpf durch die Zellentüren und vermischten sich in den lang gestreckten Gebäudefingern der Justizvollzugsanstalt Moabit zu einem wabernden Klangbrei.

Selig folgte dem Beamten ein wenig außer Atem. »Weiß er es schon?«, fragte er.

Der Bärtige nickte. »Die Staatsanwaltschaft hat direkt bei der Gefängnisleitung angerufen, vor einer knappen Stunde. Ich denke, er erwartet Sie.«

Sie erreichten Lasniks Zelle, der Beamte öffnete routiniert die Sichtklappe, dann steckte er seinen Schlüssel ins Schloss und entriegelte die Tür. »Die Kollegen bereiten alles für die Entlassung vor. Wird nicht lange dauern.«

Selig dankte und betrat die Zelle.

Lasnik lehnte entspannt an der Wand vor dem Fenster und blickte Selig entgegen. Ein spöttisches Lächeln lag auf seinem Gesicht. »Ah, Herr Kommissar. Sind Sie hier, um sich bei mir zu entschuldigen?« Er trug seinen Anzug, die Krawatte war sogfältig gebunden. Die gepackte Reisetasche stand auf der Pritsche.

Selig reichte Lasnik das Schreiben der Staatsanwaltschaft, das er aus der Innentasche seiner Jacke hervorzog. »Die Anordnung auf Untersuchungshaft wurde vom Gericht aufgehoben. Wir konnten Ihr Alibi bestätigen. Es gibt berechtigte Zweifel daran, dass Sie Jacob Winterberg ermordet haben.«

Lasnik hob die Augenbrauen. »Berechtigte Zweifel?«

»Zweifel, ja. Immerhin gibt es Beweise, die für Ihre Täterschaft sprechen. Ihre Fingerabdrücke sind auf der Mordwaffe.«

»Sie wissen so gut wie ich, lieber Kommissar, dass man Beweise fälschen kann.«

Selig musterte Lasnik kühl. »Mit so etwas haben Sie sicherlich beste Erfahrungen.«

Lasnik lachte auf. »Da kann jemand nicht verlieren. Eine kleine Spitze, um von Ihrem eigenen Dilettantismus abzulenken? Sie machen sich lächerlich, Herr Kommissar.«

»Dass Sie es lächerlich finden, wenn man sich an das Gesetz hält, hätte ich mir denken können«, entgegnete Selig. »Wäre ich wie Sie, dann würden Sie hier immer noch hocken und auf Ihren Prozess warten. Es wäre ein Leichtes für mich gewesen.«

»Und warum haben Sie es nicht getan? Ich verrate es Ihnen: Weil Sie nicht die Eier dazu haben. Das, was Sie als Stärke empfinden, ist Ihre Schwäche.« Lasniks tiefe Verachtung lag in seiner Stimme. »Sie sind feige, Selig. Genau wie Ihr Vater.«

Selig schwieg.

Lauernd begegnete Lasnik seinem Blick. »Wollen Sie gar nicht wissen, was ich Ihnen über Ihren Vater sagen kann?«

»Bitte, ich höre.« Selig verschränkte seine Arme vor der Brust.

»Er hat für mich gearbeitet.« Lasnik grinste breit. »Ich persönlich habe ihn umgedreht und zum Doppelagenten gemacht. Ihr großartiger Vater war eine kleine Verräterratte.«

»Und warum haben Sie sich mit ihm auf dem Autobahnrastplatz getroffen? Damals, als Sie das Foto von uns gemacht haben?«

»Weil Ihr Vater endgültig zu uns überlaufen wollte. Aber wir wollten ihn nicht.«

»Und das soll ich Ihnen glauben?«

Lasnik gab sich übertrieben mitleidig. »Dass der eigene Vater ein Feigling war, ist schwer auszuhalten, nicht wahr?«

Selig verzog keine Miene. »Wenn Sie mir das Gegenteil erzählt hätten, dann hätte ich Ihnen die gleiche Frage gestellt. Verraten Sie mir einen Grund, warum ich glauben soll, dass Sie mir die Wahrheit sagen.«

Lasnik war ärgerlich, Selig nicht aus der Reserve locken zu können.

»Glauben Sie, was Sie wollen. Ich habe mein Versprechen gehalten. Und jetzt lassen Sie mich hier raus.«

Selig reagierte nicht.

Lasnik bemerkte es irritiert. »Was ist? Haben Sie nicht gehört, was ich gesagt habe?«

»Meine Kollegin war der Ansicht«, antwortete Selig, »es sei ein Fehler, Sie freizulassen. Und ich denke darüber nach, ob sie nicht vielleicht recht gehabt hat.«

»Tatsächlich? Und wen interessiert das?«

»Was für ein Gefühl ist es, Menschen fertigzumachen? Sie wegzusperren? Sie zu quälen, sie psychisch zu vernichten?« Selig musterte Lasnik nachdenklich. »Haben Sie wirklich an die DDR geglaubt? Haben Sie wirklich gedacht, etwas Sinnvolles zu tun? Oder haben Sie sich einfach nur aufgegeilt an der Macht, die Sie über die Menschen hatten?«

»Das reicht jetzt. Ich muss das hier nicht mit Ihnen diskutieren.«

»Da haben Sie recht.« Selig klopfte an der Zellentür, Sekunden später war das Geräusch der Riegel zu hören. Die Tür öffnete sich.

Selig wandte sich noch einmal Lasnik zu. »Die Kollegen

von der JVA melden sich, sobald die Entlassungspapiere fertig geschrieben sind.«

»Hey, Moment! Ich dachte, Sie nehmen mich sofort mit!«

»Schönen Tag noch, Herr Lasnik.« Selig verließ die Zelle, Lasniks Protest ignorierend. Der Bärtige verschloss die Tür wieder.

Selig seufzte. Dann wandte er sich dem Justizvollzugsbeamten zu. »Sie können sich Zeit lassen mit den Entlassungspapieren. Unser Gast fühlt sich in seiner Zelle sehr wohl.«

»Kein Problem. Wir haben genug zu tun.«

»Dachte ich mir.« Selig lächelte.

❄

Die Luft roch schal, nach kaltem Rauch und Bier. Leere Flaschen lagen auf dem Boden, Stühle waren umgestürzt, auf einem der Sofas schlief ein hagerer Schlacks, schnarchend und in eine Decke gewühlt, die eine mitfühlende Seele über ihn gelegt hatte.

Vorsichtig stieg Natalie über die Reste der rauschenden Party, die in der Nacht zuvor hier stattgefunden hatte. Sie musste aufpassen, auf den nadelspitzen Absätzen ihrer High Heels nicht umzuknicken. Aus der Küche war leises Klappern zu hören, dazu das Röcheln einer kalkdurchsetzten Kaffeemaschine. Natalie folgte den Geräuschen.

Der Wirt der Hacker-Kneipe sah auf, als die IT-Forensikerin die Küche betrat. Er war zu müde, um sich über ihr Auftauchen zu wundern. Aus verquollenen Augen blickte er die Besucherin an.

»Ich bin Natalie Brandt«, begann Natalie, doch der Wirt winkte ab. »Brauchst dich nicht vorzustellen, ich kenn dich. Du bist der Grund, warum wir hier gestern gefeiert haben.«

Sie hätten, erzählte der Wirt, den Deal mit der Regierung in der Nacht begossen, und zwar kräftig. »So eine Fete habe ich seit Jahren nicht mehr erlebt. Wenn du das Ding nicht eingefädelt hättest, wären wir nie mit denen zusammengekommen.« Er schenkte ihr einen Becher Kaffee ein und schob ihn ihr zu, während er sie nachdenklich betrachtete. »Ganz ehrlich, ich hab dich unterschätzt.«

»Warum eigentlich?«

Der Wirt zuckte mit den Schultern. »Hab mit dem Schwanz gedacht«, antwortete er lapidar. »Passiert immer wieder. Ist scheiße, aber irgendwie kann ich's nicht ändern.«

Natalie musste lächeln. Sie trank einen Schluck. »Wo finde ich Sven?«

»Hast du die Sofas schon durchgesehen? Der kann nicht weit gekommen sein.«

Sie entdeckten Sven im Nebenraum auf einer Liege neben dem Vorratsschrank. Ächzend öffnete er die Augen, als der Wirt ihn weckte. »Sven, du hast Besuch.«

Es dauerte einen Moment, bis Sven Natalie erkannte. »Was willst du denn hier? Funktioniert irgendwas mit dem Programm nicht?«

»Läuft alles bestens, keine Sorge. Aber ich brauche deine Hilfe, bei einer anderen Sache.«

»Du?« Sven setzte sich auf. »Wobei sollte ich dir denn helfen können?«

Natalie holte einen USB-Stick aus ihrer Handtasche. »Ich habe hier ein Schadprogramm isoliert. Kannst du es dir ansehen? Ich will wissen, wer das geschrieben hat.«

»Aber du bist IT-Forensikerin. Rauszukriegen, woher Schadprogramme stammen, ist dein Job.« Sven nahm den Stick misstrauisch. »Du weißt, wer den Code geschrieben hat, oder?«

»Ich habe einen Verdacht«, wich Natalie aus. »Ich möchte gerne, dass du ihn dir ansiehst. Ich denke, es wird dich interessieren.«

Sven zögerte einen Augenblick, dann schloss er die Faust um den daumengroßen Speicherstift. »Okay. Aber nur, wenn ich erst duschen darf.«

Natalie nickte ernsthaft. »Dusch nicht zu lange. Ich warte hier auf dich.«

Sven musterte sie forschend. Dann ließ er den USB-Stick in seine Hosentasche gleiten.

❄

In Gedanken versunken verließ Selig die Justizvollzugsanstalt und nahm den Weg durch das angrenzende Gericht. Die Staatsanwaltschaft hatte vor einer Stunde die Information an die Presse weitergegeben, dass der bekannteste Untersuchungshäftling der Stadt am Vormittag entlassen werden würde, und prompt wartete vor dem Tor der JVA Moabit eine Horde von Journalisten. Keiner der Männer und Frauen bemerkte Selig, der hinter ihren Rücken in seinen Wagen stieg und unbehelligt davonfuhr.

Der Anruf erreichte den Hauptkommissar, als er mit dem Wagen am Mehringdamm war.

»Cezary hier. Passt es? Ich habe Neuigkeiten.« Die Stimme seines polnischen Kollegen klang ernst. »Dieser Mann, dessen Namen du mir gegeben hast, der Kontaktmann von Farsell … Wir haben ihn gefunden. Ein Ex-Agent mit guten Verbindungen zur russischen Regierung.« Cezary stockte.

»Was ist mit ihm?«

»Er ist tot. Hing in seiner Wohnung am Plac Nowy. Sollte wie Selbstmord aussehen. Aber wir haben Fesselspuren an seinen Handgelenken gefunden. Und an der Schlinge fremde DNA.«

»Sehr gut. Habt ihr sie schon analysiert?«

»Nein. Und wir werden das auch nicht tun. Die Kollegen aus Warschau haben die Ermittlungen an sich gezogen.«

»Schon wieder?«

»Es sei ein Fall von nationaler Wichtigkeit«, antwortete Cezary.

»Das heißt, ich muss in Warschau nachfragen?«

Cezary lachte bitter. »Das kannst du gerne tun. Aber wenn du einen Rat von mir willst, dann spar dir die Zeit.«

»Du vermutest, deine Warschauer Kollegen wollen die Sache unter den Tisch kehren?«

Cezary schwieg einen Moment. »Vielleicht ist es besser, wenn ich nichts vermute. Ich erzähle dir einfach, was ich weiß. Zum Beispiel über den Wagen, der uns verfolgt hat. Ich habe versucht, das Kennzeichen zu überprüfen. Ging nicht. Das Fahrzeug ist auf die Agencja Bezpieczeństwa Wewnętrznego angemeldet.«

»Was soll das sein?«

»Das ist unser Inlandsgeheimdienst. Mehr kann ich dazu nicht sagen.«

»Ich verstehe.«

»Ach, noch etwas, vielleicht kannst du uns das abnehmen.« Das Rascheln von Papier knisterte aus dem Telefon, dann war wieder Cezarys Stimme zu hören. »Wir sind gerade dabei, alle Passagierlisten der Flüge durchzusehen, die kurz vor dem Mord in Krakau gelandet sind, so wie du es vorgeschlagen hast. Es gab an dem Morgen auch eine Maschine aus Deutschland, aus Berlin. Könnt ihr die überprüfen? Geht sicher schneller, als wenn ich das von hier aus mache.«

Selig sagte zu, die Angelegenheit zu übernehmen, und Cezary versprach, er werde die Liste umgehend per Mail schicken.

»Tut mir leid, dass ich dir nicht mehr helfen konnte.« Cezarys Stimme klang bedrückt.

»Du hast mir geholfen«, entgegnete Selig. »Pass auf dich auf.«

35

Maria schaute auf, als Selig das Büro betrat. Sie hatte auf ihn gewartet und blickte ihm ernst entgegen. Selig, in Gedanken, bemerkte es nicht.

»Paul?«

Ohne auf seine Umgebung zu achten, ging Selig an seinen Schreibtisch.

»Da ist etwas für dich abgegeben worden. Paul, hörst du mich?«

Selig sah auf. »Bitte?«

»Der Umschlag dort.« Maria wies auf ein braunes Kuvert, das auf dem Tischchen neben Seligs Arbeitsplatz lag, nicht sehr dick und von der Größe einer Aktenmappe. »Ist per Bote gekommen, vor einer halben Stunde.«

Selig nahm den Umschlag, blickte auf den Absender, zögerte. »Ist das für unseren Fall, oder ist das für mich?«

»Wenn's für unsere Ermittlungen wäre, dann wäre es an die Kripo geschickt worden, zu deinen Händen. Der Brief ist aber ausdrücklich an dich persönlich adressiert.« Maria wusste, der Absender war die Stasi-Unterlagen-Behörde.

Selig wog den Umschlag kurz in seinen Händen, dann öffnete er die Schublade seines Schreibtisches und warf das Kuvert hinein.

»Willst du nicht reinschauen?«

Selig antwortete nicht. Sorgfältig schloss er die Schublade ab und steckte den Schlüssel in seine Tasche.

Auch Maria schwieg für einen Moment. »Vielleicht gehen wir einen Kaffee trinken? Unten an der Hungerharke?«

Sie sah, dass Selig zögerte. Für einen Moment dachte sie, er werde ihre Einladung ausschlagen und sich in sich selbst zurückziehen wie schon so häufig in der Vergangenheit. Doch dann schien er sich einen Ruck zu geben. »Okay.«

Wagner, der dem Wortwechsel mit halbem Ohr gefolgt war, sprang auf. »Ich glaube, ich nehme heute auch einen Kaffee.«

»Du?« Maria sah ihn skeptisch an.

»Ein Kollege aus der Sitte hat von diesem thailändischen Phang-Kong-Espresso geschwärmt. Wird mit exakt vierundneunzig Grad Celsius Wassertemperatur zubereitet, sagt er. Den probier ich mal aus.«

Maria wechselte mit Selig einen kurzen Blick.

Selig räusperte sich. »Tut mir leid, aber ich brauche Sie hier, Wagner. Sehen Sie bitte die Passagierliste durch, die ich gerade bekommen habe.«

»Welche Liste?«

»Die kriegen Sie sofort. Kommt von den Kollegen aus Polen. Uns interessieren alle Passagiere, die am Vortag des Mordes oder am Mordtag ihren Flug nach Krakau gebucht haben. Vielleicht ist der Mörder von Jeff Farsell aus Berlin gekommen.« Selig ging zu seinem Schreibtisch und leitete die Mail weiter, die Cezary ihm geschickt hatte.

»Aber kann das nicht warten?« Wagner war missmutig wieder auf seinen Stuhl zurückgesunken.

Selig versuchte ein aufmunterndes Lächeln. »Tee passt doch viel besser zu Ihnen. Bis später.« Ohne Wagner weiter zu beachten, verließ Selig das Büro. Maria folgte ihm.

❄

Maria hatte ihnen zwei Milchkaffee bestellt und gewartet, bis der Espresso, mit dem der Fahrer des mobilen Coffeeshops das Getränk zubereitete, in den Milchschaum geflossen war. Jetzt brachte sie die Becher zu dem kleinen Stehtisch direkt unter dem Heizpilz am Ende des Tresens. Sie waren die einzigen Gäste.

Maria musterte Selig forschend, als sie ihm seinen Kaffee hinschob. »Was hat er gesagt?«

»Wer?«

»Du weißt genau, wen ich meine.«

Selig schwieg, trank einen Schluck. »Lasnik sagt, mein Vater war ein Doppelagent.«

»Also stimmt deine Vermutung, dein Vater habe für den westdeutschen Geheimdienst gearbeitet.«

Selig nickte. »Aber Lasnik behauptet, dass er sich auch mit der Stasi eingelassen hat.«

»Und? Glaubst du das?«

Selig zuckte mit den Schultern. »Ich weiß es nicht. Ich kannte meinen Vater eigentlich überhaupt nicht. Alles ist möglich.«

»Was wirst du jetzt tun?«

»Keine Ahnung. Die Sache vergessen?«

Maria runzelte die Stirn. »Warum?«

Selig sah sie hilflos an. »Ich weiß nicht ... Vielleicht sollte ich einfach alles aus meinem Gedächtnis streichen. Es tut weh, die Vergangenheit aufzuwühlen. Jeder Tag in diesem verdammten Haus tut weh.«

Maria betrachtete ihn bedrückt. In ihrem Blick lag Mitgefühl. Behutsam legte sie Selig die Hand auf den Arm. »Trotzdem glaube ich, dass du keine Wahl hast. Wie willst du etwas vergessen, das du nicht kennst?«

Selig zog die Augenbrauen zusammen. Er verstand nicht, was sie ihm sagen wollte.

»Ich denke nicht«, erklärte Maria, »dass es dir hilft, die Erinnerung an deinen Vater zu verdrängen. Oder hat dir das bisher geholfen?«

Selig schüttelte den Kopf. »Je älter ich werde, desto schwieriger wird es. Manchmal frage ich mich sogar, ob meine Schwester recht hatte.«

»Womit recht hatte? Was hat deine Schwester gesagt?«

»Dass ich schuld am Tod unseres Vaters bin. Würde es mich nicht geben, würde er noch leben.«

Maria starrte ihn an. »Das nimmst du doch nicht ernst, oder?«

Selig antwortete nicht, schaute ins Leere. Seine Stimme klang brüchig, als er wieder sprach. »Den Anblick, wie er über seinem Schreibtisch baumelt, vergesse ich nie.«

»Es war seine Entscheidung, sich umzubringen. Er trägt die Verantwortung, nicht du.« Marias Stimme klang entschieden.

Gedankenverloren trank Selig einen Schluck. Eine Weile war es still, bis auf das Rauschen des Verkehrs und das Zischen der Espressomaschine, die der Barista gerade sorgfältig reinigte.

»Weißt du, dass ich schon älter bin, als mein Vater je geworden ist?«, sagte Selig unvermittelt. Er wirkte bedrückt.

Ohne darüber nachzudenken, umarmte Maria ihn. Selig ließ es zu.

Eine Weile standen sie zusammen, bis sich Maria von ihm löste. Sie wirkte verlegen, aber auch entschlossen, eine Mischung, die Selig irritierend und anziehend zugleich fand.

Eindringlich sah sie ihn an. »Mach weiter, Paul. Versuch herauszubekommen, was damals geschehen ist. Du musst die Leute finden, mit denen dein Vater zu tun hatte. Lasnik war nicht der Einzige, der ihn gekannt hat.«

Selig nickte nachdenklich. »Ich kann, wenn ich will, den Geheimdienstkoordinator treffen. Alexander Merl. Ich schätze, mein Vater hat damals für ihn gearbeitet.«

»Und worauf wartest du?«

»Ich weiß nicht. Vielleicht, dass mir jemand in den Hintern tritt.« Er grinste verhalten.

Maria grinste zurück. »Damit kann ich gerne dienen.«

»Das ist mir klar.« Selig seufzte. »Na gut. Warum auch nicht? Schlimmer wird's nicht werden.«

Schweigend sah Maria dabei zu, wie Selig sein Mobiltelefon hervorholte.

❄

Schwere, schneegefüllte Wolken ballten sich über dem Regierungsviertel, als Selig die Pforte des Kanzleramtes erreichte. Der Wind fuhr in Böen die nackten Betonwände entlang und weiter durch die Gitterstäbe, die sich hinter Seligs Wagen aus dem Boden hoben und die Zufahrt wieder versperrten, während er auf dem Gelände einen Parkplatz fand.

Selig stieg aus und heftete sich den Hausausweis ans Revers, den ihm ein Mitarbeiter reichte. Noch immer war er verblüfft, wie einfach es nun war, den Geheimdienstkoordinator zu treffen. Er hätte mit einem Termin in einigen Wochen gerechnet, trotz der Intervention der Kanzlerin. Doch als Merls Assistentin ihm am Telefon angeboten hatte, sofort vorbeizukommen, hatte er nach kurzem Zögern zugestimmt. Dass Maria in diesem Moment bei ihm gewesen war, hatte ihm geholfen, sich so schnell zu entscheiden.

»Kommen Sie bitte herein. Setzen Sie sich. Möchten Sie einen Tee?« Alexander Merl schien auf ihn gewartet zu haben. Noch bevor seine Assistentin Selig begrüßt hatte, war er aus seinem Büro gekommen und hatte ihn zu sich hereingebeten. Jetzt war er sichtlich bemüht, Selig den Aufenthalt so angenehm wie möglich zu machen. Selig kam es so vor, als sei Merl erleichtert, ihn hier zu sehen, obwohl er zuvor doch offenbar versucht hatte, ihre Begegnung zu verhindern oder zumindest hinauszuzögern.

Der Geheimdienstkoordinator wartete, bis seine Assistentin eine anmutig geschwungene Porzellankanne mit Tee und zwei filigrane Tassen auf den Konferenztisch gestellt hatte, dazu ein paar Kekse und etwas Obst, dann schloss er die Tür hinter ihr und setzte sich seinem Besucher gegenüber. »Gut. Da sind wir also. Fragen Sie.«

Für einen Moment steckten Selig die Worte im Hals fest. Obschon er sich seit seinem Anruf im Kanzleramt vor einer Stunde wieder und wieder überlegt hatte, wie er das Gespräch beginnen sollte, kam ihm nun kein Wort über die Lippen. Kurz entschlossen, bevor die Stille peinlich zu werden begann, griff er in seine Jackentasche, holte das Bild hervor, das Winterberg ihm gegeben hatte, und schob es über den Tisch.

Merl nahm das Foto und betrachtete es. Langsam nickte er. »Das war Ende der Achtziger. Zwei, drei Jahre bevor sich Ihr Vater …« Merl brach ab.

»Sich mein Vater umgebracht hat«, ergänzte Selig.

»Ja. Woher haben Sie das Bild?«

»Von Jacob Winterberg. Aufgenommen hat es Erhard Lasnik, ein ehemaliger Stasi-Offizier.« Selig musterte Merl forschend. »Woher wissen Sie, wann das Foto entstanden ist?«

»Von Ihrem Vater. Ich kenne das Bild. Die Stasi hat versucht, ihn nach seiner Fahrt in den Osten mit Fotos von dem Treffen zu erpressen. Ihr Vater hat mich sofort darüber informiert und mir die Bilder gezeigt.«

»Lasnik sagt, mein Vater hat für die Staatssicherheit gearbeitet. Ist das wahr?«

Merl lachte auf. »Nein. Wenn ich für jemanden meine Hand ins Feuer gelegt hätte, dann für Ihren Vater.«

»Aber wenn er kein Doppelagent war, warum hat er sich dann mit Lasnik getroffen?«

Merl zögerte mit der Antwort. Umständlich schenkte er sich und Selig eine Tasse Tee ein. »Es tut mir leid, dass Sie auf ein Treffen mit mir so lange warten mussten.« Er sah auf. »Ich gebe zu, wenn mich die Kanzlerin nicht darum gebeten hätte, säßen wir nicht hier.«

Selig wartete, dass Merl weitersprach.

»Das, was ich Ihnen jetzt erzähle, muss in diesem Raum bleiben. Was damals passiert ist, ist nicht mehr wirklich wichtig für die heutige Politik. Eigentlich schert sich kein Mensch mehr drum. Aber es wäre für mich sehr unangenehm, kurz vor meiner Pensionierung zugeben zu müssen, Ihren Vater gedeckt zu haben.«

»Was hat er getan?«

»Nichts. Fragen Sie lieber, was man ihm angetan hat.« Merl seufzte. »Es drehte sich nicht um Ihren Vater. Es drehte sich um Ihre Mutter. Wussten Sie, dass Ihr Vater sie abgöttisch geliebt hat?«

»Und?«

»Was niemand von uns wusste: Sie war eine Stasi-Spionin. Man hat sie auf Ihren Vater gezielt angesetzt. Kein Wunder, dass sie für ihn perfekt war. Sie hatten sie eigens für ihn ausgesucht. Und sie hat eine Rolle gespielt.«

Selig brauchte einen Moment, um die Information zu verdauen. »Meine Mutter war mit meinem Vater zusammen, weil sie ihn ausspionieren sollte?«

Merl nickte. »Ja. Und das über viele Jahre und mit großem Erfolg. Niemand von uns hat etwas gemerkt. Bis zur Geburt von Ihnen, Herr Selig, und Ihrer Schwester. Kurz bevor Ihre Mutter starb, hat sie Ihrem Vater alles gestanden.«

Seligs Gedanken rasten. Bilder aus seiner Kindheit zuckten

vor seinem inneren Auge vorbei, Situationen mit seinem Vater, die er damals nicht verstanden hatte und die ihm jetzt in einem ganz anderen Licht erschienen.

Sein Vater, begriff Selig, hatte nicht nur die Frau verloren, die er liebte, ihm war sehr viel mehr genommen worden: eine glückliche Zeit, die sich als Lüge entpuppt hatte. Sein gesamtes Leben war in diesem Moment zusammengebrochen. Und seine neugeborenen Kinder Paul und Lisa waren das Symbol dieser Lüge, sie erinnerten fortan ihren Vater täglich daran, dass er von seiner Frau benutzt worden war.

»Was ist danach passiert?«

»Ihr Vater hat sich für einige Jahre aus dem aktiven Dienst zurückgezogen.«

»Was heißt das? Ein Bürojob?«

»Nein. Eine Klinik. Er war schon damals depressiv, nicht erst, als er …« Merl stockte bedrückt. »Wir haben Sie und Ihre Schwester in ein Heim gegeben, bis Ihr Vater stabil genug war, Sie beide wieder zu sich zu holen.«

Selig schwieg einen Moment. Sosehr er sich auch bemühte, er erinnerte sich nicht an die Zeit der Trennung, zumindest nicht bewusst. Es gab keine Bilder, nur Gefühle, allen voran die Angst, den Vater zu verlieren, wenn er nicht genau das tat, was dieser von ihm wollte.

»Warum haben Sie die Sache unter den Tisch gekehrt?«

Merl hob entschuldigend die Hände. »Wem hätten wir geholfen, wenn der Verrat bekannt geworden wäre? Höchstens dem Feind. Diesen Triumph wollte ich ihm nicht gönnen.«

»Und Sie wollten Ihren Job nicht verlieren.«

»Auch das, ja.«

»Aber warum hatte mein Vater den Kontakt zu Lasnik gesucht? So viele Jahre nachdem meine Mutter gestorben war?«

»Das weiß ich nicht. Ihr Vater hat nie mit mir darüber gesprochen.«

»Sie haben ihn nicht gefragt? Sie müssen doch mit ihm geredet haben, als er Ihnen gesagt hat, dass die Stasi ihn mit den Fotos erpresst.«

»Vielleicht habe ich ihn gefragt, ich weiß es nicht mehr. Das ist über dreißig Jahre her. Ich weiß nur noch, dass ich alle Mühe hatte, Ihren Vater aus der Schusslinie zu holen. Ich habe unseren Vorgesetzten davon überzeugt, ihn in den vorgezogenen Ruhestand zu schicken.«

»Damit er alleine mit uns in der alten Villa sitzen und seine Depression pflegen konnte.«

Merl wirkte bedrückt. »Bitte glauben Sie mir, wie sehr mir das leidtut. Wir haben seine Krankheit total unterschätzt. Über so etwas redete man nicht. Damals hatten Männer schlicht und einfach keine Probleme. Zumindest nicht Männer wie Ihr Vater.«

Selig schwieg. Er hatte keine Fragen mehr.

Nach einer Weile stand er auf und ging zur Tür. Die Hand auf der Klinke, drehte er sich noch einmal zu Merl um. »Gibt es eine Stasi-Akte zu meinem Vater?«

Merl schüttelte den Kopf. »Wir haben danach gesucht und nichts gefunden. Vermutlich ist sie während der Wendezeit vernichtet worden.«

»Und gibt es eine Akte über mich?«

»Das weiß ich nicht. Kann sein. Ich habe nie nachgefragt.«

Selig musste an den Umschlag denken, der in der Schublade seines Schreibtisches lag.

Leise, ohne ein Wort des Abschieds, verließ er das Büro.

36

Das Gefängnistor glitt zur Seite, bis ein etwa schulterbreiter Spalt entstanden war. Die wartenden Reporter hoben ihre Fotoapparate und Kameras. Eine Weile geschah nichts. Dann trat Lasnik auf die Straße. Ein Blitzlichtgewitter flackerte auf, die Reporter drängten auf ihn zu, riefen ihre Fragen. Lasnik nutzte die Gelegenheit, seine Unschuld zu beteuern, die, so betonte er, in der Aufhebung des Haftbefehls ihren Ausdruck gefunden habe. Er lächelte entspannt, blieb ruhig und souverän. Er wusste, dass diese Bilder während des Tages im Netz und am Abend in den Nachrichten von Millionen von Menschen gesehen werden würden.

Eine Frage jedoch ließ seine Fassade bröckeln.

»Was sagen Sie zu dem schnellen Erfolg Ihrer Mitarbeiter?«, rief einer der Reporter, es war ein rothaariger Videojockey, der sein winziges Aufnahmegerät an einem Selfie-Stick montiert hatte.

Lasnik kniff die Augen zusammen. »Worauf spielen Sie an?«

»Auf das Computerprogramm, das die Bundesregierung einsetzt. Das Programm, mit dem der Computervirus abgewehrt wird. Es ist einsatzbereit, heißt es.«

Entgeistert starrte Lasnik den Reporter an. »Wer sagt das?«

»Die Nachricht kam heute Morgen. Alle Computer laufen wieder. Wussten Sie das nicht?«

Lasnik entglitten die Gesichtszüge. Ohne ein weiteres Wort drängte er sich durch die Menge und winkte ein Taxi heran. Beobachtet von den Reportern, die seinen abrupten Abgang dokumentierten, fuhr er davon.

❄

Blass vor Wut erreichte Lasnik den Technologiepark in Adlershof eine knappe Stunde später. Er hatte sich von dem Taxifahrer zum Kanzleramt bringen und sich dort seinen Wagen aushändigen lassen, die Limousine hatte auf dem Besucherparkplatz hinter der Pförtnerloge gestanden, seit er nach der Pressekonferenz von Selig festgenommen worden war. Jetzt bretterte Lasnik die Straße hinunter, die Hände fest um das lederbezogene Lenkrad gekrallt, entlang futuristischer Bürogebäude, deren Fenster im Dämmer des Wintertages leuchteten. Ein Glatzkopf, der mit einem Kaffeebecher in der Hand die Straße überqueren wollte, sprang in letzter Sekunde zur Seite, als Lasnik vorbeiraste. Wütend brüllte der Mann dem Wagen Flüche hinterher.

Lasnik bemerkte es nicht. Ärgerlich trat er das Gaspedal durch. Auf dem Weg hierher hatte er im Radio die Nachricht gehört, auf die ihn der Reporter angesprochen hatte, und der Gedanke daran ließ in ihm erneut die Wut hochkochen. Was war da verdammt noch mal geschehen?

Sein Parkplatz vor dem Haupteingang war belegt, ein schäbiger Kleinwagen stand auf der reservierten Fläche, und Lasnik musste sich beherrschen, ihn nicht zu Schrott zu rammen. Er stoppte die Limousine direkt vor den Stufen, stieg aus und eilte in das Gebäude. Der Pförtner sprang bestürzt auf, als er Lasnik sah. Dieser ignorierte ihn und nahm die Treppe bis zur obersten Etage, in der er mit seiner Firma logierte. Als seine Mitarbeiter ihn bemerkten, erstarb von einer zur anderen Sekunde das Stimmengemurmel, das in der weitläufigen Büroetage eben noch geherrscht hatte. Alle sahen ihm betreten entgegen.

»Wo ist Peterson?«, herrschte Lasnik einen freundlich aussehenden Dicken an, der sich aus einem Loungesessel direkt am Eingang gewuchtet hatte.

Wortlos wies der Dicke zum Glaskasten im Zentrum der Bürolandschaft.

Sein Assistent Torben Peterson hatte von Lasniks Ankunft nichts mitbekommen. Er saß im Chefbüro, den Schreibtischsessel zurückgelehnt, und starrte auf den Fernseher. Erschrocken fuhr er auf, als Lasnik in den Raum stürmte.

Lasnik war erbost. »Was wird das hier?«

»Ich … ich muss Sie doch vertreten …« Hilflos stammelnd, suchte Peterson nach Worten. »Ich dachte, weil das Büro sowieso leer steht …«

»Es ist mir scheißegal, ob du hier in meinem Büro sitzt oder beim Hausmeister im Heizungskeller. Aber mir ist nicht egal, wenn du Mist baust. Also: Was ist hier passiert? Wieso laufen die Computer der Bundesregierung?«

»Damit haben wir nichts zu tun.«

»Das ist ja das Problem!«, fauchte Lasnik. »Mir ist klar, dass das nicht unser Programm ist. Wie kommt das Kanzleramt an eine Software, die den Virus bekämpft?«

Stumm wies Peterson auf den Fernseher, dort waren Bilder von einer Pressekonferenz zu sehen. »Sie hat es ihnen gegeben.«

Lasnik schrie auf vor Wut, als er erkannte, wer dort neben dem Kanzleramtsminister saß: Es war Natalie Brandt, seine IT-Forensikerin, die scharfe Braut, die er der Optik wegen eingestellt und die er nicht weiter beachtet und schon gar nicht ernst genommen hatte.

Wütend, wie von Sinnen, packte Lasnik einen der Besucherstühle und schleuderte ihn gegen die halbrunde Wand des Büros. Risse peitschten durch die spiegelglatte Fläche, polternd krachte der Stuhl auf den Boden. Momente später brach die Glaswand in sich zusammen. Tausende Bruchstücke stürzten herab.

Entsetzt starrten seine Mitarbeiter zu ihnen herein.

»Raus hier! Alle raus!«

Keiner sagte ein Wort. Sechzig Sekunden später war die Bürolandschaft jenseits der zerstörten Glaswand verlassen.

Torben Peterson war um den Schreibtisch herumgekommen, unsicher, ob der Befehl auch ihm galt. Als Lasnik herrisch auf den zweiten Besucherstuhl wies, hockte sich Peterson eingeschüchtert auf die Kante der Sitzfläche. Lasnik zog sich seinen Schreibtischstuhl heran und setzte sich Peterson dicht gegenüber. »So, und jetzt von vorne. Wie konnte das geschehen?«

Peterson suchte hilflos nach Worten. »Ich weiß es nicht.«

»Du weißt es nicht?«, brüllte Lasnik ihn an. »Ich hatte dir gesagt, du sollst sie überwachen! Ihr Handy war mit unserer Software präpariert! Du hättest ihr nur zuzuhören brauchen!«

»Das habe ich ja. Aber sie hatte ihr Handy abgelegt. Da war stundenlang nichts zu hören. Ich hatte keine Ahnung, was sie tut. Es war, als ob sie gewusst hätte, dass wir sie tracken.«

»Und? Was hast du dann getan?«

»Was hätte ich denn tun sollen?« Peterson hob hilflos die Schultern.

»Losfahren, selber nachsehen, was sie macht! Mein Gott, wie blöd kann man nur sein! Bist du nicht misstrauisch geworden?« Fassungslos schüttelte Lasnik den Kopf.

Sein Assistent wusste nicht, was er antworten sollte.

»Mann, Peterson, jahrelang arbeiten wir daran, einen solchen Auftrag zu bekommen! Und du fährst den Karren auf den letzten Metern in den Dreck. Du bist so ein Idiot! Kannst du mir mal sagen, wie ich das unseren Auftraggebern erklären soll? Verdammt! Verdammt!« Wütend fegte Lasnik mit dem Arm seine Schreibtischplatte leer.

Torben Peterson schwieg bedrückt, den Kopf ängstlich zwischen seine Schultern gezogen.

Lasnik atmete tief durch, dann stand er auf und stieg, intensiv nachdenkend, durch die Trümmer. »Okay. Erst mal ein Bericht für unsere Auftraggeber. Du schreibst auf, was passiert ist. Und dann gehst du an Natalie Brandt ran. Ich will wissen, woher sie dieses Abwehrprogramm gezaubert hat. Sie kann das unmöglich selber geschrieben haben.«

Peterson nickte, erleichtert, das Büro verlassen zu können. Die Scherben knirschten unter seinen Füßen, als er den zerstörten Glaskasten verließ.

Erschöpft ließ sich Lasnik in seinen Bürosessel fallen.

Er hatte keine Ahnung, wie er dieses Desaster überstehen sollte. Seine Auftraggeber waren sehr empfindlich, wenn gesetzte Ziele nicht erreicht wurden.

Vielleicht, überlegte Lasnik, sollte er seinen Assistenten opfern. Es lag auf der Hand, dass Peterson die Katastrophe verursacht hatte, während er selbst in U-Haft saß. Jeder würde das sofort glauben.

Mit Versagern zusammenzuarbeiten, dazu hatte er ohnehin keine Lust.

Lasnik seufzte. Er würde sich warm anziehen müssen.

❄

Selig wirkte abwesend, als er das Büro im Präsidium betrat. Wie so oft hörte er nicht, dass Wagner ihn ansprach. »Chef, das müssen Sie sich ansehen.«

Selig setzte sich und ordnete gedankenverloren seine Unterlagen, bis alle Stifte, Papiere und Ordner exakt an der Tischkante ausgerichtet auf der Arbeitsfläche lagen.

Maria beobachtete ihn besorgt.

»Chef, hören Sie mich?« Wagner musterte Selig irritiert.

»Bitte?« Selig schaute auf.

»Ich hab hier was, das sollten Sie sich ansehen.«

»Nur wenn es wichtig ist«, ging Maria dazwischen.

»Natürlich ist es wichtig«, fauchte Wagner ärgerlich. »Ich habe die Passagierlisten geprüft. Ein Passagier hat tatsächlich den Flug erst am Morgen gebucht, direkt am Flughafen am Ticketschalter.«

»Und? Wer ist es?«

»Nicht so schnell!« Wagner lehnte sich zurück, er genoss seinen Rechercheerfolg. »Der Betreffende ist am gleichen Tag aus Krakau wieder nach Berlin zurückgeflogen. Der Aufenthalt war sehr kurz, keine zwei Stunden. Vermutlich hat er den Flughafen gar nicht verlassen.«

Seligs Telefon klingelte. Er ignorierte es, wartete gespannt auf die Auflösung des Rätsels, das Wagner ihnen aufgab. »Wer ist es?«

Wagner drehte seinen Monitor zu ihm herum. »So sieht er aus. Er heißt ... Moment ... « Er suchte den Zettel, auf dem er die Daten des Fluggastes notiert hatte.

Überrascht starrte Selig auf das Foto, das auf dem Bildschirm leuchtete. »Ich weiß, wer er ist«, sagte er. »Und ich weiß auch, wo wir ihn finden.«

Er griff sich seine Jacke, dann, nach einem kurzen Moment des Überlegens, holte er Dienstwaffe und Holster aus dem Schrank, in dem er beides eingeschlossen hatte. Auffordernd sah er Maria an. »Komm.«

Wagner hatte den Zettel gefunden, er hob ihn triumphierend und bemerkte erst jetzt, dass Selig dabei war, das Büro zu verlassen. Missmutig sah er ihm nach, er hatte sich mehr Anerkennung erhofft.

Selig stand schon im Flur, als er sich noch einmal kurz umdrehte. »Ach, Wagner: Gute Idee, auch die Rückflüge von Krakau hierher zu prüfen.«

Wagner grinste breit.

❄

Das Blaulicht auf dem Dach, raste Maria über die Stadtautobahn Richtung Osten. Sie hatte sich wie selbstverständlich hinter das Steuer von Seligs Dienstwagen gesetzt, und Selig hatte sie gewähren lassen, erleichtert, denken zu können und nicht fahren zu müssen. Maria beschleunigte die Limousine, das Martinshorn machte ihnen den Weg frei.

»Und du bist dir sicher?« Maria sah Selig kurz von der Seite an.

»Ich habe ihn zweimal dort gesehen. Er arbeitet dort.«

»Was hatte er mit Farsell zu tun?«

»Das werden wir ihn fragen.«

Sie schwiegen bis Adlershof, nur unterbrochen durch einen Anruf Wagners, der berichtete, dass die Witwe des Mordopfers versucht hatte, Selig zu erreichen. Ihr Sohn sei verschwunden, sie mache sich Sorgen. Selig bat Wagner, Cora Winterberg auszurichten, dass er sich bei ihr melden würde, sobald er wieder im Präsidium sei.

Maria schaltete das Martinshorn aus, als hinter dem Heizkraftwerk am Ernst-Ruska-Ufer die ersten Hochhauswürfel des Technologieparks Adlershof im Dämmerlicht aufblitzten. Angespannt tastete Selig nach dem Waffenholster. Die Gurte über seiner Schulter und um seinen Brustkorb fühlten sich ungewohnt an, ein Fremdkörper, der nicht zu ihm gehörte.

Kurz darauf stoppten sie vor dem Gebäuderiegel, in dem Lasniks Firma residierte. Die bodentiefen Fenster im obersten Stockwerk waren hell erleuchtet, doch die Räume dahinter schienen verlassen. Maria warf die Wagentür hinter sich zu, eilte die Stufen hinauf und betrat das Gebäude. Selig folgte ihr. Sie instruierten den Pförtner, sie nicht anzukündigen, dann stiegen sie gemeinsam die Treppe hinauf.

Der Eindruck von außen hatte nicht getäuscht: Die Arbeitsplätze in der weitläufigen Bürolandschaft waren unbesetzt. Auch in den Loungesesseln und an den Tresen saßen keine Mitarbeiter. Nur aus einer Arbeitsnische hörten sie das leise Klappern einer Computertastatur. Sie folgten dem Geräusch.

Torben Peterson saß über einen Laptop gebeugt an einem Schreibtisch, er tippte hastig und sah ertappt auf, als er Selig und Maria bemerkte.

Selig räusperte sich, bevor er sprach. »Herr Peterson?«

»Ja.«

»Können wir kurz mit Ihnen reden?«

Das Knirschen von zerbrochenem Glas ließ sie aufmerken: Erhard Lasnik war aus seinem Büro gekommen und unterbrach ihn. »Nein. Sie können nicht mit ihm reden.« Ärgerlich musterte er Selig. »Langsam werden Sie anstrengend, Herr Kommissar. Haben Sie es immer noch nicht begriffen? Ich habe ein Alibi. Ende des Gesprächs.« Er wies zum Ausgang. »Da ist die Tür.«

Selig spürte, wie Maria neben ihm hochkochte. Er berührte sie unauffällig. Maria ballte ihre Faust, aber sie beherrschte sich.

»Wir wollen nicht zu Ihnen, Herr Lasnik, wir wollen zu Ihrem Mitarbeiter.«

»Es ist mir vollkommen egal, was Sie wollen. Er hat zu tun, und das hier ist mein Büro. Also verschwinden Sie.«

Selig blieb ruhig. »Wir haben nur ein paar Fragen. Das ist schnell erledigt, geben Sie uns fünf Minuten.« Er beachtete

Lasnik nicht weiter und wandte sich Peterson zu. »Wir wollen mit Ihnen über Ihren Flug nach Krakau reden. Am letzten Donnerstag. Sie waren doch in Polen, oder?«

»Ja.« Peterson warf Lasnik einen Hilfe suchenden Blick zu. »Das war privat.«

»Sie hatten«, fuhr Selig fort, »einen Aufenthalt von nur zwei Stunden, bevor Sie wieder zurückgeflogen sind. Das reicht, um auszusteigen, einen Kaffee im Flughafenrestaurant zu trinken und wieder einzuchecken. Wir finden das ungewöhnlich.«

»Ich habe im Flughafen einen Geschäftspartner getroffen.«

»Ich dachte, der Flug war privat?«

»Ein privates Geschäft.« Peterson schluckte nervös.

»Es kann nicht sein, dass Sie nach Krakau geflogen sind, um Jeff Farsell zu ermorden?«

Peterson war blass geworden. »Damit habe ich nichts zu tun.«

»Wenn Sie nichts damit zu tun haben«, entgegnete Selig freundlich, »dann werden Sie sicher nichts dagegen haben, uns für eine Blutprobe ins Präsidium zu begleiten.«

»Eine Blutprobe? Muss das sein?«

»Es muss überhaupt nichts sein«, ging Lasnik dazwischen. »Lassen Sie sich bloß nicht von ihm einschüchtern.«

Selig beachtete Lasnik nicht. Unverwandt sah er Peterson an. »Es geht um den Mord an Jeff Farsell. Der Mörder hat für das verwendete Nervengift einen Zerstäuber benutzt. Das bedeutet, es war für ihn nahezu unmöglich, nicht mit dem Gift in Berührung zu kommen. Also wird er sich das Gegenmittel injiziert haben. Und das können wir im Blut nachweisen.«

Peterson saß wie erstarrt.

Ungehalten schob sich Lasnik zwischen Selig und Peterson. »Es reicht jetzt. Los, verschwinden Sie.« Und er hob seinen Arm, um Selig zum Ausgang zu drängen.

Maria reagierte blitzschnell: Sie packte Lasniks Hand, bevor diese Seligs Brustkorb berühren konnte, und drehte sie zur Seite. »Noch ein Schritt, und wir nehmen Sie fest wegen Behinderung der Staatsgewalt.«

»Nehmen Sie sofort Ihre Finger weg.« Lasniks Stimme war gefährlich leise.

»Maria! Reiß dich zusammen!« Selig legte seine Hand auf ihren Arm. »Er ist es nicht wert.«

Maria zögerte, doch dann ließ sie Lasnik los.

Peterson war aufgestanden und wandte sich ab, um seine Jacke anzuziehen. Zu spät bemerkte Selig, dass er in die Innentasche griff und eine Pistole hervorholte. Selig fuhr herum, die Hand am Waffenholster, doch Peterson hatte seine Halbautomatik schon hochgerissen und hielt sie Lasnik an den Kopf. »Zurück! Sonst knalle ich ihn ab.«

Selig hob seine Hände. »Ganz ruhig. Machen Sie jetzt keinen Fehler. Legen Sie die Waffe weg.«

»Das werde ich nicht tun. Und ich werde auch nicht mit Ihnen kommen. Sie lassen mich jetzt gehen. Und ihn nehme ich mit.«

Peterson gab Lasnik mit dem Lauf der Pistole einen Stoß. Lasnik, die Hände halb erhoben, schien kurz zu zögern, doch dann fügte er sich der Situation. »Entspann dich, Torben. Wir kriegen das schon hin.« Er wies auf die Garderobe neben der Tür. »Kann ich mir noch meinen Mantel anziehen?«

Peterson nickte.

Lasnik warf sich seinen Mantel über, dann verließ er das Büro, gefolgt von Peterson, der weiterhin seine Pistole auf ihn gerichtet hatte. Die Glasscherben knirschten unter ihren Füßen.

»Verdammt!« Maria zog ihre Waffe, während sie den beiden nachsah. »Was jetzt? Wir können sie doch nicht einfach gehen lassen.«

Selig gab Maria ein Zeichen, mit ihm zu kommen, während er sein Telefon hervorholte und die Nummer der Einsatzzentrale wählte.

Peterson hatte inzwischen den Ausgang der Büroetage erreicht, er stieß Lasnik mit dem Lauf seiner Pistole durch die Tür und weiter die Treppe hinab. Selig und Maria folgten ihm.

»Geiselnahme in Adlershof. Kekuléstraße.« Selig sprach leise ins Telefon. »Der Geiselnehmer bringt seine Geisel vermutlich zu seinem Wagen. Wir bleiben dran.«

Maria huschte vor ihm die Stufen hinunter, die Waffe in der Hand, Selig steckte das Telefon weg und folgte ihr. Schritte waren eine Treppe tiefer zu hören, dann ein erstaunter Ruf, offenbar hatten Peterson und Lasnik die Eingangshalle erreicht.

Ein Schuss hallte durch das Gebäude.

Eilig rannten Selig und Maria die letzte Treppe hinunter. Auch Selig hatte jetzt seine Waffe gezogen.

Der Pförtner saß kreidebleich, aber unverletzt auf seinem Stuhl. Die Glaswand hinter ihm war zersplittert. Zitternd wies er auf den Ausgang. Durch die Scheiben war zu sehen, wie Peterson seine Geisel in die Limousine stieß, die Lasnik vor den Stufen des Eingangs abgestellt hatte. Der Motor heulte auf, Momente später setzte sich der Wagen in Bewegung.

»Los, schnell.« Selig rannte, gefolgt von Maria, durch die Halle, er stieß die Ausgangstür auf, sprang die Stufen hinab. Als sie ihren Wagen erreichten, verließ Lasniks Limousine gerade mit quietschenden Reifen den Parkplatz.

»Du fährst. Zeig, was du kannst.«

»Mit Vergnügen.« Maria setzte sich hinter das Steuer, startete den Motor und trat auf das Gaspedal, noch bevor Selig die Beifahrertür geschlossen hatte. Sie schossen auf die Straße, direkt vor einen Lieferwagen, dessen Fahrer erst erschrocken bremste und dann wütend die Hupe traktierte. Maria beachtete ihn nicht, beschleunigte unbeirrt, den davonfahrenden Wagen im Blick.

Selig griff zum Funkgerät, um in knappen Worten die Zentrale und die Kollegen in den Streifenwagen von der Geiselnahme zu informieren. »Wir fahren Richtung Nordosten«, schloss er die Meldung, »bitte nicht eingreifen, bitte nicht stoppen. Wer den Wagen des Geiselnehmers sieht, Position melden.«

Der Beamte in der Einsatzzentrale bestätigte den Funkspruch.

Den Blick unverwandt auf die Straße gerichtet, raste Maria der dunklen Limousine hinterher. »Blaulicht?«, fragte sie, ohne Selig anzusehen.

»Nur, wenn es nötig ist. Peterson steht schon genug unter Druck.«

Maria wechselte die Spur und passierte eine Kreuzung. Die Limousine war jetzt keine fünfzig Meter vor ihnen. »Ich hätte geschworen, Peterson fährt zur Autobahn.« Sie fuhren unverwandt gen Nordosten.

Selig schwieg einen Moment, bevor er antwortete. »Ich glaube, er will nach Köpenick.«

»Wieso Köpenick? Warum nicht raus aus Berlin?«

»Um sich mit Lasnik in dessen Villa zu verschanzen.«

»Und warum? Damit er seine Geisel dort in Ruhe erschießen kann?«

»Um Lasnik mache ich mir keine Sorgen«, antwortete Selig. »Ich sorge mich um Peterson.«

»Um Peterson? Aber er ist der Geiselnehmer!«

»Er ist überfordert. Und er hat nicht das Kaliber von Lasnik. Hast du nichts bemerkt?«

Maria wusste nicht, was ihr aufgefallen sein sollte.

»Lasnik schien nicht überrascht davon zu sein, dass Peterson ihn als Geisel nahm. Und auf keinen Fall hatte er Angst.«

»Er *wollte* entführt werden?« Maria war bestürzt.

Selig antwortete nicht.

Maria griff das Lenkrad fester, während sie beschleunigte.

37

Ohne eine Regung zu zeigen, saß Sven an seinem Computerdesk und starrte auf den Bildschirm. Natalie stand hinter ihm, so wie er blickte sie konzentriert auf die Programmzeilen, die in endloser Reihe auf den Monitoren leuchteten.

Sven sah auf. »Du hast es zweimal geprüft?«

Die IT-Forensikerin nickte. »Unser Check hier ist das dritte Mal.«

Erschöpft rieb sich Sven die Augen. Dann stieß er sich vom Schreibtisch ab, rollte mit seinem Stuhl ein Stück zurück und griff nach einer Wasserflasche. »Du musst es ihnen sagen. Sofort.«

»Warum? Euer Programm läuft stabil. Alles andere kann ihnen doch egal sein. Ich warte bis zur TED-Konferenz.«

»Die ist erst in zwei Monaten.«

»Ja. Und sie bietet mir die maximale Aufmerksamkeit.«

»Und was ist bis dahin? Was ist, wenn Lasnik weitermacht? Scheiße, natürlich wird er weitermachen.« Erschöpft rieb sich Sven die Augen.

Einen Moment lang war es still im Raum, bis auf das leise Rauschen der Lüfter, die die Computerracks kühlten.

Natalie seufzte. »Okay. Schick Tobias eine Nachricht. Er soll dir die Telefonnummer von seinem Vater geben.«

Sven begegnete ihrem Blick, nickte, dann rollte er mit dem Stuhl zurück vor den Schreibtisch und beugte sich über seine Tastatur.

❄

Zur gleichen Zeit stand Kommissar Selig in einer kleinen Seitenstraße nahe der Spreepromenade von Berlin-Köpenick. Knatternd überflog der Hubschrauber die Siedlung und umrundete das Wohnhaus, dem ihr Interesse galt, ein protzig herausgeputzter Quader direkt am Ufer der Müggelspree. Das Grundstück reichte bis direkt an die Wasserkante, eine überdimensionierte Freitreppe neigte sich dem Garten entgegen. Der Fluchtwagen stand auf der Auffahrt vor dem Haus.

»Sie sind im Inneren des Gebäudes«, meldete der Hubschrauberpilot über Funk, »draußen ist niemand zu sehen.«

Selig hatte das Viertel absperren lassen, als feststand, dass Peterson Lasnik zu dessen Villa gebracht hatte. Zwei Streifenwagen blockierten die Straße und hielten Neugierige fern. Das SEK war alarmiert und schon unterwegs, auch die Kollegen der Wasserschutzpolizei waren informiert, ein Schnellboot sollte in wenigen Minuten die Müggelspree erreichen und den Seezugang des Grundstücks sichern. Auch die auf Entführungen spezialisierten Kollegen des PK 1 waren schon auf dem Weg zu ihnen.

Während Maria im Wagen saß und eine E-Mail tippte, stand Selig in der offenen Beifahrertür und blickte hinüber zu dem Gebäude, in dem sich Peterson verschanzt hatte. Alle Vorhänge waren zugezogen, es schien, als richtete sich der Entführer auf einen längeren Aufenthalt ein.

Selig war nachdenklich, er spürte eine innere Unruhe. Obwohl die Maschinerie, die er mit der Meldung der Entführung in Gang gesetzt hatte, wie geschmiert lief, hatte er das Gefühl, einen Fehler zu machen.

»Ich habe die Nummer.« Maria blickte von ihrem Smartphone auf.

Selig reagierte nicht.

»Paul!«

»Ja?«

»Das hier ist die Nummer, die du haben wolltest. Das Mobiltelefon von Peterson.« Sie zeigte ihm eine Ziffernfolge auf dem Display ihres Smartphones, sie hatte die Nachricht gerade bekommen.

Wortlos tippte Selig die Nummer in sein Handy ein und wartete, bis die Verbindung aufgebaut war. Ein Freizeichen ertönte, dann ein Klacken, und eine raue Stimme meldete sich. »Ja?«

»Herr Peterson? Hier ist Hauptkommissar Selig.«

»Was wollen Sie?«

»Hören Sie mir jetzt bitte gut zu, es ist wichtig. Sie dürfen Lasnik nicht trauen.«

»Wie bitte?«

Seligs Stimme klang eindringlich. »Ich weiß nicht, was er Ihnen gesagt hat oder was er Ihnen verspricht. Glauben Sie ihm nicht! Lasnik wird Sie opfern.«

Einen Moment lang blieb es bis auf das leise Rauschen der Funkverbindung still.

»Herr Peterson, hören Sie mich? Sie müssen herauskommen, jetzt sofort. Legen Sie Ihre Waffe ab und gehen Sie zur Tür. Ich erwarte Sie vor dem Haus. Ihnen wird nichts passieren.«

Stille.

»Herr Peterson? Sind Sie noch dran?«

Keine Antwort, nur schweres Atmen, so als ringe Torben Peterson mit der Antwort.

»Vertrauen Sie mir, bitte!«

Mit einem leisen Klicken brach die Verbindung ab.

Selig fluchte leise und wählte erneut. Vergeblich, Petersons Handy war nicht mehr erreichbar.

»Und jetzt?«

Maria hatte gespannt das Gespräch verfolgt. Sie warf Selig einen besorgten Blick zu.

Selig blieb keine Zeit zu antworten, denn im gleichen Augenblick bogen mehrere zivile Polizeifahrzeuge in die Straße ein, gefolgt von den Mannschaftswagen des Sondereinsatzkommandos. Während die SEK-Transporter in einiger Entfernung stoppten, fuhren die Zivilfahrzeuge bis vor die Villa und hielten direkt neben Selig und Maria. Ein freundlich aussehender Mann stieg aus dem ersten der Wagen, Selig kannte ihn: Es war Jannis Schröter, Hauptkommissar im PK 1 und einer der Verhandler, die für den Kontakt mit Entführern ausgebildet und rund um die Uhr einsatzbereit waren.

Schröter begrüßte Selig mit Handschlag. »Danke, dass du die Stellung gehalten hast. Wir übernehmen jetzt.« Er wies auf sich und seine Kolleginnen und Kollegen, die aus den anderen Fahrzeugen gestiegen waren.

Maria beantwortete Schröters Fragen, berichtete in knappen Worten, was bisher geschehen war, und erläuterte, welche Einsatzkräfte die Villa abgesichert hatten.

»Sehr gut«, befand Schröter. »Gab es schon einen Kontakt mit dem Entführer?«

»Ja«, antwortete Selig. »Ein Telefongespräch. Aber der Kontakt ist abgebrochen, Peterson hat sein Handy ausgeschaltet.«

»Du hattest seine Handynummer und hast ihn angerufen? Warum?« Schröter war ärgerlich. »Du wusstest, dass wir kommen! Das ist unser Job.«

Noch während Selig versuchte, sein Gefühl in Worte zu fassen, klingelte sein Telefon. Alle merkten auf. Angespannt blickte Selig auf das Display.

»Ist er das?«, fragte Schröter.

Selig schüttelte den Kopf. Er wandte sich ab, um das Gespräch anzunehmen. »Ja?«

Es war Natalie. »Ich habe eine wichtige Info für Sie. Passt es?«

»Eigentlich nicht.«

»Es geht um Erhard Lasnik.«

»Reden Sie. Was ist mit ihm?«

Selig lauschte konzentriert, ohne sie zu unterbrechen oder nachzufragen. »Und das ist sicher?«

»Ja«, entgegnete Natalie. »Wir haben es mehrfach geprüft. Was werden Sie jetzt tun?«

»Einen Menschen retten. Zumindest werde ich es versuchen.« Selig unterbrach die Verbindung und wandte sich Schröter zu. »Ich geh rein.«

»Wie bitte?« Schröter glaubte sich verhört zu haben.

»Ich geh in die Villa. Wir dürfen keine Zeit verlieren.«

»Spinnst du?« Schröter war perplex. »Du kannst doch da nicht einfach reinmarschieren. Das gefährdet das Leben der Geisel. Von deinem eigenen Leben mal ganz abgesehen.«

»Ich habe keine Zeit, dir das zu erklären. Vielleicht ist es schon zu spät.« Selig blickte zu den SEK-Polizisten, die aus den Mannschaftswagen gestiegen waren und ihre Ausrüstung prüften. »Es war ein Fehler, das SEK zu alarmieren.«

Schröter griff nach Seligs Arm. »Du bleibst hier! Ich habe hier das Kommando.«

»Das hast du nicht, Jannis. Dies hier ist so lange mein Einsatz, bis ich ihn an dich übergebe. Und das habe ich noch nicht getan.« Selig richtete sich unbewusst auf, als er Schröters Hand abschüttelte. »Keine Sorge, du hast genug Zeugen, dass es meine Entscheidung war, in die Villa zu gehen. Wenn es Ärger gibt, ist es meiner.« Er sah fragend zum Einsatzleiter des SEK. »Wer von Ihren Leuten kann das Schloss aufmachen?«

»Niemand«, antwortete Schröter, bevor der Einsatzleiter

etwas sagen konnte. »Ich lasse nicht zu, Paul, dass du dich in Gefahr bringst.«

»Du solltest nicht an mich denken. Der Geiselnehmer ist in Gefahr.«

»Wie bitte?« Schröter musste lachen. »Alles klar. Ich denke, es ist besser, wenn du jetzt nach Hause gehst.«

»Jannis, wie lange kennen wir uns schon? Glaub mir, ich muss da jetzt rein. Also hilf mir bitte.«

Jannis Schröter zögerte und musterte Selig für einen Moment. Er seufzte. »Ich muss verrückt sein.« Er gab einem seiner Männer ein Zeichen. Wortlos ging der Polizist zum Mannschaftswagen und holte eine flache Werkzeugbox aus dem Kofferraum, um sie zum Eingang der Villa zu tragen.

Selig und Maria folgten ihm schweigend. Hinter sich hörten sie leise Kommandos, der SEK-Einsatzleiter instruierte sein Team, dann das Geräusch von Schritten auf Asphalt, die Männer und Frauen gingen in Stellung.

Gemeinsam betraten sie das Grundstück und folgten dem Weg bis zum Eingang. Nichts rührte sich, auch nicht die Gardinen hinter den Fenstern. Das Haus wirkte, als wäre es verlassen. So wie es schien, war ihre Ankunft unbemerkt geblieben.

Maria warf Selig einen forschenden Blick zu, während sich der Polizist daranmachte, das Türschloss zu öffnen. »Ich hoffe, du irrst dich nicht.«

»Das hoffe ich auch.«

»Du hast echt eine Gabe, einem Mut zu machen.«

Selig grinste verkniffen.

Das Haus war gut gesichert, der Kollege brauchte zwei Minuten, um das Schloss zu öffnen. Mit einem leisen Klacken sprang die Tür auf. Der Polizist steckte sein Werkzeug in die Tasche und trat einen Schritt zur Seite. Maria dankte ihm mit einem Nicken und wollte die Eingangshalle betreten, doch Selig hielt sie zurück. Er gab ihr seine Waffe. »Du wartest hier.«

Maria wollte widersprechen, doch Selig unterband ihren Protest mit einem Blick. Maria verkniff sich jeden Kommentar. Doch in ihrem Blick lag Sorge.

Vorsichtig drückte Selig die Tür auf und betrat das Haus. Seine Augen brauchten eine Weile, um sich an das Dämmerlicht im Inneren zu gewöhnen. Aufmerksam sah er sich um. Mehrere Zimmer gingen von der Halle ab, groß und drückend eingerichtet, mit schweren Möbeln auf dicken Teppichen. Samtvorhänge an goldfarbenen Stangen verhüllten die Fenster und hinderten das Tageslicht daran, den Dämmer aus der Villa zu vertreiben.

»Herr Peterson? Hier ist Kommissar Selig. Ich bin unbewaffnet. Ich komme jetzt zu Ihnen herein.«

Selig lauschte. Stille umhüllte ihn, nur unterbrochen vom Ticken der Standuhr in der Halle.

Plötzlich war ein Poltern zu hören, danach ein Schuss, erstaunlich leise, die Stoffe schluckten den Schall. Jemand schrie auf. Eilig lief Selig dem Schrei entgegen.

Erhard Lasnik stand im Wohnzimmer, an einem Sessel Halt suchend, voll Entsetzen blickte er auf die andere Seite des lang gestreckten Raumes. Seligs Augen folgten seinem Blick: Torben Peterson lag regungslos auf dem Boden vor dem Kamin, eine Waffe in der Hand, die Augen starr geöffnet. Das Parkett war mit Blut verschmiert.

Selig eilte zu ihm, legte die Hand an seine Halsschlagader. Noch bevor er ertasten konnte, dass es keinen Puls mehr zu fühlen gab, erkannte er an der Schusswunde, dass Peterson tot war. Offenbar hatte sich Lasniks Assistent durch den Mund in den Kopf geschossen, die Kugel hatte sein Gehirn zerfetzt und die Schädeldecke durchschlagen.

»Sind Sie wahnsinnig?«, fauchte Lasnik wütend, während er um den Sessel herumkam. »Was machen Sie hier? Ich hatte die Situation im Griff. Nicht mehr lange, und er hätte aufgegeben.«

»Er wollte die Entführung beenden?«

Lasnik nickte. »Er würde noch leben, wenn Sie nicht gekommen wären. Als Sie im Flur gerufen haben, ist er in Panik geraten.

Selig betrachtete die Leiche. »Und dann hat er sich erschossen?«

»Genau.«

Selig musterte Lasnik prüfend, sah noch einmal zur Leiche. Dann nickte er. »Ich denke, die Sache ist klar. Kommen Sie, bitte.« Er wandte sich ab, um zurück zum Ausgang zu gehen.

Lasnik war am Sessel stehen geblieben und beobachtete den Kommissar misstrauisch. »Wollen Sie nicht Ihre Kollegen informieren?«

»Erst einmal kümmere ich mich um Sie.«

»Warum?«

Selig stutzte bei der Frage. Sein Blick war wachsam, als er antwortete. »Was würden Sie denn an meiner Stelle tun? Sie waren die Geisel. Ich bringe Sie weg von hier, in Sicherheit. Wenn Sie mich also begleiten würden …«

Lasnik machte keine Anstalten, Seligs Aufforderung nachzukommen. Sein Blick war stechend. »Sie wissen es.«

»Bitte?«

»Hören Sie auf mit dem Theater. Zeigen Sie, was Sie draufhaben. Wie ist es Ihrer Meinung nach passiert?« Lasnik verschränkte seine Arme vor der Brust und sah Selig abwartend an.

Selig zögerte einen Moment, bevor er antwortete. »Sie haben Torben Peterson erschossen, kurz nachdem er mit mir telefoniert hat. Mit Ihrer eigenen Waffe, die Sie hier im Haus hatten und für die Sie einen Schalldämpfer besitzen.«

»Und woher wollen Sie das wissen?«

Selig wies auf die Leiche. »Die Pistole, die Peterson in der Hand hält, hat ein kleineres Kaliber als jene, die er im Büro benutzt hat.«

»Und wie soll ich ihm in den Mund geschossen haben? Er hätte sich doch gewehrt.«

»Ich vermute, Sie haben ihn erst niedergeschlagen und ihm dann, als er bewusstlos war, die Pistole in den Mund gesteckt und abgedrückt. Dabei werden Sie darauf geachtet haben, dass Petersons Hand neben der Waffe lag, damit sich Schmauchspuren auf seiner Haut ablagern. Ihre eigene Hand werden Sie entsprechend geschützt haben, etwa mit einem Handschuh oder mit einem Tuch.«

»Interessant. Wenn ich es so gemacht hätte, wie Sie sagen, dann wäre das sehr geschickt von mir gewesen. Denn dann könnten Sie mir nichts nachweisen. Dass Peterson eine andere Waffe verwendet hat, spricht nicht gegen mich.«

Selig nickte. »Ihr Plan war nicht schlecht. In dem Lärm, den das Sondereinsatzkommando gemacht hätte, wäre niemandem aufgefallen, dass kein zusätzlicher Schuss gefallen ist. Jeder hätte den Selbstmord von Torben Peterson akzeptiert. Nur statt des SEK, das Sie erwartet haben, komme plötzlich ich herein. Und es ist still im Haus. Sie mussten einen Schuss abgeben, damit ich den Selbstmord glaube, und zwar schnell, bevor ich den Toten entdecke. Auf diese Situation hatten Sie sich nicht vorbereitet.« Selig blickte auf die Waffe in Petersons Hand. »Die Ballistiker werden feststellen, dass ein zweites Mal geschossen wurde. Ich bin mir sicher, das Projektil steckt hier irgendwo in der Wand oder im Boden. Und an Ihrer Hand oder Ihrem Arm werden wir trotz Ihrer

Vorkehrungen Schmauchspuren finden. Das reicht, um Sie zu überführen.«

In Lasnik Blick lag Anerkennung. »Kompliment. Nur eine Sache haben Sie nicht bedacht.« Er griff hinter seinen Rücken und zog eine Waffe aus dem Hosenbund. Es war die Pistole, die Peterson in der Büroetage benutzt hatte. Er richtete die Waffe auf Selig, ein überhebliches Lächeln auf seinem Gesicht. »Sie haben vergessen, dass ich unberechenbar bin.«

»Wollen Sie mich erschießen? Das löst nicht Ihre Probleme.«

»Sind Sie da sicher?« Die Pistole im Anschlag, ging Lasnik zu Peterson und nahm dem Toten die Halbautomatik aus der Hand, um sie auf Selig anzulegen. Seine zweite Pistole steckte Lasnik zurück in den Hosenbund. »Vergessen Sie nicht, ich war die Geisel. Jeder wird mir glauben, wenn ich erzähle, dass Peterson erst Sie erschossen und dann sich selbst gerichtet hat.«

»Warum sollte Peterson das getan haben?«

»Weil er Angst hatte, gefasst zu werden? Immerhin ist er ein Entführer. Und ein Mörder.«

»Und genau das ist der Punkt, an dem es für Sie kritisch wird«, entgegnete Selig. »Denken Sie kurz darüber nach: Die Ermittler werden sich fragen, warum Peterson nach Krakau geflogen ist und Jeff Farsell getötet hat. Er kannte Farsell nicht, er hatte nichts mit ihm zu tun. Es gibt nur eine schlüssige Antwort: Sie haben ihn geschickt. Peterson hat den Anschlag auf Farsell in Ihrem Auftrag ausgeführt.«

Lasnik lachte. »So ein Unsinn. Warum sollte ich Farsell töten lassen? Ich habe ihn unterstützt. Ich war sein wichtigster Geldgeber.«

»Die perfekte Tarnung, in der Tat. Sie waren der Spitzel, den Farsell entlarven wollte. Deshalb musste er sterben.«

»Farsell und ich spielten im gleichen Team. Meine Firma entwickelt Sicherheitssoftware.«

»Ja, das stimmt. Und in wessen Auftrag? Ich verrate es Ihnen: Sie arbeiten für die russische Regierung.«

Lasniks Hand, mit der er immer noch Petersons Waffe auf Selig richtete, zitterte, einen kurzen Moment nur, dann hatte sich Lasnik wieder im Griff. »Das ist jetzt tatsächlich eine interessante Wendung. Tja, da hab ich Sie wohl unterschätzt.« Er betrachtete Selig nachdenklich. »Sie hätten mich im Gefängnis lassen sollen, Herr Kommissar. Ich sagte es schon einmal: Sie haben zu viele Skrupel.«

Ein Schuss löste sich, das Geräusch der detonierenden Zündkapsel füllte den Raum. Selig zuckte zusammen. Er erwartete den Schmerz, doch dann sah er, dass eine Kugel Lasniks Hand durchschlagen und die Halbautomatik zur Seite geschleudert hatte. Lasnik schrie auf, ging auf die Knie, seine zertrümmerten Finger haltend. Alles Blut war ihm aus dem Gesicht gewichen.

Maria stand im Türrahmen, ihre Waffe im Anschlag. Langsam ging sie auf Lasnik zu. Ihr Blick war kalt und entschlossen.

»Mein Kollege mag Skrupel haben. Aber ich nicht.« Sie richtete den Lauf ihrer Pistole auf Lasniks Kopf. »Das war's dann, Herr Lasnik. Gefahr in Verzug, ich musste meinen Kollegen schützen. Da geht schon mal ein Schuss daneben.«

Lasnik wandte sich ab, das Gesicht verzerrt vor Schmerz und vor Angst.

»Maria!« Selig ging zu ihr, behutsam legte er seine Hand auf ihren Arm. »Lass es.«

Maria zögerte.

»Wir sind Profis, vergiss das nicht. Maria, hast du mich gehört?«

Sie nickte, holte tief Luft. »War nur ein Scherz.« Sie wirkte nicht, als ob ihr zum Lachen wäre.

Auch Selig blieb ernst. »Ja, natürlich.«

Er nahm die Handschellen, die Maria ihm reichte, und fesselte Lasniks Handgelenke. Lasnik jaulte auf, als Selig die zerschossene Hand bewegte. Blut tropfte zu Boden. »Jetzt tun Sie endlich was!«, fauchte Lasnik. »Wollen Sie mir nicht helfen?«

»Nein«, antwortete Selig kühl. »Ich mache es aber trotzdem.«

❄

Maria fand Selig im Garten am Bootshäuschen der Lasnik'schen Villa, er stand auf dem Steg und blickte über das Wasser. Gerade verließ das Boot der Wasserschutzpolizei seine Position, die Kollegen winkten herüber, bevor sie davonfuhren. Selig und Maria grüßten zurück. Auch draußen vor dem Haus hatten die Polizisten ihre Stellung geräumt. Das SEK hatte die Villa, nachdem die Spezialeinheit das gesamte Gebäude durchsucht und für sicher erklärt hatte, zuerst verlassen. Danach war Jannis Schröter mit seinem Team abgerückt, die Verhandler hatten mit dem Tod des Geiselnehmers ihre Aufgabe verloren.

Einer der beiden Streifenwagen sicherte weiter das Haus, die Beamten flankierten die Arbeit der herbeigerufenen Spurensicherer, und auch der Rettungswagen stand noch auf der Auffahrt. Ein Notarzt hatte Lasniks Hand erstversorgt, unter dem wachsamen Blick Marias, die darauf geachtet hatte, dass die Schmauchspuren an Lasniks Unterarm nicht zerstört wurden. Obwohl es mit Selig und Maria jetzt zwei Zeugen gab, die gegen Lasnik aussagen konnten, würden die Pulverreste auf der Haut ein wesentliches Indiz sein, Lasnik des Mordes an Torben Peterson zu überführen.

Selig sah auf, als Maria neben ihn trat. »Sind die Forensiker schon da?«

Maria nickte. »Gerade eingetroffen. Das große Team. Die Sache ist wichtig, seit Lasnik Berater der Bundesregierung war.« Sie lächelte. »Zumindest war Lasnik Regierungsberater für die Dauer einer Pressekonferenz. Bevor du ihn festgenommen hast.«

Selig blieb ernst, er war in Gedanken bei der zurückliegenden Stunde. »Schätze, ich muss mich bei dir bedanken.«

»Wofür?« Maria tat, als wüsste sie nicht, wovon er sprach.

»Es war ein Fehler, dass ich alleine ins Haus gegangen bin. Gut, dass du gekommen bist.«

»Reine Routine«, antwortete sie und zwinkerte ihm zu. »Ich habe einen Schuss gehört, also musste ich reingehen.« Sie wurde ernst. »Lasnik hätte dich getötet, wenn ich nicht da gewesen wäre.«

Selig nickte. »Und du? Hättest du ihn erschossen?«

»Ich weiß nicht ... Ja, vielleicht. In der Sekunde schien alles so einfach. Eine Bewegung mit dem Zeigefinger, und alles wäre gut gewesen.«

»Nichts wäre gut gewesen, und das weißt du.«

Maria schwieg nachdenklich.

Selig rückte ein wenig näher an sie heran, bis sich ihre Schultern berührten. Gemeinsam blickten sie über das Wasser.

Die Stille zwischen ihnen war nicht drückend, sondern vertraut.

»Stimmt es«, begann Maria, »was du zu Lasnik gesagt hast? Er arbeitet für die russische Regierung?« Sie rückte von Selig ab, um ihn ansehen zu können. »Woher weißt du das?«

»Von Natalie Brandt. Das ist die IT-Forensikerin, die das Schadprogramm analysiert hat.«

Maria musste an ihre Begegnung mit Natalie denken und daran, dass sie Selig nichts davon erzählt hatte. Es ging ihn auch nichts an, fand sie.

»Das Schadprogramm«, fuhr Selig fort, »basiert auf einer Codebase, die die russische Hackergruppe Pawn Storm verwendet.«

»Und was hat Lasnik damit zu tun?«

»Er verwendet die identische Codebase in seiner Firma, um seine Mitarbeiter auszuspionieren. Natalie Brandt hatte Verdacht geschöpft und daraufhin ihr Telefon unter die Lupe genommen.«

Maria brauchte einen Moment, um das Gehörte zu verdauen. »Lasnik gehört zu den russischen Hackern?«

»Oder er arbeitet ihnen zu. Es ist die perfekte Symbiose: Die russischen Hacker schicken ein Schadprogramm, mit dem sie die Regierungsrechner lahmlegen, dann kommt Lasnik mit seiner Firma und bietet an, die Rechner kostenlos zu retten und zu schützen. Und baut dabei für seine Auftraggeber ein Eingangstor in die Software ein, durch das die Regierungscomputer unbemerkt ausspioniert werden können.«

»Hammer.« Maria war beeindruckt. »Ich möchte nicht in der Haut der Bundeskanzlerin stecken, wenn das rauskommt.«

Selig grinste knapp. »Sie wird es schon schaffen, die Angelegenheit als Erfolg zu verkaufen.«

Sie schwiegen einen Moment.

»Und du?« Maria suchte Seligs Blick. »Wirst du deine Ermittlungen als Erfolg verkaufen? Oder wirst du wieder Brennauer bitten, die Lorbeeren einzuheimsen?«

»Höre ich da eine leise Kritik?«

Maria hob ihre Augenbrauen. »Wenn du nur eine leise Kritik hörst, dann solltest du zum Ohrenarzt gehen.«

Selig musste lachen. »Okay. Ich denk darüber nach. Wenn wir fertig sind.«

»Wieso, sind wir das nicht?« Maria runzelte die Stirn. »Habe ich was vergessen?«

»Ja. Den Mord an Jacob Winterberg. Lasnik war nicht der Mörder. Wer war es dann?«

38

Der entscheidende Gedanke kam Selig auf der Rückfahrt zum Präsidium. »Die Drohne!«

»Wie bitte?« Maria saß hinter dem Steuer und lenkte den Wagen durch den Berufsverkehr. »Könntest du in ganzen Sätzen mit mir sprechen?«

»Wenn Lasnik hinter allem gesteckt hat, dann hat er auch die Drohne auf mich angesetzt, um mich zu überwachen.«

»Ja, und?« Ganz anders als sonst, brauchte Maria einige Zeit, Seligs Gedanken zu folgen. Sie war müde, die vergangenen Stunden hatten sie angestrengt.

»Wenn Lasnik die Drohne geschickt hat, dann muss auf einem seiner Rechner die Aufnahme gespeichert sein. Die, auf der wir zurück zum Tatort fahren.«

»Die Aufnahme, auf der auch der Unbekannte zu sehen sein muss, der dich niedergeschlagen hat«, erinnerte sich Maria. »Winterbergs Mörder.« Sie setzte sich auf.

»Ja, vermutlich. Fahr nach Adlershof zu Lasniks Firma, vielleicht finden wir den Überwachungsfilm.«

»Und wie willst du an den Rechner herankommen? Wir können da nicht einfach reingehen und uns an die Computer setzen.«

»Wieso? Wir ermitteln im Mordfall Winterberg.«

»Ja, natürlich. Aber die Ermittlungen gegen Lasnik hat das BKA übernommen. Und sobald dein Verdacht, dass Lasnik für die Russen arbeitet, nach oben durchgereicht worden ist, hängt garantiert auch der Bundesnachrichtendienst mit drin.«

»Darum sollten wir uns beeilen.« Selig lächelte. »Immerhin haben wir einen heißen Kontakt in Lasniks Firma: Natalie Brandt.«

»Heiß?« Maria runzelte die Stirn. »Wie meinst du das?« Sie betrachtete Selig kritisch.

»Heiß im Sinne von: ein Topkontakt ganz oben in der Führungsetage.« Seligs Augen blitzten vergnügt, während er zum Telefon griff. »Oder dachtest du, dass ich etwas anderes sagen wollte?«

Maria musste wider Willen lachen. »Natürlich nicht.«

❄

Natalie Brandt wartete schon vor dem Haupteingang, als Maria und Selig auf den Parkplatz des Bürogebäudes fuhren. Sie saß in ihrem Wagen und blickte auf ihr Smartphone. Als sie die Kommissare erkannte, stieg sie aus. Trotz der Kälte trug sie einen kurzen Rock mit blickdichten Strümpfen, darüber einen glockenförmigen Mantel, der ihre schlanken Beine zur Geltung brachte. Sie war direkt von der Pressekonferenz hierhergekommen.

Maria und Selig stiegen aus, um Natalie zu begrüßen, Selig reichte der IT-Forensikerin die Hand. »Danke, dass Sie so schnell kommen konnten.«

»Und wir kriegen keinen Ärger, wenn wir da reingehen?«

»Warum?« Selig lächelte. »Sie sind Mitarbeiterin der Firma und haben das Recht, das Büro zu betreten. Solange wir keine Beweise verschwinden lassen, ist alles in bester Ordnung.«

Sie gingen gemeinsam die Stufen zum Haupteingang hinauf und weiter bis in das oberste Stockwerk. Niemand war zu sehen, das Gebäude schien bis auf den Pförtner in der Eingangshalle menschenleer.

Natalie betrat das Büro und durchquerte zielstrebig den lichten Raum. Ihr Ziel war eine unauffällige Tür in der Rückwand; Selig wäre sie nicht aufgefallen, hätte Natalie ihn nicht darauf hingewiesen. »Wenn es Dinge gibt, die niemand sehen sollte, dann sind sie dort.«

Hinter der Tür verbarg sich ein nicht sehr tiefer, aber breiter Raum mit Computerarbeitsplätzen entlang der Wand. Computerracks standen neben jedem Schreibtisch. Alle Rechner liefen, auf den Monitoren kreiselte als Bildschirmschoner jeweils das Logo der Firma.

Die IT-Forensikerin fand die Drohnenaufnahmen auf dem dritten Computer, den sie durchsuchte. Die Dateien waren eindeutig benannt, sie trugen Seligs Nachnamen, gefolgt von Datum und Uhrzeit der Überwachung. Selig überlegte kurz, dann tippte er auf die Datei, die sie sehen wollten.

Natalie startete den Player, Momente später waren Selig und Maria auf dem Bildschirm zu erkennen. Gerade verließ Selig den Wagen und ging zu dem Haus, in dem Winterberg ermordet worden war, während Maria sitzen blieb und ihre Portion mit gebratenen Nudeln aß.

»Du isst zu schnell«, befand Selig.

»Ich wollte dich nicht so lange alleine lassen«, verteidigte sich Maria.

Sie schwiegen, während sie die Aufnahme der Drohne weiter verfolgten. Jetzt stieg Maria aus dem Wagen und eilte ins Haus. Zu diesem Zeitpunkt, wussten sie beide, hatte der Unbekannte Selig schon niedergeschlagen und war geflohen.

»Er ist nicht rausgekommen«, kommentierte Maria verwundert.

»Vielleicht«, überlegte Selig, »hat er sich im Keller versteckt.«

»Findest du das schlüssig? Er wusste doch nicht, dass ich vor dem Haus warte. Warum ist er nicht sofort geflohen?«

»Du warst nicht zu übersehen. Unser Wagen stand direkt vor dem Eingang.«

Schweigend sahen sie sich weiter die Aufzeichnungen der Drohne an: Offenbar hatte sie ihre Position verändert und schwebte an der Fassade empor, bis die Überwacher das Fenster zu dem Raum gefunden hatten, in dem sich Selig und Maria aufhielten. Während der gesamten Zeit betrat oder verließ niemand das Haus.

Schließlich zeigte der Überwachungsfilm, wie sie aus dem Gebäude wieder herauskamen, Selig sichtlich mitgenommen, Maria besorgt. Als ihr Wagen abfuhr, verließ auch die Drohne ihre Position, sie flog dem Wagen nach.

Selig nickte Natalie zu, und die Wiedergabe stoppte.

»Das ist alles?« Maria war enttäuscht. »So ein Mist. Der Mörder versteckt sich im Haus, und wir sehen ihn nicht, weil er sich nicht raustraut.«

»Wir wissen nicht, ob es der Mörder war, der mich niedergeschlagen hat.«

»Nein, nicht mit Sicherheit. Aber es ist wahrscheinlich.«

»War's das?« Natalie steckte einen USB-Stick in den Rechner, um die Datei mit dem Überwachungsfilm zu kopieren. »Wenn Sie gefunden haben, was Sie suchen, würde ich gerne hier verschwinden. Ich möchte mit dieser Firma nichts mehr zu tun haben.«

»Das kann ich verstehen.« Dankend nahm Maria den USB-Stick, den Natalie ihr reichte. Gemeinsam verließen sie die Büroetage. »Was hast du jetzt vor?«

Selig registrierte, dass Maria und Natalie sich duzten.

Natalie warf mit einer entschlossenen Kopfbewegung ihr Haar zurück. »Ich mache eine Firma auf. Mit Sven und ein paar anderen. IT-Sicherheitsberatung.« Sie blickte zu Selig. »Ihr Sohn ist auch mit dabei.«

»Tobias?« Selig war überrascht.

»Ein kluger Kopf. Ich mag ihn sehr.«

»Aha.« Selig runzelte die Stirn. »Heißt das, dass Sie ...« Er stockte. »Also, dass Sie ihn mögen, bedeutet das, dass Sie und er ...«

Natalie brauchte einen Moment, bis sie begriff, was Selig umtrieb. »Sie wollen wissen, ob wir beide ein Paar sind? Nein, ganz bestimmt nicht.« Sie musste lachen.

Auch Maria kicherte vergnügt.

Selig registrierte es verdrossen. Er hatte keine Ahnung, was so lustig an seiner Frage gewesen sein sollte.

Sie verabschiedeten sich vor dem Haus. Natalie zögerte. Für einen Moment schien es, als wollte sie Maria umarmen, doch dann reichte sie ihr zum Abschied die Hand. »Sehen wir uns heute Abend?«

»Wieso?«

»Wir geben eine kleine Party. Zur Firmengründung. Bei Tobias in der alten Villa.«

»Ach«, bemerkte Selig lakonisch. »Nett, dass ich das auch erfahre.«

»Hat er es Ihnen nicht gesagt?« Natalie lächelte. »Er war sich sicher, dass sein cooler Vater nichts dagegen hat.«

»Das hat er über mich gesagt? Dass ich cool bin?«

»Das finden wir alle.« Natalie zwinkerte Selig zu, winkte Maria noch einmal, dann stieg sie in ihren Wagen und fuhr davon.

Maria nahm Seligs Arm. »Komm, cooler Vater. Wir müssen ins Präsidium. Wir haben noch eine Menge Schreibarbeit vor uns.«

Selig seufzte.

❄

Wagners Anruf erreichte sie, als sie gerade den Dienstwagen auf dem Parkplatz vor dem Präsidium abgestellt hatten. Wagner hatte Marias Nummer gewählt. »Wann seid ihr wieder hier?«

»Wieso?«

»Es ist Dienstschluss, ich wollte nach Hause.«

»Dann geh doch. Du bist doch sonst nicht so rücksichtsvoll, auf uns zu warten.«

Zu Marias Überraschung ließ sich Wagner nicht durch ihre Spitze reizen. »Ja, klar. Es ist nur, weil hier jemand auf Selig wartet.«

»Und du kannst den Besucher nicht alleine lassen, du Armer. Marias Stimme troff vor übertriebenem Mitleid. »Wer ist es?«

»Die Ex-Frau von unserem Mordopfer.«

❄

Cora Winterberg saß auf einem der Besucherstühle und erhob sich, als Maria und Selig den Raum betraten.

»Frau Winterberg.« Selig begrüßte sie. »Was machen Sie hier? Warum haben Sie nicht angerufen?«

»Das habe ich ja. Aber als ich Sie nicht erreicht habe, bin ich lieber hergekommen. Es geht um meinen Sohn.«

»Was ist mit ihm?«

»Er meldet sich nicht und geht auch nicht ans Telefon. Er ist einfach verschwunden.«

»Und warum?«

»Er hat die Stasi-Akte gelesen, die Sie uns gegeben haben.«

Selig erläuterte Maria kurz, dass er Kopien der Unterlagen, die von der DDR-Staatssicherheit zu Jacob Winterberg gesammelt worden waren, seinem Sohn Bernhard überlassen hatte. »Was hat er darin gefunden?«

»Es geht um diesen IM Winnetou.«

»Der Informelle Mitarbeiter, der Ihren Sohn verraten hat.«

Cora Winterberg nickte. »Bernhard glaubt, er weiß, wer der Spitzel war.« Sie zog ein Bild aus der Tasche, es zeigte zwei Kinder, verkleidet als Cowboy und Indianer. »Das ist mein Sohn.« Sie zeigte auf den Cowboy. »Old Shatterhand. Und das hier ist Hansi, sein bester Freund. Winnetou. Die beiden kennen sich, seit sie zusammen in der Kinderkrippe waren.«

»Ihr Sohn glaubt, sein bester Freund hat Sie ausspioniert?«

»Ich glaube das auch. In der Akte stehen Dinge, die außer uns nur Hanspeter gewusst haben konnte. Er war sehr oft bei uns zu Hause. Er war in unserer Familie fast wie ein zweites Kind.«

»Und jetzt vermuten Sie«, mischte Maria sich ein, »dass Ihr Sohn zu seinem Jugendfreund gefahren ist?«

»Ja«, antwortete Cora Winterberg. »Er war sehr wütend. Ich habe Angst, dass er eine Dummheit macht.«

»Wissen Sie, wo der Freund Ihres Sohnes jetzt wohnt? Wie heißt er mit Nachnamen?«

»Mechert.«

»Hanspeter Mechert?«, wiederholte Selig bestürzt.

Cora Winterberg nickte.

»Das kann nicht wahr sein! Verdammt.« Selig eilte zur Tür. »Los, Maria, beeil dich.« Ohne ein Wort der Erklärung war er im Gang verschwunden.

Auch Maria war aufgesprungen. Sie blickte Wagner an, während sie zur Tür lief. »Kümmere dich um Frau Winterberg.« Ohne seine Antwort abzuwarten, eilte sie Selig nach.

Wagner stand ratlos im Raum. Er seufzte, dann stellte er seine Aktentasche, die er schon in der Hand gehalten hatte, zurück an den Fuß seines Schreibtisches. Er überlegte kurz, bevor er sich Cora Winterberg zuwandte. »Was denken Sie: Wollen wir uns einen Tee kochen?«

❄

Das Blaulicht auf dem Dach teilte den Verkehr vor ihnen, die Sirene trieb die Autos zur Seite. Maria fuhr über die Stadtautobahn, sie kannte den Weg, sie waren ihn oft genug gefahren.

»Geht's nicht schneller?« Selig warf ihr einen Blick zu. Er war unruhig. »Hoffentlich kommen wir nicht zu spät.«

Maria antwortete nicht. Die Hände fest um das Lenkrad geklammert, beschleunigte sie den Wagen.

❄

Sie hörten Bernhard Winterbergs Stimme, als sie den Eingang des Mietshauses durcheilten. Das Brüllen war durch die dünnen Wände zu hören.

»Wegen dir habe ich im Knast gesessen. Die haben mich weggesperrt! Einzelhaft mit Kontaktsperre. Weißt du, was das bedeutet?« Wummernd dröhnte die Wand, dann ein Klirren, etwas zerbrach.

Selig und Maria liefen die Treppe hinauf. Jetzt war eine leise Stimme zu hören, es war aber nicht zu verstehen, was sie antwortete.

»Das ist mir scheißegal«, brüllte Bernhard Winterberg. »Niemand hat dich gezwungen, Stasi-Spitzel zu sein. Du elender Scheißkerl.« Wieder wummerte etwas gegen die Wand, zerbrach und fiel klirrend zu Boden. »Ist dir überhaupt klar, was du angerichtet hast?«

Außer Atem erreichten Selig und Maria den Eingang zur Wohnung von Hanspeter Mechert. Selig warf einen kurzen

Blick auf die Wohnungstür des Mordopfers. Noch immer hatte niemand die notdürftigen Reparaturen des Hausmeisters zu Ende gebracht.

»Herr Winterberg! Hören Sie mich? Hier ist Kommissar Selig. Machen Sie die Tür auf.« Selig hämmerte mit seiner Faust gegen das Holz. »Bernhard, bitte, öffnen Sie.«

Stille.

»Hören Sie mich, Herr Winterberg? Machen Sie doch keinen Unsinn. Noch ist nichts passiert.«

Niemand antwortete.

»Herr Mechert, ist alles in Ordnung bei Ihnen?«

Schritte ertönten, dann klackten die Bolzen im Schloss, ein Türspalt öffnete sich.

Behutsam drückte Selig die Tür auf.

Das Gesicht schweißüberströmt, mit wirren Haaren, stand Bernhard Winterberg im Flur, erschöpft, am Ende seine Kraft.

»Wo ist Hanspeter Mechert?«

Winterberg wies mit dem Kopf zur Küche. Maria eilte an ihm vorbei und stieß die Küchentür auf. Mechert saß auf dem Boden inmitten von Scherben, sie bedeckten nicht nur die Fliesen, sondern auch ihn selbst, als sei er in einen Hagelschauer geraten. In seiner Wut hatte Bernhard Winterberg Teller, Tassen und Schüsseln aus dem Geschirrschrank gerissen und an die Wand geschleudert, und das zu Scherben zerplatzende Porzellan war auf Mechert herabgefallen. Er schien unverletzt.

»Geht es Ihnen gut?«, fragte Maria.

Mechert sah sie an, als verstünde er die Frage nicht.

Winterberg betrat die Küche, gefolgt von Selig. Er setzte sich auf einen Stuhl am Fenster, schwer atmend und ins Leere starrend. Alle Wut war aus ihm gewichen. Selig blieb in der Tür stehen. Niemand sagte ein Wort.

Schließlich schaute Bernhard Winterberg auf und wiederholte seine Frage. »Warum hast du das getan?« Er suchte Mecherts Blick. »Erkläre es mir. Warum hast du mich verraten?«

Betreten sah Mechert zu Boden.

»Du warst mein bester Freund! Ich habe dir vertraut. Du wusstest alles von mir. Warum, Hanspeter? Warum?«

Mechert rang mit der Antwort. »Ich weiß es nicht, Bernhard.«

»Es muss doch einen Grund geben!«

»Ich war noch ein Kind!«

»Das ist doch keine Erklärung. Und schon lange keine Entschuldigung.«

»Es war falsch, das weiß ich heute. Damals war es für mich richtig.«

Winterberg starrte Mechert fassungslos an. »Das ist alles? Es war richtig? Warum hast du mich nicht einfach gehen lassen? Du wolltest doch auch weg aus der DDR. Oder war das auch eine Lüge?«

Mechert betrachtete ihn bedrückt. »Ich weiß nicht. Vielleicht war ich eifersüchtig, weil du mehr Zeit mit deinen Kirchenfreunden verbracht hast als mit mir«, versuchte er sich zu verteidigen. »Ich wusste doch nicht, was sie mit dir tun würden.«

»Ach ja?« Winterberg stand abrupt auf, polternd stürzte hinter ihm der Stuhl um. »Du bist nicht auf die Idee gekommen, dass sie mich als Republikflüchtling ins Gefängnis stecken, wenn du mich verrätst?«

Mechert zog den Kopf zwischen die Schultern. »Ich habe doch versucht, es wiedergutzumachen.«

»Und wie? Hast du mit deinem Führungsoffizier gesprochen, damit der dafür sorgt, dass mein Vater freikommt? Damit ich denke, dass er mich verraten hat?« Winterbergs Stimme zitterte vor Wut und vor Trauer. »Du hast mir meinen Vater genommen, Hanspeter.«

»Aber ich konnte doch nicht wissen …«

»Hör auf mit deinen Entschuldigungen«, unterbrach ihn Winterberg wütend. »Jeder, der wollte, hat es gewusst. Du hast ihnen geholfen. Du bist schuld, dass ich meinen Vater verloren habe. Das verzeihe ich dir nie.« Winterberg senkte den Blick, das Gesicht voller Schmerz. Tränen füllten seine Augen, liefen seine Wangen hinab, tropften auf seine Brust. Er zitterte.

Maria ging zu ihm, um tröstend ihre Hand auf seine Schulter zu legen. Sie richtete den umgekippten Stuhl auf und nötigte Winterberg, sich zu setzen.

Hanspeter Mechert sah es bedrückt. »Ich habe versucht, deinem Vater zu helfen, Bernhard. Wirklich. All die Jahre, als es ihm so schlecht ging.«

»Wohnte er deshalb hier?«, fragte Selig. »Haben Sie ihm die Wohnung hier im Haus besorgt?«

Mechert nickte. »Er hatte keine Ahnung, wer ich bin, und ich habe es ihm auch nicht gesagt.«

»Er hat Sie nicht erkannt? Bernhards Mutter sagt, Sie hätten damals fast schon zur Familie gehört.«

»Vielleicht hat er auch nur so getan, als wüsste er nicht, wer ich bin. Jedenfalls haben wir nie über die Vergangenheit geredet.«

»Und der Mord?«, fragte Maria. »Was hatten Sie damit zu tun?« Sie warf Selig einen kurzen Blick zu, ein Verdacht stieg in ihr auf. »Deshalb haben wir niemanden gesehen, der das Haus verlassen hat. Weil Sie ihn umgebracht haben.«

Mechert fuhr auf. »Nein, das ist nicht wahr! Ich bin kein Mörder. Das macht doch überhaupt keinen Sinn. Warum sollte ich ihn getötet haben?«

Maria wusste keine Antwort.

»Sie sind vielleicht kein Mörder«, entgegnete Selig nachdenklich. »Aber Sie haben das Messer geführt, mit dem Winterberg getötet wurde.« Er betrachtete Mechert aufmerksam.

Stille.

Maria warf Selig einen erstaunten Blick zu.

Mechert sah schweigend zu Boden. Seine Gesichtsmuskeln zuckten.

»Sie haben«, setzte Selig nach, »dem Vater Ihres besten Freundes geholfen, Rache zu nehmen. Rache an jenem Menschen, den er vergeblich versucht hatte für seine Taten zur Rechenschaft zu ziehen und der Ihrer aller Leben auf dem Gewissen hatte: Erhard Lasnik. Er war Ihr ehemaliger Führungsoffizier, richtig?«

Mechert nickte.

»Indem Sie Winterberg geholfen haben«, fuhr Selig fort, »Selbstmord zu begehen und dabei einen Mord zu simulieren, sollte Lasnik dort landen, wo er hingehört: im Gefängnis. Wenn Lasnik schon nicht für seine Taten zur Verantwortung gezogen werden konnte, dann eben für einen Mord, den er nicht begangen hat. War das der Plan?«

Erneut nickte Mechert.

»Wie haben Sie es gemacht?«

Mechert schluckte. Dann begann er zu erzählen. »Winterberg kam vor ein paar Monaten zu mir und bat mich, ihm zu helfen, einen Mord an sich selbst vorzutäuschen. Ich habe versucht, es ihm auszureden, aber er hat mir gesagt, dass er ohnehin bald sterben werde. Wir haben dann alles vorbereitet. Erst habe ich Lasnik ausspioniert. Wir mussten einen Tag finden, an dem er mit Sicherheit kein Alibi haben würde, das war der Mittwoch, da war er immer alleine zu Hause. Sein Saunatag.« Mechert blickte zu Selig. »Dann hat Jacob Sie ausgeforscht. Er wollte von Beginn an, dass Sie die Ermittlungen übernehmen.«

»Warum ich?«

»Das weiß ich nicht. Er hatte ein Foto von Ihnen und Ihrer Schwester, zusammen mit Ihrem Vater. Sie waren da noch Kinder.«

Selig nickte nachdenklich. »Winterberg hat mir das Bild gegeben. Lasnik hatte es gemacht.«

Mechert zuckte die Achseln. »Davon weiß ich nichts.«

»Woher hatte Jacob Winterberg das Foto?«

»Keine Ahnung. Vielleicht aus Lasniks Stasi-Akte?«

»Wie ging es dann weiter?«, fragte Maria.

»Nachdem der Tag feststand, haben wir alles vorbereitet. Ich hatte unbemerkt Lasniks Hand fotografiert und mit der Aufnahme die Fingerabdrücke nachgemacht. Ist nicht so schwer, die Anleitung steht im Internet. Danach hat Jacob mit Ihnen Kontakt aufgenommen. Zuletzt haben wir die Abdrücke auf dem Küchenmesser platziert. Und dann …« Mechert stockte.

Einen Moment lang war es in der kleinen Küche still.

Bernhard Winterberg sah auf. »Und dann hast du ihn getötet?«

Mechert schüttelte den Kopf. »Nein. Dein Vater hat es selber gemacht. Er hatte sich Handschuhe angezogen und das Messer gehalten. Ich habe ihm nur geholfen. Er hatte zu wenig Kraft, er war stark betäubt durch die Schmerzmittel. Es ging dann ganz schnell. Er ist verblutet.«

»Und danach?«

»Habe ich ihm die Handschuhe ausgezogen und das Messer mitgenommen.« Mechert sah zu Selig. »Winterberg wollte, dass ich es Ihnen zuschicke, zusammen mit den Unterlagen, die er vorbereitet hatte. Den Rest kennen Sie.«

Niemand sagte ein Wort.

»Hat er gelitten?«, fragte Bernhard Winterberg in die Stille hinein.

Mechert schüttelte den Kopf. »Ich glaube nicht. Er war ganz ruhig. Als ob er einschlafen würde.«

Selig seufzte. »Kommen Sie.« Er legte Mechert seine Hand auf die Schulter. »Wir müssen Sie festnehmen. Wegen des Verdachts der Tötung auf Verlangen. Sie sollten sich einen Anwalt nehmen.«

Mechert nickte und erhob sich.

Maria blickte Winterberg auffordernd an. »Sie sollten auch mitkommen. Ihr Mutter ist bei uns. Sie macht sich große Sorgen um Sie. Sie hat Angst, nach ihrem Mann auch den Sohn zu verlieren. Haben Sie Ihr Telefon bei sich?«

Bernhard Winterberg nickte.

»Dann schalten Sie es ein und rufen Sie sie an.«

39

Wagner stand mit Bernhard Winterbergs Mutter vor dem Präsidium am Platz der Luftbrücke und erwartete sie schon, nachdem Maria ihn von unterwegs angerufen und ihr Kommen angekündigt hatte. Gerade schloss Cora Winterberg ihren Sohn erleichtert in die Arme. Tränen liefen über ihr Gesicht, sie wirkte erschöpft und gebrechlich.

Selig parkte seinen Wagen neben dem von Bernhard Winterberg und stieg aus.

Cora Winterberg versuchte ein Lächeln, als sie ihn sah. »Danke, Herr Kommissar. Danke, dass Sie mir meinen Jungen wiedergebracht haben.«

Selig nickte nur.

Auch Maria war ausgestiegen, sie half Hanspeter Mechert, der in Handschellen auf dem Rücksitz gesessen hatte, aus dem Wagen. Cora Winterberg schüttelte bedrückt den Kopf. »Ihr habt als Kinder so schön gespielt, Hansi. Winnetou und Old Shatterhand.« Ihre Stimme zitterte. »So viel Leid. Und wofür das alles?«

Hanspeter Mechert blickte zu Boden und antwortete nicht.

»Komm, Mama.« Sanft, aber bestimmt zog Bernhard Winterberg seine Mutter mit sich und ließ sie in seinen Wagen einsteigen.

Wagner schien ungeduldig. »War's das jetzt?«

Maria antwortete, bevor Selig etwas sagen konnte. Sie wies auf Hanspeter Mechert. »Er muss seine Aussage machen und danach zum Haftrichter. Kannst du ihn in das Vernehmungszimmer bringen? Ich komme gleich nach.«

Wagner wollte protestieren, doch nach einem Blick von Selig fügte er sich seinem Schicksal. Murrend zog er ab, Mechert mit sich führend.

Maria sah ihm grinsend nach, bevor sie sich Selig zuwandte. »Hast du auch so einen Hunger wie ich? Wir nehmen Mecherts Aussage auf, und dann machen wir Schluss für heute. Den Schreibkram erledigen wir morgen. Okay?«

Selig zögerte, dann schüttelte er den Kopf. »Du übernimmst Mechert. Ich gehe ins Büro und erledige den Bericht.«

»Aber danach sehen wir uns, ja?« Sie wartete seine Antwort nicht ab. »Soll ich dich im Büro abholen? Oder kommst du zu mir?«

»Es geht nicht. Ich muss in der Villa nachsehen, ob alles in Ordnung ist. Wegen Tobias' Fete.«

»Ich könnte doch mitkommen«, insistierte Maria. »Natalie hat mich auch eingeladen.«

Erneut schüttelte Selig den Kopf. »Nicht heute, Maria.«

»Und morgen?« Maria betrachtete Selig forschend. »Morgen auch nicht?«

Selig schwieg.

»Was ist los, Paul?« Marias Blick war besorgt. »Habe ich irgendetwas Falsches gesagt?«

Selig seufzte, bevor er den Kopf schüttelte. »Ich muss einfach mal für mich sein. Ich war jahrelang alleine. Und jetzt ...« Er stockte. »Das geht alles viel zu schnell für mich.«

Maria nickte bedrückt.

»Ich meine es, wie ich es sage.« Selig schaute sie eindringlich an. »Heute nicht. Und morgen sehen wir weiter. Okay?« Er legte seine Hand auf Marias Unterarm.

Sie versuchte ein Lächeln. »Okay. Es steht ja noch eine Esseneinladung aus bei mir. Der Eintopf. Ist längst aufgegessen. Aber ich koche ihn noch einmal.«

Selig musste lachen. »Ich freue mich drauf.« Er zögerte

kurz, dann beugte er sich vor und küsste sie auf die Wange. Vorsichtig griff Maria nach ihm und hielt ihn fest, sehr behutsam und doch wie eine Einladung, nicht zu gehen. Einen Moment standen sie so beieinander, ihrer beider Münder dicht am Ohr des anderen. »Du bist die aufregendste und verwirrendste Frau, die ich in meinem Leben je kennengelernt habe«, flüsterte Selig.

Maria lächelte. »Und du bist der störrischste und netteste Dickkopf, den ich kenne.« Auch sie küsste ihn leicht auf die Wange, bevor sie sich von ihm löste und auf den Eingang zusteuerte. Selig sah ihr einen Moment lang nach, bis sie sich noch einmal umdrehte und ihm zuwinkte. Er winkte zurück. Dann folgte er ihr langsam die Treppe zum Präsidium hinauf.

Im Büro war es still, auch auf dem Gang war niemand zu hören. Selig setzte sich an seinen Schreibtisch. Für einen Moment lastete die Stille wie eine viel zu schwere Decke auf ihm, doch dann schüttelte er das Gefühl ab und begann, die Ereignisse des Tages in Worte zu fassen. Er brauchte eine gute Stunde, bis der Bericht von der Verhaftung Winterbergs geschrieben war. Er legte den Ausdruck an seinen Platz und begann gedankenverloren, seinen Schreibtisch zu ordnen, rückte Papiere gerade, justierte die Schere, seinen Brieföffner, den Locher, danach richtete er seine Stifte an der Kante des Tisches aus. Nach einer Weile merkte er, was er tat, und hielt nachdenklich inne.

Es war nicht Maria, die sein Leben in Unordnung gebracht hatte, wurde ihm bewusst, sie schuf ganz im Gegenteil einen Ankerpunkt, der ihm guttat, der ihm half, sich wieder selbst wahrzunehmen. Es war etwas anderes, das auf ihm lastete, das ihn unruhig machte. Er hatte es fast vergessen, vielleicht auch verdrängt, so wie vieles all die Jahre. Es war Zeit, den Weg, den er eingeschlagen hatte, zu Ende zu gehen.

Selig öffnete die Schublade seines Schreibtisches. Der Umschlag mit der Stasi-Akte lag ungeöffnet darin. Er legte ihn vor sich auf die Arbeitsfläche, rückte ihn zurecht, bis er exakt gerade auf der Schreibunterlage lag, und musste kurz über sich selbst lachen, als er es bemerkte. Er wurde ernst, betrachtete den Umschlag einen Moment. Dann griff er nach dem Brieföffner, schob die Metallspitze unter den Falz und schlitzte das Papier auf. Kopien von Aktenbögen rutschten aus der Hülle. Selig nahm sie heraus und begann zu lesen.

❄

Es wurde schon hell, als er von Tobias entdeckt wurde. Selig saß am Schreibtisch seines Vaters, regungslos, in Gedanken versunken. Der Umschlag, in dem die Kopien der Stasi-Akte gesteckt hatten, lag vor ihm auf der Arbeitsfläche, daneben das Foto, das ihn und seine Schwester an der Hand ihres Vaters zeigte.

Selig war nach Stunden im Präsidium nach Hause gekommen und hatte unbeachtet die hell erleuchtete Villa betreten. Keiner der jungen Leute, die anlässlich der Firmengründung von Tobias, Sven, Paolo und Natalie feierten, hatte ihn erkannt. Ohne dass ihn jemand ansprach, war Selig in das Arbeitszimmer seines Vaters gegangen und hatte die Tür hinter sich zugezogen. Durch die schwere Tür waren die Geräusche der Party zu hören gewesen, die Musik, das Lachen, die leisen Stimmen der Gäste, doch Selig nahm sie kaum wahr, er war fern von dem Leben dort draußen. Mit der Zeit war es leiser geworden, irgendwann erstarb die Musik, dann war es still.

Die Tür knarrte in den Scharnieren, als Tobias sie aufzog und seinen Vater an dem schweren Schreibtisch sitzen sah. »Hier bist du!« Tobias seufzte erleichtert. »Ich hab mir echt schon Sorgen gemacht. Niemand hat gewusst, wo du bist. Was treibst du hier?«

Selig antwortete nicht. Er brauchte einen Moment, um aus der Welt seiner Gedanken wieder in der Wirklichkeit anzukommen.

Tobias musste lächeln, als er es bemerkte. »Warte kurz. Ich bin gleich wieder da.« Er verließ den Raum, um wenig später mit zwei dampfenden Kaffeebechern zurückzukehren. »Frisch aufgebrüht. Ich wollte noch frühstücken, bevor ich ins Bett gehe.« Er stellte einen der Becher auf den Schreibtisch vor Selig und setzte sich, den zweiten Becher in der Hand, auf das schmale Fensterbrett. Der würzige Duft von Kaffee breitete sich im Raum aus.

Selig kam es so vor, als vertreibe der Geruch die Schwere der vergangenen Stunden. Dankbar griff er nach dem Becher und trank einen Schluck.

»Was hast du da?« Tobias wies auf den Umschlag. »Was Wichtiges?«

Selig nickte.

»Hat es was mit dem Foto zu tun?« Tobias wies auf den Abzug, der auf der Arbeitsfläche des Schreibtisches lag. »Das ist doch das Bild, das dir dieser Alte gegeben hat, bevor er ermordet worden ist.«

Erneut nickte Selig. Er stellte den Becher ab, nahm das Foto in die Hand und betrachtete es nachdenklich, als sähe er es zum ersten Mal. »Ich weiß jetzt, warum mein Vater mit mir und meiner Schwester an der Raststätte war.«

»Und warum?« Tobias beugte sich gespannt vor.

»Er wollte wissen, zu wem meine Schwester und ich gehören.«

Tobias runzelte die Stirn. »Was meinst du damit?«

Selig zögerte, bevor er weitersprach. »Mein Vater hatte herausbekommen, dass er nicht zeugungsfähig war. Meine Schwester und ich sind ihm untergeschoben worden.«

»Deine Mutter hat ihn betrogen?«

»Nein.«

»Das kapier ich nicht.«

»Sie hat meinen Vater nicht betrogen. Sie hat die Dienstanweisung ihres Führungsoffiziers von der Staatssicherheit befolgt.«

Tobias stellte seinen Becher ab, bevor er seinen Vater ansah. »Jetzt mal ganz langsam. Und ganz von vorne. Wieso hat deine Mutter Anweisungen von der Stasi bekommen?«

»Weil sie ein Spitzel war. Die Stasi hat sie auf meinen Vater angesetzt, mit gestohlener West-Identität. Der Offizier, der die Aktion betreut hat, war Erhard Lasnik. Und Lasnik hatte auch die Idee, dass sie Kinder bekommen sollte, um meinen Vater noch fester an sie zu binden. Nur kamen keine Kinder. Also wurden wir im Auftrag der Staatssicherheit der DDR gezeugt. Von einem getreuen Parteimitglied, das zum Beischlaf abgeordnet wurde.«

Tobias starrte ihn mit offenem Mund an. »Echt jetzt?«

»Kannst es nachlesen.« Selig schob ihm den Umschlag zu. »Steht alles in meiner Akte. War bis ins letzte Detail geplant. Durchaus beeindruckend, wenn es nicht so widerlich wäre.«

Tobias zog den Umschlag zu sich, ohne die Blätter herauszunehmen. »Und jetzt?«

»Keine Ahnung.« Hilflos hob Selig die Schultern. »Ich werde damit leben müssen. Ist meine Vergangenheit.« Er blickte seinen Sohn an, versuchte ein Lächeln.

Mitleidig betrachtete Tobias seinen Vater. »Komm. Ich glaube, es ist besser, wenn wir hier verschwinden.«

Selig nickte. Er erhob sich, schob den Schreibtischstuhl zurück an seinen Platz und wandte sich der Tür zu. Ein letztes

Mal blickte er hinauf zu dem Haken an der Decke, an dem sich sein Vater aufgehängt hatte.

Sein Vater, der niemals sein Vater gewesen war.

Tobias wartete auf ihn in der Halle. Selig schloss die Tür des Büros hinter sich, drehte den Schlüssel im Schloss, blieb hilflos stehen. Für einen Moment wusste er nicht, was er tun sollte.

Dieser Moment würde eine ganze Weile anhalten, vermutete er.

Er merkte, dass sein Sohn ihn ansah. In Tobias' Blick lag Mitgefühl, aber auch Stärke. Alles, was Selig in diesem Moment fehlte.

Tobias ging zu ihm und nahm ihn in den Arm.

Selig ließ es zu.

Epilog

Endlos weit breitete sich der blaue Himmel über der gezähmten Küstenlandschaft aus. Weiße Wolken, wie von einem Postkartenmaler auf das Blau getupft, zogen langsam gen Westen. Immer wieder brach die Sonne durch die Wolkenlücken und ließ das Wasser des Boddens, an dem sie entlangfuhren, glitzern.

»Und? Nervös?« Maria sah Selig von der Seite an. »Wird schon.« Aufmunternd lächelte sie ihm zu.

Selig antwortete nicht. Schweigend blickte er aus dem Fenster. Er hatte kein Auge für die Schönheit der Natur, die im nahenden Frühling zu erwachen begann.

Neben ihm lachte Maria unvermittelt auf.

Selig musterte sie erstaunt. »Was ist?«

»Mir ist gerade klar geworden«, antwortete sie, »dass du ein Kind der DDR bist. Mehr als jeder, der hier lebt. Obwohl du aus dem Westen stammst.«

»Und das findest du lustig?«

»Ja, tatsächlich«, kicherte Maria.

Selig grunzte nur.

Maria knuffte ihn behutsam. »Nicht böse sein. Ich wollte einen Witz machen. Irgendwie muss ich dich ja aufheitern.«

»Und das ist dir hervorragend gelungen«, antwortete Selig sarkastisch. Doch er musste schmunzeln, ihre gute Laune steckte ihn an.

Er musterte Maria unauffällig. Sie tat ihm gut, das spürte er in diesem Moment, so wie er es schon oft gespürt hatte während all der zurückliegenden Tage und Wochen, in denen sie sich nähergekommen waren.

Sie ließ ihm die Zeit, die er brauchte.

Ohne Maria, machte sich Selig klar, wäre er niemals hierher an die Ostseeküste gefahren. Sie hatte die Adresse in seiner Stasi-Akte entdeckt und nachgeforscht, ob sie noch stimmte. Sie hatte ihm vorgeschlagen, sich auf den Weg zu machen.

Die schmale Landstraße, der sie gefolgt waren, mündete in einer Siedlung. Kleine Gärten, darin bescheidene Häuser, zum Teil mit Farbe verschönert, zum Teil noch grau und mit Rauputz bestrichen, als habe es die Wende niemals gegeben.

Maria stoppte den Wagen vor einem lichten Grundstück. Ein Holzzaun begrenzte es zur Straße hin, dahinter öffnete sich eine Rasenfläche, flankiert von Blumenbeeten, in denen Narzissen und Tulpen aus dem Boden brachen. Das Haus sah freundlich aus. Jemand hatte es hellgrün gestrichen und die Fenster erneuert, auch das Dach war neu gedeckt.

Ein alter Mann arbeitete an einem der Beete, er kniete auf einem niedrigen Schemel und lockerte mit einer Kleinhacke den Boden. Sein Haar war schneeweiß. Von Zeit zu Zeit richtete er sich auf, ein wenig mühsam, und verschnaufte ein paar Sekunden, um sich bald darauf wieder über das Beet zu beugen und beharrlich weiterzuarbeiten.

Selig betrachtete die Gestalt nachdenklich.

So also sah sein Vater aus. Sein wirklicher Vater.

Er zögerte. Was erwartete ihn? War es klug, hier zu sein?

Maria musterte Selig aufmerksam. »Komm bloß nicht auf die Idee, wieder wegfahren zu wollen.«

Selig musste trotz seiner Anspannung lachen. »Dürfte das vielleicht ich entscheiden?«

»Du machst ja sowieso, was du willst.« Schmollend verzog Maria das Gesicht.

Selig wandte sich ihr zu und küsste sie behutsam. »Danke.« Dann öffnete er die Tür und stieg aus dem Wagen.

An der Pforte blieb er noch einmal stehen, die Hand auf dem Riegel. Jetzt hatte der alte Mann ihn bemerkt, er sah ihm entgegen, strich sich eine Haarsträhne aus der Stirn. »Kann ich Ihnen helfen?« Sein Blick war offen.

Selig holte noch einmal tief Luft. Dann schob er das Gartentor auf und betrat das Grundstück.

❄

ENDE

Danksagung

Das waren spannende Jahre mit Kommissar Selig. Und es waren erschreckende Jahre. Mich hat es bestürzt, zu erleben, wie viele der Ereignisse und Entwicklungen, die ich in meinen Krimis skizziert hatte, Wirklichkeit geworden sind: die Terroranschläge in Deutschland, die Hassdemonstrationen empörter Wutbürger, der Überwachungseifer der Geheimdienste, der Verdacht der Verstrickung einzelner Polizeigruppen mit der rechten Szene. Dieser Punkt hat mich am meisten erschreckt: Als ich »Feuertaufe« geschrieben habe, wusste niemand – auch ich nicht – vom brutalen Terror der NSU. Ein Jahr nach dem Erscheinen meines Krimis flog die Gruppe um Beate Zschäpe auf, und wieder hatte sich eine Ahnung von mir bewahrheitet.

Mit dem dritten Kommissar-Selig-Krimi sind wir in der Gegenwart angekommen, der Bogen, den ich vor Jahren geplant habe, findet hier seinen Abschluss. Ich hoffe, Sie sind so erstaunt wie ich, welchen Weg Kommissar Selig gegangen ist und was sich wirklich hinter seiner Kindheit verbirgt, jener Zeit, die in »Zwillingsspiel« eine größere Rolle gespielt hat. Mir ist er ans Herz gewachsen, mein Kommissar. Ob es mit Paul Selig weitergeht? Ich weiß es noch nicht. Es liegt auch an Ihnen. Wollen Sie mehr von Kommissar Selig lesen? Schreiben Sie mir, oder informieren Sie sich auf meiner Webseite über den aktuellen Stand der Dinge: www.markus-stromiedel.de/selig

Es gibt eine Reihe von Menschen, die in all den Jahren meinen Kommissar auf seinem Weg bis zu Ihnen begleitet haben, ihnen möchte ich heute noch einmal ausdrücklich danken: Allen voran meinem Lektor »bloody« Peter Hammans, der stets schützend seine Hand über Paul Selig gelegt und mir immer Mut gemacht hat, auch in schwierigen Schreibphasen nicht nachzulassen. Besonderer Dank gebührt auch Doris Janhsen, die als Verlagsleiterin Kommissar Selig seine erste Chance gab und die heute als Verlegerin an die Spitze der Verlagsgruppe Droemer Knaur zurückgekehrt ist, was mich besonders freut. Für ihr sprachliches Feingefühl danke ich Viola Eigenberz und Herbert Neumaier, die beharrlich meine Texte geschliffen haben, bis ihr Stil und Inhalt zu jener Einheit wurden, die ich bei all meinen Büchern anstrebe. Dem Verlagsleiter Steffen Haselbach danke ich dafür, dass er meinen introvertierten Kommissar Selig offen angenommen und weiter auf seinen Weg geschickt hat.

Und ich danke den vielen Freunden meines Kommissars in der Lektoratsrunde, im Vertrieb, in der Presseabteilung und im Marketing – sie alle legen sich für Kommissar Selig ins Zeug, was ich einfach großartig finde. Stellvertretend möchte ich Brigitte Loesdau nennen, die meinem Kommissar stets mit großer Freude und Nachdruck begegnet und der ich einige bemerkenswerte Erlebnisse verdanke. Die Fahrt mit Udo Lindenberg durch Leipzig, begleitet von drei lauthals und äußerst textsicher schmetternden Verlagskolleginnen, bleibt unvergessen!

Ebenso für mich unvergessen bleibt das Engagement jener Kommissar-Selig-Freunde, die den Verlag inzwischen verlassen haben und großen Anteil am Erfolg der Reihe hatten. Hier sei insbesondere der ehemalige Marketingchef Klaus Kluge genannt, der heute dem Bastei Lübbe Verlag vorsteht und seinerzeit mit einer sensationellen Marketingkampagne Kommissar Selig den Weg bereitet hat.

Der Band »Nachtfrost«, den sie gerade in der Hand halten, würde nicht in der vorliegenden Form existieren, gäbe es nicht Menschen, die bereit sind, bei meinen Recherchen ihr Wissen und ihre Erfahrungen mit mir zu teilen. Die Berichte der Menschen, die in die Fänge der DDR-Staatssicherheit geraten waren und in den Stasi-Gefängnissen gequält und gefoltert wurden, haben mich erschüttert! Wenn auch Sie tiefer in das Thema einsteigen wollen, empfehle ich Ihnen die Dokumentation »Gefangen in Hohenschönhausen« sowie das Buch »Die Täter sind unter uns«, in dem beschrieben wird, wie die Täter von damals die DDR-Diktatur, der sie gedient haben, heute schönreden. Beide Titel sind von Hubertus Knabe herausgegeben bzw. geschrieben worden. Der Historiker hat großen Anteil an der Erforschung der Stasi-Verbrechen, über die heute – im Westen wie im Osten – kaum noch gesprochen wird.

Zuletzt bleibt mir, Ihnen zu danken, dass Sie dieses Buch lesen. Das ist das Schönste, was einem Autor geschehen kann: Kommissar Selig wird in Ihnen lebendig, so, wie er in mir viele Jahre lang lebendig war. Und vielleicht weiter lebendig sein wird. Ich bin gespannt!

Herzlich,
Ihr
Markus Stromiedel